ЧИТАТЬ [МОДНО]

ЛЮДСКОЕ КЛЕЙМО

ФИЛИП РОТ

САНКТ-ПЕТЕРБУРГ АМФОРА 2008

3 1357 00237 0416

3/12 ? / 17 РЈС

УДК 82/89
ББК 84(7Сое)
Р 79

PHILIP ROTH

The Human Stain

Перевел с английского Л. Ю. Мотылев

*Издательство выражает благодарность
литературному агентству The Wylie Agency
за содействие в приобретении прав*

*Защиту интеллектуальной собственности и прав
издательской группы «Амфора»
осуществляет юридическая компания
«Усков и Партнеры»*

Рот, Ф.

Р 79   Людское клеймо : [роман] / Филип Рот ; [пер. с англ. Л. Мотылева]. — СПб. : Амфора. ТИД Амфора, 2008. — 494 с.

ISBN 978-5-367-00627-8

Семидесятилетний профессор Коулмен Силк оставляет колледж из-за несправедливого обвинения в расизме. Трагедия в том, что Силк, в юности порвавший со своей средой и назвавшийся евреем ради того, чтобы никогда не слышать в свой адрес уничижительное «ниггер», на самом деле переступил через самого себя. И это одно из самых страшных предательств разрушит всю его с таким трудом выстроенную жизнь.

УДК 82/89
ББК 84(7Сое)

© Philip Roth, 2000.
All rights reserved
© Мотылев Л., перевод на русский язык, примечания, 2004
© Издание на русском языке, оформление.
ЗАО ТИД «Амфора», 2008

ISBN 978-5-367-00627-8

liudskoe
kleimo

Посвящается Р. М.

Эдип
Каким же очищеньем? Чем помочь?

Креонт
Изгнанием иль кровь пролив за кровь...
*Софокл. Царь Эдип**

1

ВСЕМ ИЗВЕСТНО

Летом 1998 года — вот когда мой сосед Коулмен Силк, два года как пенсионер, а до того сначала двадцать с чем-то лет профессор античной словесности в близлежащем Афина-колледже, затем еще шестнадцать лет декан этого учебного заведения, признался мне, что в свои семьдесят один вступил в связь с тридцатичетырехлетней уборщицей, работающей в колледже. Дважды в неделю она, кроме того, убиралась на нашей захолустной почте — в обшитом досками сером домике, который выглядит так, словно какая-нибудь горемычная семья еще в тридцатые годы укрывалась в нем от пыльных бурь Оклахомы, и который в унылой заброшенности «коммерческого центра» нашего лежащего среди холмов городишки держит над собой американский флаг у перекрестка дорог напротив бензоколонки и торгующего всем подряд магазина.

---

* Пер. С. Шервинского. (*Здесь и далее — примеч. пер.*)

В первый раз они встретились вот как: Коулмен за несколько минут до закрытия приехал на почту забрать корреспонденцию, а она мыла там пол — высокая, худая, угловатая женщина со светлыми седеющими волосами, собранными в «конский хвост», и с жесткими, будто изваянными чертами лица, которые обычно ассоциируются с типом набожной, трудящейся от зари до зари новоанглийской домохозяйки, прошедшей через суровые испытания ранних колониальных лет, запертой внутри господствующей морали и послушной ее требованиям. Ее звали Фауни Фарли, и все беды, какие ей выпали, она прятала, прикрывая их одним из тех невыразительных костлявых лиц, что, кажется, не таят в себе ровно ничего и говорят лишь о безграничном одиночестве. Обитала Фауни на молочной ферме поблизости, где расплачивалась за проживание дойкой коров. Образование — начальная школа и два класса средней.

Лето, когда Коулмен поведал мне о Фауни Фарли и их общей тайне, было, что знаменательно, тем самым летом, когда тайна Билла Клинтона сделалась явной во всех деталях — деталях *правдоподобных* и вместе с тем *невероятных*, чье правдоподобие, как и невероятность, обеспечивалось пикантностью конкретных обстоятельств. Ничего похожего мы не переживали с тех самых пор, как некто натолкнулся на снимки новоиспеченной Мисс Америка голышом в старом номере «Пентхауса», где она была сфотографирована в элегантных позах и на коленях, и на спине, — после чего пристыженная девица отказалась от короны и заделалась поп-звездой первой величины. Лето девяносто восьмого в Новой Англии было на редкость теплым и солнечным, в бейсболе оно было летом

8

эпического противостояния двух богов биты — белого и коричневого, а в Америке — летом мощнейшего разгула добропорядочности, когда терроризм, пришедший было на смену коммунизму в качестве главной угрозы безопасности страны, уступил место оральному сексу, когда цветущий моложавый президент средних лет и увлекшаяся им беззастенчивая особа двадцати одного года, самозабвенно, как парочка подростков на автостоянке, занятые друг другом в Овальном кабинете, оживили старейшую общественную страсть Америки — исторически, возможно, ее самую вредоносную, самую предательскую радость — экстаз ханжества. В Конгрессе, в печати, на телевидении — всюду с развернутыми знаменами пошла в атаку высоконравственная актерствующая сволочь, жаждущая обвинить и стереть в порошок, морализирующая на всю катушку, охваченная рассчитанно праведным гневом, обуянная тем самым «духом гонений», о котором еще в шестидесятые годы XIX века писал Готорн, живший не так далеко от моего здешнего дома; посредством некоего вяжуще-очистительного ритуала эти люди вознамерились избавиться от эрекции в органах исполнительной власти, придать всему вид уютного благолепия и вновь дать возможность десятилетней дочке сенатора Либермана без опаски смотреть телевизор вместе с потрясенным до глубины души папочкой. Нет, если вы не жили здесь в 1998 году — вы не знаете, что такое ханжество. Уильям Бакли, который ведет колонку в ряде консервативных газет, писал: «Когда подобным образом поступил Абеляр, нашелся способ сделать так, чтобы это не повторялось», — намекая, что наказанием за президентский проступок, продиктованный тем, что в другом месте Бакли назвал «разнузданной похотью» Клинтона, должна быть отнюдь не столь бескровная процедура, как импичмент, а ни больше ни меньше — телесное увечье, какое нанесли в XII веке канонику Абеляру вооруженные ножами подручные каноника Фюльбера в отместку за тайную связь и брак с племянницей Фюльбера девицей Элоизой. В отличие от Хомейни, приговорившего своей фетвой к смерти Салмана Рушди, Бакли, мечтая о воздаянии посредством кастрации, не позаботился о денежном вознаграждении для потенциального исполнителя — однако он был столь же требователен, как и аятолла, и вдохновлялся столь же возвышенными идеалами.

Для Америки то было лето, когда вновь сделалось тошно, когда не иссякали шуточки, когда не иссякали домыслы, теоретизирование и преувеличения, когда нравственную необходимость разъяснять детям взрослую жизнь оттеснила в сторону нравственная необходимость поддержания в них всевозможных иллюзий насчет взрослой жизни, когда ничтожество людское было просто убийственно, когда в народ вселился некий демон, когда люди по обе стороны разделительной черты удивлялись: «Спятили мы все, что ли?», когда мужчины и женщины, проснувшись утром, обнаруживали, что ночью, унесенные сном из царства зависти и отвращения, они грезили о наглости Билла Клинтона. Что до меня, я мечтал об исполинском, дадаистически окутывающем весь Белый дом на манер затей Христо* полотнище с надписью:

---

* *Христо Явачев* (р. 1935) — американский скульптор, известный своими «пакетами» — строениями, обернутыми в синтетические ткани.

ЗДЕСЬ ОБИТАЕТ ЧЕЛОВЕК. То было лето, когда в миллиардный, наверное, раз оказалось, что людская сумятица, свалка, заваруха потрудней для понимания, чем чья-то идейная позиция и чей-то моральный облик. То было лето, когда у всех на уме был президентский член и когда жизнь, во всем ее бесстыжем несовершенстве, опять сбила Америку с панталыку.

Коулмен Силк иногда звонил мне по субботам и приглашал после обеда приехать к нему с другого склона холма, где я жил, послушать музыку, поиграть в кункен по центу за очко или просто посидеть пару часов у него в гостиной за рюмкой коньяку и помочь ему скоротать вечер, который всегда был для него худшим на неделе. В большом старом белом обшитом доской доме, где они с женой Айрис вырастили четверых детей, он к тому лету уже почти два года жил один — с тех пор, как Айрис скоропостижно умерла от инсульта в разгар его битвы с колледжем, разгоревшейся из-за обвинения в расизме, выдвинутого против него двумя его студентками.

Коулмен провел в Афине почти всю свою преподавательскую жизнь — общительный, остроумный человек, полный спокойной силы и столичного обаяния, наполовину боец, наполовину ловкач, ничего общего с привычным типом педанта, втолковывающего студентам греческий и латынь (одно из свидетельств тому — Греко-латинский клуб разговорного языка, который он, вопреки всем канонам, учредил, будучи еще молодым преподавателем низшего ранга). Именно его неакадемическая прямота, раскованность и уверенность в себе сделали его прославленный обзорный курс древнегреческой литературы в переводах (в обиходе — БГМ, то есть «Боги, герои, мифы») таким популярным у студентов. «Знаете, с чего началась европейская литература? — спрашивал он на первом занятии после переклички. — Со ссоры. Вся европейская словесность родилась из драки». Затем открывал том «Илиады» и читал вслух начало: «„Гнев, богиня, воспой Ахиллеса, Пелеева сына... / С оного дня, как, воздвигшие спор, воспылали враждою / Пастырь народов Атрид и герой Ахиллес благородный"*. Из-за чего же поссорились эти две мощные, неистовые личности? Это так же просто, как мордобой в пивнушке. Из-за бабы, конечно. Точнее — из-за девчонки, которую увели от отца. Которая была военным трофеем. *Миа корэ* — вот как называет ее Гомер. *Миа*, то есть „одна", в новогреческом превратилось в неопределенный артикль *мня; корэ*, то есть „девушка", превратилось в современном языке в *кори* — „дочь". Агамемнон, как выясняется, предпочитает эту девицу своей жене Клитемнестре. „Ее Хрисеида не хуже, — говорит он, — прелестью вида, приятством своим, и умом, и делами!" Вот он и не хочет ее отпускать — все, как видите, яснее ясного. Когда Ахилл потребовал, чтобы Агамемнон вернул девушку отцу и умилостивил этим бога Аполлона, который был страшно разгневан, Агамемнон отказался — мол, верну, если только Ахилл даст мне взамен *свою* девушку. Ахилл снова в ярости. Буй-

---

* Здесь и ниже цитаты из «Илиады» даны в переводе Н. Гнедича.

ный наш Ахилл — самый вспыльчивый из отъявленных головорезов, каких литераторы имели удовольствие живописать; самая гиперчувствительная, особенно если затронуты престиж и похоть, убойная машина в истории войн. Прославленный наш Ахилл — отчужденный, отдалившийся из-за щелчка, который ему дали. Великий наш герой Ахилл, гневно омраченный из-за оскорбления — из-за отказа выдать девушку, — самоизолируется, вызывающе помещает себя вне того самого сообщества, чьим победоносным защитником он является и чья нужда в нем огромна. Вот она, ссора — свирепая ссора из-за девицы, из-за ее юного тела и бешеных плотских радостей. Вот где — судите сами, к худу или к добру, — вот в каком посягательстве на фаллическую собственность, на фаллическое *достоинство* могучего военного вождя берет начало вся великая, ослепительная европейская литература и вот почему сегодня, спустя почти три тысячи лет, мы начинаем именно с этого...»

Поступив в Афина-колледж, Коулмен стал одним из горстки работающих там евреев и, пожалуй, одним из первых евреев во всей Америке, допущенных к преподаванию античной словесности. Несколькими годами раньше единственным евреем Афины был Е. И. Лонофф, почти позабытый ныне автор рассказов, которому я, впервые опубликовавшийся новичок, находясь в трудном положении и отчаянно нуждаясь в одобрении мастера, нанес здесь во время о́но памятный для меня визит. В восьмидесятые и в начале девяностых Коулмен был, кроме того, первым и единственным евреем, занимавшим в Афине должность декана; затем, в 1995 году, уйдя с административной должности, чтобы в завершение карьеры вернуться к работе в аудитории, он возобновил чтение двух своих курсов на объединенной кафедре языков и литературы, которая поглотила кафедру античной словесности и которой заведовала профессор Дельфина Ру. На посту декана, ощущая полную поддержку честолюбивого нового ректора, Коулмен взялся за обветшалый, затхлый, сонный колледж и не без силовых приемов положил конец всему, что делало это место уютным гнездышком для, так сказать, фермерствующих господ. Он безжалостно принудил сухостой из «старой гвардии» к раннему уходу на пенсию, нанял амбициозных молодых преподавателей, революционизировал учебные программы. Можно не сомневаться, что, уйди он сам на пенсию без скандала, в его честь издали бы сборник, учредили бы цикл лекций и кафедру античных исследований имени Коулмена Силка, а может быть, отдавая должное его роли в возрождении и оживлении Афины к концу XX века, его имя посмертно присвоили бы гуманитарному корпусу или даже Норт-холлу — самому приметному строению колледжа. В том академическом мирке, где Коулмен провел бо́льшую часть жизни, он бы очень быстро перестал быть спорной, не для всех удобной и даже внушающей страх фигурой и его вечным официальным уделом стал бы почет.

Но примерно в середине второго семестра после своего возвращения на должность штатного профессора Коулмен произнес то роковое слово, из-за которого ему пришлось добровольно разорвать все связи с колледжем, — единственное губительное для него слово из многих миллионов произнесенных им за годы преподавательской и административной работы в Афине; слово, ставшее, по мнению Коулмена, непосредственной причиной смерти его жены.

В группе числилось четырнадцать человек. Перед несколькими первыми лекциями Коулмен проводил перекличку, чтобы запомнить их имена и фамилии. Поскольку две студентки из списка за пять недель не откликнулись ни разу, на шестой Коулмен спросил: «Знает их кто-нибудь из вас? Существуют они во плоти — или они духи?»

В тот же день он был вызван к новой деканше, его преемнице, и, к своему изумлению, проинформирован, что две студентки, которые оказались чернокожими и которым отсутствие на занятиях не помешало мгновенно узнать про использованное профессором выражение, обвинили его в расизме. Коулмен сказал ей: «Я имел в виду их, возможно, призрачную природу — неужели не ясно? Эта парочка не была на занятиях ни разу. Больше мне ничего о них не было известно. Я употребил слово „духи“ в его обычном и первичном значении — „привидения, призраки“. Я понятия не имел об их цвете кожи. Лет пятьдесят назад я, может быть, и знал, что духами иногда уничижительно называют черных, — но с тех пор начисто об этом забыл. Иначе, поскольку я стараюсь ничем не ущемлять достоинства студентов, я не произнес бы этого слова. Примите во внимание контекст: „Существуют они во плоти — *или* они духи?“ Обвинение в расизме — надуманное. Нелепое. Его нелепость понимают и мои коллеги, и студенты. Единственное, о чем шла речь, — это их отсутствие на занятиях и возмутительное пренебрежение учебой. Что злит — это не просто абсурдность, а вопиющая абсурдность обвинения». Полагая, что достаточно сказал в свою защиту, и считая вопрос закрытым, он отправился домой.

Насколько я знаю, даже заурядные деканы, занимая промежуточное положение между преподавателями и высшей администрацией, неизбежно наживают врагов. Они не всегда могут повысить тебе зарплату, или предоставить вожделенную удобную площадку для парковки машины, или отвести более просторный кабинет, приличествующий профессору. Кандидатуры на повышение или новое назначение, особенно на слабых кафедрах, как правило, отклоняются. Просьбы кафедр о дополнительных преподавательских и секретарских ставках почти никогда не удовлетворяются, как и требования об уменьшении учебной нагрузки и об освобождении от ранних утренних часов. Людям регулярно отказывают в оплате поездок на конференции. И так далее. Но Коулмен-то был деканом незаурядным, и от кого он избавился и как, что упразднил и что учредил, с каким нахальством гнул свою линию вопреки страшному сопротивлению — все это повлекло за собой не просто обиду или неудовлетворенность горстки склочников. Находясь под защитой Пирса Робертса, красивого молодого пробивного ректора без единого седого волоса, который как пришел, так сразу и назначил Коулмена на должность декана, сказав при этом: «Настало время перемен, и кого это не устраивает, пусть ищет другое место или идет на пенсию», — Коулмен перевернул все. Когда он проработал деканом половину из своих шестнадцати лет, Робертс принял лестное предложение ректорства в одном из университетов среднезападной «большой десятки» —

а получил он его благодаря повсеместной славе о рекордно быстрых достижениях Афины, за которыми стоял, однако, не столько блестящий ректор, занимавшийся главным образом привлечением средств, не заработавший никаких шишек и покинувший Афину на белом коне, а настырный декан.

В первый же месяц работы на этом посту Коулмен поодиночке пригласил к себе на разговор каждого из преподавателей, включая нескольких старейших профессоров — отпрысков известных местных семейств, чьи предки основали колледж и пожертвовали на него деньги. Профессора эти были люди не бедные, но жалованье брали в охотку. Каждого предварительно просили принести биографию — а если кто не приносил, считая себя для этого слишком великим, на столе перед Коулменом она и так лежала. Он держал их у себя по целому часу, а то и дольше, убедительно показывая тем самым, что ситуация в Афине наконец-таки изменилась, и вгоняя их в пот. Без всякого смущения он начинал беседу с того, что, проглядев биографию, спрашивал: «Ну и чем же вы, не пойму, последние одиннадцать лет занимались?» И однажды, когда ему в очередной раз было указано на статьи в периодическом издании колледжа «Афина ноутс», когда он в очередной раз услышал о филологических, библиографических или археологических ученых ошметках, которые человек ежегодно выстригал из своей древней диссертации для «опубликования» в печатаемом на мимеографе четыре раза в год, переплетаемом в серый картон сборнике, не фигурирующем ни в одном каталоге мира, кроме каталога библиотеки колледжа, — он, как передавали, дерзнул нарушить принятый в Афине кодекс вежливости: «То есть вы все тут из года в год гоняете по кругу собственное дерьмо». После чего не только ликвидировал «Афина ноутс», вернув крохотный денежный вклад жертвователю — тестю редактора, — но еще и лишил, для ускорения выхода на пенсию, самый сухой из педагогического сухостоя тех курсов, что старики механически-затверженно читали по двадцать — тридцать лет, и перебросил их на английский для первокурсников, на обзорный курс истории и на программу ориентации для вновь поступивших, которая осуществлялась в последние знойные дни лета. Он упразднил малопрестижную премию «Ученый года» и нашел тысяче долларов другое применение. Впервые в истории колледжа он заставил преподавателей, желающих получить годичный отпуск для научной работы, подавать официальное заявление с развернутым планом исследований, и в этом отпуске им очень часто стали отказывать. Преподавательскую столовую, которая славилась самой изысканной во всем кампусе дубовой обшивкой стен, он превратил в аудиторию для исследовательских семинаров, чем она была первоначально, и питаться теперь преподаватели должны были вместе со студентами. Он настоял на проведении собраний преподавательского состава — а ведь не что иное, как их отмена, сделало предыдущего декана таким популярным. Коулмен поручил секретарю проверять присутствие, так что даже светила с учебной нагрузкой три часа в неделю вынуждены были являться как миленькие. Он отыскал в уставе Афины пункт, гласящий, что в колледже не должно быть исполнительных комитетов, и, заявив, что эти неповоротливые органы, мешающие всяким серьезным переменам, возникли в силу одних лишь условностей и традиций, ликвидировал их. Он использовал собрания преподавателей для укрепления своей авторитарной власти, регулярно объявляя на них, что он намерен делать дальше, и, разумеется, давая тем самым новые поводы для недовольства. Под его началом стало трудно получать повышения — и это, пожалуй, было самым тяжелым ударом: никого больше не повышали в должности автоматически, на том лишь основании, что его лекции пользуются популярностью, и никому просто так не прибавляли зарплату. Короче говоря, он привнес дух соперничества, конкуренции — «еврейский дух», как давно еще заметил один из его недругов. И всякий раз, когда недовольные, создав импровизированный комитет, шли жаловаться Пирсу Робертсу, ректор брал сторону Коулмена.

При Робертсе все яркие молодые люди, которых Коулмен взял на работу — в том числе после аспирантуры в таких университетах, как Йельский, Корнеллский и Джонса Хопкинса, — любили его, ведь он дал им возможность развернуться. «Революция качества» — так они сами об этом говорили. Они ценили Коулмена за то, что он преградил былой элите путь в их маленькое сообщество, за то, что систематически сбивал с нее спесь — а именитые профессора от этого лезут на стенку. Все старичье, всю слабейшую часть преподавательского состава держала на плаву самооценка — «лучший в мире специалист по 100 году до нашей эры» и тому подобное, — но под натиском начальства их уверенность в себе пошатнулась, и за несколько лет они почти все исчезли. Опьяняющие годы! Затем, однако, Пирс Робертс перешел на высокую должность в Мичиган, а его преемник Хейнз был не настолько привязан к Коулмену, чтобы беречь этого человека с его ломовым диктаторством, благодаря которому он так быстро вычистил колледж. Молодые люди, которых Коулмен оставил или нанял, начали превращаться в ветеранов, и недовольство деканом Силком малопомалу усиливалось. Насколько это серьезно, он не понимал до той самой поры, пока, перебирая кафедру за кафедрой, не сосчитал всех, кого, судя по поведению, отнюдь не огорчило то, что слово, избранное бывшим деканом для характеристики двух, казалось, несуществующих студенток, имеет, помимо словарного, еще и уничижительное расистское значение, чем две чернокожие студентки и обосновали свою жалобу.

Я хорошо помню тот апрельский день два года назад, когда Айрис Силк умерла и Коулмена обуяло безумие. До того времени мы были едва знакомы — случайно сталкиваясь в магазине или на почте, здоровались, и только, — и я мало что знал о Силках. Я не знал даже, что Коулмен вырос в Ист-Ориндже, крохотном городке в округе Эссекс, штат Нью-Джерси, то есть всего в четырех-пяти милях от места, где вырос я, и что в 1944 году он кончил местную среднюю школу, опередив меня, учившегося в ньюаркской школе по соседству, лет на шесть. Попыток познакомиться со мной ближе Коулмен не делал, да и я не для того переехал из Нью-Йорка в двухкомнатную хибару, стоящую среди поля на сельской дороге в Беркширских холмах, чтобы заводить знакомства или вживаться в новое сообщество. Приглашения, которые я получил в 1993 году в первые месяцы жизни на новом месте, — на обед, на чай, на коктейль, прочесть лекцию в колледже или, на худой конец, побеседовать запросто со студентами, изучающими литературу, — я вежливо отклонил, после чего и соседи, и колледж оставили меня в покое и дали возможность сосредоточиться на работе.

Но в тот день Коулмен, приехав прямо из похоронного бюро, где договаривался о погребении Айрис, забарабанил в мою дверь. Хотя у него была ко мне важная, неотложная просьба, он и тридцати секунд не мог усидеть на месте, чтобы ее высказать. Он вставал, садился, опять вставал, кружил и кружил по моему кабинету, говорил громко и торопливо и порой даже, ошибочно полагая, что надо усилить впечатление, тряс в воздухе кулаком. Я, оказывается, должен был кое-что для него написать — это прозвучало почти как приказ. Если эту историю, во всей ее нелепости, изложит на бумаге он, ей никто не поверит, ее никто не примет всерьез, люди скажут, что это смехотворные враки, своекорыстное преувеличение, скажут, что причина его падения — не только произнесенное им в аудитории слово «духи». Но вот если напишу я, профессиональный писатель...

Все сдерживающие перегородки в нем рухнули, и глядеть на него, слушать его — человека мне почти незнакомого, но, несомненно, состоявшегося, влиятельного и полностью сошедшего теперь с катушек — было все равно что присутствовать при очень скверной дорожной аварии, или на пожаре, или при ужасном взрыве — словом, на месте публичного бедствия, завораживающего своей невероятностью и гротескностью. То, как он метался по комнате, напомнило мне пресловутых кур, которые бегут и бегут, хотя им уже отрубили голову. Да, ему снесли башку — башку с высокоучеными мозгами некогда неуязвимого декана и профессора, и то, что я теперь наблюдал, было беспорядочными движениями обрубка.

Я, чей порог он переступил впервые, чей голос он слышал до того всего несколько раз, должен был, выходит, отложить в сторону все, чем был занят, и написать о том, как его недруги в Афине, метя в него, поразили его жену. Сотворив его фальшивый образ, навесив на него все мыслимые ярлыки, они не только представили в ложном свете профессиональную карьеру, отличавшуюся громадной серьезностью и самоотдачей, — они убили Айрис, с которой он прожил более сорока лет. Да, убили — все равно что прицелились и всадили ей пулю в сердце. Я, оказывается, должен был написать об абсурдности того, другого, третьего — это я-то, который не знал пока что ровно ничего о его неприятностях в колледже и не мог даже уследить за хронологией ужаса, пять месяцев окружавшего и его, и покойную Айрис Силк: изматывающая череда встреч, слушаний и собеседований, документы и докладные записки, представляемые им руководству колледжа, преподавательским комитетам, чернокожему адвокату, защищавшему интересы обиженных студенток на общественных началах... обвинения, отрицания и контробвинения, тупость, невежество и цинизм, грубые, сознательные передержки, утомительные многократные объяснения, вопросы, задаваемые прокурорским тоном, — и везде и всюду, неизменно, чувство нереальности происходящего.

— Убийство! — воскликнул Коулмен, нависнув над моим столом и грохнув по нему кулаком. — Эти люди убили Айрис!

Лицо, которое он мне явил, которое он придвинул к моему почти вплотную, было сегодня бугристым, перекошенным и для хорошо сохранившегося, ухоженного, моложавого человека на удивление отталкивающим — несомненно, из-за токсического действия бурно нахлынувших эмоций. Вблизи оно казалось мятым и битым, похожим на плод, который случайно упал с рыночного лотка и долго катался туда-сюда под ногами проходящих покупателей.

На человека, которого по виду никак нельзя назвать слабым или болезненным, нравственное страдание подчас действует необычайно сильно. Оно зловредней телесного нездоровья, потому что не облегчается ни морфием, ни спинномозговой блокадой, ни радикальной хирургией. Если уж попался, жди, когда оно тебя прикончит, — раньше не высвободишься. Грубая реальность такого страдания не сравнима ни с чем.

Убили. Коулмен не мог найти другого объяснения тому, что к ней вдруг пришла смерть — к энергичной и властной шестидесятичетырехлетней женщине отменного здоровья, к абстрактной художнице, чьи холсты доминировали на всех местных выставках и которая самовластно возглавляла городскую художественную ассоциацию, к поэтессе, печатавшейся в окружной газете, к видной в прошлом политической активистке колледжа, выступавшей против бомбоубежищ, стронция-90 и войны во Вьетнаме, к этой своевольной, упрямой, недипломатичной, сметающей все на своем пути женщине, узнаваемой за сотню шагов по огромной жесткой седой шевелюре, к женщине настолько мощной, что, при всей его пробивной силе, декан, который, считалось, мог протаранить кого угодно, который, избавив Афина-колледж от балласта, совершил нечто поистине невозможное в академической среде, вряд ли превосходил жену в чем-либо, кроме тенниса.

Едва Коулмен попал под обстрел, едва обвинение в расизме было принято к рассмотрению и новым деканом, и небольшой негритянской студенческой организацией колледжа, и группой негритянских активистов из Питсфилда, как явная нелепость происходящего изгладила миллион омрачавших брак Силков противоречий и та самая властность Айрис, что четыре десятилетия кряду, сталкиваясь с упрямой независимостью Коулмена, рождала нескончаемые размолвки, была теперь безраздельно отдана защите мужа. Хотя они уже годы и годы как не только не спали в одной постели, но и не могли подолгу слушать друг друга, хотя он не выносил ее друзей, а она — его, Силки снова теперь стояли бок о бок, потрясая кулаками перед лицами тех, кого они ненавидели яростней, чем даже в самые невыносимые минуты могли ненавидеть друг друга. Все, что объединяло их сорок лет назад в Гринич-Виллидже, когда они были товарищами-любовниками, когда он дописывал диссертацию в Нью-Йоркском университете, а она только что сбежала из Пассейика, штат Нью-Джерси, от полусумасшедших родителей-анархистов, подрабатывала натурщицей в Студенческой лиге искусств и уже носила на голове впечатляющую копну волос — чувственная, с крупными чертами лица, увешанная фольклорного вида украшениями, уже тогда похожая на театрально-библейскую верховную жрицу из досинагогальных времен, — все, за вычетом плотского влечения, что объединяло их в те нью-йоркские дни, вновь бешено вырвалось наружу... И вдруг однажды утром она проснулась со страшной головной болью и с отнявшейся рукой. Коулмен ринулся с ней в больницу, было сделано все возможное, но на следующий день ее не стало.

«Метили в меня, а попали в нее». За время визита, который Коулмен без предупреждения мне нанес, он повторил эти слова неоднократно, и то же самое он сказал всем и каждому день спустя на похоронах Айрис. И продолжал в это верить. Оставался глух к любому иному объяснению. После ее смерти и после того, как я дал ему понять, что не намерен писать историю его травли, и вернул ему все материалы, которые он вывалил в тот день на мой стол, Коулмен не прекращал работу над книгой о том, почему он ушел из Афина-колледжа, — над документальной книгой «Духи».

В Спрингфилде есть маленькая УКВ-радиостанция, которая субботними вечерами, с шести до полуночи, изменяет своему обычному классическому репертуару и передает сначала биг-бэнд, а потом джаз. С моей стороны холма на этой частоте не слышно ничего, кроме треска, но на склоне, где живет Коулмен, прием отменный, и в те субботы, когда он приглашал меня посидеть и выпить, все эти сахарно-сладкие танцевальные мелодии, которые парни и девушки нашего поколения постоянно слышали по радио и из музыкальных автоматов, накатывали на меня из дома Коулмена, не успевал я выйти из машины. Эта музыка звучала у Коулмена во всю мощь не только через стереоколонки в гостиной, но и по маленькому приемничку у его кровати, по радио в ванной и по радио у хлебного ящика на кухне. Что бы он ни делал в доме или рядом с ним в субботу вечером, звуки доносились до него все время, пока в полночь, после ритуального получаса Бенни Гудмена, станция не умолкала.

Странным образом, сказал он, ни одна из серьезных вещей, какие он слушал всю зрелую жизнь, не возбуждала в нем таких эмоций, как этот старый свинг. «От Вона Монро, — объяснял он, — все стоическое во мне размягчается и желание не умирать, никогда не умирать делается почти невыносимым». В иные вечера каждая фраза каждой песни приобретала для него такое странно-гипертрофированное значение, что под конец он в одиночку принимался танцевать шаркающий, дрейфующий, однообразный, но изумительно прочувствованный фокстрот, какой он танцевал с девочками из средней школы в Ист-Ориндже, давая им ощутить через платье и брюки, как он возбужден, и, пока он двигался, никакое из его переживаний не было фальшивым или аффектированным — ни ужас грядущей смерти, ни восторг от «Ты вздохнешь — и песня зазвучит, скажешь слово — скрипки заиграют». Слезы, которые он время от времени ронял, набегали сами собой, сколь бы ни был он изумлен своей беззащитностью перед попеременно звучащими в песне «Зеленые глаза» голосами Хелен О'Коннелл и Боба Эберли, сколь бы ни дивился тому, как Джимми и Томми Дорси превращают его в сентиментального старика, — вот уж чего он никак не мог от себя ожидать! «Но пусть кто угодно из родившихся в 1926 году, — говорил он, — побудет субботним вечером 1998 года дома один и послушает, как Дик Хеймз поет „Эти милые враки". Пусть послушает — а потом посмотрим, дошла ли до него наконец пресловутая доктрина катарсиса, рождаемого трагедией».

Когда я вошел в дом через боковую сетчатую дверь, ведущую прямо на кухню, Коулмен мыл посуду. Поскольку он стоял над раковиной, куда лилась вода, да еще громко играло радио, да еще он пел вместе с молодым Фрэнком Синатрой «Все со мной случается», он не услышал, как я вхожу. Из-за жары на Коулмене только и было надето, что джинсовые шорты и кроссовки. Сзади в свои семьдесят один он выглядел самое большее на сорок: поджарый, крепкий, залюбуешься. Роста он был невысокого — пять футов восемь дюймов, вряд ли больше, но силы в нем было ого-го сколько, настоящий атлет-старшеклассник, быстрый, бодрый, жадный до действия — заводной, как мы в свое время говорили. Из-за того, что мелкокурчавая, коротко подстриженная шевелюра Коулмена приобрела цвет овсяных хлопьев, он с лица, несмотря на мальчишеский вздернутый нос, не выглядел таким молодым, как мог бы, останься его волосы темными. Вдобавок от носа к углам рта у него шли две глубокие складки и в зеленовато-карих глазах после смерти Айрис и его ухода из колледжа было много, действительно много усталости и душевной опустошенности. Тем не менее Коулмен был несообразно, почти по-кукольному хорош собой, как иные стареющие киноактеры, которые прославились на экране еще лучезарными детьми и на которых всю жизнь красуется неизгладимая печать юной звезды.

В общем, он даже в почтенном возрасте оставался подтянутым, привлекательным мужчиной — евреем из тех, у кого при небольшом носе главный вес лица приходится на нижнюю челюсть, кто благодаря смуглости и курчавости производит такое же чуть двойственное впечатление, как светлые негры, которых иногда принимают за белых. В имени Коулмен Силк нет ничего специфически еврейского, и однажды в конце Второй мировой войны, когда он служил во флоте и находился на Норфолкской военно-морской базе в Виргинии, его вышвырнули из публичного дома, решив, что он негр. «Из норфолкского бардака — за то, что я черный, из Афина-колледжа — за то, что я белый». На протяжении двух лет я часто слышал от него вариации на эту тему, неистовые инвективы по поводу негритянского антисемитизма и вероломства трусливых коллег — инвективы, которыми он наверняка щедро начинял свою книгу.

«Вышвырнули из Афины, — говорил он мне, — за то, что я белый еврей, один из тех, кого эти недоумки считают своими врагами. Вот кто в ответе за все их американские беды. Вот кто умыкнул их из райских кущ. Вот кто удерживает их в неволе все эти годы. В чем главная причина негритянских страданий на нашей планете? Ответ они знают заранее — так зачем им идти на лекцию? Зачем им открывать книгу? Без чтения всё знают — без *думанья* всё знают. Кто виноват? Те же

28

самые ветхозаветные чудища, что виноваты в страданиях немцев.

Они убили ее, Натан. Кто мог вообразить, что Айрис не выдержит? Так вот поди ж ты — и сильная, и *громкая*, а не выдержала. Против их идиотизма даже такому танку не устоять, каким она была. „Духи“. Кто здесь еще был готов меня поддержать? Херб Кибл? Ведь это я его привел в колледж, когда был деканом. Причем сразу, едва вступил в должность, — всего какие-нибудь месяцы спустя. Он стал не только первым черным преподавателем общественных наук, но и первым черным преподавателем вообще. А теперь вот и ему такой еврей-расист, как я, оказался поперек горла. „Я не могу вас поддержать, Коулмен. Мне придется быть с ними“. Вот что он ответил, когда я его попросил мне помочь. Вот что он мне сказал прямо в лицо. *Придется быть с ними. С ними!*

Вы бы видели Херба на похоронах Айрис. Уничтожен. Раздавлен. Смерть? Нет, Херберт не собирался никого *убивать*. Весь этот бред — в чистом виде борьба за влияние. Чтобы побольше веса иметь в руководстве. Они просто использовали выгодный случай. Способ заставить Хейнза и администрацию сделать то-то и то-то, чего они иначе ни за что бы не сделали. Больше негров в кампусе. Больше черных студентов, больше черных профессоров. Пропорции — в них все дело. И только. Видит бог, ничья *смерть* не предусматривалась. Даже и отставка. Она тоже стала для Херберта сюрпризом. С какой стати Коулмен Силк вдруг ушел? Никто не собирался его увольнять. Никто бы не посмел. Они повели себя так, как повели, просто потому, что получили возможность. Хотели всего-навсего немного подольше подержать над огнем мои ступни — ну и почему я не мог чуточку потерпеть? К следующему семестру кто бы помнил? Инцидент — *инцидент!* — подарил им „организационный шанс“ — как раз такой, какой был нужен отсталой в расовом отношении Афине. Ну и почему я ушел? К тому времени, как я ушел, в основном все уже улеглось. Так какого черта я уволился?»

В прошлый мой приход Коулмен, едва меня увидел, замахал перед моим носом какой-то бумагой — еще один документ из сотен, разложенных по ящичкам с надписью «Духи»: «Вот, полюбуйтесь. Моя уважаемая коллега пишет про одну из той парочки, что покатила на меня бочку, — про студентку, которая не пришла на мои занятия ни разу, на другие ходила от случая к случаю и завалила все экзамены, кроме одного. Я-то думал, она потому не успевает, что не может не то что овладеть материалом, но даже и подступиться к нему, — но нет, оказывается, она потому не успевает, что расистские эманации, исходящие от белых профессоров, так ее запугали, что она не могла заставить себя войти в аудиторию. Те самые эманации, которые я претворил в слово. На одном из этих собеседований, или слушаний, или как их там, меня спросили: „Какие факторы, по-вашему, стали причиной ее неудачи?“ Я ответил: „Какие факторы? Безразличие. Высокомерие. Апатия. Личные неприятности. Может, еще что-нибудь — кто знает?“ — „Но какие позитивные рекомендации вы ей дали в свете этих факторов?“ — „Никаких. Я в глаза ее не видел. Но если бы увидел, я бы посоветовал ей уйти из колледжа“. — „Почему?“ — „Потому что ей тут не место“».

Дайте-ка я вам кое-что отсюда прочту. Послушайте. Написала моя коллега, которая поддерживает эту Трейси Каммингз, — не надо, мол, рубить сплеча, не надо ее отталкивать и отвергать. Мы должны ее пестовать, мы должны ее понять, мы должны, как пишет эта ученая дама, „разобраться, откуда Трейси к нам пришла". Позвольте я вам прочту последние фразы. „Трейси происходит из довольно трудной среды. В десятом классе она ушла из семьи и стала жить у родственников. В результате пострадала ее способность оценивать реальные факторы той или иной ситуации. Этот недостаток у нее есть. Но она готова, хочет и может изменить свой подход к жизни. В последние недели я вижу, как в ней рождается понимание серьезности своего бегства от реальности". Написала Дельфина Ру — заведующая кафедрой языков и литературы. Она, помимо прочего, ведет курс французского классицизма. *Понимание серьезности своего бегства от реальности.* Нет, все, хватит. Противно. Тошнит».

Вот что я чаще всего заставал, когда приходил к нему субботними вечерами. Человек, по-прежнему полный сил, но все так же мучительно переживающий унижение и позор. Крупная личность, свергнутая с высоты и до сих пор испытывающая боль падения. Подобие того, что вы могли бы увидеть, окажись вы у Никсона в Сан-Клементе или у Джимми Картера в Джорджии перед тем, как он во искупление греха поражения принялся столярничать. Словом, печальное зрелище. И все же, при полном моем сочувствии беде Коулмена, потерявшего все и, казалось, неспособного вырваться из плена обиды, в иные вечера, проглотив лишь несколько капель его коньяка, я не клевал носом ценой предельных усилий.

Но в тот вечер, что я описываю, когда мы перешли на прохладную затянутую сеткой боковую веранду, летом служившую ему кабинетом, он был так распахнут миру, как только способен человек. Он захватил из кухни две бутылки холодного пива, и мы уселись друг против друга за длинную доску на козлах, которая была здесь его рабочим столом и на краю которой лежали три стопки тетрадей — штук двадцать, если не тридцать.

— Вот, полюбуйтесь, — сказал Коулмен, спокойный теперь, раскрепощенный, совсем не такой, каким еще недавно был. — Оно самое. «Духи». Вчера дописал черновой вариант, сегодня весь день его читал, и от каждой страницы меня тошнило. От одного этого неистового почерка уже охватывает презрение к автору. И потратить на такое два года? Потратить на такое хоть четверть часа?.. Айрис умерла из-за *них*? Да кто этому поверит? Мне кажется, я и сам больше не верю. Чтобы превратить эту злую нудятину в книгу, вычистить все слепое негодование, все помешательство, понадобится еще два года, если не больше. И что я получу, кроме очередных поганых двух лет, когда я только и буду думать, что о *них*? Поймите меня правильно, я не о прощении говорю. Я ненавижу этих подонков. Я так эту шваль ненавижу, как Гулливер человеческий род, когда он пожил с лошадьми. Биологически. Хотя свифтовских лошадей я всегда находил смешными. А вы нет? Мне они напоминают тот белый англосаксонский протестантский истеблишмент, что заправлял Афиной, когда я туда пришел.

— А вы в хорошей форме, Коулмен, — ни следа былого безумия. Три недели или месяц назад, когда я последний раз у вас был, вы еще стояли по колено в собственной крови.

— Да, из-за этого вот. Но теперь перечитал, увидел, что дерьмо, и баста. Писатель из меня никакой. Пишу о себе и не могу держать дистанцию. Страница за страницей — сырая, сырая масса, какая-то пародия на самооправдательные мемуары. Чувствуешь бессмысленность всех объяснений. — Он улыбнулся. — Киссинджер — тот каждые два года выдает по тысяче с лишним страниц подобного добра, но мне такое не под силу. Может, я и кажусь защищенным в мыльном пузыре моего нарциссизма, но ему я не соперник. Сдаюсь.

Вообще-то писатель, которого отрезвило чтение своего двухлетнего труда — и даже труда одного года, даже полугода, — который, прочтя, нашел его безнадежно скверным и казнил на критической гильотине, обычно приходит в самоубийственное отчаяние и оправляется лишь месяцы спустя. Но Коулмен, разделавшись с едва дописанным черновиком, каким-то образом ухитрился мгновенно выплыть из мешанины обломков не только книги, но и всей жизни. Вместе с книгой он, я видел, отказался теперь от малейшего желания свести счеты; избавившись от стремления восстановить свое доброе имя и заклеймить противников как убийц, он уже не был напитан ядом их несправедливости. Если не считать телевизионного образа Нельсона Манделы, прощающего тюремщиков в самый момент выхода из тюрьмы, когда в его желудке еще переваривалась последняя жалкая тюремная еда, я не видел больше такого быстрого душевного преображения, происходящего с жертвой. Я не мог этого понять, да и поверить поначалу тоже.

— Итак, вы сдали позиции, весело сказали: «Не потянул — что поделаешь» — и выбрались на сушу из этой работы, из этой ненависти. На кого теперь ополчитесь?

— Ни на кого.

Он достал колоду карт и блокнотик, чтобы вести счет, и мы передвинули стулья к свободному от тетрадей краю стола. Он стасовал карты, я снял, он сдал. И потом в странной безмятежности, которой, судя по всему, наделила его свобода от былого презрения ко всем тем в Афине, что сознательно и с недобрыми намерениями опорочили его, осудили неправедным судом и на два года погрузили в трясину мизантропических инвектив свифтовского масштаба, он предался сентиментальным воспоминаниям о славных минувших днях, когда чаша его была полна до краев, когда всю щедро отпущенную ему старательность он тратил на то, чтобы испытывать и дарить радость.

Женщины — вот о чем он повел разговор, отрешившись от ненависти. Это и был новый Коулмен — или, верней, стародавний Коулмен, самый давний из всех взрослых Коулменов, самый довольный из Коулменов, какие жили на свете. Не просто Коулмен до «Духов» и обвинений в расизме, а Коулмен, запятнанный одним лишь вожделением.

— Я, как демобилизовался из флота, поселился в Гринич-Виллидже, — начал он рассказывать, сортируя свои карты, — и мне только и дела было, что спуститься в метро. Такая рыбалка: спускаешься — и наверх выходишь с девчонкой. А потом, — он сделал паузу, чтобы собрать то, что я сбросил, — разом диплом, женитьба, работа, дети — и прощай, рыбалка.

— Больше уже не рыбачили?

— Нет. Так, раз-другой. Можно считать, что никогда. Вы песни слышите? — В доме общим счетом играло четыре радиоприемника, так что даже с улицы не слышать их было нельзя. — Они самые, песни послевоенных лет. Четыре-пять лет песен и девушек — вот оно, воплощение всех моих идеалов. Я письмо сегодня нашел. Разгребал своих «Духов», все это скопление бумаг, и нашел письмо от одной девушки. Не от «одной из», а от самой-самой. Я тогда получил первую должность — в Аделфи-колледже на Лонг-Айленде, — Айрис была беременна Джеффом, и вдруг это письмо. Девушка под шесть футов ростом. Айрис тоже была не из маленьких, но все-таки не как Стина. Айрис была крупная, но Стина была что-то особенное. Стина прислала мне это письмо в 1954 году, и сегодня оно обнаружилось, когда я рылся в ящиках.

Коулмен вытащил из заднего кармана шортов письмо Стины в старом конверте, в котором оно пришло. Он по-прежнему был без рубашки, хотя мы сидели уже не на кухне, а на веранде. Был теплый июльский вечер, но все же не настолько теплый, и я впервые почувствовал, что немалое тщеславие этого человека имеет и телесную сторону. В демонстрации загорелого торса мне почудилось нечто большее, чем простая домашняя бесцеремонность. Напоказ были выставлены плечи, руки и грудь невысокого, все еще подтянутого и привлекательного крепыша — живот, конечно, уже не идеально плоский, но вполне под контролем, и в целом впечатление хорошего спортсмена, который побеждал не за счет грубой силы, а за счет хитрости и смекалки. И все это было до сих пор от меня скрыто — не только потому, что он всегда ходил в рубашке, но еще и потому, что он был всецело во власти своего негодования.

Скрыта от меня была и маленькая голубая татуировочка на правой руке у самого плеча — надпись «U. S. Navy»* между лапами слегка поблекшего якорька, идущая вдоль широкой части дельтовидной мышцы. Крохотный символ, если таковой нужен, миллиона обстоятельств, из которых складывается чужая жизнь, пурги подробностей, которые, улегшись, образуют состав, называемый биографией, — крохотный знак, напоминающий мне, что наши представления о людях в лучшем случае не совсем верны.

— Хранили, да? Так долго? — сказал я. — Наверно, ого-го какое письмо.

— Не письмо, а бомба. Благодаря ему я понял, какая со мной произошла перемена. Я был женат, преподавал, мы ждали ребенка, и тем не менее до письма я не понимал, что все Стины у меня позади. Оно объяснило мне, что началось настоящее, началась серьезная жизнь, посвященная серьезным делам. У моего отца был бар на Гроув-стрит в Ист-Ориндже. Вы-то из Уикуэйика, вы вряд ли хорошо знаете Ист-Ориндж. Мы жили в бедной части города. Таких еврейских содержателей баров, как мой отец, по всему Нью-Джерси было пруд пруди, и конечно у них у всех имелись связи с мафией — а как иначе, если ты хочешь пережить мафию? Отец не был неженкой, но и отпетым не был,

_____

* «Военно-морской флот США» (*англ.*).

и он хотел для меня лучшей доли. Упал на пол и умер, когда я учился в выпускном классе. Я был единственным ребенком. Во мне души не чаяли. Он даже запретил мне помогать в баре, когда тамошние персонажи стали вызывать у меня интерес. Все в жизни, включая бар — нет, *начиная* с бара, — постоянно толкало меня к тому, чтобы всерьез учиться, и в те школьные дни, когда я зубрил латынь, когда учил греческий, который еще входил тогда в программу, сын содержателя бара очень старался быть серьезным — очень.

Мы быстро сыграли партию, и Коулмен показал мне выигрышную комбинацию. Я стал сдавать, а он снова заговорил. Я никогда от него такого не слышал. Все, что я слышал от него раньше, — это как он возненавидел Афина-колледж и почему.

— Ну так вот, — сказал он. — Когда я осуществил отцовскую мечту и сделался жутко респектабельным преподавателем колледжа, я стал думать, как думал отец: что серьезная жизнь теперь навсегда. Что она *не может* кончиться, если у тебя есть диплом и статус. Но она кончилась, Натан. «Существуют они — или они духи?» Сказал — и готов. Когда ректором был Робертс, он часто говорил: мол, я потому хорош на посту декана, что манерам обучался в баре. Робертсу с его элитарным генеалогическим древом нравилось, что в кабинете через коридор от него сидит забияка из пивнушки. Он очень любил тыкать моим происхождением в нос старой гвардии, хотя вообще-то неевреи, как вы знаете, терпеть не могут историй про евреев, выбирающихся наверх из трущоб. Да, Пирс Робертс, конечно, относился ко мне чуть иронически и уже в то время — да, если задуматься, *уже в то время...*

Но тут он оборвал сам себя. Не захотел продолжать. Он решительно разделывался с комплексом свергнутого монарха. Обида, которая, казалось, будет жить вечно, была объявлена умершей.

И вновь Стина. Воспоминания о ней ох как помогают.

— Познакомились в сорок восьмом, — сказал он. — Мне было двадцать два, я отплавал во флоте и учился в Нью-Йоркском университете — мне как демобилизованному полагалась стипендия. Ей было восемнадцать, она всего несколько месяцев как приехала в город. Устроилась на какую-то работу и поступила на вечернее отделение в колледж. Независимая девушка из Миннесоты. Уверенная в себе — так, по крайней мере, казалось. По матери датчанка, по отцу исландка. Быстрая. Сообразительная. Миловидная. Высокая. Восхитительно высокая. В ней была грация лежачего изваяния. До сих пор помню. Два года это у нас длилось. Называл ее Волюптас. Это дочь Психеи. Для римлян — олицетворение чувственного наслаждения.

Он положил на стол карты, взял лежавший у кучки сброшенных карт конверт и вынул письмо. Оно было напечатано на машинке на двух страницах.

— Мы потом однажды встретились — случайно. Я на день приехал в город из Аделфи, вдруг гляжу — Стина, ей уже стукнуло двадцать четыре или двадцать пять. Мы остановились и поговорили, я ей сообщил, что мы ждем ребенка, она мне рассказала о своих делах, под конец мы поцеловались — и пока. Спустя примерно неделю в колледж на мое имя приходит письмо. Оно датировано. Она поставила дату, вот — 18 августа 1954 года. «Дорогой Коулмен! Я была очень рада нашей встрече в Нью-Йорке.

При всей ее краткости я после того, как мы распрощались, почувствовала осеннюю печаль — наверно, потому, что теперь, когда прошло шесть лет со дня нашего знакомства, стало до боли очевидно, как много дней жизни осталось позади. Ты очень хорошо выглядишь, и я рада, что ты счастлив. Ты, надо сказать, вел себя очень по-джентльменски. Не стал „пикировать“ — а ведь в те времена, когда мы начали встречаться и ты снимал комнату в полуподвале на Салливан-стрит, ты, казалось, только этим и занимался. Помнишь себя? Ты замечательно „пикировал“, совсем как хищная птица, которая, пролетая над сушей или морем, вдруг видит что-то движущееся, что-то полное жизни, мгновенно нацеливается, камнем падает вниз и — хвать! Меня, когда мы познакомились, поразила твоя летучая энергия. Помню, как я в первый раз пришла к тебе в комнату и сидела на стуле, а ты ходил взад-вперед и только изредка присаживался на табуретку или кушетку. До того как мы сложились и купили матрас, ты спал на жалкой кушеточке, полученной задарма в Армии Спасения. Ты предложил мне выпить и подал мне стакан, а сам тем временем разглядывал меня с невероятным любопытством, словно то, что у меня есть руки, способные держать стакан, и рот, способный из него пить, — великое чудо, как и то, что я вообще возникла в твоей комнате назавтра после знакомства в метро. Ты говорил, задавал вопросы, иногда отвечал на мои и был страшно серьезен — но радостной какой-то серьезностью, а я очень старалась поддерживать разговор, но слова находила с трудом. Так что я смотрела на тебя и при этом впитывала и понимала гораздо больше, чем могла ожидать. Но я не способна была заполнить словами пустоту, созданную нашим влечением друг к другу. Я думала про себя: „Нет, я еще не готова, я только недавно в городе. Не сейчас. Но я буду готова — чуть погодя, еще немного поговорим, еще несколько фраз, если только я соображу, что мне хочется сказать". (К чему готова — сама не знаю. Нет, не просто отдаться. Готова *быть*.) Но тут, Коулмен, ты спикировал на меня длинным броском через полкомнаты. Я была и ошеломлена, и восхищена. Слишком быстро — и вместе с тем вовремя".

Он перестал читать, потому что услышал по радио первые звуки песни Синатры «Очарован, взволнован, смущен».

— Хочу танцевать, — сказал Коулмен. — Давайте вместе.

Я рассмеялся. Нет, это был совсем уже не тот неистовый, обозленный, ощеренный мститель времен «Духов», отчужденный от жизни и бешено ее атакующий, — это был даже не другой человек. Это была *другая душа*. Юношеская, если хотите. Я тогда ясно представил себе — по письму Стины и по читающему его голому выше пояса Коулмену, — каким Коулмен Силк некогда был. До того, как он стал деканом-революционером, до того, как он стал серьезным профессором античной словесности, и задолго до того, как он стал парией Афина-колледжа, он был юношей не только усидчивым, но еще и обаятельным, соблазнительным. Легко возбудимым. Озорным. Чуточку даже демоническим — этаким козлоногим Паном со вздернутым носом. Давно, во время óно — до того, как серьезные вещи полностью взяли верх.

— Дочитайте сперва письмо, — ответил я на приглашение к танцу. — Что она дальше пишет?

— За три месяца до нашего знакомства она приехала из Миннесоты. Я просто спустился в метро один и поднялся с ней. Вот он вам, сорок восьмой во всей красе. — Он снова обратился к письму. — «Я была страшно увлечена тобой, но боялась, что ты сочтешь меня слишком юной, сочтешь неинтересной среднезападной провинциалкой, и, кроме того, ты встречался тогда с какой-то „умненькой очаровашкой“, правда, с хитрой улыбкой сказал мне: „Мы вряд ли поженимся“. Я спросила: почему? Своим ответом — „Боюсь, мне станет скучно“ — ты добился того, что я делала все, лишь бы ты со мной не скучал, и даже пропадала на время, чтобы тебе не надоедать. Ну вот и все. Довольно. Я не должна тебе докучать. Обещаю, что больше не стану. Будь счастлив. Будь счастлив. Будь счастлив. Со всей нежностью, Стина».

— Что ж, — сказал я, — вот он вам, сорок восьмой во всей красе.

— Теперь танцевать.

— Только не пойте мне в ухо.

— Вставайте же наконец.

Я подумал — а что, чем черт не шутит, мы оба скоро сыграем в ящик, — и я встал, и на веранде мы с Коулменом Силком начали танцевать фокстрот. Он вел, а я, как мог, слушался. Мне вспомнилось, как он ворвался в мой кабинет, только-только договорившись в похоронном бюро о погребении Айрис, и, вне себя от горя и гнева, заявил, что я должен написать книгу обо всех невероятных нелепостях его «дела», кульминацией которого стало убийство его жены. Можно было подумать, что никогда больше этот человек не соблазнится глупостями жизни, что все игривое и легкое в нем уничтожено и утрачено наряду с профессиональной карьерой, репутацией и внушающей почтение женой. Я видел его в тот день, когда ее труп лежал еще теплый, и, может быть, именно поэтому мне даже в голову не пришло посмеяться и дать ему возможность, если хочет, танцевать на веранде в одиночку — просто посмеяться, посидеть и получить удовольствие от зрелища; может быть, именно поэтому я встал, дал ему руку и позволил мечтательно водить меня, приобняв за спину, по старому, вымощенному голубоватым песчаником полу.

— Надеюсь, никто из блюстителей порядка сюда не явится, — сказал я.

— Я тоже надеюсь, — отозвался он. — Нам же не надо, чтобы кто-нибудь похлопал меня по плечу со словами: «Теперь моя очередь».

Мы танцевали и танцевали. Откровенно плотского здесь ничего не было — и все же, поскольку Коулмен был в одних джинсовых шортах и моя рука мягко лежала на его теплой спине, как могла лежать на спине, скажем, собаки или лошади, здесь чувствовалось не только притворство, не только пародия. В том, как он водил меня туда-сюда по каменному полу, ощущалась некая полусерьезная-полушутливая искренность, не говоря уже о бездумной клоунской радости простого бытия — радости оттого, что ты волей случая, беспричинно жив, радости ребенка, который научился вывести мотивчик с помощью расчески и туалетной бумаги.

Потом мы сели, и тогда-то Коулмен сказал мне про другую женщину.

— А знаете, Натан, — ведь у меня роман. Роман с женщиной тридцати четырех лет. Как это на меня подействовало — описать не могу.

— Еще бы вы могли, отдышитесь сначала.

— Я думал, у меня всё уже в прошлом. Но когда вдруг это заявляется к тебе так поздно, из ниоткуда, совершенно неожиданно и даже нежеланно — заявляется, а тебе нечем это разбавить, ты уже не сражаешься на двадцать два фронта, ты уже не погружен в житейские заботы... когда только *это*...

— И когда ей тридцать четыре...

— И пылкая. Она пылкая женщина. Секс благодаря ей снова превратился в грех.

— Словом, вас захомутала La Belle Dame sans merci*.

— Вроде того. Я спросил: «Ну и каково это с мужчиной семидесяти одного года?», и она ответила: «Замечательно. Он какой есть, такой есть и измениться не может. Знаешь, чего ждать. Никаких сюрпризов».

— Что сделало ее такой мудрой?

— Сюрпризы. Тридцать четыре года жестоких сюрпризов — тут не хочешь, умудришься. Но это очень узкая мудрость, антисоциальная. Дикарская. Мудрость человека, который ничего ни от кого не ждет. И мудрость, и достоинство, но мудрость отрицательная, не такая, какая может день за днем держать тебя в колее. Жизнь почти все время пыталась стереть ее в порошок. Отсюда все, что она усвоила.

Я подумал: вот он нашел человека, с которым можно потолковать... а потом подумал: и я тоже. В тот момент, когда мужчина начинает говорить с тобой про секс, он сообщает тебе нечто о вас

---

* Безжалостная красавица (*фр.*). Название поэмы Алена Шартье (ок. 1385–1433) и стихотворения Джона Китса (1795–1821).

обоих. У громадного большинства такого не происходит, и это, наверно, к лучшему, хотя, если вы не можете выйти на некий уровень откровенности и делаете вид, что никакого секса у вас и в мыслях никогда нет, мужская дружба неполноценна. Девять мужчин из десяти за всю жизнь не обретают такого друга. Это редкость, но когда она случается, когда двое мужчин находят общий язык по поводу этой важной части мужского существования, когда не боишься осуждения и не мешает ни стыд, ни зависть, своя или чужая, когда ты знаешь, что другой не злоупотребит твоим доверием, — тогда дружеская связь может стать очень прочной и неожиданно тесной. Вряд ли такая откровенность для него обычна, думал я, но, поскольку он приходил ко мне еще в то, наихудшее время, полный ненависти, которая у меня на глазах отравляла его месяц за месяцем, теперь он чувствует себя со мной так же свободно, как бывший тяжелобольной с человеком, всю болезнь просидевшим у его постели. Это не похвальба, а бесконечное облегчение от возможности поделиться с кем-то вестью о своем втором рождении — ни больше ни меньше.

— Где вы ее откопали? — спросил я.

— Поехал под вечер на почту забрать корреспонденцию и увидел ее со шваброй в руках. Не обращали внимания на худую блондинку, которая иногда там убирает? В Афина-колледже она штатная уборщица. Где я деканствовал — там она моет полы. У нее нет ровно ничего. Фауни Фарли, так ее зовут. У Фауни совсем ничего нет.

— Почему?

— Был муж. Он так ее бил, что однажды кончилось комой. Они хозяйствовали на молочной ферме.

Дело он вел скверно, и они разорились. Было двое детей. В спальне работал обогреватель, опрокинулся, начался пожар, и оба ребенка задохнулись. Кроме пепла от их кремации, который она держит под кроватью в бидоне, у нее мало-мальски ценного есть только «шевроле» 83 года. Однажды она мне сказала: «Я не знаю, что делать с пеплом», и это был единственный раз, когда я почувствовал в ее голосе слезы. Трагедия на ферме так ее иссушила, что ей даже плакать нечем. А начинала жизнь в богатой, привилегированной семье, в большом старом доме к югу от Бостона. В каждой из пяти спален по камину, антикварные вещи, фамильный фарфор — все старое и первосортное, включая саму семью. Когда хочет, она на удивление хорошо говорит. Но она с такой высокой ступени скатилась на такую низкую, что ее речь — настоящая сборная солянка. Фауни лишилась доли, на которую у нее были все права. Деклассированный элемент. Ее беды — демократия в действии.

— Из-за чего у нее так все вышло?

— Из-за чего? Из-за отчима. Из-за элитарно-буржуазного поганства. Когда ей было пять, родители развелись. Богатый отец поймал красивую мать на неверности. Мать любила деньги, опять вышла замуж, и опять за богатого, и отчим не давал Фауни проходу. Начал приставать с первого же дня. Отойти не мог. Белокурая девочка-ангел — лапал ее, залезал ей в трусы. Ну а когда попробовал ей вставить, она сбежала. Ей было тогда четырнадцать. Мать отказывалась поверить. Фауни к психиатру водили. Она ему рассказала, как было дело, но после десяти сеансов врач тоже встал на сторону отчима. «Кто платит — тому и верят, —

45

так Фауни мне сказала. — Все, не только психиатр». Мать потом крутила с доктором роман. Вот и вся история, как я ее услышал от Фауни. Вот что ее вытолкнуло в суровую самостоятельную жизнь. Прочь из дому, прочь из школы, махнула на Юг, там работала, потом обратно сюда, перебивалась всякой работой и в двадцать лет вышла за этого фермера, старше ее, с молочным хозяйством, вьетнамского ветерана. Решила, что они будут трудиться, растить детей, вместе поднимать ферму, и так у нее наладится стабильная, обычная жизнь, а если муженек маленько туповат — ничего, с этим можно мириться. Даже и лучше, что туповат. Пусть из двоих она будет с мозгами — так Фауни решила. Подумала, это даст ей преимущество. И ошиблась. Ничего хорошего из брака не вышло. Ферма лопнула. «Лопух лопухом, — так она мне про него сказала. — На один трактор больше купил, чем нужно». И бил ее регулярно. Бил до полусмерти. Вы знаете, что она называет высшей точкой этого брака? «Великую перестрелку теплым коровьим дерьмом». Однажды вечером они после дойки стояли в коровнике и в очередной раз ругались. Корова рядом с ней обильно опросталась, и Фауни зачерпнула хорошую горсть и влепила Лестеру в лицо. Он ей ответил тем же, и тут началось. Она сказала мне: «Перестрелка теплым дерьмом, по-моему, лучшее, что у нас было». Под конец они были заляпаны с ног до головы и дико хохотали, а потом, помывшись в коровнике из шланга, пошли в дом трахаться. Но это уже было лишнее. Едва ли сотая часть того удовольствия, что они получили от перестрелки. С Лестером секс вообще не был удовольствием — Фауни говорит, он не знал, как это делается. «Слиш-

ком тупой, чтобы даже трахаться как следует».
Когда она говорит мне, что я идеальный мужчина, я отвечаю, что после него нетрудно таким показаться.

— Ну и какой же, кроме того что дьявольски мудрой, сделали ее двадцать лет перестрелок теплым дерьмом с Лестерами всех мастей? Свирепой? Житейски проницательной? Разгневанной? Чокнутой?

— Да, свирепой жизнь ее сделала, по крайней мере сексуально, но рассудка не лишила. Во всяком случае я этого пока не вижу. Разгневанной? Если это есть — а почему не быть? — то гнев у нее неявный. Гнев без гнева. И для человека, которому постоянно не везло, удивительно мало жалости к себе — или просто мне не хочет показывать. Но что до житейской проницательности — нет. Иной раз, правда, ее высказывания звучат очень неглупо. Она говорит: «Может, тебе лучше считать меня подругой твоего возраста, которая случайно выглядит моложе? Я бы этого хотела». Когда я спросил: «Чего ты от меня ждешь?», она объяснила: «Дружбы. Может, каких-то знаний. Секса. Удовольствия. Не волнуйся. Этого достаточно». Когда я ей однажды сказал, что она мудра не по возрасту, она ответила: «Нет, я тупа не по возрасту». Конечно, она сметливей этого Лестера, но проницательна? Да нет. Есть в ней что-то такое, вечно четырнадцатилетнее и очень далекое от проницательности. У нее была связь с начальником, со Смоки Холленбеком, который взял ее на работу. А его в свое время взял я — заведовать хозяйством колледжа. Раньше он был местной футбольной звездой. Я знал его еще студентом, в семидесятые. Теперь он по хозяйственной части. Он нанял Фауни уборщицей, и она сразу, когда он только ее нанимал, поняла, что у него на уме. Что Смоки положил на нее глаз. Ему тесно в нудном браке, но злости она из-за этого у него не вызывает, он не смотрит на нее с раздражением — мол, чего не угомонилась, чего тут шастаешь и блядуешь? Буржуазным высокомерием Смоки не страдает. Да, он делает правильные вещи, и делает их отлично: жена, дети — пятеро! — семьянин каких поискать, до сих пор спортивный герой колледжа, популярная и уважаемая фигура в городе. Но у него есть один дар: он может еще и пошалить на стороне. Поговоришь с ним — не подумаешь. «Мистер Афина» в кубе, хоть на выставке выставляй, все как положено во всех отношениях. Кажется, что вписался в легенду о себе на двести процентов. Можно было ожидать, что он подумает: «Зачем мне эта подзаборная сука с ее говенной жизнью? Да пошла она в задницу». Но он так не думает. В отличие от всех остальных в Афине, не настолько он, оказывается, верит в легенду о Смоки, чтобы не допустить мысли: «А вот эту телку я бы поимел». Или не быть способным к действию. Он таки драл ее, Натан. Клал в одну постель ее и другую из персонала и драл обеих. Так продолжалось полгода. Потом еще добавилась одна, свежеразведенная, новенькая в городе, агентша по недвижимости. Туда же, в цирк Смоки, в его тайный балаган с тремя аренами. А еще через полгода он дал Фауни отставку — вывел, так сказать, из обращения. Я ничего про это не знал, пока она мне не сказала. А сказала только потому, что однажды ночью в постели глаза у нее поехали и она назвала меня его именем. Прошептала: «Смоки». На вершине горы Смоки*. То, что она побывала в этом зверинце, показало мне, с какой дамой я имею дело. Повысило ставку. Стало допингом, потому что я понял: это не любительница. Когда я спросил ее, как Смоки приманивает эти орды, она ответила: «Как? Да шишкой своей, как же еще». Я попросил объяснить, и она объяснила: «Как мужчина понимает, когда в комнату входит телка что надо? Вот так же, и наоборот. Есть люди, которых как хочешь одевай — все равно понятно, для какого они дела нужны». Постель — единственное место, где Фауни становится проницательной, Натан. Первое тут — инстинктивная телесная проницательность, второе — дерзкое нарушение норм. В постели Фауни вся внимание, у нее зрячая плоть, которая видит все абсолютно. В постели она сильное, собранное, цельное существо, чье главное наслаждение — в переходе границ. В постели она — сложное, глубокое явление. Может, из-за тех давних домогательств. Когда мы спускаемся на кухню, когда я жарю яичницу и мы вместе едим, она сущий ребенок. Может быть, опять-таки из-за домогательств. Со мной сидит рассеянная, вечно отвлекающаяся девчонка с пустыми глазами. В другое время такого не бывает, но за едой всякий раз одно: я и мой ребенок. Все дочернее начало, какое в ней осталось, вот оно, тут как тут. Не в состоянии прямо сидеть на стуле, не в состоянии связать двух фраз. Вся беспечность по части секса и трагедии улетучивается, и мне хочется ей сказать: «Ешь над столом, убери из тарелки рукав халата, постарайся

_____

* Ассоциация с Грейт-Смоки-Маунтинс — горной цепью в штатах Северная Каролина и Теннеси.

слушать, что я тебе говорю, и смотри на меня, когда отвечаешь, ясно тебе?!»

— И вы говорите?

— Вряд ли это было бы разумно. Нет, не говорю — предпочитаю беречь интенсивность того, что есть. Я думаю про бидон у нее под кроватью, где собран пепел, с которым она не знает что делать, и мне хочется ей сказать: «Два года прошло. Пора похоронить. Если не хочешь в землю, пойди к реке, встань на мосту и рассыпь. Пусть себе летит, пусть развеется. Я пойду с тобой. Мы сделаем это вместе». Но я ей не отец, и она мне не дочь — эту роль я не играю и не хочу играть. И роль профессора тоже — ни с ней, ни с другими. Учить людей, исправлять их ошибки, наставлять их, просвещать, экзаменовать я как пенсионер больше не обязан. Я старик семидесяти одного года, который завел любовницу тридцати четырех лет, и в штате Массачусетс это лишает меня права кого-либо просвещать. Я принимаю виагру, Натан. Вот она кто, моя Belle Dame sans merci. Виагре я обязан всеми нынешними бурными и счастливыми переменами. Без нее ничего этого не было бы. Без нее я смотрел бы на мир так, как положено в моем возрасте, и имел бы совсем другие цели. Без виагры я был бы солидным пожилым джентльменом, свободным от вожделений и ведущим себя корректно. Я не совершал бы сумасбродных поступков. Не делал бы ничего неподобающего, безрассудного, необдуманного и потенциально губительного для всех действующих лиц, включая себя. Без виагры я мог бы под старость окидывать все широким отвлеченным взглядом умудренного опытом, с почетом ушедшего на пенсию ученого и педагога, который давным-давно отказался от чувственных радостей. Вместо того чтобы все время испытывать сексуальный аффект, я мог бы изрекать глубокие философские истины и оказывать укрепляющее нравственное влияние на молодежь. Благодаря виагре я наконец понял любовные метаморфозы Зевса. Надо было по-другому ее назвать. Не виагрой, а Зевсом.

Изумляется ли он сам тому, сколько всего передо мной вываливает? Не исключено. Но слишком полон этим, чтобы перестать. Тот же самый импульс, что заставил его танцевать со мной. Да, подумал я, он нашел новое дерзкое средство против унижения. То он писал «Духов», теперь спит с Фауни. Но им движет даже нечто большее. Желание выпустить зверя, высвободить энергию — хоть на два часа, хоть на час, но вернуться в естественное состояние. Он много лет был женат. У него родились дети. Он был деканом колледжа. Сорок лет делал то, что следовало делать. Он был занят, и естественное существо, зверь, сидело в клетке. Теперь клетка отперта. Быть деканом, отцом, мужем, ученым, педагогом, читать книги, читать лекции, проверять работы, ставить оценки — ничего этого больше не нужно. Конечно, в семьдесят один ты уже не тот неотразимый похотливый зверь, каким был в двадцать шесть. Но есть остаток былого зверя, остаток естественного существа, и Коулмен теперь соприкоснулся с этим остатком. И в результате он счастлив, благодарен за возможность такого соприкосновения. Он более чем счастлив — он в упоении и оттого уже привязан к ней, прочно привязан. Семейное начало тут ни при чем — биология уже мало что для него значит. Не семья, не ответственность, не долг, не деньги, не общность

51

мировоззрения или взгляда на литературу, не долгие разговоры на великие темы. Нет, его привязывает к ней упоение. Завтра у него обнаружится рак — и привет. Но сегодня упоение.

Почему он со мной делится? Да потому, что, если хочешь отдаться этому совершенно свободно, кто-то должен знать. Он готов отдаться до конца, потому что на кону ничего нет. Потому что все равно никакого будущего. Потому что ему семьдесят один, а ей тридцать четыре. Он ввязался в это не из желания что-то узнать и не для того, чтобы строить планы, а единственно ради приключения; он, как и она, — ради бесшабашной гонки. Для него тридцать семь лет разницы — колоссальная освобождающая сила. Старику — в последний раз сексуальный фарт. Что еще может так расшевелить человека?

— Возникает, конечно, вопрос, — сказал Коулмен. — Ей-то что от меня нужно? Что на самом деле у нее на уме? Новое возбуждающее переживание — быть с человеком, который годится тебе даже не в отцы, а в деды?

— Я думаю, существует тип женщины, — сказал я, — для которого это действительно возбуждающее переживание. Всякие бывают типы — почему не быть и такому? Есть же в Вашингтоне федеральный орган, который ведает стариками. Вот оттуда она и пришла к вам, Коулмен.

— Я никогда в молодости не сходился с некрасивыми девушками. Но во флоте у меня был дружок, Фарриелло, и некрасивые были как раз его специальностью. На базе в Норфолке, когда нас отпускали на танцы в церковь или военный клуб, Фарриелло всегда высматривал себе самую уродливую. Когда я стал над ним смеяться, он сказал мне, что я очень многое теряю, когда выбираю принцесс. Дурнушки низкого о себе мнения. Они не принцессы и поэтому сделают для тебя все, что ты захочешь. Большинство мужчин, сказал он, по глупости этого не понимают. Им невдомек, что, если только найти к ней ключик, она окажется самой необыкновенной. Ключик не всегда легко найти. Но если удастся... Если удастся ее открыть, ты просто не знаешь, с чего начать, так она трепещет и вибрирует. И все потому, что некрасивая. Потому что ее никогда не выбирают. Потому что она сидит в углу, когда другие танцуют. Быть стариком примерно это и означает. Быть непривлекательной девушкой. Сидеть на танцах в углу.

— Значит, Фауни — ваш Фарриелло.

— Вроде того, — улыбнулся он.

— Как бы то ни было, — сказал я ему, — благодаря виагре вы избавились от пытки писания этой книги.

— Это верно, — сказал Коулмен, — вы правы. Дурацкая книга. Говорил я вам, что Фауни не умеет читать? Я это обнаружил, когда мы однажды поехали в Вермонт обедать в ресторан. Не могла прочесть меню. Кинула в сторону. У нее есть такая манера — когда хочет изобразить полное презрение, сперва еле заметно скривит верхнюю губу, а потом выскажется. С таким вот полным презрением она бросила официантке: «Что ему, то и мне».

— Она же до четырнадцати лет ходила в школу. Как это — не умеет читать?

— Судя по всему, навык улетучился вместе с детством. Я спросил, как такое могло случиться, но она только усмехнулась: «Запросто». В Афине добросердечные либералы уговаривают ее поступить на курсы, но она в гробу это видала. Ночью она мне сказала: «И уж ты-то не пробуй меня учить. Делай со мной все, что тебе нравится, но только этого дерьма не надо. От того, что ушами слышу, уже тошно. Начнешь грамоте учить, давить, за парту сажать — сам толкнешь меня за край». Когда возвращались из Вермонта, всю дорогу и я молчал, и она. Только дома раскрыла рот: «Тебе неохота драть такую, которая читать не умеет. Ты меня бросишь, потому что согласен драть только достойную, грамотную, у которой все как положено. Ты мне собираешься сказать: учись читать или проваливай». Я отвечаю: «Наоборот. Я тем жарче буду тебя драть, что ты неграмотная». Она говорит: «Ладненько. Значит, мы друг друга понимаем. Я не так это делаю, как грамотные, и не хочу, чтобы со мной обращались как с ними». Я говорю: «Я с тобой ради того, какая ты есть». Она мне: «Вот-вот, самое оно». Мы уже оба к этому времени хохотали. Фауни смеется как барменша, у которой под стойкой на всякий случай припасена бейсбольная бита, и этим-то смехом она смеялась тогда — хрипловатым таким, бывалым, грубым, свободным смехом женщины с прошлым — и уже расстегивала мне брюки. Но она верно догадалась, что, пока мы ехали, я хотел ее бросить. Она прочла мои мысли. Но я так не поступлю. Я не собираюсь применять к ней мою чудесную добродетель. И к себе тоже. С этим покончено. Хотя я понимаю, что даром такие вещи не даются. Страховки тут не купишь. Тебя что-то возвращает к жизни, а потом оно же тебя и убьет. Я знаю, что для всякой возможной ошибки секс служит катализатором. Но сейчас это меня не волнует. Утром просыпаюсь — на полу полотенце, на тумбочке вазелин. Почему все это здесь? Потом вспоминаю. Потому что я снова жив. Потому что вокруг меня опять торнадо. Потому что так оно и бывает, когда ты *есть*. Я не намерен ее бросать, Натан. Я начал называть ее Волюптас.

Несколько лет назад мне по онкологическим показаниям удалили простату. Операция, хоть и прошла успешно, имела кое-какие неприятные последствия, почти неизбежные из-за повреждений нервной ткани и образования внутренних рубцов. В общем, я стал страдать недержанием мочи и поэтому, вернувшись в тот вечер домой от Коулмена, первым делом вынул абсорбирующую прокладку, которая днем и ночью лежит у меня в паху под трусами. Было жарко, и, поскольку речь не шла о посещении общественного места или многолюдного сборища, я, отправляясь к Коулмену, решил надеть не полиэтиленовые трусы, а обычные хлопчатобумажные, и в результате моча просочилась на мои брюки защитного цвета. Дома я увидел спереди влажное пятно и почувствовал запашок. Прокладки обрабатываются дезодорантом, и все же в данном случае запах был. Рассказ Коулмена так меня увлек, что я в какой-то момент забылся. Я сидел у него, пил пиво, танцевал с ним, слушал его, отмечал трезвость предвидения и четкость, с какой он мыслил, стремясь сохранить устойчивость после крутого поворота в своей жизни; я не вышел, как время от времени должен, в уборную провериться, и в результате со мной случилось то, что теперь иногда случается.

Нет, неприятности подобного рода уже не обескураживают меня так, как в первые месяцы после операции, когда я экспериментировал с разными способами решения этой проблемы и когда, конечно, еще давала себя знать привычка к свободному, сухому и лишенному запаха существованию — к жизни взрослого человека, контролирующего функции своего организма, человека, который шестьдесят с чем-то лет мог заниматься повседневными делами, не беспокоясь о состоянии своего белья. Тем не менее, когда возникает нечто выходящее за рамки обычных моих теперешних неудобств, я хоть и недолго, но страдаю, и меня по-прежнему порой приводит в отчаяние мысль, что я до конца дней буду по части мочеиспускания беспомощен как младенец.

Операция, кроме того, сделала меня импотентом. Медицинское средство, которое летом 1998 года было еще совсем новым, однако уже успело за очень короткий срок показать себя прямо-таки чудодейственным эликсиром, возвращающим пожилым мужчинам, в иных отношениях практически здоровым, как Коулмен, функциональную потенцию, — это средство не могло мне помочь из-за обширных повреждений нервной ткани. В таком состоянии виагра бесполезна — впрочем, даже если бы дело обстояло иначе, не думаю, что я бы ее принимал.

Хочу внести ясность: не из-за импотенции я стал вести жизнь затворника. Я уже около полутора лет жил и писал в двухкомнатной лачуге среди Беркширских холмов, когда по итогам рутинного обследования мне поставили предварительный диагноз «рак простаты»; затем — месяц дополнительных проверок и поездка в Бостон на простатэктомию. Переездом сюда я сознательно сказал «нет» сексу с его кошачьими песнями, и не потому, что влечение или, если уж на то пошло, эрекция стали слабее, а потому, что плата за удовлетворение стала для меня уже чересчур высока и я не мог наскрести нужного количества остроумия, силы, терпения, иллюзий, иронии, жара, эгоизма, эластичности — или жесткости, практицизма, фальши, лицемерия, способности к двойной жизни, эротического *профессионализма*, — чтобы справиться с ворохом обманчивых, сбивающих с толку, противоречивых смыслов. В результате я сумел несколько смягчить послеоперационный шок от сознания неизлечимой импотенции, напоминая себе, что хирургическое вмешательство всего-навсего заставит меня держаться линии, которую я и так добровольно избрал. Операция лишь подкрепила то решение, что я принял сам под воздействием опыта целой жизни, опыта осложнений и тягот — причем в то время, когда моя потенция была полноценной, сильной и неугомонной, когда маниакальная мужская потребность делать это опять, и опять, и опять не была еще обуздана физиологическими трудностями.

Но когда Коулмен рассказал мне про себя и свою Волюптас, все иллюзорные представления о покое, обретаемом благодаря философскому самоограничению, улетучились и я совершенно потерял равновесие. Долгие часы лежал я без сна в полной власти своих фантазий — лежал, гипнотически завороженный той парой, сопоставляя ее пыл со своим упадком. Лежал, даже не пытаясь оградить себя от мысленного воспроизведения того «дерзкого нарушения норм», от которого Коулмен не желал отказываться. И мой танец — танец безвредного евнуха с этим все еще полным жизни, горячим самцом — казался мне теперь жалкой, уродливой самопародией.

Без толку говорить: «Ко мне это больше не имеет отношения». Как же не имеет, если это часть любой жизни? Пятнающий фактор секса, спасительная порча, которая препятствует идеализации вида и заставляет нас вечно помнить, из какого мы вещества.

В середине следующей недели Коулмен получил анонимное послание всего из одной фразы — короткое главное предложение и более распространенное придаточное, — которая была смело, крупно, размашисто написана на стандартном листе белой бумаги. Обличающее письмо из двенадцати слов, заполнивших весь лист сверху донизу:

ВСЕМ ИЗВЕСТНО,
ЧТО ВЫ СЕКСУАЛЬНО ЭКСПЛУАТИРУЕТЕ
НЕСЧАСТНУЮ НЕГРАМОТНУЮ ЖЕНЩИНУ
ВДВОЕ ВАС МОЛОЖЕ.

И адрес на конверте, и само письмо были написаны красной шариковой ручкой. Несмотря на нью-йоркский штемпель, Коулмен узнал руку мгновенно. Это был почерк заведующей кафедрой, молодой француженки, которая стала начальницей Коулмена, когда он, уйдя с поста декана, вернулся к преподаванию, и которая позже была среди самых ярых его обвинителей в расизме, якобы проявленном в отношении двух черных студенток.

В своих папках, озаглавленных «Духи», на нескольких документах, касающихся этого конфликта, он нашел образцы почерка, подтвердившие его первоначальный вывод: автор анонимки — профессор Дельфина Ру, заведующая кафедрой языков и литературы. Она не приложила сколько-нибудь заметных стараний, чтобы сбить Коулмена со следа, изменив почерк, — разве что первые два слова были выведены печатными буквами. Не исключено, что вначале у нее было такое намерение, но потом, начав писать, что же именно «всем известно», она передумала или забылась. Надписывая конверт, француженка даже не сочла нужным отказаться от лезущих в глаза европейских семерок в адресе и почтовом индексе Коулмена. Причиной этой расхлябанности, этого странного для анонимщика нежелания скрыть приметы своей личности могло быть, скажем, крайнее волнение, которое иной раз толкает человека на необдуманный поступок; письмо, однако же, не было второпях отправлено с местной почты, а, судя по штемпелю, вначале проехало примерно сто сорок миль на юг и лишь потом попало в почтовый ящик. Может быть, она посчитала, что в ее почерке нет ничего настолько особенного и характерного, чтобы он запомнил его с той поры, когда работал деканом; может быть, она забыла или не знала, что по запросу Коулмена специально созданный преподавательский комитет передал ему, наряду с фотокопиями других материалов по его делу, фотокопии ее отчетов о двух своих собеседованиях с Трейси Каммингз и ее итогового отчета. Или, возможно, она как раз хотела дать ему понять, кто именно знает о его секрете: решила нанести ему удар угрожающе-агрессивным анонимным обвинением и в то же время прозрачно намекнуть, что оно выдвинуто человеком хоть и молодым, но уже достаточно влиятельным.

В тот день, когда Коулмен звонком пригласил меня приехать и посмотреть на анонимное письмо, все образчики почерка Дельфины Ру из папок, посвященных «Духам», были аккуратно разложены на кухонном столе — и оригиналы, и копии, которые он уже снял и на которых красными чернилами обвел каждый элемент почерка, повторявшийся, как он считал, в анонимном письме. Обведены были главным образом отдельные буквы, и хотя сходство в почерке между письмом и документами из «Духов» нельзя было отрицать, лишь когда Коулмен показал мне свое имя и фамилию на конверте и в записях о собеседовании с Трейси Каммингз, я больше не сомневался: он уличил ту, которая вознамерилась уличить его.

ВСЕМ ИЗВЕСТНО,

ЧТО ВЫ СЕКСУАЛЬНО ЭКСПЛУАТИРУЕТЕ

НЕСЧАСТНУЮ НЕГРАМОТНУЮ ЖЕНЩИНУ

ВДВОЕ ВАС МОЛОЖЕ.

Держа письмо в руке, я в аккуратных выражениях, чтобы не обидеть Коулмена, похвалил выбор слов и разбивку текста на строки, словно письмо сочинила не Дельфина Ру, а Эмили Дикинсон*; Коулмен, со своей стороны, объяснил мне, что не он, а Фауни с ее дикарской мудростью настояла на том, чтобы они пообещали друг другу хранить секрет их близости, который каким-то образом стал теперь известен Дельфине Ру, неявно пригрозившей предать его гласности. «Зачем мне, чтобы кто-то лез в мою жизнь? Перепихнуться по-тихому раз

---

* Эмили Дикинсон (1830–1886) — американская поэтесса.

в недельку с приятно остуженным человеком, у которого все это уже было-перебыло, — вот и все, что мне надо, и не их это собачье дело».

«Не их» главным образом относилось к Лестеру Фарли, ее бывшему мужу. Ее в жизни не раз и не два лупили, причем отнюдь не только он: «Как же без этого, ведь я с четырнадцати лет мотаюсь одна». Например, когда ей было семнадцать и она работала подавальщицей во флоридской забегаловке, тогдашний дружок не только избил ее и разгромил ее жилье, но и спер у нее вибратор. «Вот это было чувствительно», — сказала Фауни. Причиной каждый раз бывала ревность. Не так на кого-то взглянула, спровоцировала кого-то на то, чтобы не так взглянул на нее, не смогла убедительно объяснить, где пропадала последние полчаса, не то слово произнесла или не с той интонацией — в общем, каким-то, по ее мнению, пустяком «доказала», что она вероломная и лживая потаскуха, — и все: что бы там ни было и кто бы *он* ни был, Фауни получает от него кулаками и ботинками во все места и истошно зовет на помощь.

За последний год перед разводом Лестер Фарли дважды избил ее так, что приходилось ехать в больницу, и он по-прежнему жил где-то в ближних холмах, работал после банкротства в дорожной бригаде городка, и, поскольку у нее не было сомнений, что он как был чокнутым, так и остался, она говорила Коулмену, что, узнай он про эти дела, она боялась бы за Коулмена не меньше, чем за себя. Она подозревала, что Смоки потому так внезапно ее бросил, что между ним и Лесом Фарли что-то произошло — что Лес, периодически принимавшийся шпионить за бывшей женой, каким-то образом пронюхал насчет ее связи с начальником, пронюхал несмотря на то, что места свиданий Холленбек выбирал крайне тщательно, устраивая их в дальних закоулках старых зданий, в комнатах, о самом существовании которых никто, кроме заведующего хозяйством колледжа, и знать-то не знал, не говоря уже о том, чтобы иметь туда доступ. Выбирая подружек из своего персонала и встречаясь с ними прямо в кампусе, Смоки, казалось, вел себя опрометчиво, но во всем остальном, что касалось его забав, он был не менее аккуратен, чем в своей работе в колледже. С такой же профессиональной сноровкой, с какой он за считанные часы обеспечивал расчистку дорог кампуса после снегопада, Смоки умел, если нужно, одним махом избавиться от той или иной из своих наложниц.

— Ну и как мне теперь быть? — спросил меня Коулмен. — Я и до того, как узнал про буйного бывшего мужа, был не прочь сохранить все это в секрете. Предвидел что-то в подобном роде. Дело даже не в том, что она моет сортиры в колледже, где я был деканом. Мне семьдесят один, ей тридцать четыре. Одного этого достаточно, чтобы затаиться, и, когда она мне сказала, что это не их собачье дело, я подумал: вот и хорошо, она меня опередила, мне теперь даже и не надо заговаривать на эту тему. Разыграть все это как тайный адюльтер? Отлично, за мной дело не станет. Потому-то я и повез ее обедать в Вермонт. Потому-то, если мы случайно встречаемся на почте, мы даже не здороваемся.

— Может, кто-нибудь вас в Вермонте увидел? Или в машине по дороге.

— Да... такое могло случиться. Все прочее просто исключено. Может быть, нас увидел сам Фарли.

О господи, Натан, я почти пятьдесят лет не ходил ни на какие свидания — я подумал, ресторан... Какой же я идиот.

— Да нет, не идиот. Нет, нет — просто вам тесно стало, захотелось на простор. Послушайте. Что касается Дельфины Ру — не могу сказать, что понимаю, почему ее так страстно занимает, с кем вы спите в ваши пенсионные годы, но, поскольку мы знаем, что есть люди, которые не переносят никаких нарушений условностей, будем считать, что она из их числа. Но вы-то нет. Вы свободны. Вы свободный и независимый человек. Свободный и независимый *старый* человек. Вы массу всего потеряли, уйдя с работы, но, может, кое-что и приобрели? Вам не надо больше никого просвещать — вы сами сказали. И это не проверка на способность пренебрегать социальными запретами. Вы почти всю жизнь провели внутри преподавательского сообщества, а теперь оказались не у дел, и, если я верно вас чувствую, это совершенно не свойственное вам состояние. Возможно, вы никогда не хотели, чтобы у вас появилась такая Фауни. Возможно, даже считаете, что не должны были этого хотеть. Но и в самых мощных укреплениях бывают лазейки, куда проникает то, чего мы меньше всего ждем. В семьдесят один у вас Фауни, в 1998 году у вас виагра; вернулось то, о чем вы и думать забыли. Безбрежный покой. Грубая силища. Головокружительная интенсивность ощущений. Ни с того ни с сего — последний большой полет Коулмена Силка. Можно предположить — действительно последний. Да, обстоятельства жизни Фауни Фарли невероятно контрастируют с вашими. Да, они не соответствуют благопристойным понятиям о том, с кем может делить постель человек вашего возраста и положения — если вообще с кем-нибудь может. Но то, что последовало за произнесением вами слова «духи», — это разве соответствует благопристойным понятиям? Инсульт Айрис им соответствует? Выбросьте идиотское письмо из головы. С какой стати оно должно вас смущать?

— Идиотское *анонимное* письмо, — уточнил он. — Я в жизни таких не получал. Может ли человек, способный к рациональному мышлению, послать анонимку?

— По-моему, это французский обычай. У Бальзака — разве там не масса анонимных писем? Или у Стендаля? В «Красном и черном» — не помните?

— Не помню.

— Ход мысли такой: в основе всего, что бы вы ни делали, лежит жестокость, а в основе всего, что делает Дельфина Ру, уж конечно лежит чистая добродетель. В мифологии ведь на каждом шагу великаны, чудовища и гидры. Квалифицируя вас как чудовище, она квалифицирует себя как героиню. В вашем лице она убивает гадину. Мстит за слабых, которых вы пожрали. Она переносит все в мифологическую сферу.

По снисходительной улыбке Коулмена я понял, что мало чего достигну, шутливо или всерьез интерпретируя анонимное обвинение в гомеровском ключе.

— К ее умственным построениям, — сказал он, — мифотворчество не имеет отношения. Для мифотворчества у нее воображения не хватает. Нет, ее стихия — жуткие байки, которые сочиняют крестьяне для объяснения своих бед. Про порчу, про дурной глаз. Я не иначе как околдовал Фауни. Стихия Дельфины — сказки про ведьм и колдунов.

Разговор теперь доставлял удовольствие нам обоим, и я видел, что, говоря о его праве на наслаждение, стремясь тем самым его успокоить, я усилил его симпатию ко мне — и обнаружил свою симпатию к нему. Я пустился в излияния и понимал это. Я удивил самого себя желанием сказать человеку хорошее, чувствовал, что говорю лишнее, что захожу в объяснениях слишком далеко, чувствовал себя сверхвовлеченным и перевозбужденным, как в детстве, когда тебе кажется, что в новом мальчике на улице ты нашел единственного друга, и ты ведешь себя совершенно не так, как обычно, открываешься куда больше, чем тебе самому хочется. Но у меня и раньше, с того самого дня после смерти Айрис, когда он забарабанил в мою дверь и принялся убеждать меня написать за него «Духов», помимо моей воли завязалась с Коулменом Силком нешуточная дружба. Его трудности занимали меня, и не просто как материал для умственных упражнений. Они что-то для меня значили — значили вопреки моему решению в то время, какое осталось мне самому, уделять внимание только каждодневным требованиям работы, избегать всего, кроме серьезного труда, не искать приключений вне его и не печься даже о своей собственной жизни, не говоря уже о чьей-то еще.

Я осознал это не без огорчения. Уход из мира, воздержание от всего, что может отвлечь, добровольный отказ от любых профессиональных амбиций, коллективных иллюзий, культурных отрав и соблазнительных близостей, строгое затворничество по примеру религиозных отшельников в пещерах, кельях или лесных хижинах — все это, как видно, требует более твердого материала, чем тот, из которого я изготовлен. Я продержался всего пять лет — пять лет одинокого чтения и писания в симпатичной двухкомнатной хижине на склоне холма Мадамаска-Маунтин. За домом — маленький пруд, перед ним — грунтовая дорога, дальше кустарник, дальше десять акров болота, где вечер за вечером отдыхают перелетные канадские казарки и все лето одиноко рыбачит терпеливая голубая цапля. Секрет жизни среди мировой суматохи с минимумом боли — втянуть в свои иллюзии как можно больше людей; секрет одинокой жизни здесь, где я хочу отсечь себя от любых возбуждающих вовлеченностей, соблазнов и ожиданий, а прежде всего от собственного внутреннего напора, — в том, чтобы организовать тишину, думать о ее изобилии на этих холмах как о капитале, как о приумножающемся богатстве. Думать об окрестном безмолвии как о выбранном тобой источнике силы, как о единственном, что тебе близко. Укрепляться за счет «собеседований одинокого ума с самим собой» (снова Готорн). Укрепляться за счет Готорна и ему подобных, черпать мудрость у великолепных покойников.

Для того чтобы справиться с трудностями такого выбора, подавить тоску по утраченному, понадобилось время — время и стойкое, как у цапли, терпение, — но за пять лет я так преуспел в хирургически точном членении моих дней, что в бессобытийном существовании, которое я избрал, не оставалось и часа, лишенного для меня своей особой значимости. И даже необходимости. Восторга даже, если хотите. Я больше не испытывал пагубной тяги к *чему-то еще*, и последним, думалось мне, что я мог бы снова терпеть, было постоянное общество *кого-то еще*. Музыка после обеда — это не избавление от тишины, а более полное ее осуществление. Час-другой вечернего слушания музыки не лишает меня безмолвия, а, наоборот, заставляет его сбыться до конца. Летом, проснувшись утром, я первым делом полчаса плавал в пруду, а в другие времена года, пока снег не делал прогулки невозможными, я после утренней работы за письменным столом почти каждый день часа два ходил по холмам. Рак, который стоил мне простаты, не давал рецидивов. Шестидесятипятилетний, в форме, относительно здоровый, упорно работающий — я знал, что я и где я. Приходилось знать.

Так почему же тогда, претворив эксперимент строгого затворничества в богатое и осмысленное одиночное существование, — почему вдруг, ни с того ни с сего я должен был ощутить тоску? Тоску по чему? Что прошло — прошло. Ни о каких послаблениях, ни о каком отказе от ограничений и речи не может быть. И все же — тоску по чему? Очень просто: по тому, к чему у меня, я считал, развилось отвращение. По тому, к чему я повернулся спиной. По жизни. По вовлеченности в жизнь.

Вот как я подружился с Коулменом и вот как покинул цитадель уединенного бытия в глуши, где держал оборону от раковых набегов. Заставив меня танцевать, Коулмен Силк заставил меня жить. До меня что-то в этом роде он сотворил с Афина-колледжем — поистине этот человек был мастером перемен. Танец, который ознаменовал начало нашей дружбы, сделал, кроме того, его беду моей темой. Его беду и его маскировку. Необходимость представить должным образом его секрет стала моей задачей. Вот как я утратил способность оставаться вне сумятицы и напряжения, от которых бежал. Я всего-навсего нашел друга — и пробил брешь, куда хлынуло все мировое зло.

В тот же день Коулмен повез меня познакомиться с Фауни на маленькую молочную ферму в шести милях от его дома, где в обмен на бесплатное проживание она доила коров. Несколькими годами раньше это молочное хозяйство организовали две разведенные женщины с высшим образованием, поборницы защиты окружающей среды, обе из новоанглийских фермерских семей, пустившие все, что у них было, включая труд детей — шестерых общим счетом, о которых хозяйки любили говорить покупателям, что они узнали, откуда берется молоко, не из фильмов «Улица Сезам», — на почти невозможное дело: жить продажей сырого молока. Это единственное в своем роде предприятие имело очень мало общего с большими молочными фермами — ничего обезличенного, ничего фабричного, на нынешний взгляд и не молочная ферма даже, а что-то совсем другое. Называлось оно «Органика», и продукцией его было сырое молоко, которое продавалось как в местных магазинчиках и некоторых ближних супермаркетах, так и на самой ферме постоянным покупателям, бравшим не менее трех галлонов в неделю.

Коров, чистокровных джерсеек, было всего одиннадцать, и у каждой не бирка с номером в ухе, а полноценная старомодная кличка. Их молоко не смешивалось с молоком никакого огромного стада, где животных пичкают всяческой химией; не выхолощенное пастеризацией и гомогенизацией, оно сохраняло легкий привкус и даже запах того, чем коровы из года в год питались, растительного корма, получаемого без гербицидов, пестицидов и химических удобрений, и, поскольку было богаче питательными веществами, чем обычное гомогенизированное молоко, его охотно покупали те местные жители, что отдавали предпочтение натуральным продуктам. Ферма сделалась популярна среди тех довольно-таки многочисленных обитателей здешних мест — как пенсионеров, так и родителей с детьми, — что сбежали сюда из больших городов с их загрязняющими, нервирующими и растлевающими воздействиями. В местном еженедельнике и теперь попадаются письма в редакцию, где люди, недавно обретшие лучшую жизнь среди здешних сельских дорог, с благодарностью упоминают, помимо прочего, молоко «Органика» — упоминают не просто как лакомое питье, но и как воплощение освежающей, услаждающей сельской чистоты, которой так жаждет их потрепанный городским существованием идеализм. Письма пестрят такими словами, как «добро» и «душа», словно осушить стакан молока «Органика» значит не только зарядиться здоровьем, но и исполнить некий спасительный религиозный ритуал: «Когда мы пьем молоко „Органика“, питание разом получают наше тело, душа и дух. Все внутренние органы вбирают его природную силу и, ощущаем мы это или нет, отзываются на нее с благодарностью». Пишут подобные вещи люди взрослые и во многих иных отношениях вменяемые; избавленные здесь от того, что их не устраивало в Нью-Йорке, Хартфорде или Бостоне, они не прочь провести за письменным столом несколько приятных минут, воображая себя семилетними детьми.

Хотя Коулмен потреблял в день вряд ли больше молока, чем те полчашки, которыми он утром заливал злаковые хлопья, он договорился с хозяйками на пресловутые три галлона в неделю. Это давало ему повод являться на ферму, где он забирал свеженадоенное молоко. Свернув с шоссе на грунтовую дорогу с тракторными колеями, он подъезжал к коровнику, входил в него и вынимал свое молоко из холодильника. Дело было, конечно, не в скидке, которую получали трехгаллоновые клиенты, а в том, что от холодильника, стоявшего у входа, было всего несколько шагов до отсека с доильной установкой, куда коровы одна за другой заводились два раза в день и где в пять вечера, вернувшись из колледжа, их несколько раз в неделю доила Фауни.

Он просто стоял и смотрел, как она работает. Хотя в это время дня здесь редко появлялся кто-то еще, Коулмен не входил в отсек — просто стоял снаружи и смотрел, позволял ей делать свое дело, не отвлекаясь на разговор с ним. Часто они вообще ничего друг другу не говорили, потому что их наслаждение усиливалось от молчания. Она знала, что он на нее смотрит; зная, что она знает, он смотрел еще пристальней — и то, что они не могли тут, в грязи, совокупиться, не имело ни малейшего значения. Довольно было того, что они наедине где-то *помимо* его постели, довольно было изображать будничную разделенность непреодолимыми социальными барьерами, держаться в рамках привычных амплуа простой доярки и вышедшего на пенсию профессора, виртуозно играть каждый свою роль: она — сильной худощавой тридцатичетырехлетней работницы, неграмотной и неотесанной деревенской бабы, сплошь мышцы да кости, которая только что с вилами в руках расправилась во дворе с дерьмом, оставшимся после утренней дойки; он — пожилого почтенного мыслителя, знатока античности, чей вместительный мозг заключал в себе словари двух мертвых языков. Довольно было вести себя так, словно у них нет ровно ничего общего, ни на секунду не забывая о том, что им под силу сгустить все, что в них есть несоединимого, до состояния взрывной оргиастической смеси, сделать противоречия источником бешеной энергии. Довольно было ощущать тайный трепет двойной жизни.

На первый взгляд, мало что в заляпанной грязью тощей высокой женщине в шортах, майке и резиновых сапогах, которую Коулмен называл своей Волюптас, могло так уж распалить плотские вожделения. Плотское начало здесь олицетворяли коровы, чьи тела занимали все свободное место, — кремового цвета громадины со свободно покачивающимися и мощными, как балки, бедрами, с брюхами-бочками и непропорционально большими, как в мультфильмах, чуть не лопающимися от молока выменами, невозмутимые, ленивые, избавленные от борьбы за существование полуторатысячефунтовые фабрики самоудовлетворения, пучеглазые монстры с полными кормушками на входе и четверками пульсирующих, жадных, высасывающих все до капли механических ртов на выходе, существа, чьим законным телесным правом было чувственное удовлетворение с обоих концов разом. Глубоко ушедшие в животное бытие, все они были счастливо лишены глубины духовной: доиться и жевать, извергать кал и мочу, пастись и спать — вот и весь raison d'être*. Бывает так (об этом мне рассказал Коулмен), что человеческая рука в длинной резиновой перчатке вводится корове в прямую кишку, чтобы сначала выгрести кал, а затем, щупая сквозь кишечную стенку, верно направить вставляемый другой рукой в другое отверстие осеменяющий шприц. Избалованные во всем, они размножаются без такого неудобства, как соприкосновение с быком; в любую пору, даже в морозную метельную ночь, получают помощь при родах, которые, как сказала Фауни, волнуют каждого из присутствующих. Из плотского им — все самое-самое, включая блаженство ленивого смакования капающей изо рта кашицеобразной тягучей жвачки. Мало у кого из куртизанок была такая жизнь — не говоря уже про трудящихся женщин.

Фауни, казавшаяся на фоне коров жалким легковесом эволюции, — вот кто работал как вьючная скотина среди этих довольных жизнью существ, излучавших ауру земной, изобильной женской плодовитости. Она по очереди выкликала их из открытого загона, где они томно полеживали в мешанине сена и дерьма: «Иди сюда, Дейзи, сделай такое одолжение. Давай, давай, Мэгги, вот умница девочка. Шевелись, Флосси, старая жопа». Брала их за загривок и с уговорами тянула через слякотный двор, потом ступенька вверх — и на бетонный пол доильни, там вела этих громоздких Дейзи и Мэгги к доильному станку с кормушкой, фиксировала их в станке, отмеряла и насыпала каждой порцию витаминизированного корма, дезинфицировала соски, вытирала насухо, пальцами начи-

---

* Смысл существования (фр.).

нала доение, прилаживала стаканы аппарата — в движении ежесекундно, на каждой стадии вся пристальное внимание и при этом, в противоположность их покорно-упрямой инертности, все время по-пчелиному деятельная, до тех пор пока молоко не начинало течь по прозрачной трубке в блестящее ведро из нержавейки. Тут она могла наконец постоять, следя за тем, чтобы все работало как надо и чтобы корова, в свою очередь, стояла смирно. Потом снова приходила в движение — массировала вымя, чтобы выбрать молоко до конца, отсоединяла стаканы, насыпала корм для следующей коровы и ставила кормушку к другому станку, после чего, взяв выдоенную за загривок, лавируя в тесном помещении, помогая ей толчками, напирая плечом, непререкаемым тоном командуя: «Пошла, а ну пошла, а ну...», выводила необъятную красавицу назад на грязный двор.

Фауни Фарли: тонкие ноги, худые запястья, тонкие руки, ясно различимые ребра, выступающие лопатки — и вместе с тем, когда она напрягалась, видно было, что мускулы у нее крепкие; когда она тянулась за чем-то или резко распрямлялась, видно было, как круглятся ее на удивление весомые груди; когда она прихлопывала на себе сзади муху или комара из тех, что во множестве вились над животными в этот душный летний день, видно было, какой быстрой, вопреки спокойному в целом облику, она может вдруг стать. Видно было, что ее тело не просто худощаво, подтянуто и деятельно, — создавалось впечатление хорошо сложенной женщины в тот краткий период равновесия, когда она уже расцвела, но еще не вянет, женщины в высшей точке своего подъема, чья небольшая седина обманчива, потому что возрастные перемены не коснулись пока ни отчетливой, типичной для янки линии щек и подбородка, ни длинной женственной шеи.

— Познакомься, это мой сосед, — сказал ей Коулмен, улучив момент, когда она вытерла локтем пот со лба и взглянула в нашу сторону. — Натан.

Меня удивила ее бесстрастность. Скорее можно было ожидать открытого неудовольствия. Она приветствовала меня всего-навсего коротким кивком, но из этого движения извлекла максимум. Сам по себе подбородок давал ей максимум. Обычно высоко поднятый, он свидетельствовал о мужественности. Это было и в ее реакции: что-то мужественное и неумолимое в этом взгляде в упор, но вместе с тем — что-то не вполне благонадежное. Взгляд человека, для которого секс и измена — такая же основа жизни, как хлеб. Взгляд беглянки и взгляд неудачницы, привыкшей к беде и невезению. Хотя ее золотые волосы, преждевременно и трогательно седеющие, были стянуты сзади эластичным кольцом, на лоб во время работы то и дело падала прядь, и когда теперь, молча глядя на нас, она в очередной раз отвела ее рукой, я впервые увидел маленькую особенность ее лица, которая показалась мне значимой, — может быть, конечно, я и ошибся, ведь мне очень хотелось что-то такое углядеть: припухлости в узком пространстве между бровями и верхними веками. Тонкогубая, с прямым носом, ясными голубыми глазами, хорошими зубами и твердо очерченным подбородком, она ничем, кроме этих выпуклостей, не обнаруживала признаков экзотики, которые намекали бы на чувственность и излишество. Ими же можно было объяснить то смутное и тревожащее, что наплывало на жесткую прямоту ее взгляда.

В целом Фауни была не соблазнительной сиреной, при встрече с которой занимается дух, а стройной привлекательной женщиной из тех, о ком думаешь: в детстве она, вероятно, была очень хороша. Именно так, по словам Коулмена, дело и обстояло: золотоволосая девочка, чей богатый отчим не давал ей проходу и чья дрянная мать не потрудилась ее защитить.

Мы стояли, дожидаясь, пока она подоит все одиннадцать коров — Дейзи, Мэгги, Флосси, Бесси, Долли, Девочку, Любимицу, Тупицу, Эмму, Умницу и Джилл, — стояли, пока она проделывала с каждой всю неизменную череду операций; кончив, она перешла в примыкающую к доильне выбеленную комнату с большими раковинами, шлангами и стерилизаторами, и сквозь открытую дверь мы смотрели, как она смешивает раствор щелока с моющими веществами, как отсоединяет трубку насоса и доильные стаканы, как снимает крышки с двух молочных ведер, как разбирает всю доильную установку и затем, раз за разом наполняя чистой водой раковины, оттирает всевозможными щетками и ершами до безукоризненной чистоты каждую поверхность каждой трубки, клапана, прокладки, затычки, пластинки, втулки, колпачка, диска и поршня. Пока Коулмен не взял свое молоко и мы не пошли к его машине, мы с ним простояли у холодильника, наверно, часа полтора, и кроме тех слов, что он произнес, представляя меня, человеческий голос за все время не прозвучал ни разу. Слышны были только копошение и щебет деревенских ласточек, гнездившихся под крышей коровника, дробный стук гранулированного корма о цементное дно кормушки, затем тяжелое шарканье едва отрываемых от пола копыт, когда Фауни, устанавливая корову для дойки, тянула ее, и пихала, и налегала плечом, затем мягкие глубокие вдохи молочного насоса.

После того как четыре месяца спустя их обоих похоронили, я вспоминал эту дойку как спектакль, где мне была отведена роль статиста, — я сохранил переживание за собой и по сей день. Ночь за ночью я лежал без сна, не в силах заставить себя уйти с подмостков, где я стоял с двумя ведущими актерами и коровьим хором, не в силах оторваться от безукоризненно разыгрываемой всем составом сцены: влюбленный старик смотрит, как трудится сельская работница, с которой он находится в тайной связи. От сцены, полной пафоса, гипноза и сексуальной зачарованности, где все, что женщина делает с коровами, как она их водит, шлепает, обслуживает, как говорит с ними, становится пищей его жадного воображения; от сцены, где сила, которая в нем так долго была подавлена, что едва не умерла совсем, возродилась и овладела им целиком, явив моим глазам образчик своего могучего действия. Наверно, это было похоже на то, как Ашенбах*, в котором плотская страсть дошла до точки кипения из-за острого сознания им своей смертности, смотрел на Тадзио, — с той, правда, разницей, что мы находились не в роскошном отеле венецианского Лидо и не были персонажами никакой прозы — ни немецкоязычной прозы Манна, ни (пока что) моей англоязычной. Мы стояли в коровнике на северо-востоке Америки в разгар лета в год прези-

---

* Герой новеллы Томаса Манна «Смерть в Венеции».

дентского импичмента и не в большей степени были тогда литературными героями, чем животные — мифологическими существами или чучелами. Свет и тепло благодатного дня, нерушимое спокойствие каждой коровьей жизни, неотличимой от остальных, старик, восхищенно всматривающийся в гибкую фигуру ухватистой, энергичной женщины, его восторг — он выглядел так, словно с ним отроду не случалось ничего более волнующего, — и мое состояние, моя завороженность не только их полным несоответствием друг другу, но и общей контрастностью, переменчивостью, кипучим многообразием людских сексуальных связей, а еще необходимостью для всех — чрезвычайно дифференцированной для человечьего племени и почти недифференцированной для коровьего — не просто существовать, а *жить*, снова и снова получать, дарить, кормить, пастись, доить, давать молоко, пусть даже и сполна сознавая при этом бессмысленность жизни и неразрешимость ее загадки, — все было до предела реально, и десятки тысяч мелких впечатлений это подтверждали. Чувственная полнота, изобилие, щедрость жизни, даже сверхщедрость, на подробности — вот она, ее песня. И Коулмен с Фауни, ныне мертвые, тогда плыли в самой стремнине дивных неожиданностей, новых каждый день и каждую минуту, сами будучи подробностями сверхизобильного бытия.

Ничто не длится — и ничто не проходит. Не проходит именно потому, что не длится.

Неприятности с участием Леса Фарли начались вечером того же дня: Коулмен услыхал какое-то движение в кустах возле дома, решил, что вряд ли это олень или енот, встал из-за кухонного стола, за которым они с Фауни только что разделались со спагетти, и, выглянув за дверь, увидел в летних сумерках мужчину, убегающего через поле, которое начиналось за домом, в сторону леса. «Стойте! Эй, вы! Стойте!» — закричал Коулмен, но мужчина не остановился и не оглянулся — быстро добежал до деревьев и исчез. В предшествующие месяцы Коулмену и раньше — всякий раз поздно вечером — казалось, что совсем рядом с домом кто-то притаился и смотрит, но в темноте невозможно было понять, кто это — соглядатай или зверь. И тогда он бывал один, а на этот раз у него сидела Фауни, и она-то, хоть и не видела пересекающую поле фигуру, без колебаний сказала, что это ее бывший муж.

После развода, объяснила она, Фарли все время за ней шпионил, а когда погибли их дети и он обвинил ее в преступной небрежности, его преследования стали прямо-таки неотвязными. Дважды он появлялся точно из-под земли — один раз на автостоянке у супермаркета, другой раз у бензозаправки — и кричал из окна своего пикапа: «Сука! Шлюха! Убийца! Детей моих убила, дрянь!» Много раз утром по дороге в колледж она видела в зеркальце заднего вида его пикап, его лицо за ветровым стеклом, его шевелящиеся губы: «Ты детей моих убила». Иногда он следовал за ней и на обратном пути. Тогда она еще жила в несгоревшей половине бунгало, где во время пожара, случившегося из-за обогревателя, задохнулись ее дети, но позже из страха перед мужем уехала и сняла комнату в Сили-Фолс, а потом, после неудачной попытки самоубийства, перебралась на молочную ферму, где почти всегда рядом хозяйки и их дети и можно не так опасаться его появлений. После второго переезда пикап Фарли реже стал показываться в ее зеркальце и наконец пропал на месяцы — она с надеждой подумала было, что развязалась-таки с бывшим мужем. Но теперь Фауни была уверена, что он каким-то образом прознал про Коулмена и, взбесившись из-за того, из-за чего всегда бесился, опять шпионит как сумасшедший — прячется около дома Коулмена, пытается высмотреть, чем она там занимается. Чем она *с ним* занимается.

Когда Фауни в тот вечер села в свой старый «шевроле», который по просьбе Коулмена всегда загоняла к нему в сарай подальше от чужих глаз, он решил проехать за ней шесть миль до грунтового ответвления к коровнику и ферме. А на обратном пути все время смотрел, не пристроился ли кто-нибудь ему в хвост. Поставив машину под навес и входя в дом, водил по сторонам монтировкой, чтобы удержать на расстоянии того, кто мог таиться в темноте.

Наутро, проборовшись в постели со своими тревожными мыслями восемь часов, Коулмен решил не заявлять в полицию: сделать она все равно ничего не сделает, доказать, что шпионил Фарли, невозможно, а если про его, Коулмена, обращение начнут трепаться, слухи о бывшем декане и уборщице, которые уже ходят, получат лишнее подтверждение. После бессонной ночи Коулмен не мог, однако, ответить на *все* бездействием; позавтракав, он позвонил своему адвокату Нельсону Праймусу и позднее в тот же день поехал в Афину поговорить с ним насчет анонимного письма.

Проигнорировав предложение Праймуса выкинуть письмо из головы, Коулмен заставил его написать Дельфине Ру на адрес колледжа следующее: «Уважаемая мисс Ру! Я представляю интересы Коулмена Силка. Несколько дней назад Вы прислали мистеру Силку анонимное письмо, которое носит оскорбительный, провокационный и клеветнический характер. Ваше письмо гласит: „Всем известно, что Вы сексуально эксплуатируете несчастную неграмотную женщину вдвое Вас моложе“. К сожалению, Вы позволили себе грубое вмешательство в чужие дела. Поступив таким образом, Вы нарушили законные права мистера Силка и дали повод для иска».

Через несколько дней Праймус получил от адвоката Дельфины Ру ответ — четыре лаконичные фразы. Вторую и третью, недвусмысленно отвергающие обвинение Дельфины Ру в авторстве анонимки, Коулмен подчеркнул красным. «Ни одно из утверждений Вашего письма не соответствует истине, — писал Праймусу ее адвокат. — Это безусловная клевета».

Коулмен тут же взял у Праймуса адрес бостонского графолога, специалиста по анализу документов, который выполнял заказы на экспертизу от частных корпораций, федеральных правительственных учреждений и властей штата, и на другой день, потратив три часа на дорогу до Бостона, явился к нему лично, чтобы передать образцы почерка Дельфины Ру, анонимное письмо и конверт. Ответ он получил по почте на следующей неделе. «По Вашему запросу, — писал эксперт, — я исследовал и сличил копии текстов, написанных от руки Дельфиной Ру, с анонимным посланием и надписями на конверте, адресованном Коулмену Силку. Ваш запрос касался идентификации почерка на этих документах. Мое исследование учитывает такие характеристики почерка, как наклон, промежутки, написание букв, особенности линии, нажим, пропорции, соотношение высоты букв, их соединение, начальные и конечные элементы. Изученные документы дают основания сделать следующее профессиональное заключение: все тексты, представленные как образцы почерка Дельфины Ру, написаны той же рукой, что и анонимное письмо и адрес на конверте. С уважением, Дуглас Гордон, эксперт по анализу документов». Когда Коулмен, вручив заключение графолога Нельсону Праймусу, дал ему указание послать копию адвокату Дельфины Ру, Праймус уже не пытался возражать, как ни тяжело ему было видеть Коулмена почти таким же разъяренным, как во время ссоры с колледжем.

Всего с вечера, когда он увидел убегающего Фарли, прошло восемь дней, в которые он счел за лучшее не встречаться с Фауни и ограничиться разговорами по телефону. Защищая себя и ее от шпионажа, кто бы им ни занимался, он не ездил на ферму за молоком, вообще почти не выходил из дома и зорко смотрел по сторонам, особенно в темное время суток. Фауни он велел глядеть в оба у себя на ферме, а в машине не забывать про зеркальце заднего вида. «Как будто мы — угроза общественной безопасности», — сказала она ему, смеясь своим характерным смехом. «Нет, общественному здоровью, — отозвался он. — Мы нарушаем указания Совета по здравоохранению».

На восьмой день, получив подтверждение авторства Дельфины Ру, Коулмен, пусть и нельзя было ничего поделать со шпионажем Фарли, убедил себя, что принял против мерзких и провокационных посягательств все меры, какие можно было принять. Когда Фауни позвонила в свой обеденный перерыв и спросила, не кончился ли уже «карантин», он был настолько спокоен — или убедил себя, — что позволил ей приехать.

Ожидая ее примерно к семи вечера, он в шесть принял виагру, потом налил себе бокал вина и вышел наружу с телефоном, чтобы, сидя около дома в садовом кресле, позвонить дочери. Они с Айрис вырастили четверых детей: старшие сыновья, которым уже перевалило за сорок, оба были профессорами колледжей и занимались точными науками, оба были женаты, имели детей и жили на тихоокеанском побережье; младшие, близнецы Лиза и Марк, бессемейные, хотя их возраст подбирался к сорока, жили в Нью-Йорке. Все, кроме одного, Силки этого поколения по три-четыре раза в год наезжали в Беркширы проведать отца и раз в месяц ему звонили. Исключение — Марк, который всю жизнь был с Коулменом в контрах и периодически рвал с ним всякую связь.

Коулмен потому решил позвонить Лизе, что, начав соображать, когда последний раз с ней говорил, понял, что месяц с лишним, а то и два назад. Не исключено, что он просто поддался мимолетному ощущению одиночества, которое все равно прошло бы с приездом Фауни, но, чем бы ни был вызван звонок, он, набирая номер, и заподозрить не мог, какой оборот примет разговор. Где-где, а тут он никак не ждал противостояния — ведь сам голос Лизы, мягкий, мелодичный, все еще голос девочки, несмотря на трудные двенадцать лет учительской работы в Нижнем Ист-Сайде, всегда раньше был для него надежным успокоительным средством. Больше того — голос заставлял порой с новой силой испытать отцовское чувство. Скорее всего Коулмен просто-напросто захотел того же, чего по любой из сотни причин может захотеть почти каждый стареющий родитель, — хоть ненадолго оживить дальним телефонным звонком былую систему отношений. Благодаря длительной, непрерывной и недвусмысленной истории взаимной нежности Коулмен меньше, чем от кого бы то ни было, мог ждать от Лизы осложнений.

Примерно три года назад — еще до конфликта из-за «духов», — когда Лизе показалось, что, сменив преподавание в классе на уроки чтения для отстающих, она совершила большую ошибку, Коулмен поехал к ней в Нью-Йорк разобраться, насколько плохи у нее дела. Айрис была еще жива, более чем, но не в ее сокрушительной энергии Лиза нуждалась, не в таком ускорении, какое Айрис умела придать кому хочешь. Если Лиза в ком и нуждалась, то в бывшем декане с его умением настойчиво и последовательно распутывать узлы. Айрис, конечно, сказала бы дочери, что на то и трудности, чтобы их преодолевать, и Лиза после ее отъезда осталась бы с ощущением, что ей дали по башке и что она в ловушке; визит Коулмена позволял Лизе рассчитывать, что, если она убедительно объяснит ему свое положение, он скажет: «Хочешь — бросай все и уходи». Скажет и придаст ей этим сил продолжать.

Приехав, он до поздней ночи сидел и слушал ее рассказ о школьных тяготах, а на другой день пошел с ней посмотреть, что там высасывает из нее соки. И увидел, как не увидеть: с утра четыре получасовых сеанса один на один с шести- или семилетними из наименее успевающих в первом и втором классах, дальше сорокапятиминутные уроки чтения с группами по восемь детей, которые читали не лучше, чем отобранные для индивидуальных занятий, — для всех в программе интенсивного обучения просто не хватало педагогов.

— Обычные классы слишком большие, — объяснила ему Лиза, — и до таких детей учителя там просто не добираются. Я работала в обычных классах. Из тридцати трое пускают пузыри. Или четверо. И это еще неплохо. Успехи других детей гонят тебя вперед. Вместо того чтобы задержаться и дать отстающим то, что им нужно, учителя волокут их дальше и думают, заставляют себя думать, что отстающие продвигаются в общей массе. Их с грехом пополам перетаскивают во второй класс, в третий, в четвертый, а там происходит серьезный срыв. Ну а у меня *только* такие дети, те, до кого не добираются и до кого невозможно добраться, и, поскольку я страшно переживаю по поводу детей и уроков, это на *всю* меня действует — на весь мой мир. К тому же школой плохо руководят. Директриса чего хочет, сама не знает, учительский состав пестрый, каждый считает, что все делает как надо, а получается сплошь и рядом как не надо. Двадцать лет назад, когда я пришла, было замечательно. Директриса — сказка. Всю школу перевернула. А теперь у нас из учителей за четыре года ушел двадцать один человек. Это очень много. Мы столько хороших людей потеряли. Я потому два года назад перешла на чтение для отстающих, что в классе вся истратилась. День за днем, день за днем, и так десять лет. Больше не могла.

Он слушал, сам говорил мало и, поскольку ей было уже под сорок, без особого труда подавлял желание обнять и приголубить свою побитую жизнью дочь — подавлял, думалось ему, примерно так же, как она подавляет желание приласкать шестилетнего малыша, который никак не научится читать. Целиком унаследовав неспокойный нрав Айрис, Лиза была лишена ее властной силы, и полноценно жить ради других (неисправимый альтруизм был проклятием Лизы) ей мешало то, что как учительница она постоянно была на грани истощения. А еще, как правило, и бойфренд, с которым приходилось нянчиться, на которого она щедро тратила свою доброту, ради которого выворачивалась наизнанку и которому ее незапятнанная этическая девственность рано или поздно невыносимо приедалась. Лиза вечно была нравственно вовлечена во что-то с головой — слишком чувствительная, чтобы отказать нуждающемуся, и недостаточно сильная, чтобы трезво оценить свои возможности. Вот почему он знал, что она никогда не уйдет из программы «Чтение для отстающих», и вот почему отцовская гордость, которую он ощущал, была не только отягощена страхом, но и временами окрашена раздражением — чуть ли не презрением даже.

— Класс — тридцать детей, это тридцать разных начальных уровней и тридцать вариантов жизненного опыта, а ты изволь добиться, чтоб все это работало, — объясняла она ему. — Три десятка характеров, три десятка историй жизни, три десятка путей усвоения материала. Это масса организационных усилий, масса бумажной работы, масса всего на свете. Но это ничто по сравнению с теперешним. Конечно, даже сейчас бывают дни, когда я думаю: «Сегодня справилась», но чаще всего мне в окно хочется выпрыгнуть. Все время мучат сомнения — гожусь я для этой программы или нет. Потому что я, к твоему сведению, бескомпромиссная. Хочу работать как следует, а как следует не выходит: каждый ребенок — особый случай, и случай по-своему безнадежный, а я что-то должна со всем этим делать. Конечно, любому учителю приходится биться с теми, кто не усваивает. Но как быть с нечитающими? Вдумайся — не может научиться читать. Это трудно, папа. Душой попадаешь в какой-то капкан.

Лиза, которой до всего есть дело, чья добросовестность безгранична, для кого жить — значит помогать. Беззаветно верная своим иллюзиям, идеалистка до мозга костей. Позвонить Лизе, сказал он себе, и думать не думая, что его святая глупышка дочь ответит ему таким тоном — стальным, неприязненным.

— Что с тобой? Голос какой-то не такой.

— Со мной все в порядке, — отрезала она.

— Что случилось, Лиза?

— Ничего.

— Как летняя школа? Как работается?

— Нормально.

— Как Джош? (Нынешний бойфренд.)

— Нормально.

— А детишки твои? Как тот малыш, что был не в ладах с буквой «н»? Перешел на десятый уровень? А у самого-то имя — сплошные «н». Эрнандо.

— Все в порядке.

Он спросил — легко, без нажима:

— Узнать, как мои дела, у тебя желания нет?

— Я знаю, как твои дела.

— Знаешь?

Молчание.

— Что тебя грызет, роднуля моя?

— Ничего.

Это «ничего», второе за разговор, ясно означало: «Давай-ка роднулю побоку».

Что-то происходило — что-то невероятное. Кто ей сказал? И *что* ей сказали? В старших классах школы, а потом, после войны, в колледже он занимался по чрезвычайно плотному расписанию; работая в Афина-колледже деканом, он чем труднее было, тем сильней заряжался энергией; борясь с ложным обвинением в расизме, он не дал слабины ни в чем; даже уход из колледжа был не капитуляцией, а гневным протестом, сознательной демонстрацией несокрушимого презрения. И за все годы преодолений и противостояний он ни разу — даже когда умерла Айрис — не чувствовал себя таким беззащитным, как теперь, когда Лиза, воплощение почти анекдотической доброты, в одно это слово — «ничего» — вместила всю ту жесткость, для которой отроду не находила объекта.

И в этот-то миг, когда ее «ничего» стало излучать во все стороны свой ужасный смысл, Коулмен увидел на дороге крадущийся пикап: проедет чуть-чуть, притормозит, очень медленно двинется дальше, опять притормозит... Вытянув шею, чтобы побольше высмотреть, Коулмен вскочил и не слишком решительно побежал по выкошенной лужайке, а потом закричал на бегу: «Эй, вы! Что там затеяли? Стойте!» Но пикап быстро набрал скорость и скрылся раньше, чем Коулмен успел приблизиться и засечь какие-нибудь приметы машины или водителя. Он не умел различать марки пикапов и не понял даже, старый автомобиль или новый; все, с чем он остался, — это был цвет, неопределенно-серый.

А в телефонной трубке было глухо. Побежав через лужайку, он, видно, случайно нажал отбой. Или Лиза бросила трубку. Когда он набрал снова, ответил мужской голос.

— Это Джош? — спросил Коулмен.

— Да.

— Это Коулмен Силк, отец Лизы.

После паузы мужчина сказал:

— Лиза не хочет разговаривать.

И повесил трубку.

Марк, его работа. А то чья же? Он, определенно он. Не мудак Джош — этот-то ничего собой не представляет. Как Марк узнал про Фауни, Коулмен понимал не лучше, чем как про нее узнали Дельфина Ру и кто там еще, но не это было сейчас важно. Марк, вот кто восстановил сестру-двойняшку против преступника отца. Да, в его глазах это уж точно преступление. С раннего детства Марк не расставался с мыслью, что отец настроен против него: *в пользу* двух старших сыновей, потому что они старшие, блистают в школе и охотно перенимают отцовские интеллектуальные замашки; в пользу Лизы, потому что она Лиза, любимица семьи, больше других детей балуемая отцом; *против* Марка, потому что всем, чем была его сестра-близнец — прелестным, любящим, невинным, трогательным, благородным до мозга костей существом, — Марк не был и быть не желал.

Марк был, пожалуй, самым трудным человеком из всех, с кем Коулмену довелось столкнуться, — трудным не для понимания, понять-то его обиды было как раз легко. Ныть и дуться он начал еще до детского сада, и довольно скоро это переросло в протест против своей семьи как таковой и господствовавших в ней взглядов. Несмотря на все подступы и попытки умиротворения, с годами этот протест стал основой его личности. В четырнадцать лет он громогласно высказался за Никсона во время слушаний об импичменте — а остальная семья между тем считала, что президент заслуживает как минимум пожизненного заключения; в шестнадцать лет он стал ортодоксальным евреем, в то время как другие дети, следуя примеру антиклерикально и атеистически настроенных родителей, были евреями не многим больше, чем по названию; в двадцать он взбесил отца своим уходом из университета Брандайса за два семестра до окончания. Ныне, дожив почти до сорока, перепробовав и бросив десяток с лишним разнообразных занятий, недостойных, по его мнению, такого человека, как он, Марк возомнил себя поэтом повествовательного жанра.

Да, непоколебимая враждебность к отцу превратила Марка в полную противоположность семье — точнее, увы, в полную противоположность Коулмену. Неглупый, начитанный, смекалистый и острый на язык, он тем не менее все никак не мог найти путь в обход Коулмена и постоянно на него натыкался, пока в тридцать восемь лет, осознав себя поэтом и темой своей сделав библейские сюжеты, не довел со всем высокомерием неудачника свою жизнеорганизующую антипатию до крайней мыслимой полноты. На жизнь ему зарабатывала преданная подруга — сверхсерьезная, нервная, набожная молодая женщина, зубной техник в Манхэттене, — тогда как Марк сидел в их квартире в бруклинском доме без лифта и сочинял навеянные библейскими преданиями поэмы, которые отказывались печатать даже еврейские журналы, — бесконечные поэмы о том, как Давид несправедливо обошелся со своим сыном Авессаломом, как Исаак несправедливо обошелся со своим сыном Исавом, как Иуда несправедливо обошелся со своим братом Иосифом и какое грозное пророчество произнес Нафан после того, как Давид согрешил с Вирсавией, — поэмы, неизменно то одним, то другим грандиозным, но вполне прозрачным способом крутившиеся вокруг одной и той же навязчивой идеи. Марк поставил на нее все — и все проиграл.

Как Лиза могла его послушать? Как могла принять всерьез какое бы то ни было выдвинутое Марком обвинение? Ведь она знала, что им всю жизнь движет. Правда, Лиза всегда была к брату великодушна, чуть ли не с самого их рождения, какими бы надуманными ни считала те антагонизмы, что грызли его и уродовали. Добрая по природе и с раннего возраста стеснявшаяся предпочтения, которое ей оказывали, она всегда терпеливо выслушивала его жалобы и успокаивала его во время семейных неурядиц. Неужели ее благосклонность к менее любимому из близнецов дошла до того, что она поддержала абсурдное обвинение? И в чем оно, это обвинение, заключается? Какое зловредство совершил их отец, какую обиду должен был им нанести, чтобы близнецы двинулись на него рука об руку с Дельфиной Ру и Лестером Фарли? А старшие, которые пошли в науку, — не взыграла ли и у них теперь «совесть»? Кстати, когда он последний раз с ними говорил?

Он вспомнил тот жуткий час в своем доме после похорон Айрис, и опять стало больно от обвинений, которые бросал ему Марк, пока братья силком его не увели в его старую комнату, откуда он затем не выходил до утра. В последующие дни, пока дети еще не разъехались, Коулмен старался винить в том, что позволил себе сказать Марк, не сына, а его горе, но это не значит, что он забыл, — не забыл и не забудет. Марк начал его поносить, едва они вернулись с кладбища: «Не колледж это сделал. И не черные. И не твои враги. Ты это сделал. Ты ее убил. Убил, как всё убиваешь! Потому что всегда прав! Потому что никогда не извиняешься, в любом деле считаешь себя правым на все сто, а расплачиваться пришлось ей! Очень легко все можно было уладить — за сутки, не больше, если бы только ты сумел раз в жизни *извиниться*. „Я сожалею, что назвал вас духами“ — вот и все, что надо было сделать, великий ты наш, просто пойти к этим студенткам и сказать, что сожалеешь, и мама была бы жива!»

На лужайке около дома Коулмена вдруг охватило негодование, какого он не испытывал со следующего после вспышки Марка дня, когда за час было написано и подано заявление об уходе из колледжа. Он знал, что нехорошо чувствовать такое к детям. Он знал по истории с «духами», что негодование такого размаха — род безумия и что он этому безумию может поддаться. Он знал, что подобное негодование несовместимо с последовательным и разумным подходом к вопросу. Как педагог он знал, что такое педагогика, как отец он знал, что такое отцовство, как человек семидесяти с лишним лет он знал, что ни в какой семье, даже обремененной таким трудным человеком,

как Марк, ничего нельзя считать неумолимо застывшим и неизменным. Он знал, и отнюдь не только по опыту конфликта из-за «духов», как может изуродовать и отравить человека мысль о том, что с ним несправедливо обошлись. Гнев Ахилла, ярость Филоктета, буйство Медеи, безумие Аякса, отчаяние Электры, страдания Прометея — все это показывало ему, какие ужасы могут случиться, когда достигнута высшая ступень негодования, когда во имя справедливости свершается месть, когда запущен цикл взаимного воздаяния.

И хорошо, что он это знал, потому что ему потребовалось все это сполна — вся профилактика аттической трагедии и греческой эпической поэзии, — чтобы тут же не позвонить Марку и не объяснить ему, каким поганцем он всегда был и остался.

Прямое столкновение с Фарли произошло примерно четыре часа спустя. Насколько я, реконструируя события, могу понять, Коулмен, чтобы знать, не шпионит ли кто, несколько раз после приезда Фауни выходил и возвращался через все двери по очереди — переднюю, заднюю и кухонную. Только около десяти вечера, когда они с Фауни стояли в доме у сетчатой кухонной двери и обнимались перед расставанием, смог он подняться над уродующим негодованием и отдаться единственно серьезному в его теперешней жизни — опьянению последним полетом, тем, что Манн, говоря об Ашенбахе, назвал «запоздалой авантюрой чувства»*. Фауни уже пора было уходить, но он почувствовал такое

---

* Здесь и ниже цитаты из «Смерти в Венеции» Т. Манна даны в переводе Н. Ман.

вождение к ней, что все прочее ничего не значило — дочь, сыновья, бывший муж Фауни, Дельфина Ру. Это не просто жизнь, думал он, а больше — это *ее конец*. Невыносима была не глупая антипатия, которую они с Фауни вызывали; невыносимо было, что он вычерпал свои дни до последнего ведра и это ведро уже почти пусто, — самое время, если оно должно когда-нибудь прийти, покончить со ссорами, никому больше не возражать, забыть о добросовестности, с какой он растил четырех здоровых и умных детей, упорствовал в сохранении далеко не мирного брака, воздействовал на упрямых коллег и вел посредственных студентов Афины сквозь литературу, созданную два с половиной тысячелетия назад. Пора было самому стать ведомым — пусть его ведет это простое вожделение. Стать недосягаемым для их суда, их обвинений, их приговора. Живи, покуда не умер, сказал он себе, вне их поганой, дурацкой, невыносимой юрисдикции.

Стычка с Фарли под конец того дня. Столкновение с Фарли, молочным фермером, который не хотел обанкротиться, а пришлось, ныне дорожным рабочим, который вкалывал на совесть, на какую бы черную работу его ни поставили, американским гражданином, который служил стране не один срок, а два, вернулся во Вьетнам дохлебывать эту кашу. Оторвал задницу и поехал обратно, потому что, когда первый раз явился домой, все сказали, что он не такой, что его не узнать, и он сам видел: его боятся. Человек возвращается из джунглей, домой с войны, а ему мало что спасибо не говорят — его боятся, так что лучше уж опять туда. Да не ждал он, чтобы с ним носились как с героем, но так смотреть на человека? Ну он и пошел по второму кругу, и на этот раз уже был в кондиции. Злой. Вздрюченный. В общем, вояка — держись. В первый-то срок нет. В первый срок он симпатяга был, не знал еще, каково оно без надежды. В первый срок он был паренек с Беркширских холмов, который массу имел к людям доверия и знать не знал, как дешевеет иногда жизнь, ведать не ведал, что такое жить на лекарствах, что такое чувствовать себя ниже кого-то, — развеселый Лес, рубаха-парень, никакой там угрозы обществу, куча друзей, быстрая езда и все такое прочее. Да, в первый срок он резал трупешникам уши, было, все резали, и он резал, но и только. Он был не из тех, кому одного хотелось — дорваться до этого беззакония и распоясаться, кто с самого начала был злой или буйный, чуть где какая возможность — и пошел крушить все на свете. Был в его части один, по прозвищу Большой, так он уже в первый день или во второй распорол беременной женщине живот. А Фарли только к концу первого срока стал хорош, не раньше. Но в другой раз в части было полно таких же второсрочников, которые вернулись не прохлаждаться и не пару лишних долларов зашибить, — злых было полно, бешеных, которые всегда лезли в головную группу, которые пережили ужасы и знали, что они, ужасы, и есть самое лучшее в жизни. Бешеные они были, и он тоже. В бою, когда бежишь, стреляешь, не бояться нельзя, но можно распалиться и стать бешеным, вот он и дал себе волю во второй срок. Во второй он им показал так показал. Там жизнь особая, самый край, полный газ, буйство и страх, на гражданке и близко ничего нет. Стрельба с вертолета.

Они теряли машины, и нужны были стрелки. Однажды спросили, кто хочет, и он вызвался. Летишь над боем, внизу все маленькое, а сам лупишь с высоты — ох как лупишь. По всему, что движется. Смерть и разрушение — вот она что такое, стрельба с вертолета. Плюс то преимущество, что не надо все время торчать в этих джунглях. Но потом так и так домой, а дома не лучше, чем в тот раз, а хуже. Кто на Второй мировой воевал, тем было полегче: назад на корабле, пока плывешь — успеваешь отойти, и кто-то о тебе заботится, спрашивает, как ты. А тут хлоп — без перехода, без ничего. Сегодня стреляешь во Вьетнаме с вертолета, видишь, как взрываются в воздухе другие машины, видишь, как горят товарищи, летишь так низко, что чуешь запах паленой кожи, слышишь вопли, видишь, как вспыхивают целые деревни, — а завтра ты в Беркширах. И теперь ты *действительно* неприкаянный, и вдобавок донимают страхи из-за всякого разного, что накатывает. С людьми не хочешь быть, смеяться не можешь, шутить не можешь, частью их мира себя не чувствуешь, потому что видел и делал такое, о чем они не имеют ровно никакого понятия, и связи ни у тебя с ними нет, ни у них с тобой. Тебе говорят: валяй домой. Как домой? Дома же нет никакого вертолета. Сидишь один, пьешь, потом сунулся в ветеранское управление, а там говорят: деньги хочешь выбить? Чушь, он не за деньгами, а за помощью. Пытался поначалу получить государственную помощь, но только и дали что сонные таблетки, так что пошло оно в задницу, это государство. Это правительство. Обошлись как с дерьмом. Ничего, сказали, молодой, выкарабкаешься. Ладно, стал выкарабкиваться. С правительством не вышло, приходится самому. Только не очень-то это легко — вернуться после двух сроков и самому приспособиться. Спокойствия нет. Психуешь. Не можешь расслабиться. Пьешь. Чуть что — бесишься, лезешь на стенку. Слишком все стало трудным. Все-таки он пытается — обзавелся наконец женой, домом, детьми, фермой. Вообще-то хочет быть один, но она хочет обосноваться по-человечески и фермерствовать с ним вместе, так что он пытается тоже захотеть обосноваться. Помнит еще, чего симпатяга Лес хотел десять лет, пятнадцать тому назад, до Вьетнама, и пытается захотеть этого опять. Беда в том, что не чувствует он к ним, к семье, ничего. Сидит с ними на кухне, ест, и ничего, пусто. Никак оттуда сюда не перескочить. Но пытается покамест. Пару раз просыпался ночью, и оказывалось, что душит ее, но разве это он виноват? Правительство. Оно ему это устроило. Во сне чудилось, что она — не она, а чертов Вьетконг. А она что думала? Знала же, что он хочет выкарабкаться. Наяву он пальцем ее не тронул, и детей тоже. Это все враки. Она никогда ни о чем, кроме себя, не думала. Нельзя было ее с детьми отпускать. Дождалась, чтобы его взяли на реабилитацию, — только и мечтала его туда выпихнуть. Говорила, ему станет лучше и они опять смогут быть вместе, а сама, пока его не было, взяла детей и дала с ними деру. Сука. Блядь. Провела его. Нельзя было ее с детьми отпускать. Частью это его вина была, потому что он здорово тогда накачался и его взяли на реабилитацию силой, а лучше бы он как сказал, что их всех прикончит, так и прикончил. Да, надо было ее убить, и детей тоже, и убил бы, если бы не сволочная реабилитация. И она это знала — знала, что, попробуй

96

она их увезти, им всем крышка. Он был их отец, значит, либо ему их растить, либо никому. Если он не может о них сам позаботиться, лучше им в могиле лежать. Никакого она права не имела их забирать. Забрала, а потом сама убила. Расплата за то, что он делал во Вьетнаме. Если тебе в реабилитации уши прожужжали насчет расплаты, это еще не значит, что ее нет. Да, расплата, кругом расплата, гибель детей — расплата, плотник, которому она давала, — расплата. Как это он, Фарли, его живым оставил — непонятно. Сперва просто почуял дым. Сидел тогда в кустах у дороги и смотрел на плотников пикап, в котором они развлекались. На подъезде к ее жилью. Она спускается — квартира у нее над гаражом в чьем-то бунгало, съемная, — залезает к нему в пикап, огней нет, луны тоже, но он-то знает, что делается. Потом этот дым. Он оттого единственно остался цел во Вьетнаме, что всякую перемену, шум, запах зверя, любое движение мог засечь раньше других — чуял джунгли так, будто там родился. Дыма никакого не видно, пламени не видно, тьма, ничего не видно, просто вдруг повеяло гарью, и на него накатило, оно самое, и он побежал. Они увидели, как он бежит, и подумали, что хочет выкрасть детей. Не знают еще, что дом горит. Решили, он совсем рехнулся. Но он-то чуял дым и знал, что дым со второго этажа, где спят дети. Знал, что жена, сука бесчувственная, блядь, не почешется, потому что сосет у плотника в его машине. Он бежит мимо них. Уже не знает, где он, не помнит себя, знает только, что надо в дом и по лестнице, врывается в боковую дверь, бежит наверх, где огонь, и с лестницы уже видит детей, лежат, скрючились и хватают воздух, он к ним, берет в охапку.

Они лежали рядышком на лестнице, он их взял и вынес за дверь. Был уверен, что живые. Даже мысли не было, что могли уже умереть. Думал, просто перепугались. Потом поднял глаза — и кого видит там, за дверью? Плотника — стоит, гад, глазеет. Тут-то он и осатанел. Сам не знал, что творит. Кинулся к нему и — душить, а сука вместо того, чтобы детей откачивать, хлопочет, как бы он не прикончил ее сраного хахаля. Хлопочет, вонючая сука, как бы он его не убил, а на детей на собственных ей плевать. Они бы выжили. Она их угробила. Потому что плевать на них хотела. Всегда. Они не были мертвые, когда он их вытащил. Теплые были. Он-то знает, кто мертвый, кто нет. После двух сроков во Вьетнаме научишься распознавать. Он носом, если надо, расчухает, где смерть. На вкус поймет. Он-то знает, что это такое. *Они-не-были-мертвые.* Хахалю — вот кому пришел бы, на хер, конец, если бы не явилась полиция со стволами, слуги правительства, ну и повязали его, конечно. Сука детей убила, ее вина, а забирают кого? Господи, да хоть раз выслушать человека можно? Сука на детей не обратила внимания! И никогда не обращала! В джунглях один раз было предчувствие, что заманивают в ловушку. Не мог объяснить почему, но знал, что впереди засада, никто его не слушал, а он был *прав*. Новенький идиот командир, только назначили в роту, слушать не захотел, и привет — так люди и гибнут. Так они и горят к чертям собачьим! Так из-за мудаков теряешь враз двух лучших товарищей! Не слушают, куда там! Доверия своего поганого не хотят оказать! Человек вернулся оттуда живой, так или нет? С руками-ногами, ходячий, с яйцами, все нормально — чего-нибудь это да стоило?

Как же, будет она слушать! Да ни за какие! Ей и на него, и на детей от него было насрать. Чокнутый ветеран вьетнамский, и только. Но он-то знает, что к чему, знает! А она не знает ни хера. Так кого, спрашивается, забрали — суку эту безмозглую? Как же. Его забрали. Колоть стали всякой всячиной. Ремнями опять опутали, из больницы ветеранской в Нортгемптоне бог знает сколько времени не выпускали. А что он такое хотел сделать? Да то, чему учили: увидел врага — убей. Год этому учишься, потом год тебя самого норовят убить, а когда хочешь как раз то сделать, чему учили, тебя, как мудака, вяжут ремнями и колют всяким дерьмом. Он делал, как учили, а гадина жена, пока он хахалем занимался, на детей ноль внимания. Обоих надо было тогда замочить. Его уж точно. Хахаля. Головы обоим поотрезать. Почему этого не сделал — непонятно. Теперь жить хочешь — не подходи. Узнать только, где этот сраный хахаль, и он сдохнет так быстро, что не успеет даже расчухать, чем его, и никто не поймет, чьих рук дело, потому что он умеет убивать по-тихому. Правительство научило. Он обученный убийца — спасибо правительству Соединенных Штатов. Он делал там свою работу. Делал, что было велено. И как за это благодарят? Сажают под замок, в буйную палату, *его* — в буйную палату! И никаких тебе денежных льгот. За все про все жалкие двадцать процентов. Двадцать! Вся семья прошла через ад кромешный за двадцать процентов. И даже ради этого пришлось ползать на брюхе. Требуют: «Расскажите, как было дело», — все эти социальные работнички, все эти психологи с дипломами. «Вы убили кого-нибудь во Вьетнаме?» Как будто он кого-нибудь *не* убил во Вьетнаме. Разве не за этим его туда отправили? Мочить желтых. Сказали же — всё подчистую. Значит, всё подчистую. К убийству это имеет прямое отношение. Мочить желтых! Мало им было такого вопросика, так еще желтого психиатра подсунули, какое-то китайское дерьмо. За всю верную службу врача не мог получить, который по-английски умеет. Вокруг Нортгемптона поезди — сплошь китайские рестораны, вьетнамские закусочные, корейские рынки. Всё — им, а тебе? У вьетнамца, у китаёзы — полный ажур, у него ресторан, рынок, магазин продовольственный, он заводит семью, получает образование. А ты шиш получишь. Потому что живой ты им не нужен. Их заветная мечта — чтоб ты вообще оттуда не приходил. Ты их беда. Ты *не должен* был возвращаться. И теперь этот гад профессор. Что он, спрашивается, делал, когда правительство нас туда кинуло — одна рука свободная, другая связана? Наверняка демонстрантами дирижировал. Им за что в колледжах платят — чтобы учили наукам или чтобы ходили против войны агитировать? Вот из-за кого у нас шансов никаких не было. Говорят, мы проиграли войну. Нет, не *мы* — правительство проиграло. Плюгавые эти пижоны профессора, когда им охота, вместо лекций ходили пикетировать против войны, а тебе за службу стране — вот она, благодарность. За все дерьмо, в каком день за днем сидишь по самое горло. Ночами толком не спишь. Хотя бы ночь одну выспаться, к чертям, за двадцать шесть лет. И за это, за *все это* жена ложится под пархатого профессоришку? Что-то не очень их видно было во Вьетнаме, этих пархатых. Не до того — диссертации защищали. Еврейский ублюдок. Что-то с ними, с этими еврейскими ублюдками, не то.

Как-то не так они выглядят. И она *с ним*? Боже ты мой. Куда блевануть? И за что, *за что*? Она понятия не имеет, чего все это стоит. Был хотя бы день у нее тяжелый за целую жизнь? Он же ни ее, ни детей ни разу пальцем не тронул. «Ох-ох-ох, меня отчим обижал». Лапал ее, видите ли. Жаль, что не трахнул, ей пошло бы на пользу. Дети были бы живы. Его родные дети, к чертям, не умерли бы! И был бы как все остальные, у кого нормальные семьи, красивые машины. Вместо того чтобы сидеть взаперти в вонючей ветеранской больнице. Торазин* — вот ему за все благодарность. Отблагодарили торазином. А всего-то навсего ему почудилось, что он опять во Вьетнаме.

Вот каков он был, Лестер Фарли, который с воплем кинулся на них из кустов. Вот каков он был — человек, который бросился на Коулмена и Фауни, когда они стояли на кухне у двери, с воплем выскочил из темных кустов с боковой стороны дома. Вот что — и еще много всякого — ночь за ночью крутилось у него в голове всю весну и начало лета, когда он часами таился, высматривал, крючился, весь на взводе, — хотел увидеть из укрытия, как она этим занимается. Тем же, чем занималась, когда их двое детей задыхались в дыму. На этот раз уже не ее возраста хахаль. И даже не его, Фарли, возраста. На этот раз не ее начальник, не Холленбек, не американец этот наш образцовый. От Холленбека можно было хотя бы ждать чего-то взамен.

---

* *Торазин* (хлорпромазин) — противорвотное средство, применяемое при некоторых психических заболеваниях.

Ее почти зауважать можно было за Холленбека. Но теперь сука до того дошла, что готова за просто так с кем угодно. Теперь готова с этим седым старым евреем, профессор, вишь ты, кожа да кости, кривит желтую рожу от удовольствия, трясущимися старыми лапами за голову ее хватает. Чья еще жена станет сосать у старого еврея? Ну чья? Дошла похотливая сука, убийца, до того, что в блядскую свою пасть закачивает водянистую сперму поганого старого еврея, а Роули и Лес-младший как были мертвые, так и остаются.

Расплата, расплата. Конца ей нет.

Это было как во Вьетнаме, когда вдруг летишь, вдруг становишься бешеный. Внезапно пуще осатанев из-за того, что она сосет у еврея, чем из-за того, что она убила детей, Фарли с воплем срывается с места, летит, профессор вопит в ответ, профессор заносит монтировку, и только потому, что Фарли не вооружен — он в тот вечер приехал прямо с пожарных учений и был с пустыми руками, хотя оружия у него полный подвал, — он не отправляет обоих на тот свет. Как случилось, что он не потянулся к монтировке, не выхватил ее у еврея и не кончил дело таким манером, он никогда не узнает. Роскошь, как можно было поработать этой монтировкой. «Вниз опусти! Вниз, не то я череп тебе раскрою! Вниз, тебе говорят!» И еврей опускает монтировку. К счастью для себя, опускает.

Вернувшись в тот вечер домой (как он дома оказался, ему тоже никогда не узнать), Лестер до раннего утра, когда понадобилось пять человек, пятеро его приятелей из пожарной команды, чтобы его скрутить и привезти в Нортгемптон, видел всё разом, переживал всё по полной программе на дому — жара, дождь, грязь, гигантские муравьи, пчелы-убийцы прямо тут, на полу, на линолеуме у кухонного стола, понос, головная боль, нечего есть, нечего пить, нечем стрелять, и всю ночь думаешь, что эта уж точно для тебя последняя, и ждешь этого, Фостера разнесло миной-ловушкой, Куиллен утонул, ты сам еле выплыл, психуешь, кривляешься, швыряешь гранаты во все стороны, кричишь: «Не хочу умирать!», авиация путается и бьет по тебе и ребятам, Дрейго потерял ногу, руку и нос, горелое мясо Конрити липнет к твоим ладоням, вертолетчики не хотят вас забирать, требуешь, а он отвечает — сесть не можем, потому что вы под огнем, — и такая злоба берет из-за того, что сейчас умрешь, что пытаешься сбить его, сбить свой вертолет, — самая нечеловеческая ночь, какая у тебя была, тут прямо, в твоем поганом домишке, и самая длинная, длинней не было и не будет, цепенеешь при каждом своем движении, парни вопят, срут и плачут, а ты не привык слышать столько плача, ребята гибнут от попаданий в лицо, вздохнул напоследок и умер, мясо Конрити размазано по ладоням, Дрейго все вокруг заливает кровью, сам пытаешься растрясти кого-то мертвого и кричишь, орешь без остановки: «Не хочу умирать!» Смерть не отпускает. Не дает передышки. Не дает убежать. Не дает увольнительной. До утра с ней воюешь, и всё в тебе и вокруг на пределе. Страх на пределе, злоба на пределе, вертолетчики не хотят садиться, и кровь Дрейго жутко воняет прямо тут, в твоем собственном сраном домишке. Не знал, как погано она может вонять. ВСЁ НА ПРЕДЕЛЕ, И ТАКАЯ НЕСУСВЕТНАЯ ДАЛЬ, И ЗЛОБА ЗЛОБА ЗЛОБА ЗЛОБА ОТЧАЯННАЯ!

Почти всю дорогу до Нортгемптона — в конце концов им надоело и они заткнули ему рот — Фарли окапывался среди ночи и утром просыпался в чьей-то могиле, полной червей. Кричал: «Всё! Больше не надо! Пожалуйста!» Так что пришлось вставить ему кляп.

В ветеранской больнице, куда его можно было положить только насильно и откуда он все эти годы раз за разом убегал — не вышло у него с государством, так на кой она ему, государственная больница, — его заперли, привязали к койке, провели регидратацию, стабилизацию, детоксикацию, из него вывели алкоголь, ему дали что-то от печени, а потом полтора месяца на сеансах групповой терапии он каждое утро рассказывал про смерть Роули и Леса-младшего. Каждый божий день говорил, чего не случилось, когда он увидел лица задохнувшихся детей и понял, что они точно умерли.

— Хоть бы что, — говорил он. — Хоть бы что, на хер. Никаких переживаний. Дети родные умерли, а мне хоть бы что. У сына глаза закатились, пульса нет. Сердце не бьется. Дышать не дышит. Мой сын. Маленький Лес. Единственный сын, больше не будет. Ничего не чувствовал. Как будто чужой мальчик. И с Роули то же самое. Чужая. Моя дочурка. Сволочной Вьетнам, это ты! Столько лет война кончена, а все ты, гад, твоя работа! Все ощущения перепутаны к чертям. Ничего не случилось — а меня как палкой саданет по башке. Потом вдруг случается что-то ух какое, а я — пустой. Вырублен. Мои дети погибли, а у меня ни по телу ничего, ни в голове. Вьетнам. В нем все дело! Я ни разу по ним не плакал за все время. Ему было пять, ей восемь. Я себя спрашивал: «Почему я не чувствую?» Спрашивал: «Почему я их не спас? Почему не мог спасти?» Расплата. Расплата! Я все думал про Вьетнам, думал. Про то, как мне много раз казалось, что я умер. И понял наконец, что не могу умереть. А не могу потому, что уже готов. Потому что уже умер во Вьетнаме. Потому что я труп, который подох к чертям собачьим.

Группа состояла из таких же, как Фарли, вьетнамских ветеранов, не считая пары слюнтяев с войны в Заливе, которым запорошило глазки песочком во время четырехдневной наземной операции. Сточасовой войны. Только и заботы что посидеть в пустыне и обождать. А вьетнамские, они все сами прошли после войны через такое, что хуже не придумаешь, — разводы, пьянство, наркотики, преступления, полиция, тюрьма, опустошающая депрессия с плачем, с желанием выть, с желанием разнести что-нибудь вдребезги, руки трясутся, все тело дергается, лицо как маска, пот прошибает от макушки до пят, переживаешь по новой летящее железо, ослепительные вспышки, оторванные руки-ноги, убийства пленных, расстрелы семей, старух, детей, — так что, хоть они и кивали, когда слушали про Роули и маленького Леса, хоть они и понимали про то, как он ничего к ним не мог почувствовать, когда увидел их с закатившимися глазами, потому что сам был мертвец, они все равно говорили, эти по-серьезному больные ребята (в тех редких случаях, когда могли вести речь о чем-нибудь, кроме себя самих, кроме своих блужданий по улицам, кроме своей вечной готовности сорваться, закричать в небо: «Ну почему?», могли вести речь о ком-нибудь другом, кто, как они, не получает заслуженного уважения и не будет счастлив, пока не умер, не похоронен и не позабыт), что Фарли должен оставить все это позади и жить своей жизнью.

Жить своей жизнью. Он знает, что это мура, но лучшего ничего нет. Жить своей жизнью. Хорошо.

С таким намерением он во второй половине августа выписался из больницы. И с помощью группы взаимной поддержки, к которой примкнул, и особенно с помощью Луи Борреро, ходившего с палкой, он преуспел по меньшей мере наполовину; было трудно, но благодаря Луи он более или менее справлялся, почти три месяца не пил — до самого ноября. Но потом — не из-за того, что кто-то что-то сказал, и не из-за увиденного по телевизору, и не из-за приближения очередного бессемейного Дня благодарения, а из-за того, что не было у Фарли другого пути, не было способа помешать прошлому нарастать, громоздиться и толкать его на поступки, требовать от него грандиозного отклика, — потом прошлое оказалось уже не сзади, а впереди.

Снова оказалось его жизнью.

2

ОСТАТЬСЯ НЕБИТЫМ

На другой день, когда Коулмен поехал в Афину спросить адвоката Нельсона Праймуса, как пресечь новые попытки Фарли вторгнуться на его территорию, Праймус предложил ему то, о чем он не хотел даже слышать, — подумать о разрыве любовных отношений. В первый раз он проконсультировался с Праймусом в начале истории с «духами», и поскольку Праймус дал тогда разумный совет, да еще потому, что самоуверенная прямота молодого юриста напомнила ему его самого в возрасте Праймуса, и потому, что свою антипатию к сентиментальным пустякам Праймус не пытался скрыть за обычной для городских адвокатов маской славного, добродушного парня, именно ему Коулмен показал потом письмо Дельфины Ру.

В свои тридцать с небольшим Праймус был женат на молодой профессорше философии с ученой степенью, которую Коулмен взял на работу в колледж года четыре назад, и у них было двое маленьких детей. В Афине — типичном новоанглийском университетском городе, где почти все дипломированные специалисты приходят на работу одетые по-спортивному, — этот гладко-красивый молодой человек с черными как смоль волосами, высокий, подтянутый, атлетически-гибкий, появлялся утром в своей конторе в безупречно скроенном костюме, сверкающих черных ботинках и накрахмаленной белой рубашке с неброской монограммой — в наряде, говорившем не только о мощной самоуверенности и сознании собственной значительности, но и об отвращении к неряшеству любого рода, а еще о том, что Нельсон Праймус нацелен на нечто большее, чем контора над магазином «Толботс» по ту сторону от главной городской площади. Здесь преподает его жена, поэтому пока что он здесь. Но ненадолго. Молодая пантера в рубашке с запонками и костюме в темную полоску — пантера, готовая к прыжку.

— У меня нет никаких сомнений в том, что Фарли психопат, — сказал ему Праймус, аккуратно и четко выкладывая слова и не спуская с Коулмена пристального взгляда. — Если бы он шпионил за мной, я бы встревожился. Но разве до того, как у вас начался роман с его бывшей женой, он за вами шпионил? Нет, он знать про вас не знал. Письмо Дельфины Ру — дело совсем другое. Вы захотели, чтобы я ей написал, и вопреки своему нежеланию я сделал это для вас. Вам понадобился эксперт-графолог, и вопреки своему нежеланию я связал вас с ним. Вы захотели, чтобы я послал его выводы ее адвокату, — и вопреки своему нежеланию я их послал. Считая, что вам не следовало бы преувеличивать значение этой мелкой неприятности, я делал то, о чем вы меня просили. Но Лестер Фарли — не мелкая неприятность. Дельфина Ру не идет с ним ни в какое сравнение ни как психопат, ни как противник. В мире Фарли ваша Фауни едва уцелела, и всякий раз, переступая ваш порог, она волей-неволей приводит этот мир с собой. Лестер Фарли, кажется, работает в дорожной бригаде? Ну так стоит нам добиться временного запретительного судебного постановления в его адрес, как секрет ваш станет известен всему маленькому городишке, где вы живете. Очень скоро он станет известен всей Афине и всему колледжу, и злобные пуритане так обмажут вас дегтем и вываляют в перьях, что конфликт из-за «духов» покажется вам пустяком. Я помню, как аккуратно наш местный еженедельник прикинулся, что не видит ничего абсурдного в выдвинутом против вас обвинении и не понимает истинного смысла вашей отставки. «Бывший декан, запятнанный расизмом, оставляет колледж». Помню еще подпись под вашим снимком: «Уничижительное слово, употребленное в классе, вынудило профессора Силка уйти на пенсию». Я помню, каково вам было тогда, представляю себе, каково вам сейчас, и предвижу, каково будет потом, когда весь округ начнет обсуждать сексуальные похождения того самого, который отправился на пенсию, запятнанный расизмом. Я вовсе не хочу сказать, что кому-нибудь, кроме вас, должно быть дело до происходящего в вашей спальне. Я знаю, что совать туда нос нехорошо. На дворе девяносто восьмой год. Дженис Джоплин и Норман О. Браун* уже давно изменили положение к лучшему. Но многие здесь в Беркширах, как простые люди, так и профессора, упорно не желают пересматривать свои

---

* *Дженис Джоплин* (1943–1970) — американская певица, работавшая в жанре блюз-рок. Славилась беспорядочной личной жизнью, умерла от злоупотребления наркотиками; *Норман О. Браун* (1913–2002) — американский философ, один из идеологов контркультуры.

ценности и вежливо уступать дорогу сексуальной революции. Узколобые, набожные ретрограды, ярые поборники благопристойности, которых хлебом не корми, дай только разоблачить и наказать аморального типа вроде вас. Они вполне могут поддать вам жару, только немножко по-другому, нежели пресловутая виагра.

Смекалистый — про виагру сам догадался. Выставляется, но пусть, думал Коулмен, раньше он был полезен, так что не надо его обрывать, ставить на место, как ни раздражает это высокомерие. Ни одной сочувственной трещинки в его броне — ну и отлично. Сам спросил совета, так слушай теперь. По крайней мере не будешь потом хныкать, что не предупредили.

— Конечно, я могу выхлопотать ограничивающее предписание, — продолжал Праймус. — Но ограничит ли оно его? Скорее разъярит еще пуще. Я устроил вам графолога, могу устроить ограничивающее предписание, могу вдобавок — пуленепробиваемый жилет. Но я не могу вам устроить того, чего у вас не будет, пока вы связаны с этой женщиной, — жизни без скандалов, без нападок, без Фарли. Душевного спокойствия, какое испытываешь, когда за тобой не шпионят. Когда тебя не изображают в карикатурном виде, не унижают, не судят неправедным судом. Кстати, как там у нее насчет ВИЧ? Коулмен, вы ее проверяли? А презервативом пользуетесь?

Каким суперсовременным он себя ни считает, совместить такого старика и секс ему, похоже, не под силу. Все это ему кажется полнейшей аномалией. Но кому в тридцать два придет в голову, что в семьдесят один это совершенно то же самое? Он думает: как старый козел это делает и зачем? Стариковская похоть и проблемы, которые она создает. В тридцать два, думал Коулмен, я бы тоже не понял. Но с другой стороны — он говорит с авторитетностью сорокалетнего или пятидесятилетнего мужчины, знающего, как устроен мир. Много ли у него опыта, много ли он испытал невзгод, чтобы так покровительственно разговаривать с человеком старше его более чем вдвое? Очень, очень мало, конечно.

— Если, паче чаяния, не пользуетесь, — говорил между тем Праймус, — то пользуется ли чем-нибудь она? И если утверждает, что пользуется, можете ли вы быть в этом уверены? Даже натерпевшиеся от жизни уборщицы не всегда бывают абсолютно правдивы и подчас даже не прочь получить компенсацию за все дерьмо, которого нахлебались. Что будет, если Фауни Фарли вдруг забеременеет? Ее мысли могут пойти тем же путем, что и у множества женщин с тех пор, как Джим Моррисон и группа «Дорз» сняли клеймо позора с внебрачного рождения. Как бы вы ни убеждали меня в обратном, Фауни вполне может захотеть родить ребенка от заслуженного профессора-пенсионера. Женщине, родившей детей от психопата и неудачника, это может показаться желанной переменой. И если при этом она решит, что не хочет больше заниматься черной работой, если она решит, что вообще не хочет больше работать, гуманный суд без колебаний предпишет вам содержать не только ребенка, но и одинокую мать. Я, конечно, готов тогда защищать в суде ваши интересы и буду доволен, если мне удастся ограничить выплаты половиной вашей пенсии. Я сделаю все возможное, чтобы у вас после восьмидесяти лет на банковском счету было хоть что-то. Коулмен, послушайте меня: скверная это история. Во всех отношениях скверная. Консультант по гедонизму, может быть, скажет вам что-нибудь другое, но я ваш юридический консультант и не могу не сказать вам, что это *ужасная* история. Я бы на вашем месте не становился на пути у Лестера Фарли с его безумными обидами. На вашем месте я бы распрощался с Фауни и вышел из игры.

Сказав все, что считал нужным, Праймус встал из-за своего большого полированного стола, который намеренно и демонстративно держал свободным от бумаг и папок, от чего бы то ни было, кроме окантованных фотографий молодой профессорши-жены и двух детей, — стола, чья поверхность воплощала идею незапятнанности, идею чистой доски и наводила Коулмена на мысль, что путь этому речистому молодому человеку, безусловно, не преграждает никакая неорганизованность, никакая помеха вроде слабости характера, крайности суждений, импульсивности поступков или даже возможности нечаянной ошибки; что никакое плохо ли, хорошо ли скрытое обстоятельство не выявится и не помешает ему достичь всяческих профессиональных успехов и буржуазного процветания. В жизни Нельсона Праймуса не будет ни «духов», ни Фауни и Лестера Фарли, ни своего Марка, полного презрения, ни своей Лизы-предательницы. Праймус провел черту и не пропустит через нее к себе никакую пятнающую нечистоту. Но не провел ли я в свое время такую же черту и так же решительно? Разве я был менее бдителен и разборчив, ведя добропорядочную жизнь, идя прямой дорогой к законным целям? Разве с меньшей уверенностью маршировал следом за своими нерушимыми принципами? Разве не был таким же высокомерным? Разве не так же точно атаковал старую гвардию в первые мои сто дней в качестве правой руки Робертса? Разве иначе доводил их до бешенства и выпихивал вон? Разве не был так же безжалостно самоуверен? И тем не менее одно слово — и всё. Отнюдь не самое подстрекательское в английском языке, не самое мерзкое, не самое ужасное, и тем не менее этого слова хватило, чтобы выставить всем на обозрение, на осуждение, на презрительную оценку истину о том, кто я и что я.

Адвокат, который не потрудился подсластить пилюлю, который едва ли не каждое слово напитал предостерегающим сарказмом, доходившим до прямого поучения, который ни единой околичностью не замаскировал своих суждений перед пожилым заслуженным клиентом, обогнул письменный стол, чтобы проводить Коулмена, и не остановился в дверях, а спустился с ним по лестнице и вышел на солнечную улицу. Ради Бет (так звали его жену) Праймус счел нужным как можно более убедительно высказать Коулмену все до конца — высказать то, что должно быть высказано, как бы жестко его слова ни звучали, чтобы помешать этому видному в прошлом лицу в колледже дискредитировать себя дальше. История с «духами», на которую наложилась скоропостижная смерть жены, так скверно подействовала на декана Силка, что даже теперь, через два года после импульсивного ухода на пенсию в тот момент, когда кампания против него практически выдохлась, он все еще не в состоянии понять, что отвечает его долгосрочным интересам, а что нет. У Праймуса создалось впечатление, что Коулмену Силку словно бы мало того, прежнего унижения, что он с изобретательностью и упрямством про́клятого, как человек, прогневивший некоего бога, безумно домогается последней, злобной, повергающей наземь атаки, окончательной несправедливости, которая должна закрепить его беду навеки. Некогда пользовавшийся в своем ограниченном мирке немалой властью, теперь он не только не смог защитить себя от таких, как Дельфина Ру и Лестер Фарли, но и не совладал с жалкими соблазнами, каким под старость хочется поддаться в порядке возмещения за утрату боевой, горячей мужественности. Реакция Коулмена показала Праймусу, что он верно угадал насчет виагры. Еще одна угроза, подумал молодой человек, — химическая. Курить крэк и то, может, было бы безопаснее.

На улице они пожали друг другу руки.

— Коулмен, — проговорил Праймус, который не далее как утром, сказав жене, что к нему едет декан Силк, вновь услышал от нее, как ее огорчил его уход из Афины и как она презирает Дельфину Ру за ее роль в деле о «духах», — Фауни Фарли не из вашего мира. Вчера вы получили наглядное представление о мире, который ее сформировал и растоптал, из которого она по причинам, хорошо вам известным, никогда не вырвется. Может произойти что-то худшее, гораздо худшее, чем вчера вечером. Вы воюете уже не в том мире, где вас хотят убрать с должности, чтобы заменить одним из своих. Вы воюете не с эгалитарно-элитарной шайкой обученных хорошим манерам деятелей, которые маскируют свои амбиции высокими словами о равноправии. Вы воюете в мире, где злоба не прячется за человеколюбивой риторикой. Это люди, чье главное ощущение в жизни — что их обосрали. То, что вы испытали по милости колледжа, эти люди испытывают каждый час, каждую минуту...

На лице у Коулмена уже так ясно было написано: «Хватит», что даже Праймус понял — пора заткнуться. Коулмен все время слушал его молча, подавляя свои реакции, пытаясь сохранять непредубежденность и не замечать чересчур явного удовольствия, с которым Праймус красноречиво учил добропорядочности образованного человека почти на сорок лет его старше. Стараясь не злиться, Коулмен размышлял: «Им для того нужно на меня нападать, чтобы почувствовать себя лучше. Это освобождает». Но к тому времени, как они вышли на улицу, уже невозможно было отделить слова от сути, а себя нынешнего — от человека, облеченного властью, человека, с которым считались. Откровенный разговор с клиентом не требовал от Праймуса таких сатирических украшательств. Если целью было дать убедительный совет адвоката, делу куда лучше послужила бы *очень малая* доза иронии. Но над Праймусом, подумал Коулмен, взяло верх понятие о себе как о блестящей личности, которую ждут великие свершения, и подтрунивание над старым смешным идиотом, вернувшим себе потенцию с помощью химического средства ценой десять долларов таблетка, вышло из всех мыслимых границ.

— Вы, Нельсон, настоящий искусник речи. Такое мастерство. Такая беглость. Великолепный изготовитель длинных-предлинных, нарочито переусложненных фраз. И при этом столько презрения ко всем до единой человеческим трудностям, с какими вам не приходилось сталкиваться.

Побуждение схватить юриста за грудки и разбить сукиным сыном витрину «Толботса» было очень сильным. Вместо этого, отстраняясь, обуздывая себя, тоном таким рассчитанно-мягким, каким только возможно было, Коулмен произнес:

— Я не желаю больше слышать ваш сверхсамодовольный голос и видеть вашу чистенькую мерзенькую лилейно-белую харю.

— Да, лилейно-белую, — сказал Праймус жене вечером. — Почему, интересно, лилейно-белую? Понятно, что не стоит ловить человека на слове, когда он думает, что им пользуются или его унижают. Но разве я напасть на него хотел? Нет, конечно. Дело хуже обстоит. Старик потерял ориентировку, и я хотел ему помочь. Он вот-вот превратит ошибку в катастрофу, и я хотел его остановить. То, что он принял за нападение, было неудачной попыткой поговорить с ним серьезно, произвести на него впечатление. Не вышло, Бет, — полный провал. Может быть, я поддался его воздействию. Он сильный человек, хоть и не тяжеловес. Я не знал его, когда он был влиятельным деканом. Мы познакомились, когда он попал в беду. Но сила все равно чувствуется. Понятно, почему люди подчинялись ему. Когда он сидит перед тобой, видишь, что сидит *персона*. Толком я не разобрался еще, в чем дело. Не так легко понять про человека, кто он и что он, если видел его всего несколько раз. Может, я тупой от природы. Так или иначе, я сделал все ошибки, какие делают новички. Психопатология, виагра, «Дорз», Норман О. Браун, контрацепция, СПИД. Я выставил себя знатоком всего на свете — особенно того, что произошло до моего рождения. Я его провоцировал, а надо было говорить коротко, деловито, объективно. Хотел помочь и в результате оскорбил, а значит — навредил ему. Нет, я не в обиде за то, что он на меня огрызнулся. И все-таки, душа моя, остается вопрос: почему *белую*?

Коулмен два года как не был в кампусе Афины и по возможности вообще старался в город не ездить. Он уже не испытывал ненависти ко всем без исключения преподавателям колледжа — просто не хотел иметь с ними дела из опасения, что, ввяжись он в разговор, даже самый пустяковый, не сумеет скрыть боль или скрыть сокрытие боли, не удержится и начнет внутри закипать или, хуже, что его прорвет и он неудержимо, со всей словесной четкостью и прямотой запоет песню несправедливо обиженного. Через несколько дней после ухода на пенсию он открыл новые счета в банке и супермаркете в Блэкуэлле, унылом и упадочном промышленном городишке у реки в восемнадцати милях от Афины, и даже записался в тамошнюю библиотеку, предпочитая пользоваться ею, при всей скудости ее запасов, а не расхаживать, как прежде, среди афинских стеллажей. Он записался и в спортивный комплекс при местной молодежной ассоциации и, вместо того чтобы плавать в бассейне колледжа или разминаться в тамошнем гимнастическом зале, как он поступал после работы почти тридцать лет, теперь пару раз в неделю посещал не столь презентабельный блэкуэллский бассейн или поднимался наверх в видавший виды зальчик, где впервые с аспирантских времен начал — конечно, в куда более медленном темпе, чем в сороковые, — работать со скоростной грушей или бить по тяжелой груше. Добираться до Блэкуэлла было вдвое дольше, чем до Афины, но в Блэкуэлле куда меньше была вероятность встретить бывшего коллегу, а если такое все же происходило, кивнуть без улыбки и спокойно пройти мимо было здесь легче, чем на опрятных старых улицах Афины, где любой уличный знак, любая скамейка, любое дерево, любой памятник на площади так или иначе напомнили бы Коулмену о нем самом до того, как он стал «педагогом-расистом» и все пошло под откос. Цепочки магазинов по ту сторону площади вовсе не было, пока, работая деканом, он в изрядном числе не приманил в Афину новых людей — сотрудников, студентов, родителей студентов, — так что, выходит, за те годы он перетряхнул не только колледж, но и весь город. Отживающая свой век антикварная лавка, плохой ресторан, убогий продовольственный, провинциальный магазин спиртных напитков, захолустная парикмахерская, допотопная галантерея, скудно снабжаемый книжный, безвкусно оформленная кафе-кондитерская, темная аптека, мрачная таверна, газетный киоск без газет и пустой, загадочный «Магазин чудес» — все это исчезло, уступив место заведениям, где можно вполне прилично поесть, выпить чашку хорошего кофе, получить указанное в рецепте лекарство, купить бутылку неплохого вина, из книг найти что-нибудь помимо путеводителей по Беркширам, а из одежды — не только теплое белье для холодной зимы. «Революция качества», которую ему в свое время ставили в заслугу, имея в виду перемены в преподавательском составе и учебных программах, неожиданно для него распространилась на главную улицу города. Что лишь усиливало боль и удивление от сознания своей отверженности.

Теперь, два года спустя, его тяготили не столько *они* — ибо кого в Афине, кроме Дельфины Ру, интересует сегодня Коулмен Силк и дело о «духах»? — сколько усталость от его собственной едва приглушенной, легко гальванизируемой горечи; стоя посреди Афины, он ощущал сейчас (для начала) большее отвращение к себе, чем к тем, кто по безразличию, по трусости или из честолюбия не счел нужным высказаться в его защиту, выразить даже малейший протест. Образованные люди с учеными степенями, которых он сам, считая их способными мыслить разумно и независимо, взял на работу, не потрудились объективно оценить нелепое обвинение в его адрес и прийти к очевидному заключению. Слово «расист» внезапно стало в Афина-колледже самой эмоционально-взрывчатой характеристикой, и эта эмоциональность вкупе с заботой о своих преподавательских досье и будущих повышениях подчинила себе весь колледж. Стоило слову «расист» прозвучать с некой официальной интонацией — и все до единого потенциальные союзники попрятались по углам.

Ну что, дойти до кампуса? Время летнее, люди на каникулах. После сорока без малого лет в Афине, после всех разрушений и утрат, после всего, на что он отважился, чтобы сюда попасть, — почему нет? Сперва «духи», теперь «лилейно-белую», и кто знает, какой гнойник будет вскрыт следующим чуть устарелым и даже не лишенным очарования оборотом речи, который непроизвольно слетит с его уст? Одно меткое слово — какая же это губительная, разоблачающая сила! Оно мигом сжигает всю маскировку, все прикрытие, весь камуфляж. Верное слово, произнесенное невзначай, совершенно бездумно.

— В тысячный раз повторяю: я сказал «духи», потому что именно это и хотел сказать. Мой отец был содержателем бара, но он требовал от меня, чтобы я выражался точно, и я следую его завету. Слова имеют свои значения — мой отец с его семью классами это хорошо понимал. За стойкой бара он держал две вещи, помогавшие улаживать ссоры между клиентами, — дубинку и толковый словарь. «Мой лучший друг» — так он мне про словарь говорил, и я разделяю такое отношение по сей день. Ну и что же мы увидим, если разыщем в нем слово, которое я употребил? Первое значение: «1. *Разг.* Призрак, привидение».

— Но воспринято оно было иначе. Позвольте мне, декан Силк, прочесть вам *второе* словарное значение: «2. *Уничиж.* Негр». Именно так было воспринято это слово, и здесь была своя логика: «Знает их кто-нибудь из вас — или они негритянки, которых никто не знает и знать не желает?»

— Простите, сэр, но если бы я намеревался спросить, знает ли их кто-нибудь или их никто не знает, потому что они негритянки, я так бы и спросил. *Именно такими словами.* Но как я мог догадаться, что эти студентки чернокожие, если я ни разу в жизни их не видел и ничего о них не знал, кроме имен и фамилий? Знал еще, разумеется, что они *невидимки,* потому и воспользовался этим словом в его первом значении — духи, призраки, привидения. Взглянем теперь на прилагательное с тем же корнем, которое идет в словаре следом. Мы все знаем это слово с детства — и что же оно означает? «*Разг., шутл.* 1. Похожий на привидение, призрак или относящийся к призрачному миру. 2. Страшный, жуткий. 3. (особ. о лошадях) Пугливый». Заметьте — особенно о лошадях. Не кажется ли вам, что я, помимо прочего, охарактеризовал двух студенток как кобылиц? Не кажется? А почему? Почему, раз уж на то пошло?

Взглянуть последний раз на Афину перед тем, как бесчестье станет полным.

Силки. Силки Силк. Шелковый Силк. Так его не называли пятьдесят с лишним лет, но он чуть ли не ждал теперь, что его окликнут: «Привет, Силки!» — как будто он не главную улицу Афины пересекал, чтобы впервые после ухода на пенсию подняться по склону к кампусу, а снова шел после школы по Сентрал-авеню Ист-Оринджа со своей сестрой Эрнестиной и слушал эту идиотскую историю про то, что ей ненароком стало известно накануне вечером, когда к их родителям пришел доктор Фенстерман — еврейский врач, видный хирург из маминой больницы в Ньюарке. Коулмен был тогда в гимнастическом зале, тренировался с легкоатлетической командой, а Эрнестина делала уроки на кухне и оттуда слышала, как доктор Фенстерман, сидя с мамой и папой в гостиной, объясняет им, почему для него и миссис Фенстерман крайне важно, чтобы их сын Бертрам окончил первым в классе. Как Силкам, конечно, известно, первым пока идет Коулмен, а Берт вторым, отставая всего на один балл. Лидеров выпускного класса разделяет лишь оценка «хорошо», которую Берт получил по физике за прошлое полугодие, получил несправедливо, он вполне заслужил «отлично». Берт, как объяснил мистеру и миссис Силк доктор Фенстерман, хочет пойти по стопам отца и стать медиком, «для чего нужны блестящие показатели не только в колледже, но и раньше — всюду, вплоть до детского сада. Знают ли Силки о дискриминационных квотах, цель которых — не пускать евреев на медицинские факультеты? Особенно в Гарварде и Йеле, где Берт, получи он возможность туда поступить, стал бы звездой первой величины — в этом доктор и миссис Фенстерман совершенно уверены. Из-за мизерных квот для евреев на большинстве медицинских факультетов самому доктору Фенстерману пришлось поехать учиться в Алабаму, и там он воочию увидел, каково приходится людям с черной кожей. Доктор Фенстерман понимает, что предубеждение в высших учебных заведениях против чернокожих студентов гораздо сильнее, чем против евреев. Он понимает, какие препятствия пришлось преодолеть самим Силкам, чтобы стать образованной негритянской семьей. Ему известно о тяготах, которые претерпел мистер Силк после того, как в Великую депрессию обанкротился его магазин оптики. Он знает, что мистер Силк — выпускник колледжа, как и он сам. Он понимает, что должность стюарда на железной дороге («Да, Коулмен, так он сказал — не официанта, а стюарда») ни в коей мере не соответствует его профессиональным возможностям. С миссис Силк он, конечно же, хорошо знаком по больничной работе. По уму, по знаниям, по надежности она, считает доктор Фенстерман, превосходит всех сестер больницы, не исключая и старшей сестры. По его мнению, Глэдис Силк давно уже заслуживает назначения старшей сестрой хирургического отделения; одно из обещаний, которые доктор Фенстерман хочет дать Силкам, — то, что он употребит все свое влияние, чтобы миссис Силк получила эту должность после ухода на пенсию миссис Нунан — теперешней старшей сестры отделения. Кроме того, он готов помочь Силкам безвозвратной «ссудой» в три тысячи долларов, которые они получат единовременно после зачисления Коулмена в колледж — ведь учеба, конечно, потребует от семьи дополнительных расходов. Взамен он просит о меньшем, чем можно подумать. Если Коулмен окончит вторым в классе, он все равно останется самым высокооцененным цветным выпускником школы не только за 1944 год, но и за все годы. С этими баллами более чем вероятно, что Коулмен станет лучшим цветным выпускником округа и даже штата, и для поступления в университет Хауарда* ему совершенно не важно будет, первый он или второй. При таких успехах он не встретит даже малейших затруднений. Коулмен ничего не потеряет, а семья получит три тысячи долларов на образование детей; кроме того, благодаря поддержке доктора Фенстермана Глэдис Силк спустя какие-нибудь несколько лет станет первой в Ньюарке цветной старшей сестрой отделения. От Коулмена требуется немного — выбрать два предмета, по которым он слабее подготовлен, и получить по ним на выпускных экзаменах не «отлично», а «хорошо». Задача Берта — получить по всем предметам отличные

---

* Частный университет в Вашингтоне, основанный в 1867 году как негритянский колледж. Назван в честь генерала О. Хауарда.

оценки, это уж от него будет зависеть. Если же Берт на чем-нибудь споткнется, они придут к финишу вровень или даже Коулмен будет первым, но обязательства доктора Фенстермана все равно останутся в силе. И само собой, соглашение будет сохранено в тайне всеми участниками.

Коулмен пришел от услышанного в такой восторг, что вырвал руку из руки Эрнестины и рванул бегом по Сентрал-авеню до Эвергрин и обратно, громко крича:

— По которым я слабее — это какие же?

Словно, предположив наличие у Коулмена учебных слабостей, доктор Фенстерман невесть как смешно пошутил.

— Ну а они что, Эрн? Что папа сказал?

— Не знаю, он тихо говорил, я не расслышала.

— А мама?

— Тоже не знаю. Но что они сказали, когда доктор ушел, — это я слышала.

— Ну-ну. И что же?

— Папа сказал: «Мне хотелось его убить».

— Не заливаешь?

— Нет. Точно.

— А мама?

— «Я просто прикусила язык». Так и сказала: «Я просто прикусила язык».

— Но что они ему ответили, ты не слышала.

— Не слышала.

— Одно могу сказать: я этого делать не буду.

— Конечно не будешь.

— Но вдруг папа согласился?

— Ты что, рехнулся?

— Эрни, трех тысяч долларов папа за целый год не зарабатывает. Надо же, три тысячи!

Ему представилось, как доктор Фенстерман вручает отцу большой пакет, туго набитый деньгами, и в восторге он снова припустил до Эвергрин и назад, дурашливо беря воображаемые барьеры (он несколько лет подряд был чемпионом округа Эссекс среди школьников по спринту с низкими барьерами и занимал второе место в беге на сто ярдов). Очередной триумф — вот что он думал. Очередной рекордный триумф великого, несравненного, единственного и неповторимого Силки Силка! Он первый ученик класса, он звезда легкой атлетики, и, поскольку ему было всего семнадцать, предложение доктора Фенстермана значило для него лишь то, что чуть ли не для всех на свете он невесть какая персона. Более широкую картину он в то время еще не видел.

В Ист-Ориндже, населенном почти сплошь белыми (ближе к Оринджу и рядом с первым городским округом Ньюарка обитали бедные итальянцы, а в больших домах в районе Упсала-стрит и Сауг-Харрисон-стрит — богатые прихожане епископальной церкви), евреев было еще меньше, чем негров, однако именно евреи, взрослые и их сынки, вышли тогда на первый план во внешкольной жизни Коулмена. Сперва док Чизнер, который только что не усыновил его год назад, когда Коулмен стал ходить на его вечерние боксерские занятия, теперь доктор Фенстерман. Док Чизнер был дантист и любил бокс. Ходил на все бои, на какие только мог выбраться, — в Лорел-гарден и Медоубрук-боул на нью-джерсийской стороне Гудзона, в нью-йоркские Мэдисон-сквер-гарден и Сент-Никс. Про него говорили: «Ты можешь думать, что разбираешься в боксе, пока не посидишь рядом с доком. Посиди — и поймешь, что вы с ним разные бои смотрите». Док судил любительские бои по всему округу Эссекс, в том числе на приз «Золотые перчатки» в Ньюарке, и в его боксерский класс еврейские родители из Ист-, Уэст- и просто Оринджа, из Мейплвуда, из Ирвингтона и даже из таких неближних мест, как Уикуэйик на самом юго-западе Ньюарка, посылали сынков учиться самозащите. Но Коулмен пришел к доку Чизнеру не поэтому, защищаться он и так умел, — просто его отец узнал, что со второго класса в школе старшей ступени после легкоатлетической тренировки, исключительно по своей инициативе и в иные недели даже по три раза Коулмен тайком ездит в Ньюарк на трущобную Мортон-стрит в Ньюаркский клуб мальчиков заниматься боксом. Начал в четырнадцать лет при весе всего сто одиннадцать фунтов и работал там по два часа: разминка, три раунда спарринга, тяжелая груша, быстрая груша, скакалка, другие упражнения, потом домой и за уроки. Два раза даже был спарринг-партнером Купера Фулема, который год назад выиграл национальный чемпионат в Бостоне. Мать Коулмена работала в больнице по полторы, даже по две смены, отец обслуживал пассажиров в вагоне-ресторане и дома, можно сказать, только спал, старший брат Уолт был сперва в колледже, потом в армии, так что Коулмен, взяв с Эрнестины клятву хранить секрет, приходил и уходил когда ему вздумается, а чтобы не отставать в школе и не давать повода для подозрений, штудировал учебники с удвоенным усердием всюду, где только мог, — в комнате для самоподготовки, ночью в кровати, в автобусах (по два в каждый конец) до Ньюарка и обратно.

Все, кто хотел заниматься любительским боксом, ходили в Ньюаркский клуб мальчиков, и если у тебя получалось и тебе было от тринадцати до восемнадцати, тебя ставили против парней из таких же клубов в Патерсоне, в Джерси-Сити, в Батлере, из айронбаундского отделения Полицейской атлетической лиги* и так далее. Подростки валили в клуб толпами, некоторые из Ровея, из Линдена, из Элизабет, двое даже из такой дали, как Моррис-таун; там был глухонемой по прозвищу Манекен, который ездил из Белвилла, но большей частью ребята были из Ньюарка и все цветные, хотя руководили клубом двое белых. Одного звали Мак Макроун, он был полицейский из Уэст-Сайд-Парка, носил пистолет и сказал однажды Коулмену: «Будешь по беговой части сачковать — застрелю». Мак во главу угла ставил скорость и поэтому верил в Коулмена. Быстрота, хорошая работа ног, встречный удар. Научив Коулмена стойке, перемещению и удару, увидев, как быстро парень схватывает, какой он толковый, какая у него реакция, Мак начал показывать ему более тонкие вещи. Как перемещать голову. Как уходить от ударов. Как блокировать. Как наносить встречный. Мак учил его джебу**: «Как будто блошку смахиваешь с носа. Смахни с него блошку». Он научил Коулмена джебами выигрывать бои. Проводишь джеб, блокируешь, наносишь встречный. Он тебе джеб — уходишь влево, отвечаешь правым прямым. Или уходишь вправо и отвечаешь хуком***. Или нырок, правой в сердце, хук

---

* *Полицейская атлетическая лига* — сеть спортивных учреждений для подростков под эгидой полиции.
** *Джеб* — короткий прямой удар.
*** *Хук* — короткий боковой удар.

левой в сплетение. Сложением не бог весть какой мощный, Коулмен иногда успевал зажать перчатку соперника, наносящего джеб, тянул его на себя, и хук в сплетение, выпрямиться, хук в голову. «Блокируешь удар. Бьешь навстречу. Ты контратакующий боксер, Силки. Это в тебе есть, и только это». Потом поехали в Патерсон. Первый его бой в любительском турнире. Соперник посылал джеб, Коулмен отклонялся назад, не теряя ногами упора, и успевал вернуться и достать его правой, и так ловил его весь бой. Тот свое — Коулмен свое, и все три раунда остались за ним. В клубе мальчиков это стало фирменным стилем Силки Силка. Время от времени он и первым наносил удар, поэтому никто не мог сказать, что он стоит и ничего не делает, но большей частью он ждал удара соперника и в ответ проводил два, три, потом отступал и опять принимался ждать. Коулмен добивался успеха, действуя от обороны. В результате к шестнадцати годам в одних только округах Эссекс и Гудзон на любительских соревнованиях в армейском зале и в «Рыцарях Пифия»*, на показательных выступлениях в ветеранском госпитале он выиграл у троих победителей турнира «Золотые перчатки». Получается, что он мог бы стать чемпионом в весовых категориях 112, 118 и 126 фунтов... Но ему нельзя было участвовать в «Золотых перчатках», потому что он тогда попал бы в газеты и все стало бы известно родителям. Впрочем, потом им и без того все стало известно. Как — он не знал, да это и не имело значения. Кто-то им сказал, вот и все.

---

* *Рыцари Пифия* — масонское братство, созданное в 1864 году.

Однажды в воскресенье после церкви они сидели за обедом, и отец спросил:

— Ну, Коулмен, как?

— Что — как?

— Вчера вечером. В «Рыцарях Пифия». Как выступил?

— Что такое «Рыцари Пифия»?

— Да брось, сынок, не прикидывайся дурачком. В «Рыцарях Пифия» вчера был бокс. Сколько боев в программе?

— Пятнадцать.

— Как ты выступил?

— Выиграл.

— Сколько боев ты уже выиграл? На турнирах, на показательных выступлениях? Сколько с самого начала?

— Одиннадцать.

— А сколько проиграл?

— Пока нисколько.

— А сколько выручил за часы?

— За какие часы?

— За часы, которые ты выиграл в ветеранском госпитале Лайонса. Которые ветераны подарили тебе за победу. Которые ты на прошлой неделе сдал в ломбард на Малберри-стрит в Ньюарке.

Все-то он знал.

— Сколько, по-твоему? — отважился спросить Коулмен, но глаз не поднял — продолжал рассматривать вышитый узор на хорошей воскресной скатерти.

— Два доллара ты выручил, Коулмен. Когда думаешь перейти в профессионалы?

— Я не ради денег, — возразил он, все еще не глядя на отца. — Деньги меня не интересуют. Я для удовольствия. Таким спортом не будешь заниматься, если удовольствия не получаешь.

— Знаешь, Коулмен, что я бы тебе сказал, будь я твоим отцом?

— Ты мой отец, — сказал Коулмен.

— Не знаю, не знаю.

— Как же...

— Да так — не уверен я в этом. Я тут подумал, может, твой отец — Мак Макроун из Ньюаркского клуба мальчиков.

— Да брось ты, папа, Мак мой тренер.

— Понятно. Ну и кто же тогда, позволь спросить, твой отец?

— Сам знаешь кто. Ты. Ты мой отец.

— Я? Правда?

— Нет! — заорал Коулмен. — Не ты!

И, сорвавшись с места в самом начале воскресного обеда, выбежал из дома и почти час накручивал мили по Сентрал-авеню до Оринджа, потом через весь Ориндж до Уэст-Оринджа, потом по Уатчанг-авеню до Роуздейлского кладбища, потом на юг по Вашингтон-стрит до Мейн-стрит — бег с ударами, спринт, потом просто бег, потом просто спринт, потом бой с тенью всю обратную дорогу до вокзала Брик-Чёрч и, наконец, последний спринтерский отрезок до дома, и в дом, и в гостиную, где семья доедала десерт и где он сел на свое место, куда более спокойный, чем в начале броска, — ждать, чтобы отец начал там, где остановился. Отец никогда не выходил из себя. У него был свой способ побеждать. Словами. Речью. Английским языком, который он называл «языком Чосера, Шекспира и Диккенса». Языком, которого никто не может у тебя отнять и который у мистера Силка всегда звучал полновесно, отчетливо и артистически-напористо, как будто даже во время обычного разговора он декламировал речь Марка Антония над телом убитого Цезаря. Каждому из троих своих детей мистер Силк дал второе имя, взятое из пьесы, которую он почти всю знал наизусть, считал вершиной английской литературы и самым поучительным исследованием предательства из всех, что когда-либо были написаны: старший его сын звался Уолтер Антоний, другой — Коулмен Брут, а их младшая сестра Эрнестина Кальпурния получила второе имя от верной супруги Цезаря.

Жизнь мистера Силка в бизнесе пришла к несчастливому концу в Великую депрессию, когда прекратили платежи банки. После потери магазина оптики в Ориндже он пришел в себя очень не скоро, если пришел в себя вообще. Бедный папа, говорила мама, он так хотел работать на самого себя. Мама была из Нью-Джерси, а папа родился на Юге, в Джорджии, и посещал там колледж, изучал агротехнику и скотоводство. Но потом бросил, поехал на Север, в Трентон, и там выучился на оптика. Потом его призвали в армию и отправили на Первую мировую, потом он познакомился с мамой, переехал с ней в Ист-Ориндж, открыл магазин, купил дом. Потом было банкротство, и теперь он работал официантом в вагоне-ресторане. Там он, конечно, больше молчал, но дома разговаривал с такой неспешной точностью и прямотой, что мог просто-напросто уничтожить тебя словами. Он считал очень важным, чтобы дети хорошо владели речью. Он отучал их говорить: «Смотри, песик идет». Они должны были говорить: «Доберман. Гончая. Терьер». Он учил их классифицировать явления. Они познавали власть, которую дает тебе умение подобрать точное название. Он неустанно учил их английскому. Он поправлял даже их приятелей, которые приходили к ним в гости.

Когда мистер Силк был оптиком и поверх темного, похожего на священнический костюма носил белый халат, он работал по более или менее регулярному графику и вечером после десерта оставался за обеденным столом читать газету. Все дети должны были по очереди что-нибудь прочесть из «Ньюарк ивнинг ньюс», даже малышка Эрнестина, причем не из странички комиксов. Его мать, бабушку Коулмена, научила читать хозяйка еще во времена рабства, а после Освобождения она поступила в так называемое Педагогическое и промышленное училище штата Джорджия для цветных. Дед Коулмена со стороны отца был методистским священником. В семье Силков читалась классическая литература. В семье Силков детей не водили на бокс, их возили в Нью-Йорк в Метрополитен-музей смотреть на доспехи. Их возили в планетарий Хейдена изучать Солнечную систему. Их регулярно водили в Музей естествознания. В 1937 году в праздник 4 июля мистер Силк, несмотря на дороговизну билетов, повез всех детей на Бродвей в театр «Мьюзик Бокс» на мюзикл «Предпочитаю быть правым» с Джорджем М. Коэном. Коулмен запомнил, как отец на следующий день делился по телефону впечатлениями с дядей Бобби, своим братом: «Знаешь, что сделал Джордж Коэн, когда прошли все вызовы и опустился занавес? Вышел еще на целый час и спел все свои песни. Все до единой. Для детей, для их знакомства с театром лучшего и не придумаешь».

— Будь я твоим отцом, — заговорил мистер Силк, глядя на Коулмена, который чинно сидел над пустой тарелкой, — знаешь, что я бы тебе сказал?

— Что? — спросил Коулмен тихо — тихо не потому, что выдохся после бега, а потому, что настало время держать ответ за глупое отречение от отца, который был уже не оптиком, а официантом в вагоне-ресторане и останется им до конца дней.

— Я сказал бы: «Выиграл вчера вечером? Молодец. Значит, можешь уйти непобежденным. Ты уходишь с ринга». Вот что я сказал бы, Коулмен.

Потом стало полегче — после того как Коулмен посидел над уроками, а мать поговорила с отцом и немного его урезонила. Родители уже могли более или менее мирно сидеть с ним в гостиной и слушать, как он описывает прелести бокса, с которым, если у тебя есть победный ресурс, легкоатлетические успехи не идут ни в какое сравнение.

Спрашивала теперь мать, и на ее вопросы отвечать было нетрудно. Ее младший сын был, как в подарочную упаковку, обернут во все золотые грезы, что когда-либо посещали Глэдис Силк, и чем красивей, чем умней он становился, тем труднее ей было отделять сына от грез. Насколько с пациентами больницы она могла быть чуткой и мягкой, настолько с другими сестрами и даже с врачами — с белыми врачами! — она порой бывала требовательной и жесткой, применяя к ним тот же кодекс поведения, что и к самой себе. Такой же она могла быть и с Эрнестиной — но не с Коулменом. Коулмен получал от нее то же, что пациенты, — нежную, самоотверженную заботу. Коулмен получал почти все, что ему хотелось. Отец прокладывал путь, мать взращивала любовь. Классическая комбинация.

— Не понимаю, как можно разозлиться на человека, которого не знаешь, — сказала она. — Кто другой, но ты, с твоим счастливым характером...

— Никакой злости. Только концентрация. Это спорт. Перед боем разминаешься. Боксируешь с тенью. Готовишься ко всему, что может сделать соперник.

— Которого ты никогда раньше не видел, — заметил отец, обуздывая, насколько хватало сил, свой сарказм.

— Я только хотел сказать, — объяснил Коулмен, — что злиться не надо. Незачем.

— А если соперник на тебя зол? — спросила мать.

— Не имеет значения. Выигрывают мозги, а не злость. Пускай злится, какая разница? Твое дело — думать. Это как шахматы. Или как кошки-мышки. Можно завлечь соперника, обмануть. Вчера против меня был парень лет восемнадцати-девятнадцати, не ахти какой быстрый. Он достал меня один раз джебом в верхнюю часть головы. Но когда он это повторил, я был готов, и хоп! Встретил его правой, и он даже понять не успел, чем его шарахнуло. Нокдаун. Я редко кого отправляю на пол, но этого отправил. Потому что заставил поверить, что поймает меня еще раз.

— Коулмен, — сказала мать, — мне не нравится то, что я слышу.

Он встал и принялся ей показывать.

— Вот, смотри. Медленный у него был удар. Понимаешь? Я увидел, что ему быстроты не хватит

134

поймать меня второй раз. Не волнуйся, мама, вреда он мне не причинил никакого. Я просто подумал, что, если он еще раз так, я уклонюсь и вмажу ему правой. И вот когда он опять, я вовремя увидел, потому что удар был медленный, и контратаковал. Пойми, мама, я не потому сбил его с ног, что был злой. Просто я лучше боксирую.

— Но эти ньюаркские, с кем ты выходишь на ринг, они же совсем не такие, как твои друзья. — Она с теплотой в голосе назвала двоих самых положительных и способных негритянских мальчиков, с которыми Коулмен вместе учился, дружил, ел ланч и проводил время в школе. — Я часто вижу ньюаркских ребят на улице. Они настоящие бандиты. Легкая атлетика — спорт куда более цивилизованный, он гораздо лучше тебе подходит. Коулмен, ты же так красиво бежишь!

— Бандиты они или не бандиты — не имеет значения. На улице имеет, на ринге нет. На улице этот парень скорее всего избил бы меня до полусмерти. Но на ринге, в перчатках, по правилам? Нетушки, тут ему ничего со мной не сделать.

— А если все-таки ты пропустишь удар? Что тогда? Это же вредно, опасно. Для головы. Для *твоего мозга*.

— Удар можно самортизировать. Этому учат. Вот так, головой — видишь? Это уменьшает воздействие. Однажды, всего однажды меня чуть-чуть оглушило — только потому, что я был глупым новичком, не знал, как боксировать с левшой, и сделал идиотскую ошибку. Да и то ничего страшного — как будто об стенку маленько стукнулся. Немножко кружится голова, и не так прочно стоишь. А потом само собой все проходит. Надо только

135

на несколько секунд войти в клинч или, наоборот, отступить, пока в голове не прояснится. Ну, бывает еще, по носу дадут, тогда глаза немножко слезятся, и все. Если контролируешь себя, опасности нет никакой.

Тут отец не выдержал.

— У меня на глазах людей валили на пол таким манером, что они не успевали понять, откуда взялся кулак. Когда такое случается, глаза не слезятся, когда такое случается, ты падаешь и лежишь как труп. Даже Джо Луиса, если помнишь, нокаутировали так, что он лежал как труп. Поправь меня, если я ошибся. А если Джо Луиса могли, то и тебя, Коулмен, могут.

— Пойми, папа, Шмелинг в том первом бою с Луисом нащупал у него слабость. Слабость была в том, что, когда Луис проводил джеб, он не возвращался в закрытую стойку... — Коулмен снова вскочил и показал родителям, что он имеет в виду. — Не возвращался, а опускал левую руку — вот так, видите? — а Шмелинг раз за разом контратаковал — вот так, — ну и победил нокаутом. Это чистое мышление. Точно говорю. Правда, папа. Сдохнуть мне на этом месте.

— Не надо говорить: «Сдохнуть мне на этом месте».

— Не буду, не буду. Но пойми, если он в закрытую стойку не возвращается, если он вместо этого вот так, то соперник контратакует правой и в конце концов его накажет. Так и случилось в том первом бою. В точности так.

Но мистер Силк повидал на своем веку много боев, в армии он видел ночные бои между солдатами, устраиваемые для развлечения личного состава, и там случались не только нокауты, как у Джо Луиса, но и такие тяжелые рассечения, что кровь ничем нельзя было остановить. На военной базе он видел чернокожих бойцов, которые как главное оружие использовали собственную башку, хоть перчатку на нее напяливай, тупых и жестоких уличных зверюг, которые дубасили и дубасили соперника головой, пока у того от лица не оставалось неизвестно что. Нет, ни о чем другом, кроме ухода с ринга, Коулмену и думать нечего, а если он хочет боксировать ради развлечения, ради спорта, то он будет этим заниматься не в Ньюаркском клубе мальчиков, который, по мнению мистера Силка, годился только для трущобных детей, для безграмотных, для хулиганов, которым прямая дорога либо в тюрьму, либо в канаву, а здесь, в Ист-Ориндже, под присмотром дока Чизнера, который был дантистом профсоюза электриков в те времена, когда отец Коулмена был оптиком и обеспечивал членов профсоюза очками. Док Чизнер по-прежнему лечил зубы, но в нерабочее время учил сыновей еврейских врачей, юристов и бизнесменов основам бокса, и никто из его учеников пока здоровья не лишился — это уж точно. Для мистера Силка евреи, даже такие наглые и противные, как доктор Фенстерман, были вроде индейцев-следопытов — опытные, толковые люди, которые могут показать новичку дорогу, могут помочь культурной негритянской семье в поисках социальных возможностей и путей к успеху.

Вот как Коулмен попал к доку Чизнеру и стал тем цветным парнем, какого знали там все привилегированные еврейские сынки, — скорее всего единственным, какого они знали и будут когда-либо знать. Коулмен очень быстро стал ассистентом Чизнера и начал учить еврейских парней — учить не тем тонкостям экономии энергии и движения, с которыми познакомил своего лучшего питомца Мак Макроун, а основам, которыми для них в любом случае все и ограничится: «Скажу „раз“ — джеб. Скажу „раз-раз“ — двойной джеб. Скажу „раз-два“ — джеб левой, кросс* правой. Скажу „раз-два-три“ — джеб левой, кросс правой, хук левой». После того как ученики расходились по домам (случалось, хотя и редко, что кто-то уходил с расквашенным носом и больше не возвращался), док Чизнер работал с одним Коулменом, в иные вечера для выносливости большей частью в ближнем бою, когда и тянешь соперника, и бьешь, и толкаешь, после чего простой спарринг кажется детской забавой. Док требовал от Коулмена, чтобы в самую рань, как только застучит копытами лошадь молочника, он тут же вставал и выходил бегать и боксировать с тенью. В серой матерчатой куртке с капюшоном Коулмен был на улице уже в пять утра в любую стужу, в любой снегопад — бегал как миленький три с половиной часа до первого школьного звонка. Ни души вокруг, никаких бегунов, тогда еще знать не знали, что такое бег трусцой, три быстрые мили с имитацией ударов все время, кроме одной короткой паузы, чтобы не испугать большого старого гнедого тяжеловоза, когда Коулмен в зловеще надвинутом на глаза капюшоне, похожем на монашеский клобук, догонял и обходил молочника. Он терпеть не мог этот бег с его нудятиной, но не пропустил ни дня.

---

* *Кросс* — косой удар поверх руки соперника.

Однажды в субботу, месяца за четыре до того, как доктор Фенстерман пришел к родителям Коулмена со своим предложением, док Чизнер посадил Коулмена к себе в машину и повез в Уэст-Пойнт*, где должен был судить матч между курсантами и Питтсбургским университетом. Док был знаком с университетским тренером и хотел, чтобы он увидел Коулмена на ринге. Док был уверен, что для Коулмена с его школьными отметками тренер сможет выхлопотать четырехлетнюю стипендию в Питтсбургском — куда больше, чем он мог бы получить за легкую атлетику, а ему только и дела будет что боксировать за питтсбургскую команду.

Док не говорил в пути, чтобы Коулмен соврал питтсбургскому тренеру, будто он белый. Велел промолчать, и только.

— Если не спросят, — сказал док, — сам не говори. Ты не белый и не цветной. Ты Силки Силк, вот и все. Понял? Только и делов.

Это было любимое выражение дока: только и делов. Одно из тех, какие отец Коулмена не терпел у себя дома.

— Думаете, сам не увидит? — спросил Коулмен.

— А как он увидит? Как, скажи на милость? Лучший ученик средней школы Ист-Оринджа, и с кем приехал? С доком Чизнером. Знаешь, что он подумает, если уж возьмется про это думать?

— Что?

— Ты выглядишь как выглядишь, и раз ты со мной, он подумает, что ты один из моих парней. Что ты еврей.

---

* Город в штате Нью-Йорк, где находится Военная академия сухопутных войск США.

Коулмен громко расхохотался, хотя дока, в отличие от Мака Макроуна с его рассказами о полицейском житье-бытье в Ньюарке, он никогда не считал большим юмористом. Потом напомнил доку:

— Я буду поступать в Хауард. В Питтсбургский не могу. Мне одна дорога — в Хауард.

Сколько Коулмену хватало памяти, отец всегда намеревался определить его, самого способного из своих детей, в этот колледж, который — так уж исторически сложилось — был негритянским и в котором училась вся привилегированная молодежь из чернокожей элиты.

— Коулмен, твоя забота — показать себя на ринге. Только и делов. Дальше поглядим, что к чему.

Если не считать семейных поездок в Нью-Йорк с образовательными целями, Коулмен никогда раньше не выезжал из штата Нью-Джерси, так что сперва он провел замечательный день, бродя по Уэст-Пойнту и воображая себя приехавшим сюда потому, что собирается здесь учиться, а затем у него был бой с парнем, которого выставил против него питтсбургский тренер, очень похожим на того, с кем он боксировал в «Рыцарях Пифия». Противник был медленный, такой медленный, что за считанные секунды Коулмен понял: малый ничего с ним не сделает, даром что ему уже двадцать и он боксирует за колледж. Боже ты мой, подумал Коулмен в конце первого раунда, если бы я всю жизнь мог боксировать с такими, как этот, я бы заткнул за пояс самого Рэя Робинсона. Дело было не только в том, что Коулмен весил теперь фунтов на семь больше, чем во время того любительского боя в «Рыцарях Пифия». Что-то, чего он толком не понимал, побуждало его быть более грозным, чем он осмеливался быть раньше, побуждало стремиться не просто к выигрышу, а к чему-то большему. Не в том ли причина, что питтсбургский тренер не знал, какой он расы? Не в том ли, что правда о подлинном его «я» была целиком и полностью его секретом? Он любил секреты, и еще как. Чтобы никто не знал, какие мысли у тебя в голове, чтобы думать о чем тебе хочется и никому не давать отчета. Другие ребята вечно чешут о себе языками почем зря. Ну и какая в этом власть, какое удовольствие? Власть и удовольствие — в прямо противоположном, в том, чтобы не только на ринге, но и в жизни работать в закрытой стойке, он знал это, хотя никто ему не говорил и он сам об этом не думал. Вот почему ему нравилось боксировать с тенью и упражняться с тяжелой грушей — из-за уединенности. Легкая атлетика ему нравилась по той же причине, но это было лучше. Многие ребята просто тупо лупили по тяжелой груше — но не Коулмен. Коулмен *думал*, думал таким же в точности образом, как в школе или на беговой дорожке: исключаешь все лишнее, ничего не впускаешь, погружаешься в *это* — в предмет, в соревнование, в экзаменационную тему, вот что тебе нужно. Сам становишься этим. Он был на такое способен и в биологии, и в спринте, и в боксе. При этом не мешало не только ничто наружное, но и внутреннее. Пусть ему кричат что угодно из-за канатов — все едино, пусть против него боксирует лучший друг — все едино. После боя ничто не мешает опять подружиться. Ему удавалось отключаться от собственных чувств, будь то страх, сомнение или даже дружеское расположение, — иметь эти чувства, но иметь их отдельно от самого себя. Когда он боксировал с тенью, это была не просто разминка. Он представлял себе соперника, втайне вступал с ним в воображаемый бой. И на ринге, лицом к лицу с настоящим соперником, вонючим, сопливым, потным, отвешивающим тебе более чем реальные удары, — там тоже можно было держать свои мысли при себе. Никакого учителя, задающего вопросы и ждущего ответов. Все ответы, какие приходят в голову на ринге, можно хранить в секрете, а если решаешь вдруг выложить секрет, в ход идет отнюдь не язык.

Так что даже в магическом, мифическом Уэст-Пойнте, где в тот день у него было такое чувство, словно в каждом квадратном дюйме флага, реявшего на уэст-пойнтском флагштоке, больше Америки, чем в любом из флагов, какие он видел в жизни, где стальные лица курсантов мощно настраивали его на героический лад, — даже здесь, в патриотическом центре, в самой сердцевине нерушимого станового хребта страны, где ощущение места, испытываемое шестнадцатилетним парнем, в точности соответствовало официальному образу, где все, что он видел, поднимало в нем волну любви не только к самому себе, но и ко всему зримому миру, как будто все вокруг: солнце, небо, горы, река, деревья — было проявлением его собственного бытия, Коулменом Брутом «Силки» Силком, возведенным в миллионную степень, — даже здесь его секрет был никому не ведом, и, выйдя на первый раунд, он повел себя совершенно не так, как несравненный контратакующий питомец Мака Макроуна. Он пошел вперед и стал дубасить парня повсякому. Были бы они одного уровня, он подключил бы мозги, но с легким соперником Коулмен, если понимал это сразу, всегда мог изменить тактику

142

и дать волю кулакам. Именно это произошло в Уэст-Пойнте. Едва они начали, как он подбил парню оба глаза и расквасил нос. Дальше в том же духе. А потом случилось то, чего никогда еще не случалось. Он нанес хук, и чувство было такое, что кулак три четверти пути проделал в теле соперника. Коулмена изумило, как глубоко он вошел, хотя парня из Питтсбурга это наверняка изумило еще больше. Коулмен весил всего сто двадцать восемь фунтов и не был похож на нокаутера. Он и ноги-то не так ставил, чтобы вложиться в один хороший удар, у него был другой стиль; и тем не менее этот удар по корпусу вошел так глубоко, что парень просто сложился вдвое — боксер из команды колледжа, которому уже стукнуло все двадцать! — и Коулмен заделал ему еще раз, как говаривал док Чизнер, «в пузочко». Прямо туда, и соперник сложился вдвое, и на мгновение Коулмену показалось даже, что парня сейчас вытошнит, так что, пока его не вытошнило и он не рухнул на пол, Коулмен быстро занес правую, чтобы влепить ему еще раз, потому что из этого белого, который уже начал валиться, ему дух вышибить хотелось, — но тут питтсбургский тренер, который был за рефери, крикнул: «Не надо, Силки!» — и, схватив его за руку, которая пошла было вперед, прекратил бой.

— А ведь он, — сказал док по дороге домой, — очень даже неплохой боксер. Но когда его приволокли в его угол, он знать не знал, что бой кончен, пришлось втолковывать. Это ж надо — уже в своем углу, но еще не понимает, чем его так.

Весь охваченный победой, волшебством, экстазом последнего удара, захлестнутый сладким потоком ярости, который, вырвавшись на волю, взял его в оборот не хуже, чем его жертву, Коулмен, словно во сне, вновь прокручивая в голове бой, проговорил:

— Похоже, док, я слишком для него быстрый.

— Еще бы не быстрый. Конечно. Я знаю, что ты быстрый. Но еще и сильный. Это был лучший твой хук за все время, Силки. Малыш, ты слишком *сильный* для него оказался.

Так ли? Взаправду сильный?

Так или иначе, он поступил в Хауард. Не сделай он этого, отец убил бы его — убил одними словами, одним английским языком. У мистера Силка был в голове план на долгие годы: Коулмен едет в Хауард, выучивается там на врача, знакомится со светлокожей негритянкой из хорошей семьи, женится, покупает дом и заводит детей, которые, когда вырастут, тоже будут учиться в Хауарде. В чисто негритянском университете Коулмен благодаря своему замечательному уму и внешности выдвинется в высшие круги негритянского общества, станет человеком, на которого другие неизменно будут смотреть снизу вверх. Однако не прошло и недели после начала учебы в Хауарде, как случилось вот что: в субботу он с большой охотой отправился вместе с соседом по комнате, сыном юриста из Нью-Брансуика, посмотреть монумент в честь Джорджа Вашингтона, по дороге они зашли в «Вулвортс» съесть по хот-догу, и там его назвали ниггером. Впервые в жизни. И не дали хот-дога. Получив этот отказ в магазине «Вулвортс» в центре Вашингтона и услышав, как его вдогонку назвали ниггером, он не смог с такой же легкостью, как на ринге, отрешиться от своих чувств. В средней школе Ист-

Оринджа — первый ученик класса, на сегрегированном Юге — просто очередной черномазый. На сегрегированном Юге не существовало отдельных личностей, и даже они с соседом по комнате не составляли исключения. Никаких вам этих тонкостей ваших. Удар был сокрушительным. *Его —* ниггером!

И в Ист-Ориндже, конечно, существовало разграничение, пусть и проявлявшееся в менее злобных формах, между узкой негритянской прослойкой, к которой принадлежала его семья, и остальным населением. Словом, «негрофобия», как выражался его отец. Коулмен, кроме того, знал, что отцу, работающему на Пенсильванской железной дороге, приходится мириться с оскорблениями в вагоне-ресторане и, будь он хоть трижды членом профсоюза, с несправедливым отношением со стороны компании. Все это было куда унизительней того, с чем мог в Ист-Ориндже столкнуться Коулмен, не только очень светлокожий для негра, но и кипучий, полный энтузиазма, сообразительный, спортсмен хоть куда и круглый отличник. Он видел порой, как отец прилагает все силы, чтобы не взорваться, придя с работы после чего-то такого, на что он там, если хотел сохранить должность, должен был тихо ответить: «Да, сэр». Светлокожий негр не всегда мог рассчитывать на лучшее отношение. «Всякий раз, когда к тебе обращается белый, — говорил отец домашним, — как бы хороши ни были его намерения, чувствуешь: он убежден в своем интеллектуальном превосходстве. Тем или иным образом — не словами, так выражением лица, или тоном, или раздражением, или, наоборот, терпеливой выдержкой, замечательной своей *гуманностью* — он всегда даст тебе понять, что ты тупица, и будет крайне изумлен, если окажется, что это не так». «Что случилось, папа?» — спрашивал Коулмен. Но отец редко отвечал — настолько же из гордости, насколько из отвращения. Использовать момент в педагогических целях — этого было достаточно. «О том, что случилось, — говорила мать, — твоему отцу даже рассказывать противно».

В ист-оринджской школе были учителя, в которых Коулмен ощущал необъективность: одно дело ты, другое дело умные белые ребята, — но это никогда не мешало ему добиться результата. Он перелетал через мелкие проявления дискриминации, как на беговой дорожке через низкие барьеры. Может, его неуязвимость была и показная, но он сквозь пальцы смотрел на то, на что, к примеру, его брат Уолтер так смотреть не мог и не хотел. Уолт играл в футбол за школьную команду, хорошо учился, цвет кожи у него был такой же необычный для негра, как у Коулмена, но он всегда чуть сильнее злился по разным поводам. Скажем, родители какого-нибудь белого мальчика не пригласили его в дом, а заставили торчать на улице, или белый товарищ по команде, которого он по глупости считал своим другом, не позвал на день рождения — о каждом таком случае Коулмен, спавший с братом в одной комнате, слышал от него и месяцы спустя. Не получив высшей оценки по тригонометрии, Уолт подошел к учителю, встал перед ним и, глядя в его белое лицо, проговорил: «Я считаю, что вы допустили ошибку». Просмотрев журнал и увидев оценки Уолта за контрольные, учитель признал ошибку, но имел при этом наглость сказать: «Я и подумать не мог, что у тебя такие хорошие результаты» — и только после этого исправил «хорошо» на «отлично». Коулмену и присниться не могло, что он потребует от учителя изменить оценку, да он в этом и не нуждался. Может, потому, что не было в нем ершистости Уолта, или потому, что ему везло, или потому, что он был способней и школьные успехи не стоили ему таких усилий, как Уолту, он сразу получал «отлично». А когда в седьмом классе уже не Уолта, а его не пригласили на день рождения к белому приятелю (приятель жил в том же квартале в угловом многоквартирном здании, был сыном коменданта дома и ходил вместе с Коулменом и в детский сад, и в школу), Коулмен после первоначального замешательства воспринял это не как несправедливость со стороны белых людей, а как несправедливость со стороны идиотов родителей Дикки Уоткина. Уча подростков боксу в классе дока Чизнера, он видел, что некоторым ребятам внушает неприязнь, что кое-кто избегает физического контакта с ним, не хочет ощущать запах его пота, изредка даже тот или иной вообще переставал из-за него ходить — виной тому опять-таки, наверно, были родители, не желавшие, чтобы сын учился боксу или чему бы то ни было еще у цветного, — однако в отличие от Уолта, на ком любое проявление недружественности оставляло зарубку, Коулмен всегда мог раньше или позже забыть это, выбросить из головы или хотя бы сделать вид. Однажды белый парень из их команды бегунов попал в автомобильную аварию, и товарищи по команде, в том числе Коулмен, побежали к его родителям предлагать кровь для переливания, но у Коулмена кровь не взяли. Просто поблагодарили и сказали, что крови уже достаточно, но он-то знал, в чем причина. Нет, совсем не в том было дело, что он чего-то не понимал. Он был слишком умен, чтобы не понимать. На беговой дорожке он состязался со множеством белых ньюаркских парней — с итальянцами из Барринджера, с поляками из Ист-Сайда, с ирландцами из Сентрала, с евреями из Уикуэйика. Что-то он видел, что-то слышал, что-то случайно подслушал. Коулмен знал, что происходит вокруг, но знал также, чего *не* происходит — по крайней мере в сердцевине его бытия. Родительская защита, покровительство старшего брата Уолта, который вымахал до шести футов и двух с половиной дюймов, внутренняя уверенность в себе Коулмена, его яркая привлекательность, его проворство в беге («самый быстрый парень во всех трех Оринджах»), даже цвет кожи, из-за которого люди подчас не знали, кем его числить, — все это вместе смягчало для него те оскорбления, от каких Уолтер лез на стенку. Плюс разница характеров: Уолт был Уолтом, решительно Уолтом, Коулмен им решительно не был. Это, наверно, лучше всего объясняло различие их реакций.

Но «ниггер» — ему? Он пришел в ярость. Однако, как ни верти, если он не хотел серьезных неприятностей, ему ничего не оставалось, кроме как выйти из магазина. Здесь вам не любительский боксерский турнир в «Рыцарях Пифия». Это «Вулвортс» в Вашингтоне, столице страны. Кулаки здесь ничего не решают, работа ног ничего не решает, гнев тоже. Уолтер — ладно, но как отец может хлебать это дерьмо? В том или ином виде каждый божий день в своем вагоне-ресторане. До этого Коулмену никогда, при всей его ранней смышлености, не приходило в голову, как хорошо защищена была его жизнь, никогда он не задумывался о мощи отцовского духа, не понимал, какая отец сила, и не только потому, что произвел на свет его, Коулмена. Наконец он увидел, что его отцу приходилось глотать. И беззащитность отцовскую увидел — а ведь раньше, наивный пацан, глядя на мистера Силка с его авторитетной, суровой, подчас невыносимой манерой держаться, он воображал, что тут полная неуязвимость. И только теперь, когда его обозвали в лицо ниггером, Коулмену с опозданием стало ясно, каким надежным оплотом от великой американской угрозы был для него отец.

В Хауарде, как бы то ни было, лучше ему не становилось. Особенно когда он начал думать, что в нем видят нечто от ниггера даже соседи по общежитию, у которых вдоволь и денег, и хорошей одежды, которые летом, вместо того чтобы болтаться дома на раскаленных улицах, могут поехать в лагерь, и не в какой-нибудь там бойскаутский в нью-джерсийском захолустье, а в хороший, где катаются верхом, играют в теннис и ставят спектакли. Что, к чертям, такое «котильон»? Где это — Хайленд-Бич? О чем они толкуют, эти парни? На первом курсе он был из самых светлокожих, светлей, чем его чайного цвета сосед по комнате, но они столько всего знали такого, чего он не знал, что по сравнению с ними он вполне мог сойти за чернейшего из черных, темнейшего из темных рабов на плантации. Он возненавидел Хауард с первого же дня, а Вашингтон — с первой же недели, и поэтому в начале октября, когда его отец, подавая обед в вагоне-ресторане на Пенсильванской железной дороге, упал на пол и умер, он, приехав домой на похороны, сказал матери, что возвращаться в колледж не собирается. Она умоляла его попробовать еще раз, уверяла, что там должны быть юноши такого же, как он, скромного происхождения, такие же стипендиаты, с которыми он непременно подружится, но никакие материнские слова, сколь бы справедливы они ни были, не могли его переубедить. Только двоим было бы под силу заставить Коулмена изменить решение — отцу и Уолту, и даже им пришлось бы чуть ли не ломать его о колено. Но Уолт воевал в Италии, а отца с его веской звучностью суждений, отца, ради умиротворения которого Коулмен готов был на многое, уже не было на свете.

Он, конечно, плакал на похоронах, понимая, насколько огромно то, что разом было у него отнято. Когда после библейских текстов священник прочел отрывок из «Юлия Цезаря», держа в руках отцовский, так ценимый покойным том шекспировских пьес, — увесистую книгу в просторном кожаном переплете, который в детстве напоминал Коулмену висячие уши кокер-спаниеля, — сын как никогда остро почувствовал благородство отца, величие его подъема и падения, величие, которое Коулмен начал смутно осознавать еще в тот месяц, что он провел в колледже вне маленькой крепости их историнджского дома.

> Трус умирает много раз до смерти,
> А храбрый смерть один лишь раз вкушает!
> Из всех чудес всего необъяснимей
> Мне кажется людское чувство страха,
> Хотя все знают — неизбежна смерть
> И срок придет*.

---

* Здесь и далее цитаты из трагедии Уильяма Шекспира «Юлий Цезарь» даны в переводе М. Зенкевича.

Слово «храбрый», когда пастор его произнес, сорвало с Коулмена броню мужественного стоицизма и трезвого самообладания, обнажив детскую тоску по ближайшему из близких, которого он никогда больше не увидит, по большому-пребольшому, тайно страдающему отцу, который так свободно, так раскатисто говорил, который одной лишь силой своей речи непреднамеренно привил Коулмену желание достичь чего-то колоссального. Коулмен плакал, беспомощно отдавшись самому фундаментальному и неисчерпаемому из чувств, низведенный к тому, чего он не мог вынести. Подростком, жалуясь приятелям на отца, он вкладывал в свои слова куда больше презрения, чем ощущал и чем был способен ощутить; претензия на безличную объективность суждений об отце была одним из способов выдумать для себя некую неуязвимость и заявить о ней. Ныне же, лишившись того, кто его очерчивал, кто давал ему словесное определение, он словно обнаружил, что все часы вокруг, большие и малые, разом остановились и узнать время невозможно. До того дня, как он приехал в Вашингтон и поступил в Хауард, именно отец, нравилось это Коулмену или нет, сочинял историю его жизни; теперь надо было писать ее самому, и эта перспектива ужасала. А потом перестала ужасать. Миновали три жутких дня, жуткая неделя, две жуткие недели — и вдруг, неизвестно откуда, радость.

«Как можно избежать судьбы, нам предначертанной богами?» Эти слова все из того же «Юлия Цезаря» отец повторял ему не раз, но только теперь, когда отец лежал в могиле, Коулмен расслышал их по-настоящему. А расслышав, в тот же миг подхватил и возвеличил. *Это* предначертано ему богами! Свобода Силки Силка. Очищенное «я». Вся утонченность личного бытия.

В Хауарде он обнаружил, что по вашингтонским понятиям он не только ниггер. Как будто этого было мало, он обнаружил в Хауарде, что он еще и негр. Хауардский негр. Мгновенно его очищенное «я» стало частью властного, массивного «мы», а он не хотел иметь ничего общего ни с этим «мы», ни с каким-либо другим. Уезжаешь наконец из дома, из этого царства «мы», как Авраам из Ура, и что находишь — новое «мы»? Другое в точности такое же место, заменитель дома? В Ист-Ориндже он во многом, конечно, был негром, членом маленькой общины численностью тысяч в пять, но, боксируя, бегая, занимаясь в школе, концентрируясь на всяком деле и добиваясь успеха, разгуливая в одиночку по всем трем Ориджам и пересекая, с доком Чизнером или без него, границу Ньюарка, он, не задумываясь об этом, был и всем остальным тоже. Он был Коулменом, величайшим из великих первопроходцев «я».

Потом он поехал в Вашингтон, и в первый же месяц выяснилось: он ниггер, и только, он *негр*, и только. Нет уж. Нет уж. Увидев, какая судьба его ждет, он решил, что фиг она его дождется. Бездумно притронувшись к ней, инстинктивно отпрянул. Нельзя позволить большому «они» одолеть тебя своей нетерпимостью, нельзя позволить малому «они» превратиться в «мы» и одолеть тебя своей этикой. Он не потерпит никакой тирании «мы» со всем, что она норовит на тебя взвалить, со всей ее «мы»-фразеологией. Никакой тирании того «мы», что спит и видит тебя всосать, принуждающего, всеохватного, исторически заданного, неизбежного нравственного «мы» с его коварным E pluribus unum*. Никакого вулвортовского «они», и никакого хауардского «мы». Вместо всего этого — очищенное «я» с его подвижностью. Открытие самого себя — вот его ответ, вот его удар в «пузочко». Своеобычность. Страстная борьба за нее. Никакой стадности. Скользящее соприкосновение со всем на свете. Не застывать — скользить. Самопознание, да, но *скрытое*. Вот где подлинный источник могущества.

«Остерегись ид мартовских». Чушь — не остерегайся *ничего*. Полная свобода. Лишившийся обоих бастионов — старший брат воевал в Европе, отец лежал в могиле, — Коулмен вдруг ощутил прилив новых сил и почувствовал себя свободным: он может стать кем захочет, может штурмовать высочайшие вершины, утверждать свое неповторимое «я». Он почувствовал себя свободным в немыслимой для отца степени. Свободным настолько, насколько отец был закрепощен. Свободным не только от отца, но и от всего, что отцу приходилось терпеть. От лямки. От унижений. От барьеров. От ран, от боли, от притворства, от стыда — от всех внутренних мук поражения. Свободным для игры на большой сцене. Свободным идти вперед и добиваться колоссальных успехов. Свободным для главной роли в безграничной, формирующей личность драме местоимений «мы», «они» и «я».

Война еще шла, и ему так и так предстоял призыв — разве только она кончилась бы завтра. Если Уолт сражается в Италии с Гитлером, почему бы ему тоже не повоевать с этим засранцем? Был

* Из многих единое (*лат.*). Девиз США.

октябрь 1944 года, до восемнадцати ему оставался месяц. Но скрыть этот месяц, передвинуть дату рождения с двенадцатого ноября на двенадцатое октября было проще простого. Озабоченный состоянием матери, ее горем, ее потрясением из-за его ухода из колледжа, он не сразу сообразил, что может соврать и насчет своей расовой принадлежности. Он был волен назваться кем угодно — хоть черным, хоть белым. Нет, это не приходило ему в голову, пока, сидя в здании федеральных учреждений в Ньюарке, он не разложил перед собой все бумаги, которые надлежало заполнить для зачисления в военно-морской флот, и, прежде чем начать, внимательно и вдумчиво, как будто готовился к школьным экзаменам, их не прочел. То, что он делал в любой данный момент, большое или малое, было для него, пока он не переключался на что-то другое, важнее всего на свете. Но даже тогда эта мысль не *в голову* ему пришла. Сначала она возникла в его сердце, которое заколотилось так, словно Коулмену предстояло совершить первое в жизни серьезное преступление.

В сорок шестом году, когда Коулмен демобилизовался, Эрнестина уже училась в педагогическом колледже штата Нью-Джерси в Монтклэре на отделении начального обучения, Уолт кончал этот же колледж, и оба они жили дома с овдовевшей матерью. Но Коулмен, твердо решив жить самостоятельно, поступил в университет и поселился по другую сторону Гудзона — в Нью-Йорке. Куда сильней, чем учиться и получить диплом в Нью-Йоркском университете, ему хотелось быть поэтом или драматургом и обитать в Гринич-Виллидже, но устраиваться на работу ради куска хлеба он не желал и потому для достижения своих целей вынужден был воспользоваться учебной стипендией для демобилизованных. Проблема была в том, что, начав учиться, он довольно быстро втянулся, заинтересовался, стал получать высшие баллы и к концу второго курса был на верном пути к членству в обществе «Фибета-каппа»* и к диплому с отличием по античной словесности. Быстрый ум, цепкая память и превосходное владение речью обеспечили ему здесь лидирующее положение, какое он привык занимать всегда и везде, и в результате то, ради чего он поселился в Нью-Йорке, отступило перед другим, к чему его поощряли, чем, по всеобщему мнению, ему следовало заниматься, в чем он добивался блестящих, неоспоримых успехов. Это уже превращалось в систему: успехи вовлекали его то в одно, то в другое. Разумеется, все это было терпимо и даже приятно, это означало держаться в рамках общепринятого и в то же время из них выбиваться, но цель-то была совсем не такая. Школьником он блистал в латыни и греческом и получил стипендию в Хауарде, хотя больше всего хотел боксировать в турнире «Золотые перчатки»; теперь он не менее ярко блистал в колледже, тогда как стихи его, когда он показал их преподавателям, не вызвали большого восторга. Помимо прочего, он бегал и боксировал — поначалу так, удовольствия ради, но однажды, когда он занимался в спортзале, ему предложили тридцать пять долларов за четырехраундовый бой в Сент-

---

* Старейшее общество студентов и выпускников университетов. Греческие буквы названия — от девиза общества «Философия — рулевой жизни» («Philosophia biou kybernetes»).

Никс вместо отказавшегося боксера, и, главным образом чтобы вознаградить себя за неучастие в «Золотых перчатках», он согласился и, к своей радости, сделался тайным профессионалом.

Итак, учеба, поэзия, профессиональный бокс — и девушки... Девушки, умевшие ходить и носить платья, умевшие *двигаться* в платье, девушки, оправдавшие все мечтательные ожидания, которыми он был полон, отправляясь из Сан-Франциско, где демобилизовался, в Нью-Йорк. Девушки, превратившие улицы Гринич-Виллиджа и пересекающиеся дорожки Вашингтон-сквер в то, чем им и следовало быть. Теплые весенние дни, когда ничто в торжествующей послевоенной Америке и тем более в античном мире не могло отвлечь внимания Коулмена от ног идущей впереди незнакомки. Не он один, надо сказать, из вернувшихся с войны был этим одержим. В те дни в Гринич-Виллидже у бывших военнослужащих, собиравшихся в свободное время в кофейнях и кафе почитать газеты и поиграть в шахматы, не было, казалось, более увлекательного занятия, чем оценивать ноги проходящих мимо женщин. Почему — пусть разбираются социологи, но, так или иначе, то была для Америки великая эпоха возбуждающих ножек, и Коулмен минимум раз или два в день следовал за какими-нибудь из них квартал за кварталом — важно было, какой они формы, как движутся и как стоят, когда на перекрестке горит красный свет. Когда наконец, пройдя за девушкой ровно столько, чтобы изготовиться вербально и развить в себе дикую плотоядность, он выбирал момент, ускорялся и догонял, когда он заговаривал с ней, завоевывал право пристроиться рядом, спросить имя, рассмешить и назначить свидание, он, знала она это или нет, обращался не к ней, а к ее ногам.

А девушки, со своей стороны, отдавали должное ногам Коулмена. Стина Палссон, восемнадцатилетняя скандинавка из Миннесоты, даже сочинила про Коулмена стихотворение, где упоминались его ноги. Написав его на линованном листке из тетради, она подписалась «С», сложила листок вчетверо и сунула в почтовый ящик Коулмена в вымощенном плиткой вестибюле над его полуподвальной комнатой. Со дня их знакомства на платформе метро прошло две недели, и дело было в понедельник — назавтра после их первого суточного марафона. Стина еще наводила красоту в ванной, а Коулмен уже побежал на утренние занятия; несколько минут спустя она отправилась на работу, но прежде оставила ему стихотворение, которое, несмотря на всю телесную дерзость и выносливость, что они продемонстрировали друг другу накануне, постеснялась дать ему в руки. После занятий Коулмен отправился в библиотеку, а оттуда, уже вечером, в Чайнатаун, в обшарпанный зал, на боксерскую тренировку, поэтому письмо он вынул из ящика только в полдвенадцатого ночи.

У него есть тело.
Его тело прекрасно —
упругие мышцы шеи, упругие мышцы ног...

Он умен и нахален.
Он старше меня на четыре года,
Но иногда мне кажется, что он младше.

Он нежен и романтичен,
хотя говорит, что не романтичен.
Я для этого парня почти опасна.

Не передам никак
того, что в нем вижу.
Интересно: проглотит меня целиком —
и что будет делать?

Быстро пробегая стихотворение глазами в тусклом свете вестибюля, он вначале принял «ног» за «нег»: *упругие мышцы нег...* Негра? До того момента его изумляло, как легко все дается. То, что представлялось и трудным, и в каком-то смысле постыдным или разрушительным, оказалось не только простым, но и лишенным всяких последствий. Но теперь он весь взмок от пота. Лихорадочно перечитывал раз за разом, но слова не складывались в осмысленные цепочки. *Упругие мышцы нег...* Что это значит? Обнаженные, они провели вместе весь день и всю ночь, большей частью совсем близко друг к другу. Ни у кого с самого его младенчества не было столько времени, чтобы рассмотреть его и увидеть, какой он есть. За эти сутки на ее теле, длинном и белом, не осталось ни малейшего неизведанного участка, ничего такого, чего бы он не рассмотрел и не мог воссоздать с уверенностью живописца, с дотошностью восхищенного любовника, и весь сегодняшний день в его ноздрях стоял ее аромат, а воображение рисовало ее раскинутые ноги — и, значит, справедливо было и обратное, значит, все на его теле, вплоть до микроскопических мелочей, было присвоено ее жадным изучающим вниманием, все на этой обширной поверхности, несущей знаки эволюционной уникальности, которой он так дорожил, все в его неповторимом мужском строении — кожа, поры, щетина на щеках, зубы, ладони, нос, уши, губы, язык, ступни, половые органы, вены, подмышки, ягодицы, волосы на голове и лобке, пушок на груди, запах, манера смеяться, то, как он спал, дышал, двигался, содрогался в секунды оргазма, — стало ее достоянием. Тем, что она запомнила, о чем думала.

Что его выдало? Любовный акт с его предельной близостью, когда ты не просто проникаешь в другое тело, когда оно еще и плотно облегает тебя? Или телесная нагота? Раздеваешься и ложишься с другим человеком в постель, и там выявляется все, что ты скрываешь, вся твоя неповторимость, сколь бы хитро зашифрована она ни была, — отсюда-то и берется стыдливость, этого боится *любой*. В постели, в этом безумном царстве анархии, сколько моего было увидено, обнаружено? *Теперь я знаю, кто ты. Вижу твои упругие мышцы негра.*

Но как? Что она увидела? Что это могло быть? И не потому ли эта, неизвестно какая, деталь была видима ей, что она светловолосая исландка-датчанка из бесконечной светловолосой исландско-датской родословной цепи, не потому ли, что и дома, и в школе, и в церкви, и среди знакомых ее окружало только скандинавское, что... и тут Коулмен понял, что там не «е», а «о», не «нег», а «ног»... Господи, это всего-навсего о ногах!.. *упругие мышцы шеи, упругие мышцы ног...*

Но что тогда означает вот это: «Не передам никак того, что в нем вижу»? Что она увидела в нем такого неясного? А если бы она написала: «Не передам никому» — стало бы понятнее? Или, наоборот, непонятнее? Он перечитывал и перечитывал эту нехитрую строфу, и смысл делался для него все более смутным, и чем дальше, тем больше он убеждался, что Стина безошибочно почувствовала проблему, которую Коулмен внес в ее жизнь. Разве только «что в нем вижу» значит просто-напросто то, о чем скептики спрашивают влюбленных: «Ну что, скажи на милость, ты в нем нашла?»

А что означает «не передам никак»? То есть — никому? Сохраню в секрете? Или: это непередаваемо? Ну а строчка: «Я для этого парня почти опасна». В каком смысле опасна? В чем она, эта опасность?

Какое бы место стихотворения он ни пытался понять, смысл ускользал. Простояв в вестибюле две лихорадочные минуты, он был уверен только в одном — в своем страхе. Это изумило его, и, как всегда у Коулмена, впечатлительность, застав врасплох, еще и пристыдила его, дала сигнал SOS, призвала к бдительности и самоконтролю.

Стине, при всей ее живости, дерзости и красоте, было только восемнадцать; она недавно приехала в Нью-Йорк из Фергус-Фолс, штат Миннесота, и тем не менее он был сейчас сильней ею устрашен — ею и тем почти нелепым, бьющим в глаза золотым сиянием, какое она излучала, — чем любым из соперников на ринге. Только один раз, ночью, в норфолкском борделе, когда женщина, смотревшая из кровати, как он стягивает военную форму, — большегрудая, мясистая, недоверчивая шлюха, не то чтобы совсем безобразная, но явно не красавица (и, может быть, сама не на сто процентов белая) — кисло хмыкнула и сказала: «Да ты, сдается мне, черномазый», после чего два лба взяли его и выкинули вон, — только тогда он пришел в такое же расстройство, как из-за стихотворения Стины.

Интересно: проглотит меня целиком —
и что будет делать?

Даже этого он не понимал. За письменным столом в своей комнате он до восхода солнца бился над скрытым парадоксальным значением финальной строфы, добывая и отвергая одну хитроумную версию за другой, пока на рассвете не пришел к железному убеждению, что от внимания неотразимой Стины ускользнуло не все, от чего он посчитал нужным отрешиться.

Чушь несусветная. Стихотворение ничего такого не означало, да это и не было стихотворение. Подгоняемые смятением клочки недодуманных мыслей кувырком неслись сквозь ее голову, пока она стояла под душем, поэтому, вырвав страницу из первой попавшейся тетради Коулмена, она села за его стол, написала первое, что пришло на ум, сунула бумажку в почтовый ящик и кинулась на работу. Просто ей надо было что-то сделать с острой, ошеломляющей новизной случившегося. Поэтесса? Она засмеялась: да брось ты. Просто прыгунья через огненное кольцо.

Первые два года каждые выходные они лежали в постели в его комнате и с жадностью насыщались друг другом — так набрасывается на дневную пайку заключенный в одиночке. В одну из суббот она поразила его — да и себя не меньше — своим танцем в одной нижней юбчонке у изножья его раскладной кушетки. Она раздевалась под звуки радио, и первым номером программы, для разогрева, шел Каунт Бейси с его джазом, запись по трансляции, бешеная импровизация на тему «Леди, ведите себя прилично», а потом — опять Гершвин, «Тот, кого я люблю» в исполнении группы Арти Шоу, где блистал заводной Рой Элдридж. Полулежа на кушетке, Коулмен был занят тем, чем ему больше всего нравилось заниматься субботними вечерами, когда они со Стиной возвращались из их любимого подвальчика на Четырнадцатой улице после пятидолларового ужина с кьянти, спагетти и канноли*: смотрел, как она раздевается. Ни с того ни с сего, побуждаемая не им, а, казалось, одной лишь трубой Элдриджа, она начала то, что Коулмен назвал потом бесстыднейшим танцем, в какой когда-либо пускалась девушка из Фергус-Фолс, прожившая в Нью-Йорке лишь год с небольшим. Она самого Гершвина могла поднять из могилы своим танцем и пением. Под воздействием игры черного трубача, исполнявшего эту вещь как негритянскую любовную песню, она выпустила на волю всю мощь своей белизны. Белое начало. Это было ясно как божий день. «Явится он однажды... тот, кого я люблю... утолит мою жажду... тот, кого я люблю». Слова были наипростейшие, точно из школьного букваря, но, когда музыка умолкла, Стина полупритворно, полувсерьез застеснялась и закрыла лицо руками. Хотя от чего могло ее защитить это движение? Коулмена оно только пуще разгорячило.

— Где я тебя нашел, Волюптас? — шептал он. — *Как* я тебя нашел? Кто ты?

Тогда-то, в те сумасшедшие пьяные дни, Коулмен бросил свои вечерние тренировки в Чайнатауне, укоротил пятимильную утреннюю пробежку и в конце концов перестал относиться к своему профессиональному боксерству сколько-нибудь серьезно. В общей сложности он провел и выиграл четыре профессиональных боя — три четырехра-

_____
* Разновидность пирожного.

162

ундовых и один, последний, шестираундовый, все по понедельникам, вечерами, в старом зале Сент-Никс. Стине он про это ничего не говорил, как не говорил никому в университете и, конечно, никому из родных. В первые студенческие годы это был еще один его секрет, — правда, боксировал он под именем Силки Силк и на следующий день результаты печатались петитом на спортивных страничках таблоидов. С первой же секунды первого тридцатипятидолларового четырехраундового он почувствовал себя по-другому, чем на любительском ринге. Не то чтобы он очень хотел проигрывать, когда был любителем, но, став профессионалом, старался вдвое усердней, пусть даже только чтобы доказать самому себе, что мог бы тут закрепиться, если бы захотел. Все бои кончил досрочно, а в последнем, шестираундовом и стодолларовом, в день, когда гвоздем программы был Красавчик Джек, он разобрался с парнем за две минуты с секундами и даже нисколько не устал. Выходя на этот бой, Коулмен волей-неволей должен был миновать кресло Солли Табака, боксерского агента, сидевшего у самых канатов, который пытался уже его соблазнить десятилетним контрактом с передачей ему, Табаку, трети всех призовых. Солли хлопнул его по спине и прошептал обычным своим мясистым шепотом: «Силки, прощупай ниггера в первом раунде, погляди, на что он годен. Не спеши, люди деньги платили». Коулмен кивнул Табаку и улыбнулся, но, поднимаясь на ринг, подумал: «А пошел ты. За паршивые сто долларов я должен позволить кому-то бить мне морду, чтоб люди развлеклись получше за свои деньги? Должен думать о каких-то остолопах в пятнадцатом ряду? Он весит сто сорок пять фунтов, я сто тридцать девять, в нем росту пять футов и десять дюймов, во мне пять и восемь с половиной, и я еще должен позволить ему стукнуть меня по башке пять или десять лишних раз, чтобы не испортить людям зрелище? Да провались оно, это зрелище. Останусь небитым».

После боя Солли был недоволен поведением Коулмена. Посчитал его мальчишеским.

— Ты мог прикончить этого ниггера не в первом раунде, а в четвертом, люди же деньги платили. Но ты этого не сделал. Тебя просят по-хорошему, а ты ноль внимания. Почему, умничка?

— Потому что я с черномазыми нянчиться не желаю.

Вот как он ответил, студент Нью-Йоркского университета, специализирующийся по античной литературе, бывший первый ученик класса, сын покойного Кларенса Силка, оптика, а затем официанта в вагоне-ресторане, филолога-любителя, грамматиста, педанта и знатока Шекспира. Вот насколько он был упрям и скрытен! За что бы ни брался этот цветной выпускник ист-оринджской средней школы, он брался всерьез.

Он покончил с боксом из-за Стины. Да, опасный смысл в ее стихотворении он увидел зря — и все-таки по-прежнему был уверен, что в один прекрасный день таинственные силы, питавшие их неистощимый сексуальный пыл, превращавшие их в любовников до того необузданных, что Стина, по-неофитски соединяя самолюбование с самоиронией, на среднезападный манер окрестила их «парочкой психов», растворят в воздухе его маску прямо у нее на глазах. Как это произойдет, можно ли этому помешать — он не знал. Но бокс

164

тут явно был ни к чему. Узнай она про Силки Силка, сразу же возникли бы вопросы, которые неминуемо навели бы ее на истину. Она знала, что в Ист-Ориндже у него живет мать, дипломированная медсестра и благочестивая прихожанка, что у него есть старший брат, который начал преподавать в седьмых и восьмых классах школы в Асбери-Парке, и сестра, которая скоро получит учительский диплом в Монтклэре, и что раз в месяц их воскресная любовь на Салливан-стрит должна кончиться раньше, потому что Коулмена ждут в Ист-Ориндже к обеду. Она знала, что его отец был оптиком — оптиком, и только, — и даже что Кларенс Силк родился в Джорджии. Коулмен старался не давать ей повода сомневаться в правдивости его рассказов, и, бросив бокс навсегда, он избавился от необходимости лгать даже в этом. Он вообще ни разу Стине не солгал. Он только следовал указанию, которое дал ему док Чизнер по пути в Уэст-Пойнт: если не спросят, сам не говори. Эта тактика уже провела его через флотскую службу.

Решение взять ее с собой в Ист-Ориндж на воскресный обед, как и все его теперешние решения — даже послать молча подальше Солли Табака и прихлопнуть соперника в Сент-Никс в первом же раунде, — было плодом его, и только его, размышлений. Они встречались почти два года, Стине было двадцать, ему двадцать четыре, и он не мог уже себе представить, что идет по Восьмой улице или по жизни без нее. Ее ровное, ничем не примечательное поведение по будням, сменяющееся каждый уик-энд диким всплеском страстей, — а поверх всего ее американское, вспыхивающее электрической лампочкой девическое сияние, ее прямо-таки сверхъестественная по силе телесная лучезарность — все это поразительным образом подавляло безжалостно-независимую волю Коулмена: Стина не только отлучила его от бокса и свела на нет дерзкий сыновний вызов, выразившийся в превращении Коулмена в непобедимого Силки Силка, но и освободила его от влечения к кому-либо еще.

Но сказать ей, что он цветной, Коулмен не мог. Слова, которые он наедине с собой молча проговаривал, услышь она их, заставили бы все выглядеть хуже, чем оно есть, и его самого заставили бы выглядеть хуже, чем он есть. После признания, пытаясь вообразить его семью, она нарисовала бы мысленно совершенно ложную картину. Не зная негров, она представила бы себе нечто похожее на то, что видела в кино или слышала по радио, о чем рассказывают анекдоты. Он знал, что она лишена расовых предубеждений и, если бы увидела Эрнестину, Уолта и мать, мигом поняла бы, насколько они обычные люди и как много у них общего с ее респектабельно-занудной родней в Фергус-Фолс, от которой она рада была сбежать. «Только пойми меня правильно, это чудесный город, — торопилась она ему объяснить. — Очень красивый. И необычный, потому что с востока к нему подходит озеро Оттер-Тейл, а еще там есть река Оттер-Тейл — наш дом почти на ее берегу. И у нас, наверно, все же чуть поинтереснее, чем в других похожих городках, потому что довольно близко, к северо-западу, наши университетские города Фарго и Мурхед». Ее отец владел магазином скобяных изделий и немного торговал лесом. «Папаша мой — что-то невероятное. Глыба, громадина. Несокрушимый великан.

166

Огромный кусище окорока. За вечер вливает в себя целый ящик любого спиртного, какое есть. Я поверить не могла и до сих пор не могу. Хлещет и хлещет. И так во всем. Железяка саданет ему по ноге — он шурует дальше, даже не промоет рану. Исландцы, они все такие. Бульдозеры. Нет, личность он интересная. Замечательный человек. Заговорит — вся комната умолкает. И он не один такой. Мои дед и бабка, Палссоны, тоже. Да, и бабка». — «Исландцы. Надо же, я и слова-то этого никогда не слыхал. Знать не знал, что они есть в Америке. Я вообще ничего о них не знал. С каких пор они в Миннесоте?» Она со смехом пожала плечами. «Хороший вопрос. Я думаю, со времен динозавров». — «Ты от него, значит, деру дала?» — «От него. Попробовал бы сам побыть дочерью этой хмурой махины. Подавляет». — «А мать? Ее он тоже подавляет?» — «Это датская ветвь, Расмуссены. Нет, ее поди подави. Она для этого слишком практична. Про ее родню могу сказать — правда, это не их особенное свойство, все датчане такие, да и норвежцы тоже, — что их прежде всего интересуют вещи. Скатерти. Блюда. Вазы. Без конца разговоры о том, сколько что стоит. Мой дед Расмуссен такой, и вся мамина семья. Мечтать — нет, это не по их части. Ничего нереального. Кругом одни вещи, вещи и их цены, что почем. Мать приходит в гости, рассматривает все предметы, про половину знает, где куплены, и говорит, где можно купить дешевле. То же самое с одеждой. Практичность, голая практичность у всей той родни. Бережливые-бережливые, чистоплотные-чистоплотные. Я прихожу из школы, у меня точечка чернильная под одним ноготком — она замечает. Если в субботу вечером должны

167

прийти гости, стол она накрывает в пятницу часов в пять. За сутки всё уже на месте, каждый бокал, каждая серебряная ложечка-вилочка. Потом набрасывает сверху легонькую прозрачную ткань, чтобы ни пылинки не упало. Организовано все идеально. И потрясающе готовит — для тех, кому нравится еда без специй и соли. Вообще без вкуса. Такие вот у меня родители. С ней даже хуже — никакой глубины ни в чем. Одна поверхность. Она все организует, папаша все дезорганизует, ну а я доросла до восемнадцати, школу кончила — и сюда. Если бы поступила в Мурхед или в университет Северной Дакоты, все равно пришлось бы жить дома, поэтому я послала к чертям тамошнее образование и рванула в Нью-Йорк. Так что вот она я. Стина».

Вот как она объяснила, кто она, откуда и почему здесь. Ему это потрудней было бы сделать. *Потом*, сказал он себе. Потом все ей объяснит и попросит понять, почему не мог допустить, чтобы ему подрезало крылья такое случайное обстоятельство, как раса. Если только она сможет спокойно его выслушать, она, конечно, поймет причины его решения взять будущее в свои руки, вместо того чтобы подчиниться судьбе, навязанной отсталым обществом, в котором спустя восемьдесят с лишним лет после отмены рабства по-прежнему, куда ни сунешься, всюду расисты. Он докажет ей, что в его решении стать белым нет ничего плохого, — наоборот, это совершенно естественно для человека с его отношением к жизни, темпераментом и цветом кожи. С самого раннего детства он хотел одного — быть свободным. Не только не черным, но даже и не белым, просто свободным. Своим выбором он никого не хотел оскорбить, он ни с кого не пытался взять пример и не собирался выразить никакого протеста ни против своей, ни против ее расы. Он понимает, что людям консервативного толка, воспринимающим все вокруг как готовое, законченное и нерушимое, его поведение не может показаться правильным. Но просто правильным он никогда и не хотел быть. Цель его была — сделать так, чтобы его судьбу определяли не темные, напитанные ненавистью побуждения злобного мира, а, насколько это возможно в рамках гуманности, его, Коулмена, личная воля. С какой стати он должен мириться с жизнью на других условиях?

Вот какие объяснения он мог бы ей дать. И не покажется ли ей все это пустой рекламной болтовней, прикрывающей претенциозную ложь? Если она не познакомится вначале с его семьей, своими глазами не увидит, что они настолько же негры, насколько он сам, что у них так же мало общего с обыденным представлением о чернокожих, как у него, то речи эти, да и любые другие, покажутся ей только новым способом сокрытия правды. Пока она не посидит за обедом с Эрнестиной, Уолтом и мамой, пока все трое не выдадут каждый свою порцию милых банальностей, любые его объяснения прозвучат для нее фальшивой болтовней, высокопарным вздором, постыдным самооправданием и самовозвеличением. Нет, не станет он нести эту белиберду. Это ниже его достоинства. Если уж он хочет получить Стину навсегда, нужна смелость, а не пыль в глаза, не ораторство в стиле Кларенса Силка.

В последние дни перед визитом, о котором он не стал никого предупреждать, Коулмен внутренне готовился к нему, сосредоточивался, как перед боксерским поединком, и, когда они в воскресенье сошли с поезда на вокзале Брик-Чёрч, он даже молча произнес заклинание, которое всегда звучало у него в голове за секунды до гонга: «Цель, только цель. Я и цель — одно. Все остальное — прочь». И напоследок — здесь поднимаясь на крыльцо, там выходя с ударом гонга из угла — боевой клич: «Давай!»

В этот односемейный дом Силки перебрались в 1925 году — за год до рождения Коулмена. Все население улицы было тогда белым, маленький каркасный дом им продала семья, которая поссорилась с соседями и решила им насолить — подсунуть под бок цветных. Убегать, однако, никто из-за Силков не стал, и, хотя близкой дружбы у них ни с кем из соседей не возникло, все на этом участке улицы, которая кончалась епископальной церковью и домом священника, были настроены к ним доброжелательно. А ведь несколькими годами раньше новый священник, осмотревшись и увидев в церкви изрядное количество чернокожих выходцев из Вест-Индии — в основном они прислуживали в домах белых жителей Ист-Оринджа, знали свое место на задних скамьях и думали, что никому не мешают, — перед первой своей воскресной проповедью облокотился на кафедру и сказал: «Я вижу здесь цветных прихожан. Надо будет подумать, как с этим быть». Проконсультировавшись в Нью-Йорке, он, вопреки обычной церковной практике, устроил так, чтобы службы и занятия воскресных школ проводились у цветных на дому. Позднее в местной средней школе ликвидировали бассейн, чтобы белые дети не плавали вместе с цветными. Бассейн был большой, с давних пор исправно служил физическому воспитанию и использовался школьной командой пловцов, но начались нарекания со стороны белых родителей, у которых черные родители работали домашней прислугой, уборщиками, шоферами, садовниками, — и бассейн осушили и закрыли.

На четырех квадратных милях этого нью-джерсийского городка с населением чуть меньше семидесяти тысяч, как и по всей стране в юные годы Коулмена, существовали жесткие межклассовые и межрасовые разграничения, освящаемые церковью и внедряемые школами. Но на скромной обсаженной деревьями боковой улочке, где жили Силки, рядовые горожане не были обременены такой же ответственностью перед Богом и государством, как те, чьей обязанностью было содержать в незапятнанности плавательные бассейны и иное общественное достояние, и соседи в целом дружественно относились к сверхреспектабельным и светлокожим Силкам — неграм, конечно, но, по словам доброжелательной мамы одного из друзей Коулмена по детскому саду, людям «с очень приятным цветом кожи, ну примерно как гоголь-моголь», — вплоть до того, что просили у них на время какой-нибудь инструмент или лесенку, а то и помогали разобраться, почему не заводится машина. Большой многоквартирный дом на углу оставался чисто-белым до окончания войны. В конце 1945 года, когда в той части улицы, что ближе к Оринджу, стали селиться цветные — большей частью люди с образованием, учителя, врачи, дантисты, — к угловому дому что ни день подъезжал мебельный фургон, и половина белых жильцов разбежалась за считанные месяцы. Но вскоре все улеглось, и, хотя владелец дома, чтобы квартиры не пустовали, начал сдавать их цветным, те белые, которые еще жили поблизости, так и продолжали жить, пока у них не возникали иные, чем негрофобия, причины для отъезда.

Давай! И он позвонил в дверной звонок, распахнул дверь и объявил:

— Мы здесь!

Уолт не смог в тот день приехать из Асбери-Парка, но мама и Эрнестина были дома — вот они, уже идут из кухни в коридор, и вот она перед ними, его девушка. Такой они ее себе представляли или совсем другой, Коулмен не знал. Мать ведь ни о чем его не расспрашивала. С тех пор как он, ни с кем не посоветовавшись, назвался белым и записался во флот, она боялась спрашивать его о чем бы то ни было. Теперь вне ньюаркской больницы, где она без помощи доктора Фенстермана стала наконец старшей сестрой отделения, она предпочитала и в своих собственных, и в общесемейных делах полагаться скорей на Уолта. Нет, она ничего у Коулмена не спросила, когда он сказал ей про девушку, — тактично воздержалась, и Эрнестина, глядя на мать, тоже. Коулмен, со своей стороны, держал язык за зубами. И вот — белокожая-белокожая, с голубой сумочкой и в туфельках в тон, в цветастом хлопчатобумажном платье, в белых перчаточках и маленькой круглой шляпке без полей, безукоризненно опрятная и корректная, какой только могла быть девушка в 1950 году, перед ними предстала Стина Палссон, американка исландско-датского происхождения, чья родословная восходила к королю Кнуту и его предкам.

Он осуществил свой план, сделал все как хотел — и никто даже бровью не повел. Наглядный урок видовой приспособляемости. Никто не мычал, подыскивая слова, никто потерянно не умолкал, никто не принимался неестественно тараторить. Банальности — пожалуйста, трюизмы — извольте, клише и общие места — сколько хотите. Стина не зря воспитывалась на берегу реки Оттер-Тейл: она умела вести такие беседы. Если бы Коулмен перед встречей завязал всем трем женщинам глаза и не развязывал до самого конца, разговор скорее всего был бы точно таким же, не глубже и не мельче, чем сейчас, когда они, улыбаясь, глядели друг на друга. И подтекст был бы точно таким же, стандартным: я не скажу тебе ничего обидного, если ты мне ничего обидного не скажешь. Респектабельность любой ценой — в этом Палссоны и Силки были едины.

На чем собеседницы, как ни странно, чуть не споткнулись — это на росте Стины. Да, в ней было ни много ни мало пять футов одиннадцать дюймов, почти на три дюйма больше, чем у Коулмена, и на шесть больше, чем у его сестры и матери. Но отец Коулмена был крупный мужчина — шесть футов и дюйм, а Уолт перерос его еще на полтора дюйма, так что высокий рост не был в семье Силков новинкой, хотя, разумеется, обычно не ждешь, что парень будет ниже, чем его девушка. Но из-за этих трех дюймов Стины зыбкий разговор о телесных аномалиях минут пятнадцать дрейфовал в опасном направлении, пока вдруг Коулмен не почуял запах горелого и все три женщины не ринулись на кухню спасать печенье.

После этого до конца обеда, пока молодой парочке не пришла пора возвращаться в Нью-Йорк, все шло как надо. Внешне — воскресенье из воскресений, милая мечта всякой добропорядочной семьи, картинка, не имеющая ничего общего с жизнью, которую, как опыт уже научил даже младшую из четверки, и на полминуты нельзя избавить от изначальной неустойчивости, свести к чему-то предсказуемому.

И только когда поезд с ехавшими в Нью-Йорк Коулменом и Стиной приблизился к перрону Пенсильванского вокзала, Стина разрыдалась.

До этого почти всю дорогу она, казалось, крепко спала, положив голову ему на плечо, — еще бы, сколько же ей понадобилось сил, чтобы так продержаться весь обед!

— Стина! Что случилось?

— Я не смогу! — крикнула она и, ничего больше не говоря, задыхаясь, сотрясаясь от плача, прижимая к груди сумочку — и забыв про шляпку, которая, пока они ехали, лежала у него на коленях, — бросилась одна прочь из поезда, словно спасаясь от посягательства, и больше ни разу не позвонила и не пожелала увидеться.

Четыре года спустя, в пятьдесят четвертом, они столкнулись у вокзала Гранд-Сентрал. Остановились, подали друг другу руки, поговорили как раз столько времени, чтобы расшевелить изумление, которое вызывали друг у друга в двадцать два и восемнадцать, — и разошлись, подавленные тем непреложным фактом, что статистика не преподнесет им больше такого подарка, как эта случайная встреча. Он уже был в то время женат, скоро должен был стать отцом, преподавал античную словесность в Аделфи-колледже и в городе появлялся не часто. Она работала в рекламном бюро на Лексингтон-авеню, по-прежнему была не замужем, по-прежнему была красива, но теперь уже не девической, а женской красотой — настоящая жительница Нью-Йорка, очень стильно одетая и явно такая, с которой поездка в Ист-Ориндж, случись она позже, чем случилась, вполне могла бы кончиться иначе.

Как она могла бы кончиться, если бы реальность не поспешила вынести свой вердикт, — мысль об этом не давала ему покоя. Ошеломленный тем, насколько свежа оказалась рана у них обоих, он шел по городу, понимая, как никогда раньше не понимал вне своих занятий античной драматургией, что жизнь с превеликой легкостью может выбрать одно или другое русло, что судьбу творит случайность... и, с другой стороны, что кажущаяся случайность может быть проявлением непреложной судьбы. Словом, он шел, не понимая ровно ничего, зная, что не способен ничего понять, но теша себя иллюзией, что *понял бы* нечто метафизически значимое, нечто колоссально важное о своем упрямом решении стать хозяином собственной жизни, если бы... если бы только такие вещи были доступны пониманию.

Пришедшее неделю спустя на адрес колледжа очаровательное письмо на двух страницах, где она написала, как хорошо он «пикировал» во времена их встреч на Салливан-стрит — «совсем как хищная птица, которая, пролетая над сушей или морем, вдруг видит что-то движущееся, что-то полное жизни, мгновенно нацеливается, камнем падает вниз и — хвать!» — начиналось так: «Дорогой Коулмен! Я была очень рада нашей встрече в Нью-Йорке. При всей ее краткости я после того, как мы распрощались, почувствовала осеннюю печаль —

наверно, потому, что теперь, когда прошло шесть лет со дня нашего знакомства, стало до боли очевидно, как много дней жизни осталось позади. Ты очень хорошо выглядишь, и я рада, что ты счастлив». Кончалось письмо растянутым зыбким прощанием из семи небольших фраз и печально-ласкового завершения, в которых, перечитав множество раз, он увидел знак сожаления о *ее* потере и завуалированное, еле слышимое извинение: «Ну вот и все. Довольно. Я не должна тебе докучать. Обещаю, что больше не стану. Будь счастлив. Будь счастлив. Будь счастлив. Со всей нежностью, Стина».

Письмо он хранил, хотя последние несколько лет не вспоминал о нем, и когда теперь, перебирая бумаги, случайно на него наткнулся и стал перечитывать, к нему вернулась мысль, с которой он шел по улице после того, как, легонько чмокнув Стину в щеку, распрощался с ней навсегда: что, выйди Стина за него замуж, как он хотел, вся их совместная жизнь, как и жизнь их детей, была бы совершенно иной, чем с Айрис. И с матерью и Уолтом все сложилось бы по-другому. Скажи Стина: «Все нормально», он прожил бы другую жизнь.

Я не смогу. Здесь была своя мудрость — невероятная мудрость для двадцатилетней. Но ведь это-то его в ней и привлекало — основательное, трезвое здравомыслие. Если бы она... но тогда она не была бы Стиной и он не хотел бы ее себе в жены.

К нему вернулись те же бесполезные размышления — бесполезные для человека менее великого, чем Софокл: какие случайности творят судьбу... и каким случайным порой кажется неизбежное.

———

Айрис Гительман, как она представила Коулмену себя и свое происхождение, росла своенравной, умной и полной скрытого бунтарства, со второго класса планируя бегство из авторитарного домашнего окружения. Дом ее родителей в Пассейике содрогался от ненависти к социальному гнету во всех его проявлениях — в особенности к гнету раввинов с их агрессивной ложью. Отец Айрис, говоривший на идише, был, по ее словам, таким еретиком и анархистом, что даже не сделал двум ее старшим братьям обрезание; ее родители не посчитали нужным получить разрешение на брак или пройти гражданскую церемонию. Двое необразованных иммигрантов-атеистов, они плевали на землю при виде проходящего раввина, считали себя мужем и женой и называли себя американцами и даже евреями. Но называли по своей воле, не спрашивая разрешения и не ища одобрения у тех, кого ее отец презирал, считая «лицемерными врагами всего естественного и хорошего», — то есть у незаконно властвующих бюрократов. На потрескавшейся грязной стене над стойкой с газированной водой в их загроможденной семейной кондитерской на Мертл-авеню — магазинчик, рассказывала она, был «такой малюсенький, что не хватило бы места и похоронить нас пятерых бок о бок», — висели вырезанные из газеты и взятые в рамки фотографии Сакко и Ванцетти. Каждый год двадцать второго августа, в годовщину того дня в 1927 году, когда этих двоих анархистов казнили за не совершённые — так, по крайней мере, внушали Айрис и ее братьям — убийства, торговля прекращалась и семья, чтобы соблюсти однодневный пост, собиралась наверху, в крохотной и тесной квартирке, где безумный хаос превосходил даже тот, что царил в кондитерской. Этот ритуал, этот культ отец Айрис придумал сам, по-идиотски взяв за образец еврейский Судный день. То, что он считал своими «идеями», не заслуживало, конечно, такого названия — по-настоящему глубоко в нем коренились только отчаянное невежество, горькая безнадежность обездоленного и бессильная революционная ненависть. Все, что говорилось, говорилось в обличительном тоне, со стиснутыми кулаками. Отец знал такие имена, как Кропоткин и Бакунин, но в глаза не видел их сочинений, и из «Фрейе арбейтер штимме», анархистского еженедельника на идише, который он регулярно приносил домой, редко читал больше, чем те несколько фраз, что, борясь со сном, одолевал поздно вечером. Ее родители, объяснила она Коулмену — объяснила горячо, вызывающе горячо, в кафе на Бликер-стрит спустя минуты после того, как он подцепил ее на Вашингтон-сквер, — были простые люди, не умевшие ни внятно описать, ни рационально обосновать фантастический бред, который ими владел, и тем не менее безоглядно приносившие этому бреду в жертву друзей, родных, бизнес, доброе отношение соседей, даже собственное душевное здоровье, даже душевное здоровье детей. У них была одна песня — не желаю иметь *с этим* ничего общего, и взрослеющей Айрис казалось, что они не желают иметь общего вообще ни с чем. Безостановочное движение многообразных сил, сложное и предельно напряженное переплетение подспудных интересов, постоянная борьба за превосходство, непрекращающееся порабощение, групповые раздоры и сговоры, мораль с ее словесным ловкачеством, повсеместно принятые нормы с их умеренным деспотизмом, неустойчивая иллюзия устойчивости — словом, общество, каким оно сложилось, каким оно всегда было и должно быть, — все это было им так же чуждо, как марктвеновскому янки двор короля Артура. И вовсе не потому, что, соединенные более прочными узами с какими-то другими временем и местом, они были насильственно пересажены в совершенно незнакомый мир. Нет, скорее они напоминали людей, перенесенных в зрелость прямо из колыбели, не научившихся в промежутке обращаться с неустранимым звериным началом в человеке. Айрис с раннего возраста не могла понять, кто ее воспитывает — идиоты или визионеры, и что такое это страстное отрицание, которое она должна была разделять, — откровение об ужасной истине или смехотворное наваждение чокнутых.

Долго еще в тот день она рассказывала Коулмену фольклорно-экзотические истории, в которых ее детство и юность над кондитерской в Пассейике, принадлежавшей таким живописно-темным индивидуалистам, как Морис и Этель Гительман, представали мрачным приключением, чем-то не столько даже из русской литературы, сколько из комиксов на русские темы, словно Гительманы были свихнувшейся соседской семейкой из напечатанного в воскресном номере рассказа в картинках «Карамазовы». Все это походило на спектакль, сильный и выразительный, и автором его была девушка, которой едва сравнялось девятнадцать, сбежавшая из Нью-Джерси на другой берег Гудзона, — хотя буквально все гринич-виллиджские знакомые Коулмена откуда-нибудь да сбежали, в том числе из таких неближних мест, как

Амарилло, — давшая деру без всякой идеи кем-то стать, только с тем, чтобы получить свободу, очередная экзотическая особа без гроша в кармане на подмостках Восьмой улицы, экспансивная брюнетка с театрально-крупными чертами лица, неугомонная, «фигуристая», как тогда говорили, зарабатывавшая на учебу в удаленной от центра Студенческой лиге искусств отчасти тем, что позировала обнаженной, девушка, чей стиль был — не скрывать ничего, которая не больше боялась вызвать переполох в общественном месте, чем исполнительница танца живота. Ее шевелюра — это было что-то особенное: лабиринт, бурное море, неистовый венок из спиралей и завихрений, курчавое нагромождение, вполне подходящее по величине, чтобы сойти за рождественский парик. Весь сумбур ее детства, казалось, воплотился в извивах этих зарослей. Ее неукротимые волосы... Ими можно было драить металл, нанося их строению не больший ущерб, чем если бы они были неким жестким рифообразующим организмом, извлеченным из чернильных глубин океана, — непролазным живым угольно-черным гибридом коралла и кустарника, не лишенным, возможно, лечебных свойств.

Целых три часа Коулмен был заворожен ее комедией, ее возмущением, ее волосами, ее способностью к самовозбуждению, ее яростным, неприрученным подростковым интеллектом и ее актерской готовностью воспламениться и поверить любому собственному преувеличению. По сравнению с ней Коулмен, сам представлявший собой довольно хитрый продукт, рецептом изготовления которого владел он один, показался себе человеком, вовсе лишенным концепции собственной личности.

Но едва он привел ее в тот вечер к себе на Салливан-стрит, все переменилось. Оказалось — она совершенно не знает, кто она и чего хочет. Под жесткими зарослями волос — сплошная текучесть. Полная противоположность той стреле, нацеленной в жизнь, которой был двадцатипятилетний Коулмен Силк. Она тоже была борцом за свободу, но на другой лад, на перевозбужденный, *анархистский* лад, и пока еще только хотела найти свой путь.

Узнай она, что он родился и вырос в негритянской семье и до сравнительно недавнего времени был для себя и окружающих негром, это не смутило бы ее ни на минуту, и для нее ни малейшего труда не составило бы хранить его секрет, если бы он ее об этом попросил. Чем-чем, а терпимостью к необычному Айрис Гительман была наделена щедро — странным было для нее как раз то, что лучше всего вписывалось в понятия о правильности. Быть не одним человеком, а двумя? Иметь не один цвет кожи, а два? Ходить по улицам инкогнито или переодетым, быть не тем и не этим, а чем-то между? Раздвоиться, растроиться, расчетвериться? Для Айрис в этих кажущихся аномалиях не было ровно ничего страшного. Широта ее взглядов даже не была нравственным качеством, каким гордятся либералы и либертарианцы, — скорее это была мания, сумасшедшая антитеза тупой нетерпимости. Ожидания, без которых обычные люди не могут обойтись, гипотеза осмысленности, вера в авторитеты, обожествление связности и порядка — все это казалось ей несусветной чушью. Будь так называемая нормальность присуща бытию хоть в какой-то мере — разве происходило бы то, что происходит? Разве такова была бы мировая история?

И тем не менее Коулмен сказал Айрис, что он еврей. Силк — это на самом деле Зильберцвейг, новую американизированную фамилию подарил его отцу великодушный таможенник на Эллис-Айленде*. А что до библейского знака, до обрезания, то этот знак у Коулмена был, в отличие от подавляющего большинства его негритянских сверстников. Его мать, работая в больнице, укомплектованной по преимуществу еврейскими врачами, уверовала в насаждаемый медиками взгляд о важных гигиенических преимуществах обрезания, и Силки сделали обоим своим мальчикам эту операцию на второй неделе жизни (такая практика, кстати, уже тогда потихоньку стала распространяться среди нееврейских семей).

Коулмен уже несколько лет сознательно позволял окружающим считать себя евреем — с тех самых пор, как понял, что и в университете, и в тех кафе, где он бывал, многие, не задумываясь, причислили его к этой нации. Флотская жизнь привела его к заключению, что всего-навсего надо придерживаться какой-то ясной и последовательной линии — и никто не будет докапываться до истины, потому что никому не интересно. Его университетские и гринич-виллиджские приятели с таким же успехом могли бы предположить, как его дружки во флоте, что он ближневосточный араб, но, поскольку то были годы, когда еврейская самовороженность достигла среди интеллектуального авангарда Вашингтон-сквер послевоенного

---

* Эллис-Айленд — остров в Нью-Йоркской гавани, с 1892-го по 1924 год служивший сортировочным центром для иммигрантов.

пика, когда ненасытная тяга к повышению собственной значимости, питающая энергией еврейскую умственную дерзость, начала выглядеть просто неуправляемой, когда аура еврейского культурного первенства не меньше, чем от журналов «Комментари», «Мидстрим» и «Партизан ревью», исходила от их хохм, их семейных анекдотов, их смеха, их шутовства, их острот, их доводов и даже их брани, — Коулмен не был бы Коулменом, если бы не ухватился за такую возможность, тем более что ассистирование доку Чизнеру на уроках бокса для еврейских подростков округа Эссекс делало версию еврейского детства в Нью-Джерси гораздо более правдоподобной, чем вариант с сирийским или ливанским происхождением. Воспользоваться готовым престижем агрессивно мыслящего, рефлексирующего, непочтительного американского еврея, с упоением иронизирующего по поводу своего маргинального манхэттенского существования, было, выяснилось, куда менее рискованно, чем долгая разработка и кропотливая шлифовка своей особой маски, и вместе с тем, к его немалому удовольствию, это давало ощущение захватывающего риска. А когда он вспоминал доктора Фенстермана, предлагавшего его родителям три тысячи долларов за то, чтобы Коулмен сплоховал на выпускных экзаменах и вывел блистательного Берта в первые ученики, превращение казалось ему, помимо прочего, захватывающе смешным, казалось грандиозным комическим сведением счетов. Устроив такое, мир осуществил некий поистине великий всеобъемлющий замысел. Лихо созорничал. Идеальным единичным актом творения — вот чем оно было, его волшебное превращение в сына доктора Фенстермана. Он всегда в глубине души стремился к неповторимости, и теперь он ее получил.

Это уже не было для него игрой. Айрис, эта нееврейская еврейка, взбаламученная, неприрученная, совершенно не похожая на Стину, стала посредницей между его старым и новым состоянием. Наконец-то он попал в самую точку. В прошлом остались примерки и отбрасывания, бесконечная подготовка к жизни, весь этот тренинг. Вот оно, решение, ключ к его секрету, а если во всем этом ощущалась примесь комизма — что ж, малую толику спасительного, успокаивающего комизма жизнь добавляет ко всякому человеческому решению.

Став неведомым доселе сплавом двух самых что ни на есть разнородных нежелательных этнических начал в истории Америки, он наконец обрел смысл.

Не обошлось, однако, без интерлюдии. Между Стиной и Айрис была пятимесячная интерлюдия, которую звали Элли Маги́, — миниатюрная, ладная негритяночка, желтовато-коричневая, чуть веснушчатая по носику и щечкам, на вид полуподросток-полуженщина, которая работала в магазине «Гринич-виллиджские двери» на Шестой авеню, где азартно продавала книжные стеллажи и пресловутые двери — двери на высоких ножках как письменные столы и двери на низких ножках как кровати. Усталый старый еврей, которому принадлежал магазин, сказал, что с приходом Элли оборот у него вырос на пятьдесят процентов. «Раньше тоска была, а не торговля, — признался он Коулмену. — Еле сводил концы с концами. Но теперь всему Гринич-Виллиджу вдруг понадобились двери на ножках. Кто приходит, не меня зовет — Элли. По телефону звонят — с ней хотят говорить. Эта пигалица все тут переменила». Устоять перед ней не мог никто, это верно, и Коулмен тоже не смог, завороженный, во-первых, ее ножками на высоких каблучках, во-вторых, ее непосредственностью. Не отказывается встречаться ни с белыми, ни с черными студентами Нью-Йоркского университета, а тянет к ней и тех и других, к этой искрящейся двадцатитрехлетней штучке, пока еще ничем не раненной, перебравшейся в Виллидж из Йонкерса*, где она выросла, и живущей жизнью современной, но со строчной «с», гринич-виллиджской жизнью, как ее рекламируют. Подлинная находка — и Коулмен покупает письменный стол, который ему не нужен, и в тот же вечер приглашает Элли в бар. После Стины, после этого удара, после потери той, что по-настоящему была ему нужна, ему снова хорошо, он снова жив, причем с первой же минуты, когда он начал флиртовать с ней в магазине. Кем она, интересно, его считает — белым или черным? Он не знает. Загадка. Потом, вечером, она смеется и, лукаво скосив на него глаза, спрашивает: «Ну и какого ты у нас цвета?» В первый же день что-то почуяла — и тут же задает вопрос. Но теперь с него не льет градом пот, как тем поздним вечером, когда он неверно прочел стихотворение Стины. «Какого я цвета? — переспрашивает Коулмен. — Такого, какой тебе больше нравится». — «Значит, вот как ты себя подаешь». — «Да, именно так я себя подаю». — «Значит, белые девчонки думают, что ты белый?» — «Пусть думают что хотят, я им не мешаю». —

* *Йонкерс* — район Нью-Йорка.

«И со мной, значит, та же игра?» — спрашивает Элли. «Да, та же игра», — соглашается Коулмен. И она, эта маленькая игра, двойственностью своей завораживает их обоих. Очень уж близкой дружбы он ни с кем не водит, но университетские приятели думают, что у него теперь цветная девушка, а ее знакомые считают, что она стала гулять с белым парнем. Весело, когда тебе уважительно дивятся, — а на них, когда они идут вместе, многие смотрят именно так. На дворе 1951 год. Дружки спрашивают Коулмена: «Ну что, как она?» «Ох, горя-ачая», — тянет он в ответ, извилисто поводя ладонью, как в Ист-Ориндже делали итальянцы. Во всем этом есть некий восторг сиюминутности, своя маленькая кинозвездность: на людях они с Элли всегда точно на сцене. Никто на Восьмой улице не понимает, что, к чертям, происходит, и ему это нравится. Ноги у нее — класс. Хохочет не умолкая. Ее естественность, ее непринужденность, ее свежая невинность — все это его завораживает. Чем-то Элли напоминает Стину, только кожа другого цвета, и поэтому он не бежит знакомить ее со своей семьей, а она не приглашает его в свою. С какой стати? Живут в Гринич-Виллидже и живут. Мысль о поездке с ней в Ист-Ориндж даже в голову ему не приходит. Может быть, потому, что он не хочет слышать облегченного вздоха, не хочет, чтобы ему сказали, пусть даже и без слов, что он поступает правильно. Почему, размышляет он, я повез туда Стину? Чтобы быть со всеми честным? И что из этого получилось? Нет, никаких родственников — по крайней мере пока что.

Между тем ему с ней так хорошо, что однажды ночью правда сама слетает с его губ. Даже про бокс, о котором он никак не мог сказать Стине. А Элли с легкостью можно сказать о чем угодно. Она его не осуждает, и это еще выше поднимает ее в его глазах. Такая современная — и в то же время такая здравомыслящая. Он, оказывается, имеет дело с девушкой чрезвычайно широких взглядов. Его великолепная возлюбленная хочет слышать все. И он говорит — а когда его не связывает секрет, он говорит необычайно хорошо, и Элли околдована. Он рассказывает про флот. Рассказывает про свою семью, которая, как выясняется, во многом похожа на ее семью, только ее отец, аптекарь в Гарлеме, жив, и, хотя он не слишком доволен ее переездом в Виллидж, к счастью для Элли он не может ничего с собой поделать и обожает ее по-прежнему. Коулмен рассказывает ей про Хауард и объясняет, почему не смог там остаться. Про Хауард они долго говорят, потому что она тоже туда бы поехала, если бы послушалась родителей. И постоянно, о чем бы ни заходила речь, он без всяких усилий заставляет ее смеяться. «В жизни не видел такой массы цветных, даже на общесемейном сборище на юге Нью-Джерси. Слишком много негров на крохотном пятачке — вот что такое для меня Хауард. Любых взглядов, любых оттенков — но от этого не легче. Мне там нечего было делать. Такое все кругом концентрированное, что любая гордость, какую я мог иметь, скукоживалась. Напрочь скукоживалась от концентрированного, фальшивого окружения». «Как переслащенная газировка», — сказала Элли. «Не совсем, — поправил ее Коулмен. — Не в том дело, что чего-то одного переложили, а в том, что остального недоложили». Разговаривая с Элли так откровенно, Коулмен обретает полное успокоение.

Он больше не герой, это верно, но зато и не злодей. А она, эта малявочка, оказалась очень даже боевая. Как добилась независимости, как превратилась в гринич-виллиджскую девчонку, как поставила себя с родителями — да, именно так и надо взрослеть.

Однажды вечером она ведет его в малюсенький ювелирный магазинчик, принадлежащий белому умельцу, который делает очень красивые эмалевые вещицы. Просто зашли гуляючи, посмотрели и вышли, но потом она говорит Коулмену, что хозяин — негр. «Да нет, ты ошиблась, — убеждает ее Коулмен. — Этого не может быть». «Не говори мне, что я ошиблась, — смеется она. — Лучше сам, дружочек, разуй глаза». В другой раз около полуночи она приводит его в бар на Гудзон-стрит, где толкутся художники. «Посмотри на этого симпатягу», — говорит она тихонько, показывая на белого красавчика лет двадцати пяти, который очаровывает всех девиц подряд. «Он тоже», — говорит она. «Да брось ты», — хохочет Коулмен, теперь его очередь ржать. «Ты в Гринич-Виллидже, Коулмен Силк, это самые свободные в Америке четыре квадратные мили. Тут чуть не в каждом квартале есть такой. Будь поскромней, ты не первый». И если она одна знает троих — на этот счет можно не сомневаться, — то их тут наверняка не меньше десятка. «Со всей страны, — говорит она, — прямиком на Восьмую улицу. Как ты из твоего маленького Ист-Оринджа». «А я, признается он, — смотрю и не вижу». И это опять заставляет их хохотать, хохотать и хохотать до упаду, потому что он безнадежен, в других себя не может увидеть, и ему нужен гид в лице Элли.

Поначалу он рад-радешенек такому решению проблемы. Лишившись секрета, он опять чувствует себя мальчишкой. Беззаботным пацаном, каким был, пока не обзавелся секретом. Он заражается ее непосредственностью, и от этого ему просто и весело. Кто собрался стать рыцарем и героем, тот надевает латы — ну а он их, наоборот, с облегчением снял. «Вы счастливчик», — говорит ему работодатель Элли. «Счастливчик», — повторяет он и соглашается. Благодаря Элли его секрет утратил действенность. Дело не только в том, что он может ей все рассказать и рассказывает, но и в том, что ему открыт теперь путь домой. Можно поддерживать отношения с братом, на которые при ином раскладе нечего и рассчитывать. Можно вернуть непринужденную близость, которая всегда была у него с матерью. Но потом он встречает Айрис — и привет. Ему было весело с Элли, и ему по-прежнему с ней весело, но какого-то измерения стало недоставать. Замаха, вот чего теперь нет — нечем подпитывать ту концепцию собственного «я», что двигала им всю жизнь. Явилась Айрис, и он вновь на ринге. Отец сказал ему тогда: «Значит, можешь уйти непобежденным. Ты уходишь с ринга». Но вот он опять грозно устремляется из своего угла — его секрет снова при нем. И не только секрет, но и *дар скрытности*, который мало кому дается. Может, конечно, в Виллидже и есть еще дюжина ему подобных. Но и они не так одарены — то есть одарены, разумеется, но скромнее: они просто все время лгут. Они лишены той могучей, той изощренной скрытности, которой он, Коулмен, наделен. Теперь он вернулся на траекторию, направленную вовне. Он опять владеет эликсиром скрытности, и это похоже на владение неродным языком — постоянная, неприедающаяся свежесть. Он жил без этого, и все было нормально, ничего ужасного, жаловаться не на что. Было весело. По-невинному весело. Но — «остального недоложили». Да, невинность, благодаря Элли, к нему вернулась — но что толку? Айрис обещает больше. Поднимает все на новую высоту. Айрис дарит ему его собственную жизнь в таком масштабе, в каком он хочет ее прожить.

Через два года после знакомства они решили пожениться, и тогда-то за вольность эту, за свободу, чьи глубины он разведал, за выбор, который посмел сделать, — а мог ли он проявить больше искусства и ума в сотворении дееспособного «я», достаточно обширного, чтобы вместить его честолюбие, и достаточно мощного, чтобы помериться силами с миром? — тогда-то за все это была взыскана первая великая плата.

Коулмен поехал в Ист-Ориндж поговорить с матерью. Миссис Силк не знала о существовании Айрис Гительман, но нисколько не удивилась, услышав, что он собирается жениться, причем на белой девушке. Не удивилась она и тому, что девушка не знает о негритянском происхождении Коулмена. Кто испытал тогда удивление — это сам Коулмен. Едва он заявил вслух о своем намерении, как ему пришла в голову мысль: не основано ли это решение, самое серьезное в его жизни, на сущей мелочи — на характере волос Айрис, похожих на густые вьющиеся заросли, волос гораздо более негроидных, чем у него, и скорее напоминающих волосы Эрнестины? Маленькой девочкой Эрнестина прославилась вопросом: «Почему у меня не ветровые волосы, как у мамы?» — в том смысле, что ее волосы не развеваются на ветру, в отличие не только от маминых, но и от волос всех родственниц по материнской линии.

Коулмена, сидевшего перед несчастной матерью, охватил иррациональный, сумасшедший страх: а вдруг единственное, чего он хотел от Айрис Гительман, — это возможность давать правдоподобный ответ на вопрос о волосах его будущих детей?

Но почему этот откровенно, кричаще утилитарный мотив до сих пор оставался неосознанным? Или все же это лишь игра воображения? Но перед лицом материнских мук (из-за поступка сына все у нее внутри пошатнулось, но она, как всегда сам Коулмен, была твердо намерена продержаться до конца) разве можно было, придя к этой ошеломляющей мысли, отмахнуться от нее? Сидя напротив матери, он производил впечатление полностью уверенного в себе человека — и при этом отчетливо ощущал, что выбрал себе жену по глупейшему критерию на свете и что он самый пустой из людей.

— И она думает, что твоих родителей нет в живых. Так ты ей сказал, Коулмен?

— Так.

— У тебя нет ни братьев, ни сестер. Никакой Эрнестины. Никакого Уолта.

Он кивнул.

— Что еще ты ей сказал?

— Что, по-твоему, я мог еще ей сказать?

— Да все, что тебе было выгодно.

Это было самое резкое, что он услышал от нее в тот день. Ее способность сердиться никогда не распространялась на него и не распространится в будущем. Сам вид его с первого же дня жизни возбуждал в ней чувства, против которых у нее не было защиты и которые не зависели от его поведения и заслуг.

— Мне нельзя будет познакомиться с внуками, — сказала она.

Он приехал подготовленный. Главное сейчас — забыть про волосы Айрис и дать матери выговориться. Пусть она обретет дар речи и сотворит из потока своих слов апологию для сына.

— Ты не позволишь им меня видеть, — сказала она. — Ты не расскажешь им, кто я такая. Ты позвонишь мне и скажешь: «Мама, приезжай в Нью-Йорк, садись на скамью в зале ожидания на вокзале, и в одиннадцать двадцать пять я пройду мимо с моими детьми, одетыми по-воскресному». Это будет мне подарок на день рождения через пять лет. «Ты там сиди, мама, ничего не говори, и я медленно проведу их мимо». И ты прекрасно знаешь, что я приду. На вокзал. В зоопарк. В Центральный парк. Где скажешь, там и буду сидеть, куда я денусь. Если скажешь, что единственный способ мне дотянуться до внуков — это устроиться к вам нянькой под именем миссис Браун, я так и сделаю. Все сделаю, что ты скажешь, будь уверен. Какой у меня выбор?

— Выбор есть.

— Есть? Какой? Какой у меня выбор, Коулмен?

— Отступиться.

Почти насмешливо она сделала вид, что размышляет над этим предложением.

— Пусть даже я смогла бы проявить к тебе такую жестокость. Предположим, что смогла бы. Но где, по-твоему, я возьму силы для такой жестокости по отношению к себе?

Не время было Коулмену вспоминать детство. Не время было, глядя на мать, восхищаться ясностью ее ума, ее сарказмом, ее бесстрашием. Не время было склоняться перед только что не патологическим феноменом материнской любви. Не время было улавливать то невысказанное, что беззвучно теснило даже произносимые ею слова. Не время было давать волю мыслям, отличным от тех, какими он заранее вооружился. Безусловно, не время было пускаться в объяснения, с блеском доказывать, что выгод больше, чем невыгод, и прикидываться, что тут логика, ничего больше. От злодейства, которое он сейчас совершал, все объяснения были бесконечно далеки. Время было — еще полней сосредоточиться на том, чего он хотел добиться. Если такой выбор, как отступиться самой, для нее исключен, все, что ей остается, — это принять удар. Умерь силу своего голоса, больше помалкивай, забудь про волосы Айрис и, сколь бы долго это ни продолжалось, дай матери выговориться и включить в состав своего бытия жестокость самого жестокого из твоих поступков.

Он убивал ее. Отца убивать не обязательно — мир с ним сам разберется. Для этого есть масса сил и средств. Мир готов взять это на себя, да и взял уже в отношении мистера Силка. Осталось расправиться с матерью, что он и делал сейчас, делал с открытыми глазами — в ответ на ту любовь, какой любила его эта женщина. Убийство ради опьяняющей, манящей свободы! Не будь матери, все было бы куда проще. Но только пройдя через это испытание, он сможет стать тем, кем решил быть, — человеком, отбросившим все, что было вручено ему при рождении, свободным для борьбы за свободу, желанную для каждого. Чтобы получить это от жизни — новую судьбу на собственных условиях, — надо сделать то, что должно быть сделано. Разве люди в большинстве своем не хотят уйти куда подальше от навязанной им никудышной жизни? Но не уходят, и это делает их тем, что они есть, а его уход сделает его тем, чем он способен стать. Вмажь правой по незащищенному месту и захлопни дверь навсегда. Причиняя эту боль, поступая так с чудесной матерью, которая любит тебя несмотря ни на что и сделала твою жизнь счастливой, ты должен понимать, что это раз и навсегда. Это такой ужас, что остается одно: жить с ним. Совершая такое, наносишь непоправимый вред — но этого-то Коулмен и хочет. Похоже на тот момент уэст-пойнтского боя, когда соперник начал валиться. Только рефери и спас парня от того, на что Коулмен был способен. Коулмен дал себе тогда волю как бойцу — и теперь то же самое. Потому что это еще одна проверка — вложить в жестокость отречения весь ее подлинный, бесповоротный человеческий смысл, со всей трезвой ясностью встретить миг, когда твоя судьба пересекается с чем-то огромным. Вот она, проверка. Мужчина и мать. Женщина и ее любимый сын. Если ради самооттачивания он должен совершить теперь самое жестокое из мыслимого, то вот оно — только что не нож схватить и не зарезать по-настоящему. Вот она, самая-самая сердцевинная суть. Это главный поступок его жизни, и он ясно, сознательно ощущает его громадность.

— Не понимаю, Коулмен, почему я так плохо к этому подготовлена. Должна была бы лучше, — сказала она. — Ты честно предупреждал чуть ли не с самого своего рождения. Даже грудь отказывался брать, всерьез отказывался. Да-да. Теперь я понимаю почему. Это могло отсрочить твое освобождение. Что-то в нашей семье — не цвет кожи, что-то другое — всегда стояло тебе поперек горла. Ты мыслишь как заключенный. Точно тебе говорю, Коулмен Брут. Белый как снег, а мыслишь как раб.

Не время было отдавать должное ее уму, усматривать даже в самом ярком обороте речи некую особую мудрость. Мать нередко говорила что-нибудь такое, из-за чего можно было подумать, будто она знает больше, чем кажется. Интеллект, но другой. Предоставляя мужу ораторствовать, она, как считалось, высказывалась редко, но метко.

— Я могла бы, конечно, сказать тебе, что освобождения не бывает, что все попытки приведут тебя к тому же, с чего ты начал. Твой отец сказал бы именно это. В «Юлии Цезаре» есть кое-что на эту тему. Но что толку? Ты молодой, на тебя все заглядываются. Красота, обаяние, ум, сложение, решимость, проницательность — всё при тебе, все твои замечательные качества. Тебя, с твоими зелеными глазами и длинными черными ресницами, мои слова нисколечко не обеспокоят. Прийти к матери с таким сообщением — ведь трудней, казалось бы, ничего и быть не может, а как спокойно ты посиживаешь! Все дело в том, что ты знаешь: твой поступок имеет смысл, и еще какой. И я тоже это знаю, иначе ты не стал бы его совершать. Конечно, у тебя будут разочарования. Конечно, мало что выйдет так, как ты сейчас воображаешь. Особая судьба у тебя будет, и еще какая особая — но что это за судьба? В двадцать шесть лет ты не можешь иметь об этом представления. И разве она не была бы настолько же особой, не сделай ты ничего такого? Мне кажется, при всякой глубокой перемене в жизни есть кто-то, кому человек говорит: «Я тебя не знаю».

В таком же духе она, умело умеряя боль перечислением всего, что на нее обрушилось и с чем она не надеялась справиться, с чем ей надо было смириться, почти два часа рассуждала о его стремлении обособиться, очевидном еще с младенчества, а Коулмен тем временем делал все, чтобы не замечать — в простейших приметах, как, например, поредевшие волосы (у матери, не у Айрис, конечно), клонящаяся вперед голова, опухшие лодыжки, потолстевший живот, широкие зазоры между крупными зубами, — насколько далеко она продвинулась к смерти с того воскресенья три года назад, когда она прилагала все силы к тому, чтобы Стине у нее было хорошо. В какой-то момент Коулмену теперь почудилось, что она вплотную подошла к черте, за которой стареющее существо делается крохотным, деформированным. Чем дольше она говорила, тем явственней это ему казалось. Он старался не думать о болезни, которая ее убьет, о похоронах, о надгробных речах и о молитвах у могильной ямы. Но точно так же он старался не думать и о том, как она будет жить, как он уедет и оставит ее здесь еще не умершей, как год за годом она будет думать о нем, о его детях и о его жене, как чем дальше, тем крепче будет для нее обрубленная связь.

Ни возможность материнского долгожительства, ни возможность ее ранней смерти не должны были оказать никакого влияния на то, что он делал, как и нелегкое существование ее семьи в Лонсайде, где мать родилась в убогой лачуге и жила с родителями и четырьмя братьями до семилетнего возраста, когда умер ее отец. Он и его родня жили в Лонсайде, штат Нью-Джерси, с 1855 года. Они были беглые рабы, с помощью квакеров перебравшиеся из Мэриленда в юго-западную часть Нью-Джерси по «подпольной железной дороге». Вначале негры назвали это место Фри-Хейвен — «Пристанище свободы». Белых там не было тогда вовсе, да и теперь их всего горстка на окраинах двухтысячного городка, где почти все произошли от беглых рабов, взятых под защиту хэддонфилдскими квакерами, в том числе и мэр, и начальник пожарной охраны, и начальник полиции, и сборщик налогов, и учителя в школе, и ученики. Но уникальность негритянского Лонсайда тоже ни на что не влияла, как и уникальность Гулдтауна — городка на крайнем юге Нью-Джерси, у самого мыса Кейп-Мей. Там жила родня ее матери, и туда семья отправилась жить после смерти ее отца. Еще один негритянский анклав, где многие, в том числе ее бабушка, отличались очень светлой кожей, почти белой, где все со всеми состояли в родстве. «Много-много лет назад», как мать не раз говорила Коулмену, когда он был мальчиком, — говорила, по возможности упрощая и концентрируя предание, которое слышала, — у одного солдата был раб, и солдат этот погиб на Войне с французами и индейцами*. Раб служил потом вдове этого солдата. Трудился от зари до зари и делал все, что ей было нужно. Заготавливал дрова, собирал урожай, вырыл и покрыл

---

* Американская фаза войны между Англией и Францией за колонии в Северной Америке. (*Примеч. ред.*)

погреб для капусты, хранил там кочаны, запасал тыквы, закапывал на зиму яблоки, репу и картофель, засыпал в амбар рожь и пшеницу, забил свинью и корову, засолил мясо — и вот в один прекрасный день вдова вышла за него замуж, и у них родилось три сына. И сыновья эти взяли в жены местных девушек, чьи родословные уходили в семнадцатый век, когда возник Гулдтаун, — девушек, чьи семьи еще до Революции тесно переплелись и породнились. Одна из них, или две, или все три, рассказывала мать, произошли от индейца из большого поселения племени ленни-ленапе близ Индиан-Филдс, который женился на шведке (в тех местах на смену голландским первопоселенцам пришли шведы и финны) и произвел на свет пятерых детей; одна, или две, или все три произошли еще и от того или другого из двух братьев-мулатов, привезенных из Вест-Индии на торговом судне, поднявшемся по реке от Гринвича до Бриджтона, где им пришлось отрабатывать проезд у местных землевладельцев и где они сами потом оплатили проезд из Голландии двух сестер, ставших их женами; одна, или две, или все три произошли еще и от внучки Джона Фенвика, сына английского баронета, кавалерийского офицера в армии Кромвеля, ставшего квакером и умершего в Нью-Джерси вскоре после того, как Новая Кесария, расположенная между реками Гудзон и Делавэр и проданная братом английского короля двум англичанам, стала именоваться Нью-Джерси. Фенвик умер в 1683 году и был похоронен где-то в купленной им частной колонии, которой он правил и которая на север от Бриджтона простиралась до Сейлема, а на юг и восток — до реки Делавэр.

Девятнадцатилетняя внучка Фенвика по имени Элизабет Адамс вышла замуж за негра Гулда. «Чернокожий, принесший ей пагубу» — вот как ее дед назвал Гулда в завещании, которым он лишал Элизабет какой-либо доли наследства до тех пор, пока «Господь не отворит ей глаза, дабы узрела она мерзкое преступление свое противу Его закона». Как гласит предание, лишь один из пяти сыновей Гулда и Элизабет дожил до зрелого возраста, и это был Бенджамин Гулд, женившийся на финке Энн. Бенджамин умер в 1777 году, через год после того, как на другом берегу Делавэра, в Филадельфии, была подписана Декларация независимости, и он оставил дочь Сару и четырех сыновей — Энтони, Сэмюела, Абиджу и Элайшу, от которых Гулдтаун получил название.

От матери Коулмен услышал про лабиринт семейной истории, ведущейся от времен аристократа Джона Фенвика, от которого, казалось, произошел весь Гулдтаун и который был для этого юго-западного района Нью-Джерси тем же, чем Уильям Пенн был для той части Пенсильвании, что включала Филадельфию. Потом он слышал про это снова и снова, хотя от раза к разу с другими подробностями, от троюродных дедушек и бабушек, от двоюродных прадедушек и прабабушек, иным из которых было под сотню лет, на ежегодных семейных сборах в Гулдтауне, куда родители неизменно брали и его, и Уолта, и Эрнестину, чтобы повидаться почти с двумястами родных, приезжавших из юго-западного Нью-Джерси, из Филадельфии, из Атлантик-Сити и даже из такого далека, как Бостон, поесть жареного луфаря, тушеных и жареных цыплят, домашнего мороженого, засахаренных персиков, пирогов, кексов — отведать всех любимых семейных блюд, поиграть в бейсбол, попеть старые песни и вволю повспоминать, порассказать всяких историй про женщин былых времен, которые пряли и вязали, варили жирную свинину и пекли громадные караваи, чтобы дать мужчинам с собой в поле, шили одежду, черпали воду из колодца, лечили больных домашними снадобьями — травяная настойка от кори, сироп из мелассы и лука от коклюша. Историй про матерей семейств, делавших замечательные сыры, про женщин, уезжавших в Филадельфию работать экономками, портнихами и учительницами, про женщин, оставшихся дома и славившихся гостеприимством. Историй про мужчин, уходивших в лес ставить капканы и стрелять зимнюю дичь, про фермеров, пахавших землю, рубивших лес на изгороди, торговавших, забивавших скот, про удачливых дельцов, тоннами продававших сено, скошенное по берегам реки и залива, Трентонской керамической фабрике для упаковки. Историй про мужчин, покинувших леса, фермы, солончаки и поросшие кедровником болота, чтобы стать солдатами — кто белыми, кто черными — армии северян. Историй про мужчин, выходивших в море вопреки блокаде военных лет, уезжавших в Филадельфию, чтобы стать там похоронными агентами, типографами, парикмахерами, изготовителями сигар или священниками Африканской методистско-епископальной церкви (а один отправился на Кубу с Тедди Рузвельтом и его «лихими наездниками»*, а еще несколько попали в беду, убежали и не вернулись). Историй про детей

---

* Имеется в виду добровольческий кавалерийский полк под командованием будущего президента США Теодора Рузвельта (1858–1919), принимавший участие в испано-американской войне 1898 года.

такого же возраста, как Коулмен, Уолт и Эрнестина, часто плохо одетых, иной раз босых, зимой дрожавших от холода в хлипких лачугах, жарким летом вместе с мужчинами кидавших вилами, грузивших и перевозивших сено, но получавших дома приличное воспитание, изучавших в пресвитерианской школе грамоту и Закон Божий и всегда, даже в те времена, хорошо питавшихся — свининой, дичью, картофелем, хлебом, патокой — и выраставших сильными, здоровыми и честными.

Но история лонсайдских беглых рабов, изобилие всего и вся на гулдтаунских сборах родни, богатство семейной генеалогии — это одно, а твое решение стать боксером, преподавателем античной словесности или кем бы то ни было еще — совершенно другое. Мало ли что может уйти из жизни семьи. Лонсайд — раз, Гулдтаун — два, генеалогия — три, Коулмен Силк — четыре.

За последние полвека были и другие, кто в детстве слышал про заготовку сена для Трентонской керамической фабрики, ел на гулдтаунских сборах жареного луфаря и засахаренные персики, а потом вырастал и пропадал таким же манером — пропадал, говорили в семье, «так, что и следа не найти». «Отпал от своих» — было и такое выражение.

Культ предков — вот как называл это мысленно Коулмен. Уважать прошлое — это он понимал, но нечего делать из него идола. К чертям эту тюрьму.

Вечером, когда Коулмен вернулся к себе в Гринич-Виллидж, ему позвонил брат из Асбери-Парка, и этот звонок придал ходу событий неожиданное ускорение. «К ней больше ни ногой», — сказал ему Уолт, и в голосе его прозвучало нечто едва сдерживаемое и тем более пугающее — такое, чего Коулмен не слышал ни от кого, кроме отца. Новая сила возникла в семье, и эта сила теперь взяла его и вышвырнула за борт. Такой-то дерзкий молодой человек в таком-то месте в такое-то время совершил такой-то поступок — и вот он за бортом навеки. Но здесь-то, как выясняется, и заключена самая суть: свобода опасна. Очень опасна. Начинаешь на своих собственных условиях, но долго они не держатся. «И не пытайся ее увидеть. Ни встреч. Ни звонков. Ничего. Никогда. Понял меня? *Никогда.* Чтобы твоя лилейно-белая харя больше в этом доме не появлялась!»

3

ЧТО ДЕЛАТЬ
С НЕЧИТАЮЩИМ РЕБЕНКОМ?

— Если бы Клинтон поставил ей пистон в заднее место, она бы держала язык за зубами. Хочешь быть мужчиной, так уж будь. Если бы он в Овальном кабинете повернул ее и поимел в задницу, ничего этого не было бы.

— Ну что ты, он над ней не господствовал. Он у нас осторожненький.

— Он перестал господствовать, как только попал в Белый дом. Не получается; кишка тонка. Он и над Уилли* не господствовал. Вот почему она на него обозлилась. Едва он попал в Белый дом, как потерял свою арканзасскую способность господствовать над женщинами. Пока был генеральным прокурором и губернатором третьестепенного штата — все было в ажуре.

— Твоя правда. Дженнифер Флауэрс**.

---

* *Кэтлин Уилли* — бывшая сотрудница Белого дома, обвинившая президента Клинтона в сексуальных домогательствах, которые якобы имели место в 1993 году.
** *Дженнифер Флауэрс* — знакомая Клинтона в бытность его губернатором штата Арканзас. В начале 1992 года, когда Клинтон выдвинул свою кандидатуру на пост президента, заявила, что находилась с ним в длительной любовной связи.

— В Арканзасе ведь как? Если даже ты там свалился, то свалился с умеренной высоты.

— Верно. И от тебя ждут, что будешь лапать баб. Традиция.

— Но как только попал в Белый дом — все, уже не может господствовать. А раз так, на него и мисс Уилли поперла, и мисс Моника. Ее лояльность можно было получить с помощью пистона в заднее место. Это был бы пакт. Это бы ее связало. А так — никакого пакта.

— Ну, все-таки не сказать чтобы она не боялась. И хотела говорить, и не хотела. Это Старр* ее расколол. Одиннадцать лбов с ней в номере гостиницы! И все напирают. Форменная групповуха. Старр устроил ей там групповое изнасилование.

— Согласен. Но ведь она проболталась Линде Трипп.

— Было дело.

— Да кому она не проболталась? Всем и каждому. Плоть от плоти этой безмозглой культуры. Лишь бы ля-ля. Плоть от плоти поколения, гордого своей поверхностностью. Искренность — всё, видите ли. Искренность и пустейшая пустота. Искренность, которой без разницы, куда податься. Искренность, которая хуже любого вранья, и невинность, которая хуже любой испорченности. Под этой искренностью — великое желание хапнуть. И под этим жаргончиком. Удивительный язык у них у всех — и ведь полное впечатление, что сами себе верят — насчет ихней якобы «низкой самооценки», а на самом-то деле считают, что на все имеют право. Бес-

---

* *Кеннет Старр* — юрист, сыгравший важную роль в скандале «Клинтон — Левински».

стыдство свое называют любовной открытостью, безжалостность — стремлением восстановить «утраченное самоуважение». Гитлер вон тоже решал эту проблему. Восстанавливал свое самоуважение. На этом они все сейчас играют. Сверхдраматизация самых ничтожных переживаний. Взаимоотношения. Мои взаимоотношения. Прояснить мои взаимоотношения. Откроет рот — и на стенку хочется лезть. Собрать в одну кучу весь идиотизм последних сорока лет, и получится как раз их язык. «Поставить точку». Ну еще бы! Я по своим студентам вижу: у них сил нет находиться там, где нельзя поставить точку, где надо помозговать. Всё, точка. Ничего не хотят к себе в голову пускать, кроме традиционных сюжетов, с началом, серединой и концом. Любой человеческий опыт, как угодно двусмысленный, как угодно запутанный, загадочный, должен подчиниться стандартному, резонерскому клише. Я валю на экзамене всякого, от кого слышу: «Поставить точку». Все, ставим точку. Проваливай.

— Я думаю, кто бы она ни была — хоть абсолютная нарциссистка, хоть махонькая сучка-сообщница, хоть самая большая эксгибиционистка из всех еврейских девиц в истории Беверли-Хиллз*, напрочь избалованная привилегиями, — он видел все с самого начала. Он ее понимал. Если человек не может раскусить Монику, как он раскусит Саддама Хусейна? Если он не может раскусить и перехитрить Монику, он не должен быть президентом. Тогда налицо *реальные* основания для импичмента. Нет, он видел. Все он видел. Не думаю, что он долго был под впечатлением ее глянцевого фасада.

_____

* Фешенебельный район Лос-Анджелеса.

Разумеется, он видел, что она совершенно испорчена и совершенно невинна. Крайняя невинность и была ее испорченностью — и не только испорченностью, но еще и безумием, еще и хитростью. В этом ее сила, в сочетании. А глубины ровно никакой — это-то его и привлекало под конец дня на посту главнокомандующего. Очарование — в интенсивности пустоты. Или, если угодно, в пустоте интенсивности. Весь этот треп про детство. Похвальба насчет восхитительного своенравия: «В три года я уже была личностью». Я уверен — он понимал: любое его действие, идущее вразрез с ее иллюзиями, будет еще одним свирепым ударом по ее самооценке. Он одного не понимал — что надо поиметь ее в задницу. Зачем? Чтобы молчала. Странно, странно повел себя наш президент. Это же было первое, что она ему показала. В лицо, можно сказать, сунула. Предложила. А он ничего. О чем он думал? Поставил бы ей пистон в задницу, вряд ли она стала бы откровенничать с Линдой Трипп. Потому что не захотела бы про это говорить.

— Про сигару же захотела.

— Это другое. Сигара — это детский сад. Нет, ему надо было регулярно делать с ней такое, о чем она не стала бы болтать. Такое, чего ему хочется, а ей нет. Ошибка.

— Верность вводят через задние ворота.

— А я не убежден, что это помешало бы ей болтать. Не убежден, что в человеческих силах было этому помешать. Тут ведь не Глаза и Уши. Тут Трепливый Язык.

— Но согласись, что эта девица больше нам всего открыла про Америку, чем кто угодно после Дос Пассоса. Свою задницу уберегла, а стране прямо

206

туда пихнула градусничек. Вот вам ее «США»*, извольте получить.

— Беда была в том, что Клинтон дал ей ровно то же самое, что все предыдущие. А она хотела чего-то другого. Он президент, она любовная террористка. Хотела, чтобы он отличался от учителя, с которым у нее был роман.

— Да, щепетильность его сгубила. Занятно, правда? Не грубость, а щепетильность. То, что он играл не по своим правилам, а по ее. Она им управляла, потому что он хотел от нее того-то и того-то. Не мог без этого. Так нельзя. Знаешь, что Кеннеди бы ей сказал, приди она к нему и попросись на работу? Что Никсон бы ей сказал? И Гарри Трумэн, и даже Эйзенхауэр. Генерал, который вел Вторую мировую войну, умел не быть щепетильным. Они бы сказали ей, что не только не дадут ей работы, но что она вообще теперь ни от кого не получит никакой работы до конца дней своих. Что ей даже не позволят водить такси в Хорс-Спрингс, штат Нью-Мексико. *Ничегошеньки.* Что ее отца забойкотируют к чертям со всей его практикой и он тоже останется без работы. Что ее мать останется без работы, что ее брат останется без работы, что никто в ее семье не заработает больше ни цента, если она посмеет заикнуться про одиннадцать отсосов. Надо же, всего одиннадцать. Даже не дюжина. Меньше дюжины за два с лишним года — нет, на первый приз по распутству это не тянет.

— Осторожность, осторожность его сгубила. Совершенно точно. Он как юрист себя вел.

---

* «США» — название трилогии американского писателя Джона Дос Пассоса (1896–1970).

— Не хотел улик оставлять. Поэтому не кончал.

— Тут он был прав. Стоило ему кончить, как с ним самим было бы кончено. Вещественное доказательство. Горячая, дымящаяся сперма. Вот поставил бы ей задний пистон, и нация была бы спасена от жестокой травмы.

Они засмеялись. Их было трое.

— Он ни разу по-настоящему не отдался этому делу. Все время косил глаза на дверь. Играл по своей системе. А она пыталась повысить ставку.

— Разве не так поступает мафия? Навязываешь человеку то, о чем он не может говорить. И все, он у тебя в руках.

— Вовлекаешь в совместное нарушение норм и тем самым развращаешь. Классика.

— А его беда в том, что он *недостаточно* развращен.

— Вот именно. Конечно. И недостаточно искушен.

— Повинен не в безнравственном поведении, а в чересчур нравственном.

— Точно. Если уж начал, зачем было проводить черту там, где он провел? Искусственно как-то.

— Проводишь черту, и ясно, что ты испугался. А испугался — все, ты готов. Твой крах не дальше, чем сотовый телефон Моники.

— Он не хотел терять контроль над собой. Помните его слова, как она их передала: не хочу к тебе пристраститься, не хочу, чтобы ты стала моим наркотиком? Это показалось мне правдой.

— Я подумал, что это лесть.

— Вряд ли. Так, как она это запомнила, действительно звучит как лесть, но... Нет, он не хотел попадать в сексуальную зависимость. С Моникой хорошо, но она заменима.

— Все заменимы.

— Откуда мы знаем, какой у него опыт? Скорее всего он не имел дела со шлюхами.

— Кеннеди имел.

— О да. Там другое дело. А Клинтон — это детский сад.

— Когда он губернаторствовал в Арканзасе, он не казался мальчиком из детского сада.

— Да, в Арканзасе костюм был по мерке. А тут все у него разладилось. И это его страшно нервировало. Президент Соединенных Штатов, ко всему вроде бы имеет доступ — и не может ни к чему притронуться. Сущий ад. Особенно когда у тебя жена такая святоша.

— По-твоему, она святоша?

— Кто же еще.

— А как же Винс Фостер*?

— Ну, влюбиться она еще могла, но отколоть что-нибудь сумасшедшее — как можно, ведь он *женат*. Она даже в адюльтер способна внести занудство. Настоящий антитрансгрессор.

— Думаешь, она спала с Фостером?

— А как же. Конечно.

— Похоже, весь мир влюбился в святош. Точно вам говорю.

— Дать Винсу Фостеру работу в Вашингтоне было гениальным ходом Клинтона. К себе его, в администрацию, чтобы за какой-нибудь там участочек отвечал. Гениально. Тут Клинтон повел себя как настоящий мафиозный дон и получил против нее оружие.

---

* *Винсент Фостер* — партнер Хиллари Клинтон по юридической практике в арканзасский период, впоследствии — сотрудник Белого дома. В 1993 году покончил с собой.

— Да. Что здорово, то здорово. Но с Моникой вышло по-другому. Он ведь только с Верноном Джорданом* мог про нее говорить. Да, это, наверно, был самый подходящий человек, с кем обсуждать такие дела. Но они просчитались. Думали, она болтает только со своими глупенькими калифорнийскими подружками. Ну и пусть болтает. Кому какое дело? Но нашлась Линда Трипп, этот Яго в юбке, этот подпольный Яго, которого Старр внедрил в Белый дом...

В этот момент Коулмен встал со скамейки и двинулся дальше в сторону кампуса. Пока он сидел и раздумывал, как теперь быть, эти голоса звучали неким подобием античного хора. Голоса были незнакомые, и, поскольку люди сидели к нему спиной и к тому же их заслоняло дерево, лиц он не видел. Судя по всему, это были три молодых преподавателя, поступившие в колледж уже после его ухода — посиживали, попивали водичку или кофе без кофеина, отдыхали после тенниса на городских кортах и обсуждали новости дня, прежде чем вернуться к своим женам и детишкам. Их рассуждениям на сексуальные темы были, на его слух, присущи самоуверенность и знание предмета, с какими он редко встречался у молодых ассистентов, особенно в Афине. Для преподавательской болтовни чересчур грубо, чересчур смачно. Жаль, что он не дождался этих ребят. Может, помогли бы дать отпор... Да нет. Там, в кампусе, где человека окружают отнюдь не только теннисные дружки, сопротивление в лучшем случае свелось бы к шуточкам, а то и вовсе рот на замок — скорее всего дошло бы до дела,

---

* *Вернон Юлион Джордан* (р. 1935) — американский негритянский общественный деятель, юрист и друг Клинтона.

они проявили бы не больше отваги, чем все остальные. Так или иначе, он их не знал и знать не хотел. Как, впрочем, и других. Начав сочинять «Духов», он полностью отрезал себя от прежних многолетних коллег и приятелей, и сегодня (дело было незадолго до полудня, после встречи с Нельсоном Праймусом, которая кончилась даже не скверно, а потрясающе скверно и в завершение которой Коулмен бранью своей ошеломил прежде всего себя) он впервые за два года был близок к тому, чтобы сойти с главной улицы, пересечь южную часть города и, достигнув монумента в память о Гражданской войне, подняться на холм к кампусу. Вероятность столкнуться со знакомыми была мала — разве что с кем-нибудь из тех, кто обучал пенсионеров по двухнедельной июльской программе «Элдерхостел», включавшей в себя поездки на танглвудские концерты*, в картинные галереи Стокбриджа** и в музей Нормана Рокуэлла***.

Эти-то летние студенты и были первым, что он увидел, добравшись до вершины холма, обогнув старый астрономический корпус и выйдя на усеянную солнечными пятнами четырехугольную главную площадку колледжа, выглядевшую в тот момент еще более красивенькой и типовой, чем на обложке афинского буклета. Разбившись по двое, пожилые люди не спеша тянулись на ланч в столовую колледжа по одной из обсаженных деревь-

---

* Речь идет о ежегодных музыкальных фестивалях в бывшем поместье Танглвуд неподалеку от г. Ленокс, штат Массачусетс.

** *Стокбридж* — город в западной части штата Массачусетс.

*** *Норман Рокуэлл* (1894–1978) — американский художник.

ями перекрестных дорожек. Процессия пар: супружеские пары, пары мужей, пары жен, пары вдов, пары вдовцов, новообразованные пары вдов и вдовцов — так, по крайней мере, казалось Коулмену, — познакомившихся здесь, на этих занятиях. Все были опрятно, по-летнему одеты — сплошь рубашки и блузки светлых пастельных тонов, белые или светло-коричневые брюки, летняя клетчатая ткань от фирмы «Брукс бразерс». На большинстве мужчин были всевозможных цветов бейсболки, многие с вышитыми эмблемами спортивных команд. Никаких инвалидных кресел, ходунков, костылей, тростей. Бодрые люди его возраста, на вид не в худшей форме, чем он, иные чуть помоложе, другие явно старше, но с удовольствием пользующиеся свободой, которую дает человеку пенсия, если он, по счастью, более или менее легко дышит, более или менее безболезненно ходит, более или менее ясно мыслит. Вот где ему, Коулмену, полагалось быть. В составе разумно подобранной пары. Чтобы все было благопристойно.

Благопристойность. Вот нынешнее заклятие против всякого отклонения от «здоровой» линии, волшебное слово, помогающее поддерживать всеобщий «комфорт». Заставляющее делать не то, что он, Коулмен, как считается, делает, а то, что одобряют наши авторитеты в области этики, — кстати, кто они? Барбара Уолтерс? Джойс Бразерс? Уильям Беннет? «Дейтлайн Эн-би-си»*? Был бы он и теперь

---

* *Барбара Уолтерс* (р. 1931) — американская тележурналистка; *Джойс Диана Бразерс* — американский психолог, феминистка; *Уильям Джон Беннет* (р. 1943) — американский педагог, юрист, публицист и общественный деятель консервативного направления; *«Дейтлайн Эн-би-си»* — популярная американская телепрограмма.

здешним профессором, мог бы прочесть курс «Благопристойное поведение в древнегреческой драматургии» — курс, который кончился бы не начавшись.

Двигаясь на ланч, пенсионеры могли видеть Норт-холл — оплетенное плющом, красиво составившееся колониальное кирпичное здание, где Коулмен Силк, будучи деканом, десятилетие с лишним занимал кабинет напротив ректорского. Когда часы на шестигранной, увенчанной флагом башне Норт-холла, служившей архитектурной доминантой колледжа, — на башне, которая из собственно Афины смотрелась, как смотрятся с дорог, ведущих к европейским городам, могучие соборы, — пробили полдень, он сидел на скамье под самым знаменитым старым дубом площадки и старался по возможности спокойно оценить давление благопристойности. Ее *тиранию*. В середине 1998 года даже ему стойкость и мощь американских понятий о благопристойности казались невероятными, и ведь не кто иной, как он сам, стал одной из жертв этой тирании! По-прежнему тут и узда на публичной риторике, и неисчерпаемый кладезь вдохновения для личного позерства, и то повсеместное, феминизирующее всех и вся засилье торговли добродетелями с трибуны, которое Г. Л. Менкен назвал «бубизмом»*, а Филип Уайли — «мамизмом»**, которое европейцы исторически неверно

---

* *Генри Луис Менкен* (1880–1956) — американский журналист, лингвист и критик; *бубизм* — производное от boob — простак.

** *Филип Уайли* (1902–1971) — американский романист и критик. Слово «мамизм» было впервые употреблено им в книге «Порождения ехидны» (1943) и означает культ матери как источник современного матриархата.

называют американским пуританизмом, которое Рональд Рейган и ему подобные называют основными ценностями Америки и которое сохраняет широчайшую юрисдикцию благодаря тому, что маскируется под нечто другое — и даже не под нечто, а подо *все*. Как общественная сила благопристойность чрезвычайно изменчива — это поистине тысячеликая госпожа, прикидывающаяся, если нужно, гражданской ответственностью, бело-англосаксонско-протестантским достоинством, борьбой за права женщин, негритянской гордостью, ощущением этнической принадлежности, эмоционально перенасыщенной еврейской этической чувствительностью. Словно не было ни Маркса, ни Фрейда, ни Дарвина, ни Сталина, ни Гитлера, ни Мао — да что там, словно не было даже Синклера Льюиса! Да, думал он, словно «Бэббит» не был написан. Словно творческой мысли даже на этом простейшем уровне запрещен вход в их сознание, дабы не нарушить их покоя. Человечеству выпало столетие беспримерных бедствий, ужасающих катастроф — десятки миллионов терпели лишение за лишением, зверство за зверством, мерзость за мерзостью, полмира, если не больше, испытало власть патологического садизма с его «социальной политикой», обширнейшие общества строились на сковывающем страхе перед репрессиями, деградация индивидуальной жизни по вине властей приняла беспрецедентный масштаб, народы разделялись и порабощались идеологическими преступниками, лишавшими их всего, целые нации оказывались настолько деморализованы, что, просыпаясь утром, люди не испытывали ни малейшего желания встретить новый день… Сколько их, этих жутких образцов, подарил нам уходящий век — а им не дает покоя Фауни Фарли! Она и Моника Левински — вот две заботы Америки. Безмятежный покой их жизней нарушен непристойным поведением Клинтона и Силка! Вот, значит, где оно — зло, обрушившееся на них в 1998 году. Вот откуда она сегодня исходит — мука, пытка, духовная смерть. Вот где источник величайшего нравственного отчаяния — в том, чем мы с Фауни занимаемся в постели. Я не только потому негодяй, что произнес слово «духи» перед группой белых студентов — произнес, заметьте, не в ходе рассуждений о наследии рабства, об инвективах «Черных пантер», о метаморфозах Малколма Икс, о риторике Джеймса Болдуина, о популярности среди радиослушателей «Эймоса и Энди»*, а во время рутинной переклички. Я не только потому...

И это всего за какие-нибудь пять минут, пока он сидел на скамейке и смотрел на симпатичное здание, где когда-то деканствовал.

Но ошибка уже совершена. Он пришел. Вернулся. Снова оказался на холме, откуда его согнали, и опять тут как тут презрение к бывшим друзьям, которые не защитили его, к коллегам, не посчитавшим нужным его поддержать, к врагам, которые так легко отмахнулись от значения его долгой

---

* «Черные пантеры» — леворадикальная негритянская организация 1960–1970-х гг.; *Малколм Икс* (1925–1965) — негритянский лидер, вначале принявший мусульманство, затем порвавший с «Черными мусульманами» и создавший Организацию афроамериканского единства; *Джеймс Болдуин* (1924–1987) — американский негритянский писатель; *«Эймос и Энди»* — многосерийный радиоспектакль 1920–1940-х гг., где негритянская тема, как многие считали, преподносилась в расистском ключе.

профессиональной работы. В нем поднялось гневное, бьющее через край желание разоблачить их прихотливо-жестокий праведный идиотизм. Он взошел на холм по велению гнева и чувствовал его силу, сминающую сопротивление рассудка и требующую немедленных действий.

Дельфина Ру.

Он встал и направился к зданию, где был ее кабинет. В этом возрасте, думал он, не полезно для здоровья делать то, что я собираюсь. В этом возрасте человеку к лицу умеренность, смирение, а то и полная капитуляция. В этом возрасте лучше пореже возвращаться к обидам прошлого и не лезть на рожон в настоящем, бросая вызов добродетелям, какие там у них имеются. Но ограничиться назначенной тебе ролью, в данном случае ролью респектабельного пенсионера, — на этом, разумеется, настаивает благопристойность, и следовательно, как Коулмен Силк давно уже со всей необходимой безжалостностью доказал собственной матери, этот выбор для него неприемлем.

Он не был озлобленным анархистом — таким, как Гительман, сумасшедший отец Айрис. Не был подстрекателем или агитатором какого бы то ни было толка. Не был безумцем. Не был ни радикалом, ни революционером даже в чисто интеллектуальном, философском смысле, если только не считать революционной убежденность в том, что, отказываясь признавать проведенные обществом строгие границы, отказываясь поступаться свободой личного выбора в рамках закона, мы всего лишь пользуемся одним из основных прав человека. Если только не считать революционным нежелание взрослого автоматически подписывать контракт, составленный при его рождении.

Он тем временем уже обошел Норт-холл и направился к длинной, похожей на площадку для игры в шары лужайке, ведущей к Бартон-холлу, где располагался кабинет Дельфины Ру. Что именно он ей скажет, если вдруг застанет ее на рабочем месте в такой роскошный летний день за полтора месяца до начала осеннего семестра, он не знал и не узнал, потому что, не дойдя еще до мощенной кирпичом широкой дорожки, окружающей Бартон-холл, увидел с задней стороны Норт-холла на затененном травянистом клочке земли у подвальной лестницы пятерых уборщиков колледжа в рабочих униформах — рубашках и брюках цвета почтовой бумаги, — утоляющих голод пиццей из коробки и от души хохочущих над какой-то шуткой. Единственной женщиной в этой пятерке и предметом внимания всех остальных — именно она отпустила шутку или ехидно подколола кого-то из мужчин, именно она громче всех смеялась — была Фауни Фарли.

Мужчинам было лет по тридцати или чуть больше. Двое бородатые, и один из этой пары, к тому же щеголявший длинным конским хвостом, был изрядно широк и быкоподобен. Стоял из всех он один — казалось, для того, чтобы получше нависнуть над Фауни, сидевшей на земле, вытянувшей длинные ноги и запрокинувшей голову в приступе веселья. Коулмена удивили ее волосы. Они были распущены. До сих пор, сколько раз он ее видел, они всегда были в тугом пучке, стянутые эластичным кольцом, распускала она их только в постели, где они ложились на ее голые плечи.

Она и мужчины. «Парни» — так она о них говорила. Один недавно развелся, был раньше автомехаником, но не преуспел, копался, когда надо, в ее «шевроле» и возил ее на работу и с работы в те дни, когда своло́чной мотор, хоть ты тресни, не хотел заводиться; другой, когда его жена работала в вечернюю смену на Блэкуэллской фабрике картонной тары, несколько раз предлагал сводить ее на порнофильм; еще один, невинный юнец, не знал даже, что такое гермафродит. Когда она заговаривала про «парней», Коулмен слушал, помалкивал и нисколько не нервничал на их счет, хотя, судя по направленности разговоров с ней, как Фауни их передавала, тут было о чем задуматься. Не сказать, однако, что она бесконечно о них распространялась, и на Коулмена, не задававшего ей о них никаких вопросов, их наличие не производило такого впечатления, какое произвело бы, скажем, на Лестера Фарли. Конечно, она могла бы вести себя с ними чуть поаккуратней и давать им меньше пищи для всяких фантазий, но, захотев однажды сказать ей об этом, Коулмен без труда подавил это желание. Пусть разговаривает с кем хочет и как хочет, пусть, каковы бы ни были последствия, сама за них отвечает. Она же не его дочь. И даже не его «девушка». Она — то, что она есть.

Но теперь, отпрянув к самой стене Норт-холла и глядя на них из импровизированного укрытия, он не мог с такой же легкостью настроить себя на отстраненно-великодушный лад. Потому что теперь он видел больше обычного — видел не только, что сделала с ней ничтожность достигнутого в жизни, но, пожалуй, и почему так ничтожно мало было достигнуто. С наблюдательной позиции шагах в пятнадцати-двадцати ему с почти микроскопической точностью видно было, как в его отсутствие она равняется на грубейшее и простей-

218

шее, что есть рядом, на того, кто меньше всех ожидает от окружающих и чье самосознание — самое примитивное. Ибо, умен ты или глуп, образован или нет, Волюптас почти все, что ты вздумаешь, может заставить сбыться, ее возможности не то что ясно не выражены, но даже смутно не очерчены, и верно оценить свойства твоей Волюптас ты совершенно не способен... пока, стоя в тени, не увидишь, как она в приступе неудержимого хохота (над чем — над гермафродитизмом?) валится спиной на траву, ноги согнуты в коленях и слегка раздвинуты, по одной руке стекает сыр с куска пиццы, в другой банка кока-колы, а над ней в облике работяги-неудачника нависает все, что прямо противоположно твоему образу жизни. Очередной Фарли? Возможно, ничего настолько зловещего — но скорей замена Лесу Фарли, чем ему, Коулмену.

Сцена в кампусе, которая в былые деканские годы показалась бы Коулмену, наверняка много раз такое видавшему, малозначительной, не просто безобидной, но даже и приятной, выражающей радость трапезы на свежем воздухе в чудесный летний день, сегодня была для него исполнена значения. Ни поучения Нельсона Праймуса, ни холодность Лизы, ни даже анонимное обвинение Дельфины Ру ни в чем его не убедили — а эта пустяковая сцена на лужайке позади Норт-холла показала ему наконец всю глубину его бесчестья.

Лиза. Лиза и ее ученики. Малютка Кармен. Вот кто вспышкой высветился в его сознании — шестилетняя Кармен, по словам Лизы, изрядно отставшая в развитии. «Прелесть, — сказала Лиза, — но до сих пор младенец». Что Кармен прелесть, он сам увидел: кожа светлого-светлого коричневатого оттенка, две тугие смоляные косички, глаза — таких он не встречал еще у людей, два угля, светящихся изнутри горячим голубым огнем, детское быстрое и гибкое тельце в опрятных джинсиках и кроссовочках, в ярких носочках и белой узенькой маечке — живая бойкая девочка, на вид ко всему внимательная, особенно к нему лично. «Это мой друг Коулмен», — сказала Лиза, когда Кармен вошла в класс небрежной походочкой с улыбкой легкого самодовольства и приятного удивления на свежем утреннем личике. «Здравствуй, Кармен», — сказал Коулмен. «Он просто захотел посмотреть, чем мы тут занимаемся», — объяснила Лиза. «Хорошо», — сказала Кармен вполне приветливо, но при этом изучала его не менее внимательно, чем он ее, — казалось, прощупывала улыбкой. «А мы просто будем делать, что обычно делаем», — сказала Лиза. «Хорошо», — повторила Кармен, теперь уже всерьез пуская улыбку в ход. А когда ей пришлось повернуться к маленькой магнитной доске с пластмассовыми буквами, на которой Лиза попросила ее прочесть слова «стол», «сыр», «суп» и «свет» («Помнишь, я тебя учила, — говорила Лиза, — что всегда надо начинать с первой буквы. Прочти первые буквы. Прочти с пальцем»), Кармен то и дело поворачивала голову, а потом и все туловище, чтобы стрельнуть глазами в Коулмена и сохранить с ним контакт. «Чтобы отвлечься, любой повод годится», — мягко сказала Лиза отцу. «Ну что, мисс Кармен? Будем работать? Коулмен — невидимка». — «Как это?» «Невидимка, — повторила Лиза. — Его не видно». Кармен засмеялась. «Но я же его вижу». — «Ну ладно. Слушай меня. Первые буквы. Правильно. Умница. А теперь читаем все слово. Хорошо? Первую букву — и сразу слово. Молодец. Суп. А это? Ты его знаешь. Уже читала. Свет. Очень хорошо». До этого урока Кармен уже полгода занималась по программе «Чтение для отстающих» и хоть и продвинулась, но не очень. Коулмену вспомнилось теперь, как она сражалась со словом «твой» в иллюстрированной учебной книжке, откуда ей надо было что-то прочесть вслух. Как она терла пальцами глаза, крутила и комкала майку, ерзала, заплетала ноги вокруг перекладины детского стульчика, медленно, но верно с него сползая, — и все-таки не могла ни распознать, ни произнести «твой». «А ведь уже март, папа. Полгода занятий. „Твой" должно быть пройденным этапом. И пора уже не путать слова „комната" и „конфета", но на худой конец я бы согласилась и на „твой". Вообще-то программа — двадцать недель, а она занимается уже двадцать пять. В детский сад ведь ходила, некоторые простые слова должна была бы освоить. Но в сентябре, когда она пришла в первый класс, я показала ей список слов, а она спрашивает: „Что это такое?" Даже не знала, что такое слова. С буквами тоже было худо: одни не знала, другие путала между собой. Понятно почему, из-за зрительного сходства, но в какой-то мере трудность остается и полгода спустя. До сих пор проблема. Для нее все проблема». — «Ты, я вижу, сильно из-за нее удручена». — «Каждый день по полчаса — это ведь много. Это масса работы. По идее она должна читать дома, но там ее шестнадцатилетняя сестра только что родила и родителям некогда или начхать. Родители — иммигранты, им трудно читать детям по-английски, хотя по-испански Кармен тоже, конечно, никто читать не учит. И так ежедневно. Просто чтобы увидеть, как ребенок обращается с книжкой, я даю ему эту или похожую, с большой цветной картинкой на обложке, и прошу: „Покажи мне, где у этой книги начало". Некоторые показывают, но большинство нет. Текст ничего для них не значит. И пойми такую вещь, — Лиза устало улыбнулась, далеко не так соблазнительно, как Кармен, — мои дети не считаются умственно отсталыми. Когда я сама ей читаю, Кармен не смотрит на слова. Ей все равно. Вот почему под конец дня я выжата как лимон. Другим учителям, конечно, тоже нелегко, но когда подряд идут такие Кармен, домой возвращаешься совершенно опустошенной. К вечеру уже и я разучиваюсь читать. Даже по телефону разговаривать не могу. Сую что-нибудь в рот и валюсь в постель. Я сердечно привязана к этим детям. Я люблю их. Но это хуже чем опустошает — это убивает".

Фауни уже сидела на траве прямо и допивала свою кока-колу, тогда как один из парней — младший, самый худой, самый юный на вид, с нелепой бороденкой на кончике подбородка, носивший в дополнение к коричневой униформе бандану в красную клетку и подобие ковбойских сапог на высоких каблуках, — собирал в мусорный мешок остатки ланча, а остальные трое стояли чуть поодаль и курили в теньке по последней сигарете перед второй половиной рабочего дня.

Фауни осталась одна. Не смеялась уже. Сидела с серьезным видом, держа в руке пустую банку из-под колы, и о чем думала? О двух годах работы официанткой во Флориде, когда ей было шестнадцать-семнадцать, о пожилых ушедших на покой бизнесменах, приходивших на ланч без жен и спрашивавших ее, не хочет ли она жить в милой квартирке, носить классную одежду, ездить на отличном новеньком «пинто», иметь счета во всех модных магазинах Бал-Харбора, в ювелирном магазине и салоне красоты, а взамен всего-навсего ублажать его пару-тройку вечеров в неделю и в некоторые уик-энды? Не одно, не два, а целых четыре таких предложения за первый год. А потом предложение от кубинца. По сотне с клиента без всяких вычетов. За стройную блондинку с большими буферами, высокую, красивую, да с таким огоньком, да с таким нахальством, да если еще ее одеть в мини-юбочку, топик и сапожки, и тысячу выложить не жалко. Год-два, и, если она захочет, можно выйти из игры — жить будет на что. «И ты не согласилась?» — спросил Коулмен. «Нет. Но не воображай, что не задумалась, — сказала она. — Мерзкий ресторан, поганые клиенты, чокнутые повара, меню прочесть не могу, заказ записать не могу, все надо держать в голове — не сахар жизнь. Но считать-то я умею, хоть и неграмотная. Прибавлять, отнимать. Слов не могу читать, но кто такой Шекспир — знаю. Кто такой Эйнштейн — знаю. Кто выиграл Гражданскую войну — знаю. Я не дура. Я просто неграмотная. Какая-никакая, а разница. С цифрами особое дело. В них, будь уверен, я разбираюсь хорошо. Не воображай, что в этой идее я не увидела ничего завлекательного». Но Коулмен и так не обольщался. Он не только предполагал, что в семнадцать лет ее могла завлекать идея стать проституткой, но и думал, что эта идея претворялась в реальный опыт.

«Что делать с нечитающим ребенком? — в отчаянии спросила его тогда Лиза. — Чтение — ключ ко всему, поэтому *что-то* надо делать, и вот я делаю — и это меня гробит. Говорили, на второй год будет легче, на третий — еще легче. У меня пошел четвертый». — «И не легче?» — «Тяжело. Страшно тяжело. Год от года только хуже. И если уроки один на один ничего не дают, то *что делать?*» Что ж, его ответ на этот вопрос — превратить нечитающую девочку в свою любовницу. Фарли дал свой ответ — превратил ее в боксерскую грушу. Кубинец дал свой — превратил ее в свою подстилку, в одну из, так Коулмен предполагал. И как долго она была его подстилкой? Не об этом ли Фауни думала, прежде чем встала и вернулась в Норт-холл домывать коридоры? Или о том, как долго длилось все вообще? Мать, отчим, бегство от отчима, разные места на юге, разные места на севере, мужчины, побои, заработки, замужество, ферма, стадо, банкротство, дети, мертвые дети. Неудивительно, что полчаса на солнышке с парнями и куском пиццы — сущий рай для нее.

— Это мой друг Коулмен, Фауни. Он просто захотел посмотреть.

— Хорошо, — отвечает Фауни. На ней зеленый вельветовый сарафанчик, чистые беленькие носочки и блестящие черные туфельки. Она далеко не такая бойкая, как Кармен, — спокойная, воспитанная, все время чуточку скованная, миловидная белокожая девочка из среднего класса с длинными светлыми волосами в заколках-бабочках справа и слева, не проявляющая, в отличие от Кармен, никакого интереса к нему.

— Здравствуйте, — кротко произносит она и послушно возвращается к магнитным буковкам — двигает их, группирует, с одной стороны собирает все согласные, с другой все гласные.

— Двумя руками, — говорит Лиза, и Фауни делает как велено.

— Назови буквы, — просит Лиза.

Фауни называет. Все буквы читает правильно.

— Начнем с того, что она знает, — говорит Лиза отцу. — Составь «дом», Фауни.

Фауни составляет слово «дом».

— Очень хорошо. Теперь то, чего она не знает. Составь «сом».

Долго и напряженно глядит на буквы — и только. Ничего не составляет. Бездействует. Выжидает. Ждет, что случится. И так всю жизнь — что случится? Всегда что-нибудь да случалось.

— Измени начало, мисс Фауни. Ну же, давай. Ты умеешь. С чего начинается слово «сом»?

— С «сэ». — Фауни убирает «д» и ставит в начале слова «с».

— Отлично. Теперь сделай «ком».

Она делает. «Ком».

— Хорошо. Теперь прочти с пальцем.

Фауни двигает палец от буквы к букве и отчетливо произносит звуки:

— Ка — о — эм.

— Она быстрая, — говорит Коулмен.

— Да, но это и должно происходить быстро.

Класс большой, и в нем параллельно проходят четыре урока чтения для отстающих, так что со всех сторон до Коулмена доносятся голоски, читающие вслух, по-детски идущие то вверх, то вниз безотносительно к смыслу, и он слышит других учительниц: «Ты ведь знаешь это — ю, как в слове „юла“, — ю, ю... Ты ведь знаешь это — „жук“, ты знаешь „юла“... Очень хорошо, молодчина», и, оглядевшись, он видит, что три другие ученицы — это тоже Фауни. Повсюду висят плакатики с алфавитом, с картинками на каждую букву, повсюду пластмассовые шрифты с магнитами, разноцветные, чтобы легче было собирать слово букву за буквой, повсюду стопки простеньких книжек с незамысловатыми историями: «В пятницу мы были на пляже. В субботу мы поехали в аэропорт»; «— Папа Медведь, Медвежонок с тобой? — Нет, — ответил Папа Медведь»; «Утром на Сару залаяла собака. Сара испугалась. — Будь храброй девочкой, Сара, — сказала мама». Помимо этих книжек, историй, собак, медведей и пляжей в классе четыре учительницы — все трудятся над одной Фауни и никак не научат ее читать на нужном уровне.

— Она в первом классе, — говорит Лиза отцу. — Мы надеемся, что если каждый день будем работать с ней вчетвером на всех уроках, то к концу года она нагонит сверстников. Но очень трудно развить в ней внутреннюю мотивацию.

— Какая милая девочка, — говорит Коулмен.

— Ты находишь? Тебе нравится этот тип? Вот он, значит, какой, твой любимый тип: милая, плохо читающая блондинка с длинными волосами, сломленной волей и заколками-бабочками.

— Я этого не говорил.

— И не надо было. Я видела, как ты на нее смотрел. — Лиза обводит рукой комнату, где все четыре Фауни тихо сидят перед магнитными досками, составляя из цветных пластмассовых буковок слова «дом», «сом» и «ком». — Когда она в первый раз читала «ком» по буквам, ты глаз от нее не мог оторвать. Раз это на тебя так действует, тебе надо было здесь быть в сентябре. Тогда она не знала, как пишутся ее имя и фамилия. После детского сада

226

единственным словом в списке, которое она узнала, было «дом». Она не понимала, что текст содержит сообщение. Не знала, что смотрят сначала на левую страницу, потом на правую. Не знала «Златовласку и трех медведей». Непонятно, что она делала в детском саду, ведь это им там дают — сказки, детские стишки. Теперь она уже знает «Красную Шапочку», а тогда понятия о ней не имела. Если бы ты увидел Фауни в сентябре, после детского сада, из которого она вышла ни с чем, она с ума бы тебя свела.

Что делать с нечитающим ребенком? С той, которая сосет чей-то член в пикапе, когда наверху, в крохотной квартирке над гаражом, где работает керосиновый обогреватель, ее двое заброшенных детей должны по идее спать. С той, которая с четырнадцати лет все время в бегах от своей необъяснимой жизни. С той, что ради стабильности и безопасности выходит замуж за свихнувшегося от войны ветерана, который, стоит тебе повернуться во сне, хватает тебя за горло. С той, которая скрытничает и врет, с нечитающей, которая *умеет* читать, только *притворяется*, что не умеет, нарочно приписывает себе этот изъян, чтобы получше изображать особь из подвида, к которому она не принадлежит и не должна, хотя хочет — и в этом ее ошибка — уверить и себя и тебя, что принадлежит. С той, чье существование в семь лет стало галлюцинацией, в четырнадцать катастрофой, а после четырнадцати бедствием, кому на роду написано быть не официанткой, не проституткой, не фермершей и не уборщицей, а на веки вечные падчерицей похотливого отчима и незащищенной дочкой самовлюбленной матери, с той, кто никому не доверяет, в каждом видит обманщика и вместе с тем ни от чего не застрахована, чья способность держаться и не сдаваться колоссальна и чья опора в жизни при этом ничтожна, с ершистой любимицей несчастья, способной навлечь на себя и уже навлекшей все мыслимые невзгоды, с той, чья несчастливая звезда и не думает меркнуть и кто, однако, как ни одна женщина, кроме Стины, возбуждает его и распаляет, — не наиболее, а в нравственном смысле *наименее* отталкивающая личность из всех, кого он знает, с той, кто влечет его к себе именно потому, что он так долго целился в противоположную сторону, влечет из-за всего, что́ он *потерял*, целясь в противоположную сторону, влечет, потому что скрытое чувство правоты, владевшее им прежде, движет им и теперь, с немыслимой подругой, одинаково близкой ему физически и духовно, с той, кто для него менее всего игрушка, с помощью которой он дважды в неделю ублажает свое животное естество, кто в большей мере, чем какой-либо другой человек на земле, является для него товарищем по оружию.

Ну и что делать с таким ребенком? Найти телефон-автомат и как можно скорей исправить свою идиотскую ошибку.

Ему кажется, она думает, как долго все это длилось — мать, отчим, бегство от отчима, разные места на юге, разные места на севере, мужчины, побои, заработки, замужество, ферма, стадо, банкротство, дети, мертвые дети… и, возможно, так оно и есть. Возможно, пусть даже, пока она сидит на траве, а парни курят и убирают остатки ланча, ей кажется, что она думает про ворон. Она вообще очень много про них думает. Они всюду. Она спит, а они сидят на ветках в лесу совсем недалеко от ее кровати. Она выпускает коров на пастбище, а они сидят там на земле. Сегодня они раскаркались по всему кампусу, поэтому она думает, о чем думает, не так, как кажется Коулмену, а думает про самца вороны, который крутился около магазина в Сили-Фолс, когда после пожара, но до переезда на ферму она снимала там комнату, пытаясь спрятаться от Фарли. Про самца вороны, который крутился около стоянки машин между почтой и магазином. Птенцом его кто-то из жителей взял в дом, потому что ворона-мать то ли его бросила, то ли погибла — Фауни не знала, что его осиротило. А теперь его бросили во второй раз, и он взял моду ошиваться около стоянки, где за день иной раз перебывает почти все население Сили-Фолс. Самец вороны создавал массу проблем — начал пикировать на головы людям, идущим на почту, выдергивать заколки из волос у девочек и тому подобное, ведь вороны неравнодушны к стекляшкам и всему блестящему. Поэтому почтовая начальница, посоветовавшись кое с кем из заинтересованных горожан, решила сдать бедолагу в Одюбоновское общество*, где его заперли в клетку и лишь изредка выпускали полетать; на волю его нельзя было отпустить, потому что птица, которая любит ошиваться около автостоянки, с волей явно не в ладах. Его карканье Фауни помнит во все часы —днем, ночью, бодрству-

---

* Общество защиты диких птиц и животных, названное в честь американского орнитолога и художника Джона Джеймса Одюбона (1785–1851).

ешь ты, спишь или ворочаешься без сна. Странный голос, непохожий на другие, — наверно, потому, что этот самец вороны рос у людей. Первое время после пожара я часто ездила его навещать в Одюбоновское общество, и, когда я уходила, он звал меня обратно этим своим голосом. Да, в клетке, но, раз уж так вышло, лучше в клетке, чем по-другому. Там у них в клетках и другие птицы, которых им приносят, потому что они больше не могут жить на свободе. Там были две маленькие совы — пятнистые и точно игрушечные. К ним я тоже всегда подходила. И ястреб-дербник с его пронзительным криком. Славные пташки. А потом я перебралась сюда и с этим одиночеством моим, в котором жила и живу, узнала ворон так, как никогда раньше. И они меня. Их чувство юмора. Можно это так назвать? Может, это и не чувство юмора. Но мне кажется, что оно. Как расхаживают. Как голову прячут. Как орут на меня, если я им не вынесла хлеба: а ну тащи! Ходят важные-преважные. Всеми птицами хотят командовать. В субботу я потолковала около Нортамберленда с ямайским канюком, потом приезжаю домой и вдруг слышу — две вороны на задах. Что-то не так, сразу ясно. Воронья тревога. Ну и, конечно, я не двух птиц увидела, а трех — две вороны каркают на канюка, гонят прочь. Может быть, на того самого, с которым я несколько минут назад говорила. Атакуют. Само собой, канюк не подарки дарить прилетел. Но лезть к нему? Умно ли — к ястребу-то? Перед другими воронами это, ясное дело, им очко, но не уверена, что поступила бы так на их месте. Даже вдвоем — что они могут против ястреба? Задиристые твари. Злые. Что ж, оно и лучше для них. Однажды видела фотографию: ворона подлетела к орлу и лается. Орлу плевать. Он даже ее не видит. Но ворона — нет, это не какая-нибудь дрянь. Как она летит! Да, они не такие красивые, как вóроны с их воздушной чудо-акробатикой. У них большой корпус, взлететь не так просто, но все равно они могут почти с места. Нескольких шагов хватает. Я наблюдала. Тут важно усилие, огромное усилие. Делаешь его — и ты в воздухе. Видела, когда возила детей ужинать во «Френдлис». Четыре года назад. Их там были миллионы. У «Френдлис» на Ист-Мейн-стрит в Блэкуэлле. Под вечер, когда темнело уже. Миллионы на автостоянке. Вороний сбор у «Френдлис». Что они в них такого находят, в автостоянках? Какой тут смысл? Нам никогда смысла не доискаться, ни с воронами, ни со всем остальным. Другие пернатые как-то скучней. У голубых соек, конечно, замечательный подскок. Как на батуте. Да, здорово. Но у ворон, кроме подскока, еще и выпад грудью вперед. Есть на что посмотреть. Как они крутят головой, чтобы вправить сустав. Нет, вороны — это сила. Классные подлюги. Чего стоит одно их карканье. Послушайте. Только послушайте. Страшно мне нравится. Так они сообщаются друг с другом. Этот бешеный крик об опасности. Очень люблю. Как услышу — сразу из дому. Хоть в пять утра, не важно. Бешеный крик — значит, беги из дому, спектакль уже начинается. Другие крики — не скажу, что их понимаю. Может, и ничего не значат. Иногда коротенький звук. Иногда гортанный. Не путать с криком вóрона. Ворóны с ворóнами, вóроны с вóронами. Удивительно, что они никогда не ошибаются — насколько я знаю. Каждый, кто говорит, что они поганые охотницы до всякой мерзости, — а так почти все говорят, — ни черта не смыслит. По-моему, они прекрасны. Да-да, прекрасны. Гладкость их оперения. Оттенки цвета. Такая чернота, что даже отдает фиолетовым. Головы. Откуда клюв растет, у них из перьев, как усы, топорщится волосяная поросль. Как-то, наверно, называется, но название не имеет значения. Никогда не имеет. Важно одно — что это есть. А почему, никто не знает. Как и все остальное на свете — *есть*, и точка. Глаза черные. Других не бывает. Когти тоже черные. Каково это, интересно, — летать? Во́роны, те парят, а воро́ны просто летят напрямик, куда им надо. Я не видела, чтобы они кружили без толку. Пусть во́роны парят себе на здоровье. Пусть накручивают мили, бьют рекорды и получают призы. Вороны перемещаются из точки в точку. Прошел слух, что я кидаю хлеб, — они здесь. Пройдет слух, что кто-то в двух милях отсюда кидает хлеб, — они будут там. Когда я крошу им хлеб, одна всегда стоит на стреме, а другая каркает вдалеке, так они обмениваются сигналами, чтобы все знали, что происходит. С трудом верится, что все заботятся обо всех, но, похоже, это так. Мне чудесную историю в детстве подруга рассказала, а ей рассказала мать, я забыть это не могу. Жили на свете такие умные вороны, что додумались носить орехи, которых не могли расколоть, на мостовую. Там они смотрели на светофор и понимали сигналы, понимали, когда поедут машины, настолько были сообразительные. Они клали орехи прямо перед колесами и, как только на светофоре менялся свет, отскакивали. Я тогда этому верила. Я всему тогда верила. А теперь, когда я, кроме них, никого знать не знаю, я опять этому верю. Я и вороны. Самое оно. Держись ворон, и все будет в ажуре. Я слыхала, они чистят друг другу перья. Никогда сама не замечала. Увижу их вплотную друг к другу и думаю: чем они там занимаются? Но ни разу отчетливо не видела, чтобы они это делали. Даже себе, не то что друг другу. Правда, я хоть и рядом со стаей, но не в ней. А хочется быть в ней. Лучше бы я была вороной. Точно говорю. Намного лучше. Никаких тебе мыслей по поводу расставания с кем-либо или чем-либо. Просто улетаешь, и все. Никаких пожитков не собирать. Чем-то ее стукнуло — все, кранты. Порвано крыло — кранты. Сломана лапа — кранты. Гораздо лучше, чем как у нас. Может быть, я вернусь вороной. Кем я была, пока не вернулась этой вот? Вороной! Да! Именно! И я сказала: «Господи, мне хочется вон там быть, внизу, вон той девкой с большими сиськами», и желание мое исполнилось, а теперь, Боженька, я хочу обратно мой вороний статус. Статус. Хорошее имечко для вороны. Хорошее имечко для всего большого, черного. Важно так выступает. Статус. В детстве я все примечала. Птиц очень любила. Особенно ворон, ястребов, сов. Я и сейчас, когда еду поздно вечером от Коулмена, вижу сов. Непременно тогда должна выйти из машины и поговорить с ними. А не надо бы. Лучше ехать прямо домой, пока этот псих меня не угробил. Когда ворона слышит щебет других птиц, что она думает? Думает: дуры вы. И права. Каркать, больше ничего. Птице, которая так расхаживает, не пристало распевать милые песенки. Нет, каркать до одури. Самое-пресамое оно — каркать до одури, ничего не бояться и жрать всю дохлятину подряд. Если тебе не слабо́ летать, сколько они летают, ты всегда найдешь себе массу шоссейной убоины. Даже не оттаскивают — клюют прямо на полотне. Машина катит — отлетают только в последний момент и недалеко, потом сразу обратно и за дело. Трапеза посреди дороги. Что с тухлым мясом происходит — не знаю. Может, у тех, кто питается падалью, нет такого понятия. Такая уж работа у них — у ворон и грифов-индеек. Подчищают в лесах и на дорогах всякое разное, с чем мы брезгуем возиться. Ворона в этом мире с голоду не подохнет. Пища всегда найдется. Где какая тухлятина — ворона не обходит ее сторонкой. Где случилась смерть — она тут как тут. Мертвечина? Вот мы с ней сейчас разберемся. Мне такое нравится. Очень даже. Сожрать этого енота, в каком бы виде он ни был. Обождать, пока грузовик расплющит ему позвоночник, потом вернуться и высосать все добро, сколько его нужно, чтобы этот красивый черный фюзеляж мог оторваться от земли. Конечно, у них всякое поведение бывает, бывает и странное. Иной раз соберутся там наверху, на деревьях, и орут все наперебой — что-то у них явно происходит. Но что — я никогда не узнаю. Какое-то грандиозное разбирательство. Но я не возьмусь сказать, понимают они что-нибудь в этом сами или нет. Может быть, такая же бессмысленная чушь, как у нас. Хотя нет, уверена, что нет, в миллион раз у них больше смысла, чем во всем тут внизу, вместе взятом. Или я ошибаюсь? Может, это одно, а выглядит чем-то еще? Может, это генетический тик? Или так? Интересно, что было бы, если бы вороны, а не мы были у руля. Неужели такое же дерьмо? Практичность — вот главное, что у них есть. Когда летят. Когда перекрикиваются. Даже в расцветке. Вся эта чернота. Ничего кроме черноты. Не знаю, была я вороной или не была. Мне кажется, я иногда верю, что уже опять ею стала. Месяцы как это тянется — то верю, то не верю. Почему нет? Если бывают мужчины, запертые в женских телах, и женщины, запертые в мужских, то почему я не могу быть запертой в этом вот теле вороной? И где такой врач, который сделает, что они там делают, и выпустит меня наружу? Где такая хирургия, что позволит мне быть мной? С кем идти говорить? Куда обратиться, что сделать, как, черт подери, выбраться? Я ворона. Я знаю это. Знаю!

У здания студенческого союза, на полпути вниз по холму от Норт-холла, Коулмен нашел телефон-автомат. Напротив в кафетерии участники программы «Элдерхостел» расселись на ланч. Сквозь двустворчатую стеклянную дверь он видел длинные столы, за которыми радостно соединились для общей трапезы пожилые пары.

Джеффа дома уже не было. В Лос-Анджелесе было около десяти утра, и Коулмену ответил автоответчик, поэтому он достал записную книжку и стал искать номер его университетского кабинета, молясь, чтобы Джефф еще не ушел на занятия. То, что отец должен был сказать старшему сыну, он должен был сказать немедленно. В похожем состоянии он звонил Джеффу, когда умерла Айрис. «Они убили ее. Метили в меня, а попали в нее». Он всем это говорил, и не только в те первые сутки. Это было начало его распада — ярость реквизировала все без остатка. Но теперь распаду конец. Конец — именно эту новость он хотел сообщить сыну. И себе самому. Конец изгнанию из прежней жизни. Довольствоваться чем-то менее грандиозным, чем самоизоляция с ее непосильной нагрузкой. Перетерпеть крах со скромным достоинством, вновь собрать себя воедино как разумное существо, покончить с ядовитым негодованием. Будь неподатлив, если хочешь, но по-тихому. Живи мирно. Горделивая самоуглубленность. Самое оно, как любит говорить Фауни. Жить так, чтобы не походить на Филоктета*. Не уподобляться трагическому персонажу на его роковом пути. Что выходом кажется обращение к первичному — никакая не новость. Так было всегда. Желание преображает все вокруг. Ответ на все потери и разрушения. Но зачем продлевать скандал, увековечивая протест? Моя всегдашняя глупость. Мое всегдашнее безрассудство. И махровая сентиментальность. Пустился, идиот, в меланхолические воспоминания о Стине. Пустился, идиот, в шутовской танец с Натаном Цукерманом. Стал с ним откровенничать. Рассказывать о прошлом. Завлекать. Дразнить писательское восприятие жизни. Подкармливать ум романиста — эту ненасытную всеядную утробу. Любую катастрофу, какая ни случись, готовы пустить на словеса. Для них катастрофы — хлеб насущный. Но я-то на что это пущу? Заклинило меня со всем этим. С таким, какое оно есть. Ни языка, ни формы, ни структуры, ни смысла. Ни драматических единств, ни

---

* *Филоктет* — персонаж «Илиады» и герой одноименной трагедии Софокла. Он долго жил в полном одиночестве на острове Лемнос, потому что рана от укуса змеи издавала нестерпимое зловоние.

катарсиса, ничего. Сырая, необработанная непредвиденность. И почему, спрашивается, человеку должно ее хотеться? Но женщина по имени Фауни — она и есть непредвиденность. Переплетена с непредвиденностью в оргазме, всякая норма для нее непереносима. Четкие принципы непереносимы. Единственный принцип — телесный контакт. Важней ничего нет. Он же — корень ее язвительности. Чужая до мозга костей. Контакт — *с чем?* Обязательство подчинить свою жизнь всем завихрениям ее жизни. Бродяжничеству. Отлыниванию. Странности. Наслаждение этим стихийным эросом. Разбей молотом-Фауни все отслужившее свой срок, все высокоумные оправдания и проложи себе путь к свободе. К свободе от чего? От идиотской гордости собственной правотой. От смехотворного стремления стать величиной. От нескончаемой войны за легитимизацию. Набег свободы в семьдесят один год — свободы ради того, чтобы отрешиться от былой жизни. Ашенбаховское безумие — так еще это называют. «И в тот же самый день, — гласит финальная фраза „Смерти в Венеции“, — потрясенный мир с благоговением принял весть о его смерти». Нет, не следует ему уподобляться трагическому персонажу на каком бы то ни было пути.

— Джефф! Это папа. Твой отец.

— Здравствуй. Как дела?

— Джефф, я знаю, почему вы с Майком мне не звоните. От Марка я ничего и не ждал — а Лиза, когда я в последний раз позвонил, бросила трубку.

— Я с ней говорил. Она мне сказала.

— Джефф, мой роман с этой женщиной окончен.

— Да ну! Как так?

Потому что она безнадежна, думает он. Потому что мужчины сделали из нее отбивную котлету. Потому что ее дети задохнулись в дыму. Потому что она уборщица. Потому что у нее нет образования и она говорит, что не умеет читать. Потому что она с четырнадцати лет в бегах. Потому что она даже не спросила меня: «Что вы со мной делаете?» Потому что она прекрасно знает, что с ней делают все мужчины. Потому что она пережила это тысячу раз и надежды нет никакой.

Но сыну он говорит всего-навсего вот что:

— Потому что я не хочу терять своих детей.

С мягчайшим смешком Джефф ответил:

— Ну, этого ты при всем желании не сумел бы. Меня уж точно. Майка и Лизу ты, я думаю, тоже никак не можешь потерять. Марк — другое дело. Ему нужно что-то такое, чего никто из нас не в состоянии дать. Не только ты — никто. Марк — это грустная история. Но если кто-то кого-то теряет, то скорее уж мы тебя. Еще с тех пор, как умерла мама и ты ушел из колледжа. С этим нам всем пришлось столкнуться. Никто не знал, как быть. С тех пор как ты объявил войну колледжу, до тебя поди достучись.

— Да, это так, — сказал Коулмен. — Я понимаю. — Но разговор, хотя он длился всего минуту-другую, уже был для него невыносим. Терпеть непринужденную рассудительность сверхкомпетентного Джеффа, старшего и самого хладнокровного из детей, спокойно излагающего свой взгляд на семейную проблему отцу, который *и есть* эта проблема, было не легче, чем иррациональную злость Марка, чокнутого младшего. Выходит, он чрезмерного сочувствия от них хочет — от своих собственных детей!

— Я понимаю, — повторил Коулмен, думая, что лучше бы он не понимал.

— Надеюсь, с ней ничего ужасного не случилось? — спросил Джефф.

— С ней? Нет. Я просто решил, что хватит.

Он боялся продолжать — боялся, что начнет говорить совсем другое.

— Это хорошо, — сказал Джефф. — Это для меня колоссальное облегчение — то, что не было последствий, если я правильно тебя понял. Просто замечательно.

Последствий?

— О чем ты говоришь? — спросил Коулмен. — Каких последствий?

— Ты вольная пташка, да? Опять стал самим собой? Судя по голосу, ты сейчас похож на себя как никогда за последние годы. Сам позвонил — вот что важно. Я ждал, надеялся — и теперь этот звонок. Больше и сказать нечего. Ты с нами. Вот о чем мы беспокоились — только об этом.

— Я что-то не понимаю, Джефф. Объясни мне. О чем мы говорим? Последствий чего?

Джефф ответил не сразу и неохотно.

— Аборта. Попытки самоубийства.

— Ты Фауни имеешь в виду?

— Да.

— Сделала аборт? Пыталась покончить с собой? Когда?

— Папа, это всем в Афине стало известно. А потом и нам.

— Всем? Кому — всем?

— Папа, раз не было последствий…

— Последствий не было, потому что событий не было. Ни аборта, ни попытки самоубийства, насколько я знаю. И насколько знает она сама. И все-таки, кому это — всем? Черт тебя побери, ты слышишь такие байки, такие глупые сплетни — и почему не взял телефонную трубку, почему не приехал?

— Приезжать — не мое дело. К человеку твоего возраста...

— Не твое дело? Понятно. Твое дело — верить всему, что говорят о человеке моего возраста, любой злобной, нелепой лжи.

— Да, это была моя ошибка, я о ней сожалею. Ты прав. Ты, конечно, прав. Но пойми: каждому из нас было до тебя ох как неблизко. До тебя уже давно нелегко было...

— Кто тебе это сказал?

— Лиза. Она первая узнала.

— От кого?

— Из нескольких источников. От знакомых.

— Мне нужны фамилии. Я хочу знать, кому это — всем. От каких знакомых?

— От старых знакомых. От ее подруг в Афине.

— А, от милых подруг детства. От потомства моих коллег. Им-то кто сказал, интересно.

— Так, значит, не было попытки самоубийства?

— Нет, Джеффри, не было. И аборта не было, насколько мне известно.

— Что ж, отлично.

— А если бы было? Если бы эта женщина забеременела от меня и сделала аборт, а потом попыталась покончить с собой — что тогда? Предположим даже, попытка бы удалась — что тогда, Джефф? Любовница твоего отца кончает с собой — что тогда? Ополчаться на отца? На преступника отца? Постой, постой, давай вернемся на шаг —

к *попытке* самоубийства. Нет слов, просто блеск! Интересно, кто выдумал эту попытку. Из-за аборта она накладывает на себя руки — так? Мне хочется разобраться, что за мелодраму изобразили Лизе афинские подружки. Наверно, она не хотела этого аборта? Ее *заставили* его сделать? Понятно. Экая жестокость! Мать, потерявшая двоих детей во время пожара, забеременела от любовника. Восторг. Шанс. Возрождение. Новый ребенок в утешение за утрату тех. Но любовник говорит — нет, и думать не моги, и тащит ее за волосы в клинику, а потом, разумеется полностью сломив ее волю, берет ее голое кровоточащее тело...

Джефф к этому времени уже повесил трубку.

Но к этому времени Коулмену и не нужен был Джефф. Достаточно было видеть пожилые пары в кафетерии, попивающие кофе перед возвращением в классы, достаточно было слышать их довольные, непринужденные голоса — благопристойная старость, на вид и на слух точно такая, какой ей полагается быть, — чтобы прийти к мысли, что даже те его дела, которые соответствовали общепринятым стандартам, не создали ему никакого запаса. Не только профессор, не только декан, не только муж, сохранивший, несмотря ни на что, верность своей труднопереносимой жене, но и отец четырех умных детей — и все это не дало ему ничего. Если чьи-то дети способны понять отца, то почему его не способны? Столько дошкольных занятий. Столько книжек им читали. Столько покупали детских энциклопедий. Подготовка к контрольным. Беседы за столом. Бесчисленные разговоры о многообразии бытия, которые вели с ними и Айрис, и он. Критический разбор языковых клише.

И после всего этого такой склад ума? После всей подготовки, всех книг, всех слов, всех высших оценок за вступительные тесты? Невероятно. После всего серьезного к ним отношения. Какую глупость ни скажет, взрослые ответят всерьез. Столько внимания развитию ума, воображения, сочувствия. И скептицизма — скептицизма во всеоружии знаний. Думай сам, ничего не принимай на веру. И после всего этого ухватиться за первую же сплетню? Столько сил на обучение — и все без толку. Никакой защиты от мышления на самом низком уровне. Даже не спросили себя: «Похоже это на отца или не похоже?» Осудили бездумно. Все детство им не позволяли смотреть телевизор — и пожалуйста, мыльнооперная ментальность во всей красе. Тебе дают читать только греков или что-то на их уровне — а ты превращаешь жизнь в викторианскую мыльную оперу. На все их вопросы было отвечено. На все. Чтобы отмахнуться — ни разу такого не было. Ты спрашиваешь, кто были твои дед и бабка? Очень хорошо, я отвечу. Они умерли, когда я был совсем еще юным. Дедушка — когда я кончал школу, бабушка — когда я служил во флоте. К тому времени, как я вернулся с войны, домохозяин давно уже выкинул все пожитки на улицу. Ничего не осталось. Он мне говорит, мол, я не могу миндальничать, мне квартплата нужна, и я был готов убить сукина сына. Фотоальбомы. Письма. Памятки моего детства, их детства — все пропало, все. «Где они родились? Где они жили?» Родились в Нью-Джерси. Были первыми в их семьях, кто появился на свет в Америке. Дед был содержателем бара. Насколько я знаю, его отец — твой прадед — занимался в России тем же делом. Поил русских спиртным. «А дяди, тети у нас есть?» У моего отца был старший брат — он уехал в Калифорнию, когда я был совсем маленьким, а мать была, как я, единственным ребенком. После меня она не могла иметь детей — не знаю почему. Старший брат отца остался Зильберцвейгом — не менял фамилию, насколько мне известно. Джек Зильберцвейг. Родился еще там, в Европе, вот и сохранил фамилию. Когда я поступил во флот, перед отплытием из Сан-Франциско я искал его во всех калифорнийских телефонных книгах. С моим отцом он был в плохих отношениях, отец считал его лентяем и не хотел иметь с ним дела, поэтому никто не знал наверняка, в каком городе живет дядя Джек. Я все телефонные справочники перерыл. Хотел ему сказать, что его брат умер. Хотел с ним встретиться. Мой единственный оставшийся в живых родственник с этой стороны. Что с того, что он лентяй? Я хотел познакомиться с его детьми, если они у него были, — моими двоюродными братьями и сестрами. Смотрел на «Зильберцвейг», на «Силк», на «Зильбер». Может быть, в Калифорнии он стал Зильбером. Я как тогда не знал, так и сейчас не знаю. Понятия не имею. Ну а потом перестал искать. Люди ищут такую родню, когда у них нет своей семьи. Потом появились вы, и меня уже не так заботили дядя и двоюродные... Каждый из детей слышал одну и ту же историю. И единственным, кого она не устроила, был Марк. Старшие не так дотошно расспрашивали, а вот близнецы напирали. «А раньше в семье бывали близнецы?» Насколько я помню — кажется, мне говорили в детстве, — у одного моего прадеда или прапрадеда был близнец. Эту же историю слышала от Коулмена Айрис. Для нее она и была сочинена.

Коулмен рассказал ей все это на Салливан-стрит, когда они только познакомились, и потом не отступал от первоначального клише. Не удовлетворен остался только Марк. «Где жили наши прадеды и прабабки?» В России. «В каком городе?» Я спрашивал родителей, но они не знали точно. То одно место называли, то другое. У евреев целое поколение такое выросло. Ничего толком не знали. Старики не любили говорить о прошлом, а дети, родившиеся в Америке, не слишком любопытствовали, главное для них было — стать американцами, поэтому в моей семье, как и во многих других, царила еврейская географическая амнезия. На все мои вопросы, говорил Коулмен своим детям, они отвечали только: «Россия». Но Марк не унимался: «Россия — огромная страна. *Где* в России?» Что хочешь с ним делай. И почему? Почему? Неизвестно. Марк непременно хотел знать, кто они были и где жили, — хотел получить то, чего Коулмен не мог ему дать. Выходит, поэтому он стал ортодоксальным евреем? Поэтому сочиняет поэмы протеста на библейские сюжеты? Поэтому так ненавидит отца? Невероятно. Ведь были же Гительманы. Дед и бабка. Дяди и тети. Двоюродные Гительманы по всему Нью-Джерси. Неужели мало? Сколько родни ему нужно было? Вынь да положь ему Силков и Зильберцвейгов! Глупейшая причина для обиды, просто немыслимая! Как бы то ни было, Коулмена посещало иррациональное подозрение — не связана ли мрачная злость Марка с его, Коулмена, секретом? С тех самых пор, как Марк начал против него восставать, он то и дело невольно возвращался к этой мысли, и самым болезненным образом она явилась теперь, когда Джефф, не дослушав, повесил трубку. Если дети, которые в генах своих несут его происхождение и передадут дальше, внукам, так легко заподозрили его в крайней жестокости по отношению к Фауни, то какое этому может быть объяснение? Потому что он не рассказал им о предках — так, что ли? Потому что не исполнил этой родительской обязанности? Потому что нельзя было лишать их такого знания? Чушь какая-то. Не настолько слепым было воздаяние, не настолько бессознательным. Не было такой «услуги за услугу». *Быть не могло.* И все же после разговора с сыном — пока выходил из здания, покидал кампус, ехал со слезами на глазах домой, на свой холм, — ощущение было именно такое.

И всю дорогу Коулмен вспоминал момент, когда он едва не признался Айрис. Это было после рождения близнецов. Семья составилась полностью. Все в порядке — близнецы не подкачали. Ни следа его тайны ни на одном из детей, и ему казалось, что теперь он словно бы *избавлен* от тайны. На радостях от успеха ему захотелось во всем открыться. Да, он преподнесет жене самый большой подарок, какой только может преподнести: расскажет матери своих четверых детей, кто в действительности их отец. Он скажет Айрис правду. Вот как взволнован он был, вот какое испытал облегчение, вот как тверда была земля у него под ногами после рождения замечательных близнецов. Он взял Джеффа и Майка с собой в больницу посмотреть на братика и сестричку, и самое большое из опасений исчезло из его жизни.

Но Айрис так и не получила этого подарка. Спасительной — или губительной — стала для Коулмена беда, постигшая ее близкую подругу и коллегу по совету художественной ассоциации, миловидную и рафинированную акварелистку-любительницу по имени Клодия Макчесни. У ее мужа, владельца самой крупной строительной фирмы здешних мест, был, как выяснилось, свой ошеломляющий секрет — вторая семья. Около восьми лет Харви Макчесни состоял в связи с женщиной гораздо моложе Клодии, бухгалтером мебельной фабрики близ гор Таконик, родившей от него двоих детей, которым уже исполнилось шесть и четыре. Они жили в маленьком городке в штате Нью-Йорк у самой массачусетской границы, и он приезжал к ним каждую неделю, поддерживал их материально и, похоже, любил, причем никто в первой семье Макчесни ничего не знал, пока анонимный телефонный звонок, исходивший, вероятно, от какого-то конкурента Харви, не открыл Клодии и трем их детям-подросткам глаза на то, чем Макчесни занимается в свободное от работы время. Клодия в тот вечер пришла в полное отчаяние и попыталась вскрыть себе вены, и не кто иной, как Айрис, в три часа ночи с помощью знакомого психиатра начала спасательную операцию, в результате которой Клодия еще до рассвета оказалась в Стокбриджской психиатрической больнице в Остин-Риггс. Не кто иной, как Айрис, нянчившая в то время новорожденных близнецов и пестовавшая двоих старших дошкольников, каждый божий день навещала Клодию в больнице, утешала, подбадривала, привозила цветы в горшках и книги по искусству, чтобы Клодии было чем заняться, даже расчесывала и заплетала ей волосы, пока пять недель спустя, в равной мере благодаря психиатрической помощи и самоотверженности Айрис, она не смогла вернуться домой и начать необходимые процедуры для того, чтобы избавиться от человека, причинившего ей все это зло.

Спустя считанные дни Айрис нашла для Клодии адвоката по делам о разводе, чья контора находилась в Питсфилде, и со всеми маленькими Силками, включая грудничков, притянутых ремнями к заднему сиденью большого автомобиля, сама отвезла подругу к юристу, чтобы наверняка положить начало освобождению Клодии от Макчесни. На обратном пути Айрис потратила массу усилий, чтобы вселить в подругу решимость, — что-что, а это она делать умела, и она на славу потрудилась, чтобы желание Клодии очистить свою жизнь от этого негодяя не ослабло под воздействием остаточных страхов.

— Такую подлость сделать человеку, — сказала Айрис Коулмену. — Дело даже не в любовнице. Скверно, но случается. И даже не в побочных детях, как бы ни было ей больно про них узнать. Секрет — вот что ее подкосило. Вот почему Клодия жить больше не хочет. «Разве это близость?» Повторяет и повторяет, и всякий раз в слезы. «Разве это близость, если такой секрет?» То, что он мог это от нее прятать, что продолжал бы прятать, если бы не звонок, — вот против чего Клодия совершенно беззащитна, вот из-за чего она до сих пор хочет руки на себя наложить. Она мне говорит: «Все равно что обнаружить труп. Три трупа. Три человеческих тела под нашим полом».

— Да, — сказал Коулмен. — Тут даже что-то греческое. Что-то из «Вакханок».

— Хуже, — сказала Айрис, — потому что это не из «Вакханок». Это из жизни нашей Клодии.

247

Когда, по прошествии почти года амбулаторной терапии, Клодия помирилась с мужем, когда Харви снова въехал в их дом в Афине, восстановил целостность семьи и согласился порвать с другой женщиной, продолжая, однако, исполнять свои обязательства по отношению к внебрачным детям, Клодия проявила не больше желания, чем Айрис, поддерживать былую дружбу, и после того, как Клодия ушла из художественной ассоциации, женщины перестали видеться даже на собраниях, где Айрис, как правило, верховодила.

И Коулмен, хотя триумфальное чувство после рождения близнецов побуждало его открыть жене *свой* ошеломляющий секрет, не сделал этого. Был спасен, думалось ему, от самого сентиментально-детского поступка в своей жизни. Вдруг начал смотреть на окружающее так, как смотрят дураки, вдруг во всем и во всех начал видеть самое хорошее, вдруг полностью отбросил осторожность и недоверие, в том числе к самому себе, вдруг решил, что всем трудностям пришел конец, что все осложнения позади, вдруг забыл не только о своем выборе, но и о том, каким способом его осуществил, вдруг захотел изменить своему прилежанию, дисциплине, трезвой оценке любой ситуации... Как будто можно отказаться от битвы, которую каждая личность ведет в одиночку, как будто можно по собственному хотению быть или не быть самим собой, тем неповторимым и неизменным «я», ради которого, собственно, и ведется битва. Тот факт, что последние из его детей родились идеально белыми, едва не заставил его взять самое сильное и умное в себе и выбросить на свалку. Что его спасло? Мудрое правило: «Ничего не делай».

Но он и раньше, после рождения первенца, едва не совершил что-то почти настолько же глупое и сентиментальное. Будучи молодым преподавателем античной словесности в Аделфи-колледже, он ездил в Пенсильванский университет на трехдневную конференцию по «Илиаде». Он сделал доклад и завел полезные знакомства, один известный специалист даже тихонько посоветовал ему подать заявление на открывающуюся в Принстоне вакансию, и по дороге домой, ощущая себя на вершине бытия, он, вместо того чтобы отправиться к себе на Лонг-Айленд по Джерсийскому шоссе, чуть было не повернул на юг и не поехал по малым дорогам округов Сейлем и Камберленд в Гулдтаун, где жили предки его матери и куда в детстве его каждый год брали на традиционный общесемейный сбор. Да, он и тогда, молодой отец, вдруг потянулся было к легкому удовольствию, связанному с одним из тех многозначительных ощущений, каких люди начинают искать, стоит им перестать думать. Но рождение сына было не более веской причиной для посещения Гулдтауна, чем немного погодя, когда он добрался до северной части Нью-Джерси, оно было для поворота на Ньюарк и поездки в Ист-Ориндж. Это побуждение ему, как и первое, пришлось подавить — побуждение повидать мать, сообщить ей новость и привезти к ней мальчика. Через два года после того, как он жестоко отделался от нее, и вопреки запрету Уолтера — показать матери *себя*. Нет. Совершенно исключено. И он, никуда не сворачивая, поехал домой, к белой жене и белому ребенку.

———

Теперь, четыре с лишним десятилетия спустя, по пути домой из колледжа, осаждаемый упреками и ответными упреками, вспоминая иные из лучших моментов своей жизни — рождение детей, радость, невинный восторг, сумасшедшую слабину в своей решимости, облегчение настолько великое, что он едва с этой решимостью не покончил, — он вспоминал и худшую ночь в своей жизни, случившуюся в Норфолке во время флотской службы, ночь, когда его выбросили из знаменитого белого борделя «У Орис». «Да ты, сдается мне, черномазый» — и секунды спустя вышибалы выволокли его через открытую входную дверь и швырнули так, что, пролетев ступеньки крыльца и тротуар, он грохнулся на мостовую. К Лулу, крикнули они ему вслед, к Лулу на Уорик-авеню, там тебе самое место, черная скотина. Он сильно стукнулся лбом, но все-таки встал и пустился бежать, пока не увидел проулок. Юркнул туда, спасаясь от береговых патрулей, которых по субботам разгуливала тьма-тьмущая, и под конец оказался в сортире единственного бара, куда он посмел ввалиться в таком расшибленном виде, бара для цветных в десятке кварталов от «Орис» и всего в сотне-другой шагов от Хэмптон-роудз и парома, возившего матросов к Лулу. В барах для цветных он не бывал со школьных времен, когда они с приятелем участвовали в футбольном тотализаторе в «Вечернем клубе Билли». В первые два года старшей школьной ступени он, помимо тайных занятий боксом, всю осень регулярно бывал в «Вечернем клубе» и там-то нахватался знаний, которые, как потом утверждал, якобы получил в таверне своего еврея-отца.

Он вспоминал теперь, как старался остановить кровь, текущую из разбитого лица, как тщетно пытался оттереть белую матросскую рубашку, как кровь шла и шла, пачкая все на свете. Унитаз без сиденья был весь завален дерьмом, склизкий дощатый пол был залит мочой, умывальник был не умывальник, а поганое заплеванное и заблеванное корыто, и, когда из-за боли в запястье его затошнило, он не стал нагибаться ко всей этой мерзости, а пустил фонтан прямо на стену, у которой стоял.

Заведение было сквернейшее, наихудшего пошиба, он в жизни не видал ничего подобного и даже вообразить не мог, но спрятаться где-то надо было, и поэтому, сев как можно дальше от болтавшегося здесь отребья, мучимый всеми своими страхами разом, он понемногу глотал пиво и пытался прийти в себя, приглушить боль и избежать излишнего внимания к себе. Впрочем, никто в баре после того, как он взял пиво и сел у стены за пустыми столами, даже не взглянул в его сторону: как и в белом бардаке, все сочли его именно тем, кем он являлся.

Выпив стакан пива, он попросил другой, понимая, что место здесь для него совсем неподходящее, но зная, что, если его сцапает береговой патруль, если им станет известно, почему его вышвырнули от Орис, он погиб: трибунал, приговор, долгий срок принудительных работ, затем увольнение из флота без прав и привилегий — и все потому, что при зачислении он солгал насчет своей расы, все потому, что сдуру сунулся туда, где неграм дозволялось только стирать постельное белье да мыть полы.

Все, хватит. Дослужить на правах белого — и довольно. Потому что я не справлюсь, думал он, мне теперь даже и не хочется. До сих пор он не знал, что такое настоящее унижение. Не знал, что такое прятаться от полиции. До сих пор его никогда не били до крови — во всех своих любительских боях он ни капли ее не пролил и не получил никаких повреждений. Но теперь его матросская рубашка походила на бинт тяжелораненого, брюки были местами пропитаны полузапекшейся кровью, на коленях порвались и испачкались из-за падения в притротуарную канаву. Рука, которую он, падая, выставил вперед, была повреждена в запястье, может быть, даже сломана — он не мог шевельнуть кистью, и к ней больно было прикасаться. Он допил стакан и взял следующий, надеясь алкоголем приглушить боль.

Вот что получается, когда нарушают верность идеалам отца, пренебрегают его наказами, предают его память. Если бы он вел себя как отец, как Уолтер, все было бы в порядке. Но вначале он нарушил закон, соврав при поступлении во флот, а теперь желание переспать с белой женщиной ввергло его в настоящую беду. «Дай мне дослужить до конца. Демобилизуюсь — и все, больше ни разу не солгу. Выйду на гражданку — и баста!» В первый раз он говорил с отцом после того, как отец свалился и умер в вагоне-ресторане.

Жить так и дальше — значит свести свою жизнь к нулю. Откуда Коулмену это стало известно? От отца, который отвечал ему в полный голос, отвечал со знакомой наставительной властностью, со всегдашней определенностью, свойственной речам честного, убежденного, знающего себе цену человека. Будешь продолжать в том же духе — кончишь в канаве с перерезанным горлом. Посмотри, где ты сейчас! Где тебе приходится прятаться! И почему? Почему? Из-за твоего наглого, заносчивого кредо: «Я не такой, как вы, я вас не выношу, я не принадлежу к вашему негритянскому „мы"! Великая героическая борьба против нашего „мы" — и посмотри, на что ты стал похож! Страстная борьба за драгоценную неповторимость, одиночный мятеж против негритянской судьбы — и где он, этот дерзновенный бунтарь, оказался? Куда завели его поиски глубинного смысла бытия? Целый мир любви был тебе открыт, а ты променял его вот на это! Безрассудство, трагическое безрассудство! Ты не только себе самому, ты всем нам нанес удар. Эрнестине. Уолту. Матери. Мне. Мне в моей могиле, моему отцу в его. Что еще грандиозное собираешься совершить, Коулмен Брут? Кого теперь обманешь, кого предашь?»

И все же он не мог выйти на улицу — боялся берегового патруля, трибунала, корабельной кутузки и бесславного увольнения, которое навсегда легло бы на него позорным пятном. Внутренний разлад парализовал его — он сидел и сидел, пил и пил, пока к нему, разумеется, не подсела проститутка, очевидным образом принадлежавшая к его расе.

Найдя его утром, береговой патруль счел кровавые ушибы, сломанное запястье и перепачканную форму результатом ночных похождений в негритянском квартале — еще одного белого блядуна потянуло на черненькое мясцо. Его пропесочили, пропарили, почистили, татуировали напоследок — и оставили на усеянной битым стеклом площадке у паромного причала.

«U. S. Navy» — гласила флотская наколка. Голубые буковки всего в четверть дюйма вышиной между лапами двухдюймового голубого якорька. По-военному непритязательный рисунок, скромно помещенный на правой руке чуть пониже плеча. Очень легко спрятать. Но едва он вспоминал, как им обзавелся, в памяти возникало не только смятение наихудшей из его ночей, но и все, что стояло за этим смятением. То был символ всей его жизни, где геройство и бесчестье были неразделимы. Голубенькая татуировочка заключала в себе верный и полный образ его самого. Здесь, в этих нестираемых буквах, — неустранимость человеческой биографии. Здесь и мощный размах предпринятого. Здесь и натиск внешних сил. Вся цепь непредвиденностей, вся опасность разоблачения, вся опасность сокрытия, даже бессмысленность жизни как таковой — все было здесь, в этой дурацкой маленькой наколке.

Трения с Дельфиной Ру начались у него с первого же семестра после возвращения к преподавательской работе, когда одна студентка, любимица профессора Ру, пожаловалась ей как заведующей кафедрой на содержание пьес Еврипида в читаемом Коулменом курсе древнегреческой трагедии. Речь шла об «Ипполите» и «Алкестиде»; студентка, которую звали Елена Митник, нашла эти пьесы «принижающими женщин».

— Ну и как же мне удовлетворить мисс Митник? Убрать Еврипида из программы?

— Отнюдь нет. Все очевидным образом зависит от того, как вы подаете Еврипида.

— И какая же, — спросил он, — в наши дни предписана метода?

Спросил, сознавая, что для подобного спора ему не достанет ни терпения, ни вежливости. Чтобы одержать верх над Дельфиной Ру, самое правильное было вообще не вступать с ней в спор. Как ни переполняло ее интеллектуальное самомнение, ей было всего двадцать девять лет, она почти не имела жизненного опыта вне учебных заведений, должность свою заняла недавно и не так уж много времени провела как в Афина-колледже, так и вообще в Америке. Он знал по опыту общения с ней, что наилучший отпор ее попыткам не просто поставить себя выше его, но и унизить: «Все очевидным образом зависит...» и тому подобное — это полное безразличие к ее суждениям. В бывшем декане ей, помимо прочего, было невыносимо то, что, в отличие от других ее афинских коллег, он не был ни потрясен, ни обезоружен ее академическими достижениями. Как-то он лишал ее уверенности в себе — человек, который пять лет назад не слишком охотно взял ее на работу сразу после йельской аспирантуры и впоследствии не скрывал, что сожалеет об этом, особенно когда кафедральная бестолочь выдвинула молодую женщину с такой путаницей в мозгах в заведующие.

Личность Коулмена Силка неизменно беспокоила ее и смущала, и теперь она в отместку хотела вывести его из равновесия. Его присутствие всегда возвращало ее в детство, к страхам не по годам развитого ребенка: один страх — что тебя видят насквозь, другой — что тебя не видят вовсе. Не дай бог заметят, не дай бог пренебрегут. Дилемма! Что-то в нем даже заставляло ее сомневаться в своем английском, которым вообще-то она владела совершенно свободно. Всякий раз, когда они встречались лицом к лицу, ей казалось, что он хочет связать ей руки за спиной — ни больше ни меньше.

Что же это такое было? Его мужской оценивающий взгляд, когда, устраиваясь на работу в Афина-колледж, она пришла к нему в кабинет на собеседование? Или, наоборот, отсутствие мужского оценивающего взгляда? Что он в ней видит, по нему увидеть никак не удавалось — и это в такое утро, когда она пустила в ход свои возможности по максимуму. Хотела сногсшибательно выглядеть и выглядела, хотела не лезть за словом в карман и не лезла, хотела говорить языком интеллектуала и говорила, в этом она была уверена. И тем не менее он смотрел на нее как на школьницу, как на ничтожное дитя мистера и миссис Нуль.

Может быть, все дело в юбке из шотландки? Короткая юбочка в складку могла навести его на мысль о школьной форме, тем более что надета она была на опрятную миниатюрную молодую брюнетку с маленьким личиком почти из одних глаз, которая весила во всей одежде каких-нибудь сто фунтов. Юбка, черный кашемировый свитер с высоким воротом, черные колготки и высокие черные сапожки — все было выбрано с тем расчетом, чтобы не выглядеть бесполой (женщины, которых она до сих пор встречала в американских университетах, казалось, рьяно преследовали именно эту цель), но и не создавать впечатления соблазнительницы. Ему, она знала, было далеко за шестьдесят, но на вид он был не старше ее пятидесятилетнего отца; он напомнил ей младшего партнера в отцовской инженерной фирме — одного из мужчин, которые заглядывались на нее с тех пор, как ей исполнилось двенадцать. Когда, сев напротив декана, Дельфина положила ногу на ногу и пола юбки завернулась, она, прежде чем поправить, подождала минуту-другую, а когда поправила, сделала это небрежно, как закрывают бумажник, — ведь какой бы юной она ни выглядела, она не была школьницей со школьными страхами и школьной чопорностью, неспособной отрешиться от школьных правил. Не желая производить такого впечатления, она не желала производить и обратного, оставляя полу завернутой и наводя тем самым на мысль, что она хочет в течение всего разговора демонстрировать ему свои стройные ноги в черных колготках. И одеждой, и поведением она как могла старалась показать ему сложную игру *всех* сил, которые сошлись в одну точку, чтобы создать столь интересное двадцатичетырехлетнее существо.

Даже единственная драгоценность на ней, единственное украшение — большое кольцо на среднем пальце левой руки — было выбрано ради полноты образа интеллектуальной личности, которой присуще открытое, беззащитное наслаждение эстетической поверхностью жизни, некое даже гурманство, некое смакование, подчиненное, однако, пожизненному служению научной истине как более крупной задаче. Кольцо, рассчитанное на мужской палец и до нее носившееся мужчиной, было изготовленной в восемнадцатом веке копией древнеримского перстня с печаткой. На овальном агате, расположенном вдоль ободка, что придавало кольцу подлинно мужскую массивность, была вырезана Даная, принимающая Зевса, который явился в виде золотого дождя. Это был любовный подарок, преподнесенный двадцатилетней Дельфине в Париже четыре года назад одним преподавателем — единственным преподавателем, перед которым она не устояла и с которым у нее был страстный роман. Специальностью его, по совпадению, тоже была античность. Во время первого разговора у него в кабинете он казался таким строгим, таким отчужденным, что она сидела парализованная страхом, пока не поняла, что так он ее соблазняет — «от противного». А декан Силк?

Как ни бросалось в глаза большое кольцо, декан не попросил показать ему поближе золотой дождь, вырезанный на агате, — и к лучшему, решила она. Хотя история получения кольца говорила, если уж разбираться, о ее взрослой отваге, он скорее всего счел бы все это фривольным легкомыслием, признаком как раз незрелости. В целом, если исключить проблески надежды, она была уверена, что он с первой же минуты думает о ней именно так, — и не ошибалась. У Коулмена создалось впечатление, что она еще молода для этой работы, что в ней много не нашедших пока разрешения противоречий, что ее самовосприятие несколько завышено и в то же время страдает инфантилизмом, что в ней есть нечто от ранимого, плохо владеющего собой ребенка, который остро реагирует на малейший признак неодобрения, что ей, с ее детско-женской хрупкой самоуверенностью, нужны, чтобы держаться на ногах, достижение за достижением, поклонник за поклонником, победа за победой. Смышленая для своего возраста, даже чересчур смышленая, но явный непорядок по эмоциональной части и всерьез недоразвита во многих других отношениях.

Картина была ему ясна уже из краткой стандартной автобиографии, дополненной жизнеописанием на пятнадцати страницах, где путь интеллектуального развития личности был обрисован начиная с шестилетнего возраста. С формальной точки зрения достигнутые Дельфиной Ру результаты были великолепны, но все в ней, включая эти результаты, казалось ему совершенно не тем, в чем нуждается скромный Афина-колледж. Детство на улице де Лоншан в элитарном Шестнадцатом округе Парижа. Месье Ру — инженер, владелец фирмы, под началом у него сорок человек; мадам Ру, в девичестве де Валенкур, родилась в известной старинной провинциально-аристократической семье, жена, мать троих детей, знаток средневековой французской литературы, клавесинистка, знаток клавесинной литературы, историк папства и т. д. Сколько многозначительности в одном этом «и т. д.»! Второй ребенок и единственная дочь, Дельфина окончила лицей Жансон де Сайи, где изучала философию и литературу — английскую, немецкую, латинскую, французскую: «...вполне каноническим образом прочла всю французскую классику». Затем — лицей Генриха IV: «...изнурительно-подробное изучение французской литературы и философии, английского языка, истории английской литературы». В двадцать, после лицея Генриха IV, — Высшая нормальная школа в Фонтене-о-Роз: «...элита французского интеллектуального сообщества... принимается только тридцать человек в год». Тема дипломной работы — «Самоотречение у Жоржа Батая». Опять Батай? Только не это! Каждый самый-ультрасамый йельский аспирант сейчас занимается либо Малларме, либо Батаем. То, что она хотела ему всем этим внушить, понять было нетрудно, тем более что Коулмен знал Париж не понаслышке —

молодым профессором год провел там с семьей по Фулбрайтовской стипендии и видел этих честолюбивых молодых французов, выпускников элитарных лицеев. Великолепно подготовленные, с широким интеллектуальным кругозором, очень смышленые и очень незрелые юноши и девушки, получившие самое что ни на есть снобистское французское образование и полные решимости быть до конца дней своих предметами зависти, они каждый субботний вечер собирались в дешевом вьетнамском ресторанчике на улице Сен-Жак, где разговаривали на важные темы, никакого пустячного трепа — идеи, политика, философия, ничего больше. Даже в свободное время наедине с собой они способны думать только о восприятии Гегеля французским мышлением двадцатого века. Интеллектуалу не подобает быть легкомысленным. Жизнь должна быть замешена на идеях. При любой идеологической установке — агрессивно-марксистской или агрессивно-антимарксистской — они испытывают органическое отвращение ко всему американскому. От всего этого и много другого Дельфина уехала в Йель преподавать студентам французский и защищать диссертацию, и, как она написала в подробной автобиографии, из всей Франции, кроме нее, взяли только одного человека. «Я пришла в Йель очень картезиански настроенной, а там все оказалось намного плюралистичней и полифоничней». Йельские студенты ее позабавили. Где их интеллектуальная составляющая? Была поражена тем, как они развлекаются. Надо же, какой хаотический, антиидеологический способ мышления — способ жизни! Не видели ни одного фильма Куросавы — до того невежественны.

В их возрасте она уже пересмотрела всего Куросаву, всего Тарковского, всего Феллини, всего Фасбиндера, всего Вертмюллера, всего Сатьяджита Рея, всего Рене Клера, всего Вима Вендерса, всего Трюффо, всего Годара, всего Шаброля, всего Рене, всего Ромера, всего Ренуара. А эти младенцы только и видели что «Звездные войны». В Йеле Дельфина продолжает свои серьезные интеллектуальные занятия, слушает лекции наимоднейших светил. Несколько растеряна, однако. Многое обескураживает — особенно другие аспиранты. Она привыкла иметь дело с людьми, говорящими на одном с ней интеллектуальном языке, а эти американцы... И не все находят ее жутко интересной. Она ожидала, что в Америке будут сплошные ахи и охи: «Боже ты мой, она normalienne!»* Но здесь никто не в состоянии оценить по заслугам особый и чрезвычайно престижный путь, который она прошла во Франции. Она не получала признания, которое привыкла получать как молодое пополнение французской интеллектуальной элиты. Не вызывала и возмущения, к которому тоже привыкла. Находит руководителя и пишет диссертацию. Защищает. Становится доктором — необычайно быстро, потому что многое уже сделано во Франции. Колоссальная выучка, колоссальный труд, и теперь она готова занять должность в каком-нибудь из знаменитейших университетов — Принстонском, Колумбийском, Корнеллском, Чикагском. Не получив таких предложений, потрясена. Временная должность в Афина-колледже? Где это и что это? Она воротит нос. Наконец руководитель говорит ей: «Дельфина, на этом

---

* Выпускница «Эколь Нормаль», Высшей нормальной школы.

рынке труда одно служит ступенькой к другому. Временная должность в Афина-колледже? Вы, может быть, и не слышали про это место, но мы слышали. Очень приличное учебное заведение. Очень приличная работа для начинающего». Другие аспиранты-иностранцы говорят ей, что она слишком хороша для Афина-колледжа, это не ее уровень, но аспиранты-американцы, готовые удушить за право преподавания в подсобке супермаркета, думают, что такая заносчивость — это Дельфина и только Дельфина. Неохотно подает заявление — и теперь сидит в короткой юбочке и сапожках напротив декана Силка. Чтобы получить следующую работу, престижную, ей нужна эта должность в Афина-колледже, но почти час декан Силк слушает такое, из-за чего ему не хочется ее брать. Повествовательная структура и временны́е соотношения. Внутренняя противоречивость произведения. Руссо прячется, но риторика его выдает (как ее в подробной автобиографии, думает декан). В голосе критика есть судейское начало, как в голосе Геродота. Нарратология. Диегесис. Различие между диегесисом и мимесисом. Сгруппированный опыт. Пролептические качества текста. Коулмену не надо спрашивать, что это означает. Он понимает, исходя из оригинальных греческих значений, смысл всех йельских словечек и всех словечек, принятых в Высшей нормальной школе. А она? Он больше тридцати лет во всем этом варится, и ему неохота тратить время на новомодный треп. Он думает: зачем ей, такой красивой, нужно прятаться за всеми этими словесами от человеческой части своего опыта? Может быть, как раз из-за этой красоты? Он думает: надо же — такая развернутая самооценка и такая пелена заблуждений.

Формально, разумеется, у нее все было в лучшем виде. Но для Коулмена она воплощала в себе то престижно-академическое пустословие, что афинским студентам нужно как собаке пятая нога, но преподавателей-середнячков сразит наповал.

Ему казалось тогда, что он берет ее из-за широты мышления. Но скорее он взял ее потому, что она была потрясающе мила, женственна, привлекательна — и возбуждала сильные отцовские чувства.

Ложно истолковав его взгляд, Дельфина Ру подумала — подумала с долей мелодраматизма, склонность к которому была одной из помех ее гладкому скольжению, не только подталкивая ее к скороспелым выводам, но и отдавая порой во власть неких эротически-мелодраматических чар, — что он хочет одного: связать ей за спиной руки. Что, бог знает по какой причине, он не желает, чтобы она гуляла на свободе. И поэтому взял ее на работу. Взять взял, но отношения у них всерьез не заладились.

А теперь уже она вызвала его к себе на разговор. К 1995 году, когда Коулмен ушел с должности декана и вернулся к преподаванию, обаяние миниатюрной Дельфины, ее всесторонний шик, ее живость парижского гамена, заставляющая подозревать подспудную чувственность, — все это, наряду с выпестованной в Высшей нормальной школе утонченно-гладкой говорливостью (которую Коулмен называл «безостановочным спектаклем самораздувания»), неотразимо подействовало, казалось ему, на всех дуралеев-профессоров, за исключением разве что самых непрошибаемых, и она, хотя ей не было еще и тридцати, возможно, с дальним прицелом на ту самую деканскую должность, которую раньше занимал Коулмен, сделалась заведующей небольшой кафедрой, десять с чем-то лет назад поглотившей, наряду с другими языковыми кафедрами, ту старую кафедру античности, где Коулмен начинал. На новой кафедре языков и литературы работало одиннадцать человек: один профессор-русист, один итальянист, один испанист, один германист. Дельфина преподавала французский, Коулмен Силк — латынь и греческий; кроме них, пятеро перегруженных работой адъюнкт-профессоров, молодых инструкторов и местных иностранцев вели начальные курсы.

— Неверное прочтение Еленой Митник этих пьес, — сказал он ей, — настолько укоренено в ограниченных, провинциальных идеологических установках, что тут ничего не исправишь.

— Этим вы подтверждаете ее слова — что вы не пытались ей помочь.

— Студентке, которая обвиняет меня в том, что я «давлю на нее гендерно», я помочь не в силах.

— Значит, — произнесла Дельфина легким тоном, — у нас проблема, не так ли?

Он рассмеялся — и спонтанно, и намеренно.

— И в чем же она? В том, что мой английский недостаточно деликатен для столь разборчивого ума, как ум мисс Митник?

— Коулмен, вы слишком долго не работали в учебных аудиториях.

— А вы никогда из них не выходили. Видите ли, дорогуша, — сказал он с умыслом, с нарочито раздражающей улыбкой, — я читал эти пьесы и думал о них всю жизнь.

— Но не с феминистской точки зрения Елены Митник.

— И не с еврейской точки зрения Моисея. И не с модной ницшеанской точки зрения на многообразие точек зрения.

— Коулмен Силк, один на всей планете, не имеет иной точки зрения, кроме абсолютно объективной литературной точки зрения.

— Почти все наши студенты, дорогуша (Опять? А что. Почему бы и нет?), вопиюще невежественны. Образование у них сквернейшее. Их жизнь — интеллектуальная пустыня. Поступают, не зная ничего, и в большинстве своем так и кончают. И уж совсем не имеют понятия, когда приходят ко мне в класс, о том, как читать античные пьесы. Преподавать в Афине, особенно сейчас, в девяностые годы, когда выросло самое тупое поколение в американской истории, — все равно что идти по нью-йоркскому Бродвею и разговаривать с самим собой, разница только в том, где будут восемнадцать человек, которые тебя слышат, — на улице или в помещении. Не знают, типа, ни бельмеса. Прозанимавшись с такими студентами почти сорок лет — а мисс Митник, надо сказать, всего-навсего рядовой экземпляр, — могу утверждать, что феминистская точка зрения на Еврипида им нужна меньше всего на свете. Обеспечить наивнейшую из читательниц феминистской точкой зрения на Еврипида — лучший способ обрубить ее мышление еще до того, как оно получило шанс начать отделываться хотя бы от одного из безмозглых речений типа «типа». Как-то даже не верится, что образованная женщина, прошедшая во Франции такую школу, может предполагать существование феминистской точки зрения на Еврипида, не являющейся откровенной глупостью. Быстро они вас обработали — или это старый добрый карьеризм, основанный в данном случае на страхах ваших коллег-феминисток? Потому что если это только карьеризм, то я спокоен. Это человеческая слабость, которую я могу понять. Но если это интеллектуальная капитуляция перед идиотизмом, то я в недоумении, потому что вы не идиотка. Потому что вы знаете, что к чему. Потому что никому в вашей французской Высшей нормальной школе и не приснится, что такое можно принять всерьез. Или я ошибаюсь? Прочесть такие пьесы, как «Ипполит» и «Алкестида», потом по неделе слушать обсуждение каждой в классе — и после всего только и сказать, что они «принижают женщин»? Это, я извиняюсь, не точка зрения, а сотрясение воздуха. Сотрясение воздуха на наш новый лад.

— Елена — студентка. Ей двадцать лет. Она учится.

— Сентиментальное отношение к студентам вам не к лицу, дорогуша. Относитесь к ним серьезно. Елена не учится, а поет с чужого голоса. К вам она побежала потому, что скорее всего с вашего-то голоса она и поет.

— Неправда, хотя, если вам хочется клеить культурные ярлыки, клейте на здоровье, это очень даже предсказуемо. Если, налепив мне дурацкий ярлык, вы чувствуете успокаивающее превосходство — что ж, на здоровье, дорогуша, — вставила она со смаком, возвращая ему улыбку. — Вы недружелюбно вели себя по отношению к Елене. Вот почему она ко мне побежала. Вы испугали ее. Она расстроилась.

— М-да, сталкиваясь с последствиями моего решения взять вас на работу, я приобретаю неприятные речевые особенности.

— А наши студенты, — парировала она, — приобретают неприятные речевые особенности, сталкиваясь с закостенелой педагогикой. Если вы и дальше будете преподавать литературу привычным для вас нудным образом, если и дальше будете настаивать на так называемом гуманистическом подходе к греческой трагедии, который взяли на вооружение еще в пятидесятые годы, такие конфликты будут возникать постоянно.

— Что ж, — сказал он, — пусть возникают.

И вышел. Поэтому в следующем семестре, когда к профессору Ру чуть ли не в слезах прибежала Трейси Каммингз, едва способная говорить, ошеломленная тем, что профессор Силк, характеризуя ее перед однокурсниками в ее отсутствие, использовал уничижительное расистское слово, Дельфина решила, что приглашать Коулмена к себе в кабинет для обсуждения претензий к нему будет потерей времени. Она была уверена, что он поведет себя не более благородно, чем в прошлый раз, когда на него тоже пожаловалась девушка, и знала по опыту, что, вызови она его, он опять будет говорить с ней свысока, покровительственным тоном. Еще одна невесть откуда взявшаяся особа смеет ставить под вопрос правильность его поведения! Еще одна девица, чьи проблемы он наверняка тривиализует, если вообще снизойдет до разговора о них. Поэтому Дельфина сразу переадресовала дело легкодоступному декану, преемнику Коулмена. После этого она смогла сосредоточиться на Трейси, которую утешала, успокаивала, над которой, можно сказать, взяла шефство. Эта чернокожая сирота была так деморализована, что на первые недели после случившегося, когда она порывалась бежать без оглядки, бежать в никуда, Дельфина выхлопотала разрешение забрать ее из общежития и поселить в другой комнате своей квартиры — сделать на время своей подопечной. Хотя в конце учебного года Коулмен Силк добровольным уходом из колледжа, по существу, признал свою вину в этом конфликте, вред, нанесенный Трейси, оказался слишком серьезным для личности и без того очень неустойчивой; неспособная из-за расследования сосредоточиться на учебе, боясь, что профессор Силк настроит против нее других преподавателей, она завалила все предметы до единого. После этого Трейси покинула не только колледж, но и Афину, где Дельфина хотела найти ей работу, организовать для нее частные уроки и приглядывать за ней, пока она не сможет вернуться к учебе. В один прекрасный день Трейси села на автобус и отправилась вроде бы в Оклахому, где в Талсе у нее жила сестра, но все попытки Дельфины связаться с девушкой оказались тщетными.

А потом Дельфина узнала об отношениях Коулмена Силка с Фауни Фарли, которые он всячески скрывал. Она ушам своим не поверила: семьдесят один год человеку, два из них как на пенсии, а все продолжает. Нет возможности приструнивать студенток, дерзающих оспаривать его предубеждения, нет возможности высмеивать чернокожих девушек, нуждающихся в его преподавательской заботе, нет возможности запугивать и оскорблять молодых профессоров женского пола, внушающих ему опасения за его гегемонию, — так он ухитрился выудить из нижайших низов колледжа объект для господства, который можно назвать подлинным символом женской беспомощности. Жертву самого настоящего зверства со стороны бывшего мужа. Зайдя в отдел кадров выведать побольше о прошлом Фауни, прочтя о Лестере и ужасной смерти двоих детей во время таинственного пожара, устроенного, подозревали некоторые, самим Лестером, узнав о неграмотности, из-за которой Фауни могла исполнять только самые простые обязанности уборщицы, Дельфина поняла, что Коулмену Силку удалось осуществить заветную мечту женоненавистника! Фауни Фарли еще более беззащитна, чем даже Елена и Трейси, — вот кого проще простого растоптать. Он сделает Фауни ответчицей за всех в Афине, кто посмел поднять голос против его извращенного понятия о мужских прерогативах.

И некому, думала Дельфина, его остановить. Некому преградить ему путь.

Понимая, что он не подлежит юрисдикции колледжа и поэтому ничем не ограничен в своем отмщении ей — да, именно ей, Дельфине, за все, что она сделала для защиты студенток от его психологического террора, за сознательно и усердно сыгранную ею роль в лишении его власти и выдворении из учебных аудиторий, — она не могла сдержать гнева. Фауни Фарли — ее заместительница. Через Фауни Фарли он наносит ей ответный удар. На кого, как не на меня, она намекает тебе лицом, именем, фигурой — зеркальное мое отражение? Заманив в ловушку женщину, которая работает, как я, в Афина-колледже, которая, как я, в два с лишним раза тебя моложе, но во всех иных отношениях полную мою противоположность, ты хитроумно маскируешь и в то же время возмутительным образом показываешь, кого в конечном счете жаждешь уничтожить. Ты не настолько глуп, чтобы этого не понимать, и в почтенном твоем положении достаточно безжалостен, чтобы этому радоваться. Но и я не такая тупица, чтобы не увидеть простой вещи: ты затеял символическую расправу со мной.

Понимание пришло так стремительно и в таких спонтанно-взрывчатых выражениях, что, проставляя свое имя на второй странице письма и надписывая конверт, который собиралась отправить ему до востребования, она по-прежнему кипела от мысли об изощренной, своевольной зловредности, с которой он превратил эту бесконечно несчастную женщину, и без того потерявшую все, в игрушку, превратил только ради того, чтобы поквитаться с ней, с Дельфиной. Как он мог — даже такой, какой он есть, — это сделать? Нет, она не изменит в написанном ни слова и не потрудится перепечатать. Она не желала лишать послание силы — пусть он увидит рвущийся вперед, неудержимый наклон рукописных букв. Пусть оценит ее решимость: для нее нет сейчас ничего более важного, чем разоблачить Коулмена Силка.

Но через двадцать минут она разорвала письмо. И правильно сделала. Да, правильно. Когда на нее накатывала идеалистическая волна, ей порой изменяла трезвость мысли. Хищный негодяй безусловно заслуживает порицания. Но вообразить, что она может спасти женщину, так далеко зашедшую, как Фауни Фарли, если она даже Трейси не смогла спасти? Вообразить, что она одолеет злобного старика, свободного теперь не только от служебных ограничений, но и, при всем своем «гуманизме», от любых понятий о человечности? Глупейшая иллюзия — поверить, что она сможет что-то противопоставить коварству Коулмена Силка. Даже это письмо, столь ясно выражающее ее крайнее негодование, недвусмысленно указывающее ему на то, что его секрет раскрыт, что маска сорвана, что он выслежен и разоблачен, в его руках каким-нибудь образом превратится в компрометирующую ее улику, с помощью которой он, если представится возможность, погубит ее.

Он — безжалостный параноик, и, нравится ей это или нет, надо принимать во внимание практическую сторону, о которой можно было не задумываться, когда она была марксистски настроенной лицеисткой, чья неспособность мириться с несправедливостью иной раз, надо признать, брала верх над здравым смыслом. Но теперь она профессор колледжа, очень рано зачислена на постоянную должность, уже назначена заведующей кафедрой, и ей отсюда прямая дорога в Принстонский, Колумбийский, Корнеллский или Чикагский, а может быть, даже с триумфом обратно в Йель. Подобное письмо, подписанное ею и отправленное непосредственно Коулмену Силку, наверняка в конце концов попадет к тем, кто из зависти, из неприязни, из-за того, что она такая из молодых, да ранняя, захочет подложить ей свинью... Да, такое письмо с его дерзостью, с его ничем не смягченной яростью поможет ему принизить ее, заявить, что ей недостает зрелости руководить кем бы то ни было. У него есть связи, он по-прежнему кое-кого знает — он может это сделать. И непременно сделает, непременно извратит ее намерения...

Она быстро-быстро разорвала письмо на мелкие клочки и посреди чистого листа бумаги красной шариковой ручкой, какой никогда не писала писем, большими печатными буквами, в которых никто не узнает ее руку, вывела:

ВСЕМ ИЗВЕСТНО

И больше ничего. Здесь остановилась. Три вечера спустя, через несколько минут после того, как погасила свет и легла, она, одумавшись, встала и подошла к письменному столу с намерением смять, выбросить и забыть навсегда листок со словами «Всем известно», но вместо этого, наклонившись над столом, даже не садясь — опасаясь, что, пока будет садиться, вновь потеряет решимость, — торопливо написала еще десять слов, которых ему хватит, чтобы понять неизбежность своего разоблачения. Конверт с анонимным посланием был надписан, заклеен и снабжен маркой, настольная лампа выключена, и Дельфина, удовлетворенная тем, что решилась на самое сильное действие, не нарушающее диктуемых ситуацией практических ограничений, вернулась в постель в полной нравственной готовности уснуть спокойным сном.

Но прежде ей надо было подавить в себе позыв снова встать, вскрыть конверт и перечитать написанное — не слишком ли мало сказано, не слишком ли робко? И наоборот, не пережато ли? Разумеется, это не ее стиль. Не ее риторика. Поэтому она и прибегла к ней — эта вульгарная, лозунговая крикливость может ассоциироваться с кем угодно, только не с ней. Но вдруг письмо по этой же причине окажется неубедительным? Надо встать и посмотреть, не забылась ли она под влиянием минуты — изменила ли почерк, не подписалась ли ненароком, да еще с этаким злым росчерком? Надо убедиться, что нет никаких случайных указаний на ее авторство. Хотя — пусть они даже и есть. Ей *следовало* проставить свое имя. Вся ее жизнь — борьба с такими вот Коулменами Силками, стремящимися навязать ей и всем остальным свою волю и делать что им заблагорассудится. Она умеет говорить с мужчинами. Говорить с ними в полный голос. Даже с намного старшими. Умеет не бояться их напускного авторитета и претензий на премудрость. Умеет показать, что и ее ум кое-что значит. Умеет вести себя с ними на равных. Умеет, если выдвинула довод и он не работает, преодолеть побуждение к капитуляции, призвать на помощь логику, уверенность, хладнокровие и продолжить спор, как бы они ни старались заткнуть ей рот. Умеет после первого шага сделать второй, выдержать напряжение, не сломаться. Умеет, не отступаясь, гнуть свою линию. Нечего ей идти перед ним на попятный — и перед кем бы то ни было. Он теперь даже не декан, взявший ее на работу. И кафедрой заведует не он, а она. Декан Силк теперь сведен к нулю. И правда — надо открыть конверт и подписаться. Сведен к нулю. Звучало как успокаивающее заклинание.

Этот заклеенный конверт она носила в сумочке не одну неделю, перебирая в уме доводы за то, чтобы не просто отправить, но еще и подписаться. Он выискал сломленную женщину, которая не в состоянии дать ему сдачи. У которой нет никакой возможности ему противостоять. Которая интеллектуально просто не существует. Выискал женщину, которая не может и никогда не могла себя защитить, слабейшую на свете, стоящую на много ступеней ниже его во всех отношениях, — выискал, чтобы властвовать, выискал по двум противоположным и вместе с тем наипрозрачнейшим причинам: потому что считает женщин низшими существами и потому что мыслящая женщина внушает ему страх. Потому что я не стесняюсь высказывать свое мнение, потому что меня не запугать, потому что я добиваюсь успехов, потому что я привлекательна, потому что я независимо мыслю, потому что у меня первоклассное образование, первоклассная диссертация...

А потом, приехав в Нью-Йорк на выставку Джексона Поллока, она вынула письмо из сумочки и едва не бросила его, как оно было, неподписанное, в почтовый ящик автобусной станции — в первый почтовый ящик, какой увидела, сойдя с автобуса. Оно все еще было у нее в руке, когда она спускалась в метро, но, едва поезд тронулся, она о нем забыла, машинально сунула обратно в сумочку и отдалась смысловому богатству подземки. Нью-йоркское метро по-прежнему поражало и волновало ее — в парижском она не ощущала ничего подобного. Меланхолические, страдальческие лица нью-йоркских пассажиров всякий раз говорили ей о том, что она правильно сделала, приехав в Америку. Нью-йоркское метро было символом того, почему она приехала, — ее нежелания прятаться от действительности.

Выставка Поллока эмоционально настолько ее захватила, что, переходя от одной ошеломляющей картины к другой, она испытывала подобие того вздувающегося, властного ощущения, какое рождает мания сладострастия. Когда у одной посетительницы внезапно заверещал сотовый телефон — заверещал в то самое время, когда мощный хаос картины «Номер 1А, 1948» бурно устремлялся в ту часть пространства, что весь предыдущий день — и весь предыдущий год — была всего-навсего ее телом, она пришла в такую ярость, что повернулась и воскликнула: «Мадам, я бы с удовольствием вас задушила!»

А потом она отправилась на Сорок вторую улицу в Нью-Йоркскую публичную библиотеку. Она бывала там в каждый приезд. Посещала музеи, картинные галереи, концерты, смотрела фильмы, которые никогда не доберутся до единственного скверного кинотеатрика в заштатной Афине, но под конец, какие бы специфические интересы ни привели ее в Нью-Йорк, непременно проводила хотя бы час в главном читальном зале библиотеки за чтением той или иной принесенной с собой книги.

Она читает. Временами оглядывает зал. Наблюдает. Ее чуточку волнуют здешние мужчины. В Париже на одном из фестивалей она видела фильм «Марафонец» (никто не знает, что в кинозалах она страшно сентиментальна и частенько плачет). В фильме девушка, притворяющаяся студенткой, проводит время в Нью-Йоркской публичной библиотеке, и там с ней знакомится Дастин Хоффман. В подобном романтическом ключе Дельфина всегда думала об этом месте. Пока с ней никто здесь не познакомился, если не считать студента-медика, слишком молодого и зеленого, который с ходу брякнул не то. Что-то про ее акцент — и сразу стал для нее невыносим. Он совсем еще не жил, этот мальчик. Она чувствовала себя его бабушкой. В его возрасте она уже столько любовей пережила, столько передумала и перестрадала... В двадцать, будучи куда моложе его, она уже перенесла не одну, а две любовные драмы. В какой-то мере сам ее приезд в Америку был бегством от любовной драмы (а еще уходом со сцены, где она играла второстепенную роль в затянувшемся спектакле под названием «И т. д.» — в спектакле, которым была почти криминально успешная жизнь ее матери). Но теперь она одна-одинешенька и никак не найдет мужчину, пригодного для знакомства.

Другие, кто с ней заговаривал, произносили, случалось, что-то приемлемое, что-то достаточно ироничное или озорное, чтобы ее заинтересовать, но потом — из-за того, что вблизи она оказывалась красивей, чем они думали, а в разговоре слишком заносчивой для такой миниатюрной особы, — смущались и тушевались. Те, кто пытается с ней переглядываться, отпадают по определению. А вот погруженные в чтение, чудесно рассеянные и восхитительно желанные... они погружены в чтение. Кого, спрашивается, она ищет? Человека, который ее *узнает*. Великого Узнавателя.

Сегодня она читает по-французски Юлию Кристеву — совершенно замечательный трактат о меланхолии, — а за соседним столом сидит мужчина и читает, тоже по-французски, книгу, написанную кем бы вы думали? Филиппом Соллерсом, мужем Кристевой. Игривость Соллерса она не может больше принимать всерьез, как принимала на более ранней стадии своего интеллектуального развития; игривые французские авторы, в отличие от игривых восточноевропейских — таких, как Кундера, — ее уже не удовлетворяют. Но тут, в читальном зале, важно не это. Важно совпадение — совпадение почти зловещее. В своем беспокойном, жаждущем состоянии она пускается в тысячи предположений о том, кто этот человек, читающий Соллерса, пока она читает Кристеву, и ощущает неизбежность не только знакомства, но и романа. В этом темноволосом мужчине лет сорока — сорока двух она видит ту весомую серьезность, какой нет ни в ком в Афине. Все, что она может о нем предположить, глядя на то, как он сидит и читает, подпитывает ее расправляющую крылья надежду: вот-вот случится событие.

И событие случается: к нему приближается девушка — да, именно девушка, моложе даже, чем она, — и они уходят вдвоем, после чего она собирает вещи, покидает библиотеку и у первого же почтового ящика вынимает из сумочки письмо, которое носила с собой больше месяца, и кидает в ящик с такой же примерно яростью, с какой сказала женщине на выставке Поллока, что хочет ее задушить. Вот! Отправлено! Я это сделала! Ну и отлично!

Целых пять секунд проходит, прежде чем на нее наваливается вся грандиозность ошибки, и она чувствует, что у нее подгибаются колени. «О господи!» Даже оставив письмо неподписанным, даже использовав чужую, вульгарную риторику, она не может рассчитывать, что авторство послания будет тайной для такого сфокусированного на ней человека, как Коулмен Силк.

Теперь он никогда не оставит ее в покое.

4

ЧТО ЗА МАНЬЯК ЭТО ПРИДУМАЛ?

Только однажды после того июля я увидел Коулмена живым. Сам он никогда не рассказывал мне про посещение колледжа и звонок сыну Джеффу из студенческого союза. Я узнал, что он заходил в кампус, от его бывшего коллеги Херба Кибла, который случайно заметил его из окна кабинета и позднее, в конце своей речи на похоронах, намекнул, что видел Коулмена, стоящего в тени у стены Норт-холла и по неизвестной Киблу причине словно бы затаившегося. О звонке мне стало известно от Джеффа Силка, упомянувшего о нем после похорон и давшего понять, что Коулмена в ходе разговора, как говорится, понесло. О визите Коулмена к Нельсону Праймусу незадолго до звонка Джеффу, кончившемся, как и телефонный разговор, всплеском возмущения со стороны Коулмена, я узнал от самого адвоката. После этого ни Праймус, ни Джефф Силк больше с Коулменом не говорили. Коулмен не отвечал ни на их, ни на мои звонки — как впоследствии выяснилось, вообще ни на какие, — а затем, судя по всему, выключил автоответчик: когда я набирал его номер, шли гудки, длившиеся без конца.

Но он был дома, он никуда не уехал. Это я знал точно, потому что в одну субботу в начале августа после двух недель безуспешных попыток дозвониться подъехал к его жилищу вечером, когда уже стемнело. В доме горело лишь несколько ламп, и, когда я поравнялся с осенявшими его древними ветвистыми кленами, заглушил мотор и, неподвижно сидя в машине на асфальтовой дороге у подножья волнистого пригорка, стал присматриваться и прислушиваться, до меня из открытых окон белого с черными ставнями, обшитого доской дома явственно донеслась танцевальная музыка — та самая УКВ-программа на весь субботний вечер, что рождала в нем воспоминания о Стине Палссон и полуподвальной комнате на Салливан-стрит в послевоенные годы. Он тут, и не один, а с Фауни — защищают друг друга от всех остальных, *заключают в себе* друг для друга всех остальных. Танцуют — очень может быть, что обнаженные, — по ту сторону выпавших им на долю испытаний, в неземном раю земного вожделения, где претворяют в драму плотского союза все злое разочарование своих жизней. Мне вспомнились слова Фауни, как он мне их передал, произнесенные в догорающем колеблющемся свечении одного из их вечеров, когда они чувствовали, что обмениваются столь многим. Он сказал ей: «Это больше чем секс», на что она решительно возразила: «Нет. Ты просто забыл, что такое секс. Это он и есть. Будешь вмешивать сюда другое — все испоганишь».

Кем стали они сейчас? Собой — но в наипростейшем варианте. Квинтэссенция единичности. Все болезненное переплавлено в страсть. Возможно, им даже не жаль больше, что все вышло так, а не иначе. Слишком глубоко для этого их отвращение. Они сбросили весь груз, что на них давил.

Ничто на свете не прельщает и не волнует их, кроме этой близости, ничто так не укрощает их ненависть к жизни. Кто они — эти резко отличные друг от друга люди, так несообразно соединившиеся в семьдесят один и тридцать четыре? Они — само то несчастье, к которому присуждены. Танцуя в чем мать родила под оркестр Томми Дорси и мягкие напевы молодого Синатры, движутся прямиком к гибели. Каждый из нас разыгрывает свой финал по-своему; эти двое — вот так. О том, чтобы вовремя остановиться, и речи не может быть. Дело сделано.

Я не один на дороге слушаю эту музыку.

Не получая ответа на звонки, я решил, что Коулмен больше не хочет иметь со мной дело. Что-то оказалось не так, и, как часто бывает при резком обрыве дружеских отношений — особенно если они возникли недавно, — я обвинил себя, решив, что либо неосторожным словом или поступком, либо просто тем, что собой представляю, глубоко уязвил или раздосадовал его. Коулмен, как мы помним, пришел ко мне, безосновательно рассчитывая склонить меня к написанию книги о том, как колледж убил его жену; вряд ли при этом он хотел, чтобы писатель копался в его частной жизни. Я мог предположить лишь одно — что в сокрытии от меня подробностей своих отношений с Фауни он видел теперь гораздо больше смысла, чем в новых признаниях.

Конечно, я не знал тогда правды о его происхождении — узнал только на похоронах — и вследствие этого не догадывался, что мы потому не были с ним знакомы до смерти Айрис, что он *не хотел* знакомиться — ведь я вырос всего в нескольких милях от Ист-Оринджа и, помня места, мог проявить нежелательную дотошность и критически исследовать нью-джерсийские корни Коулмена. Вдруг я оказался бы одним из тех ньюаркских евреев, что подростками посещали боксерский класс дока Чизнера? Кстати, я действительно его посещал, правда только в сорок шестом и сорок седьмом, когда Силки уже не помогал доку учить таких, как я, стойке, перемещению и удару, а был студентом Нью-Йоркского университета.

Завязав со мной дружбу в то время, когда он сочинял своих «Духов», Коулмен и вправду пошел на довольно глупый риск разоблачения. Почти шесть десятилетий спустя в нем могли узнать того цветного парня, что был первым учеником выпускного класса ист-оринджской школы и боксером-любителем из клуба мальчиков на Мортон-стрит, участвовавшим в боях по всему Нью-Джерси; прекратить общение со мной посреди того лета было более чем разумным решением, о причинах которого я не мог и догадываться.

Теперь о нашей последней встрече. В одну августовскую субботу, устав от одиночества, я отправился в Танглвуд послушать открытую репетицию воскресной концертной программы. После поездки к дому Коулмена прошла неделя, и мне по-прежнему недоставало как его самого, так и человеческой близости вообще — вот я и решил за неимением лучшего присоединиться к той немногочисленной субботней публике, что примерно на четверть заполняет, приходя на такие репетиции, концертный зал на свежем воздухе и состоит отчасти из меломанов и заезжих консерваторских студентов, но главным образом из престарелых туристов со слуховыми аппаратами и биноклями, привезенных в Беркширы на один день автобусами и листающих под звуки музыки «Нью-Йорк таймс».

Не знаю почему — то ли из-за необычности моего кратковременного превращения в общественное существо (или, скорее, притворяющееся таковым), то ли из-за мимолетного ощущения, что весь собравшийся здесь пожилой люд ждет отплытия по волнам музыки с более чем осязаемо ограниченной площадки преклонного возраста, — этот летний зал под навесом напомнил мне открытые с боков, далеко выступающие причалы прежних времен на Гудзоне с крышами на стальных стропилах: можно было подумать, один из этих просторных пирсов, сооруженных в пору, когда океанские лайнеры подходили к самому Манхэттену, во всей своей огромности выдернут из воды, перенесен за сто двадцать миль к северу и бережно опущен на обширную танглвудскую лужайку — отличное, надо сказать, место для посадки, окруженное высокими деревьями и далекими холмистыми пейзажами Новой Англии.

Продвигаясь к свободному креслу — одному из немногих в первых рядах, на которых никто не сидел и ничего не лежало, — я продолжал думать о том же: мы все куда-то вместе плывем, и не только отправились уже, но и, считай, прибыли, оставив прежнее позади… А всего-то навсего мы собирались услышать, как Бостонский симфонический репетирует Рахманинова, Прокофьева и Римского-

Корсакова. Под ногами здесь утоптанная коричневая земля, яснее ясного говорящая о том, что мы находимся на суше; наверху, под навесом, усаживаются птицы, чей щебет становится слышен в полновесной тишине между частями, — ласточки и вьюрки, деловито перепархивающие сюда из леса на склоне холма и стремительно улетающие обратно, как с Ноева ковчега не посмела бы улететь ни одна птица. До Атлантики отсюда три часа езды, но я не мог отрешиться от двойственности происходящего: я был там, где был, и в то же время собирался двинуться вместе с прочими немолодыми слушателями в некое таинственное водное неведомое.

Только ли смерть была у меня на уме, когда я думал об этом отплытии? Смерть и я? Смерть и Коулмен? Или смерть и это собрание людей, все еще способных находить удовольствие в таком вот летнем автобусном туризме и вместе с тем — как человеческая масса, как совокупность чувствующей плоти и теплой красной крови — отделенных от забвения лишь тончайшей, хрупчайшей прослойкой жизни?

Когда я пришел, как раз кончалась программа, предшествовавшая репетиции. Стоя перед пустыми стульями оркестрантов, оживленный лектор в спортивной рубашке и брюках цвета хаки рассказывал о последней из вещей, которые предстояло услышать, проигрывал на магнитофоне фрагменты из Рахманинова и радостно говорил о «темной ритмичности» его «Симфонических танцев». Только когда он кончил и публика зааплодировала, из-за кулис вышли помощники расчехлять литавры и ставить на пюпитры ноты. В дальней части сцены показались двое с арфами в руках, а за ними, беседуя, потянулись музыканты, одетые, как лектор, самым будничным образом: гобоист в серой спортивной фуфайке с капюшоном, двое контрабасистов в выцветших джинсах, потом скрипачи, мужчины и женщины, представляющие, если судить по нарядам, какую-то банановую республику. Когда дирижер уже надевал очки (дирижер был приглашенный — пожилой румын Серджиу Комиссиона с копной седых волос, в рубашке с высоким воротом и в синих сандалиях) и по-детски почтительная публика снова захлопала, я вдруг увидел Коулмена и Фауни — они шли по проходу и искали два свободных места.

Оркестранты, готовясь превратиться из группы безмятежных отдыхающих в мощную и вместе с тем податливую музыкальную машину, расселись и начали настраивать инструменты, а тем временем пара — высокая блондинка с худощавым лицом и подтянутый, красивый седой мужчина ниже ее ростом и намного старше, но идущий легким спортивным шагом — заняла два пустых кресла на три ряда впереди меня и футов на двадцать правее.

Вещь Римского-Корсакова была мелодичной сказкой для гобоев и флейт, чья сладость неотразимо подействовала на слушателей, и, когда оркестр ее доиграл, аплодисменты престарелой публики хлынули как некая волна невинности. Музыканты высветили самое юное и невинное из человеческих стремлений — неистребимую тягу к тому, чего нет и быть не может. Так, по крайней мере, я думал, глядя на моего знакомого и его возлюбленную и, вопреки представлению, возникшему у меня после прекращения встреч с Коулменом, не находя в них ничего необычного, ничего, отделяющего их от остального мира. Они казались людьми вполне воздержанными — особенно Фауни, чье скульптурное лицо типичной янки наводило на мысль об узкой комнате с окнами, но без двери. Вот уж не скажешь, что они в контрах с жизнью, — ничего атакующего, ничего оборонительного. Окажись Фауни здесь одна, она, может быть, и не вела бы себя так естественно и непринужденно, но рядом с Коулменом она производила впечатление полного соответствия как окружению, так и человеку, с которым пришла. Они выглядели отнюдь не парой отчаянных голов — скорее парой, достигшей внутреннего возвышенно-сосредоточенного спокойствия и совершенно равнодушной к тому, какие ощущения и фантазии она может рождать в людях, будь то в Беркширском округе или где бы то ни было еще.

Инструктировал ли он Фауни о том, как ей следует себя вести? Если да, то слушала ли она его? Нужен ли был вообще инструктаж? И почему он решил привезти ее в Танглвуд? Просто захотел послушать музыку? Или захотел, чтобы она послушала и увидела живых музыкантов? Под эгидой Афродиты, в облике Пигмалиона бывший профессор античной словесности привез злостную нарушительницу всех канонов в благословенный танглвудский край, чтобы оживить ее как цивилизованную, культурную Галатею? Неужели Коулмен взялся ее образовывать, влиять на нее, спасать от трагической необычности? Неужели Танглвуд — первый шаг сбившихся с пути к чему-то относительно приемлемому? Зачем так скоро? Зачем вообще? Зачем, если все, что они вместе переживали и чем вместе были, родилось от подземных, тайных, грубых начал? Надо ли превращать этот союз в нечто более или менее нормальное, надо ли даже пытаться, надо ли выходить в свет подобием «четы»? Публичность может уменьшить накал — не этого ли они хотят? Не этого ли *он* хочет? Не пришла ли для них пора усмирения — или, может быть, их пребывание здесь имеет какой-нибудь иной смысл? Может быть, это шутка, показная выходка, намеренная провокация? Улыбаются ли они сейчас про себя, эти плотские бестии, или просто слушают музыку?

В антракте, когда на сцену покатили рояль для Второго фортепьянного концерта Прокофьева, они не встали размяться и походить — соответственно, и я остался на месте. Под навесом было чуточку прохладно, скорее по-осеннему, чем по-летнему, хотя солнце, ярко освещая громадную лужайку, от души грело тех, кто предпочитал наслаждаться музыкой, сидя снаружи, — главным образом молодые парочки, мамаш с детишками и семьи, расположившиеся на пикник и уже вынимавшие из корзин съестное. За три ряда от меня Коулмен, слегка наклонив голову к Фауни, что-то тихо и серьезно ей говорил — что именно, я, естественно, не знал.

Потому что мы вообще ни о чем не имеем понятия — разве не так? *Всем известно...* Почему происходящее происходит так, как оно происходит? Какова она, подоплека цепи событий с ее анархией, неясностью, казусами, разнобоем, поразительной беспорядочностью — со всем, что характеризует человеческие дела? *Никому* не известно, профессор Ру. Ваше «всем известно» — всего-навсего клише и первый шаг к банализации опыта, и не-

286

выносимей всего весомость и авторитетность, с какой люди пользуются подобными клише. Мы знаем лишь, что за пределами клише никто не знает ровно ничего. Мы *не можем* ничего знать. Что мы «знаем», того мы не знаем. Намерение? Мотив? Следствие? Смысл? Поразительно — сколько всего нам неизвестно. Еще поразительней — сколько всего нам *якобы* известно.

Слушатели начали возвращаться на места, а мне тем временем на манер мультфильма представилась некая смертельная болезнь, неведомо ни для кого делающая свое дело внутри каждого из нас без исключения: под бейсболками закупориваются мозговые сосуды, под седым перманентом растут злокачественные опухоли, органы дают осечки, атрофируются, отмирают, сотни миллионов зловредных клеток тайно тащат всех собравшихся к неминуемой катастрофе. Я не мог остановиться. Грандиозная казнь по имени Смерть, не щадящая никого. Оркестр, публика, дирижер, помощники, ласточки, вьюрки — вообразить количество в одном Танглвуде между нашим временем и, скажем, 4000 годом. Потом умножить на все мироздание. Бесконечная гибель. Что за идея! Что за маньяк это придумал? И однако же — какой чудесный сегодня день, не день, а подарок, безупречно ласковый день в массачусетском местечке, предназначенном для отдыха, в местечке, ласковей и приятней которого, кажется, не может быть на земле.

Но тут выходит Бронфман. Бронтозавр Бронфман! Мистер Фортиссимо! Выходит и начинает играть Прокофьева в таком темпе и с таким мощным задором, что все мои болезненные мысли летят с ринга кувырком. Он зримо массивен всюду, включая торс и плечи, — могучая природная сила под камуфлирующей фуфайкой, человек, явившийся сюда прямо из цирка, где выступает в качестве силача; фортепьяно для такого Гаргантюа — это просто смешно, это раз плюнуть. Ефим Бронфман похож не на того, кто собирается играть на рояле, а на того, кто должен его двигать. Я никогда раньше не видел такой атаки на инструмент. Когда этот небритый еврей из России кончил играть, создалось впечатление, что рояль теперь можно выбросить. Бронфман подминает его под себя. Не дает ему утаить ничего. Все, что там внутри есть, должно, лапки кверху, выйти наружу. И когда это произошло, когда все вплоть до последнего содрогания извлечено на свет божий, он встает и уходит, оставляя позади себя общее наше спасение. Весело махнув на прощание рукой, он скрылся из виду, и хотя он забрал с собой весь свой прометеев огонь, наши собственные жизни вдруг кажутся негасимыми. Никто не умирает, *никто —* пока Бронфману есть что сказать на эту тему!

Наступил второй антракт, и поскольку Фауни и Коулмен на этот раз встали, чтобы выйти из-под навеса, встал и я. Я подождал, пока они пройдут, не зная, как лучше обратиться к Коулмену и — поскольку я был нужен ему, казалось, не больше, чем кто-либо другой из присутствующих, — стоит ли обращаться вообще. Но я скучал по нему. Да и что я такого сделал? Эта тяга, эта потребность в друге проявилась сейчас точно так же, как в день нашего знакомства, и магнетизм Коулмена, обаяние, которое я никогда не умел вполне объяснить, вновь сделали свое дело: я не смог удержаться.

В шаркающей веренице, которая медленно двигалась вверх по слегка наклонному проходу к солнечной лужайке, меня от Коулмена и Фауни отделяло несколько человек; положив ладонь ей на спину, он опять что-то тихо ей говорил — вел ее и растолковывал что-то, чего она не знала. Выйдя из-под навеса, они пошли через лужайку — предположительно к главному входу и земляной площадке за ним, где стояли машины, — и я не сделал попытки за ними последовать. Посмотрев назад, я увидел под навесом высвеченные лампами восемь великолепных виолончелей, лежащих аккуратным рядком на боку. С какой стати и это привело мне на ум нашу неизбежную смерть? Попробуй пойми. Кладбище инструментов? А почему, скажем, не стайка веселых китов?

Я еще немного постоял на лужайке, грея на солнышке спину, затем пошел было к своему месту слушать Рахманинова — и тут увидел, как они возвращаются. Значит, всего-навсего хотели пройтись, возможно, Коулмен показывал ей красивый вид на юг, а теперь собираются отдать должное последнему номеру репетиционной программы — «Симфоническим танцам». Желая разузнать, что разузнается, я двинулся прямо к ним, хотя они по-прежнему выглядели полностью замкнутой в себе парой. Я махнул Коулмену рукой и, здороваясь, перегородил им путь.

— Мне показалось, что я видел вас в толпе, — сказал Коулмен, и я, хотя не поверил ему, отметил про себя: лучшей фразы, чтобы ни она, ни я, ни он сам не почувствовали неловкости, и придумать было нельзя. Без тени чего-либо помимо непринужденно-трезвого, истинно деканского шарма, внешне совершенно не раздосадованный моим внезапным появлением, Коулмен продолжал:

— Каков Бронфман, а? Я тут как раз говорю Фауни: он заставил этот рояль сбросить десяток лет минимум.

— Я и сам сейчас размышлял в подобном ключе.

— Это Фауни Фарли, — сказал он мне; потом ей: — Это Натан Цукерман. Вы виделись на ферме.

Рост — скорее мой, чем его. Худая, со строгими чертами. По глазам ничего не поймешь. Лицо не выражает ничего решительно. Чувственность? Нулевая. Нигде не видать. Вне доильного отсека все привлекательное втянуто внутрь. Умеет принять такой вид, что ее словно бы и нет. Повадка животного — то ли хищника, то ли потенциальной жертвы.

На ней, как и на Коулмене, были выцветшие джинсы и мокасины; в старой ковбойке, у которой она закатала рукава, я узнал предмет его гардероба.

— Мне вас недоставало, — сказал я ему. — Хотелось бы в один из вечеров пригласить вас обоих куда-нибудь поужинать.

— Хорошая мысль. Конечно. Давайте.

Внимание Фауни уже сместилось. Она смотрела в сторону — на кроны деревьев. Ветки качались на ветру, но она смотрела на них так, словно они вели с ней разговор. Вдруг я понял, что она чего-то полностью лишена, причем я отнюдь не имел в виду способность поддерживать легкую беседу. Что я имел в виду, я бы назвал, если б мог. Это был не ум. И не умение держаться. Не декорум, не благопристойность — такое она могла напустить на себя запросто. Не глубина — в ней не было недостатка. Не внутренний мир — чувствовалось, что внутри у Фауни куча всего. Не душевное здоровье — она была здорова и, на свой смиренно-высокомерный манер, наделена неким превосходством пережитых страданий. Тем не менее что-то в ней напрочь отсутствовало.

На среднем пальце ее правой руки я заметил кольцо с молочно-белым опалом. Несомненно, его подарок.

В отличие от Фауни, Коулмен был весь тут и целехонек — по крайней мере, таким казался. С полным правдоподобием. Я знал, что он никоим образом не намерен везти Фауни ужинать со мной или с кем бы то ни было еще.

— «Мадамаска-инн», — сказал я. — Посидеть снаружи. А?

Я в жизни не видел Коулмена более учтивым, чем когда он лживо ответил:

— Отличное место. Непременно надо. Но давайте лучше мы вас пригласим. Натан, мы в ближайшее время это обсудим. — Он внезапно заторопился, взял Фауни за руку и кивком показал на места под навесом: — Хочу, чтобы Фауни послушала Рахманинова.

И влюбленные ушли — «исчезли в бурной мгле», как сказано у Китса.

За какие-то две минуты так много всего произошло — или так много всего почудилось, ибо фактически не случилось ничего мало-мальски важного, — что я не вернулся на свое кресло, а принялся ходить, поначалу совсем как лунатик: бесцельно двинулся через лужайку, на которой там и сям сидели отдыхающие, полуобогнул концертный навес, затем повернул обратно и направился туда, откуда открывался роскошный вид на летние Беркширы, уступающий разве что видам Скалистых гор.

Из-под навеса доносились звуки рахманиновских танцев, но мыслями я был далеко-далеко, точно упрятанный в складки этих зеленых холмов. Я сел на траву, изумленный, не в состоянии разобраться в своих впечатлениях. У него есть тайна. У этого человека, созданного, казалось бы, по самым убедительным, внушающим полное доверие эмоциональным чертежам, у этой силы, имеющей в качестве силы свою историю, у этого доброжелательно-хитрого, гладко-обаятельного, совершенно цельного внешне мужчины из мужчин есть тем не менее гигантская тайна. Как я к этому пришел? Почему — тайна? Потому что она чувствуется, когда он с Фауни. И когда он один, она тоже чувствуется — тайна и есть основа его магнетизма. Отсутствующая часть — вот что обольщает, вот что все время влекло меня к нему — загадочное *нечто*, которого он не показывает, которое принадлежит ему и никому больше. Он сотворил себя наподобие Луны, видимой только наполовину. И я не могу увидеть его полностью. Есть пробел — вот и все, что я могу сказать. Два пробела на двоих. Не только в ней имеется пустота, но и в нем, вопреки его облику твердо стоящего на ногах человека, а надо — так и упрямого, целеустремленного бойца, этакого профессора-великана, гневно хлопнувшего дверью, чтобы не нюхать их дерьма; где-то в нем тоже есть пробел, полость, вымарка, хотя что это может такое быть, я понятия не имею… Не знаю даже, есть ли в этой образной догадке, фиксирующей мое неведение о другом человеке, хоть капля смысла.

Лишь спустя примерно три месяца, когда я узнал тайну и начал эту книгу — книгу, которую вообще-то попросил меня написать он, хотя пишется она, конечно, не так, как он хотел, — мне стала ясна подоплека соглашения между ними: он ей все рассказал. Фауни, единственная из всех, знала, как Коулмен Силк стал тем, чем он стал. Откуда мне это известно? Да ниоткуда. Этого, как и всего прочего, я не знаю и знать не могу. Теперь, когда они мертвы, этого никто не может знать. К худу или к добру, я могу заниматься лишь тем, чем занимается всякий, кому кажется, что он знает. Я воображаю. Я вынужден воображать — такая у меня профессия. Только это я сейчас и делаю.

После того как Лес выписался из ветеранской больницы и примкнул к группе взаимной поддержки, чтобы не сходить с катушек и не надираться, Луи Борреро поставил ему стратегическую задачу — совершить паломничество к Стене. Если не к настоящей Стене в вашингтонском Мемориале ветеранов Вьетнама, то хотя бы к Передвижной стене, которая в ноябре должна прибыть в Питсфилд. Вашингтон исключался, потому что Лес поклялся туда ни ногой, так он ненавидел и презирал федеральную власть, особенно с девяносто второго, когда в Белом доме стал жить-поживать этот уклонист от призыва. Хотя везти Леса из Массачусетса в Вашингтон так и так значило бы перенапрячь человека, который едва вышел из больницы: слишком много переживаний, помноженных на слишком много часов автобуса.

Подготовку к Передвижной стене Луи запланировал для Леса такую же, как для всех до него, — китайский ресторан в сопровождении четырех-пяти ребят, и ездить туда столько раз, сколько понадобится, — два, три, семь, двенадцать, пятнадцать, если нужно, — пока он не сможет выдержать полный обед из всех блюд, от супа до десерта, причем без мокрой от пота рубашки, без такой дрожи в руках, что ложку до рта не донести, без выбегания каждые пять минут подышать, без того, чтобы тебя под конец вытошнило в уборной и ты отказывался выходить из запертой кабинки, — ну и без того, конечно, чтобы взбеситься по-серьезному и схватить за грудки китайца-официанта.

Луи Борреро с кем только не был связан, он уже двенадцать лет как покончил с наркотиками и принимал лекарства, и помогать ветеранам — это, он говорил, была его терапия. Хотя прошло тридцать лет и больше, все равно вьетнамских ветеранов, которым плохо, пруд пруди, вот он и разъезжал с утра до вечера по всему штату в своем фургончике, руководил группами поддержки для ветеранов и их семей, находил людям врачей, возил их на собрания «анонимных алкоголиков», выслушивал все их жалобы на домашние, душевные и денежные дела, давал советы по поводу проблем с Управлением по делам ветеранов и устраивал поездки к вашингтонской Стене.

Стена была для Луи как дочка родная. Он брал на себя все: заказывал автобусы, организовывал кормежку, мягко и по-товарищески брал под личную опеку всякого, кто боялся, что начнет рыдать и не кончит, или что станет плохо с животом, или что сердце не выдержит, лопнет. Сперва все дрейфили и говорили примерно одно и то же: «Дудки. Не могу я ехать к этой Стене. Подойти и увидеть фамилию такого-то? Нет уж. Езжай сам. Не заманишь». Лес, к примеру, ответил Луи так: «Думаешь, я не знаю, как вы в тот раз съездили? Думаешь, не знаю, какая вышла дрянь? За автобус двадцать пять долларов с носа. За ланч, сказали, включено, но все парни говорят, ланч был дерьмо — и двух долларов не стоил. И водила этот нью-йоркский ждать, видите ли, не хотел. Так ведь было, Лу? Хотел рано вернуться, чтобы смотаться в Атлантик-Сити! Да гори оно огнем! Всех бегом заставляет бежать, а под конец ему еще и на чай? Меня вычеркивай, Лу. Очень надо. Если при мне двое лбов обнимутся и начнут пускать слезы друг другу в камуфляж, я там все заблюю».

Но Луи знал, зачем нужна эта поездка. «Лес, ты не забыл, который год на дворе? Девятьсот девяносто восьмой. Конец, браток, веку двадцатому. Пора потихоньку чухаться. Понятно, что нельзя все сразу, и никто от тебя этого не требует. Но программа есть программа, дружище. Пора действовать. Стена — это потом. Мы начнем с малого. Начнем с китайского ресторана».

Но для Леса это вовсе не значило начать с малого; Лес, когда в Афине им с Фауни надо было взять что-нибудь на вынос, всегда ждал в машине, пока она покупала еду. Войти внутрь — он бы увидел там желтых и сразу захотел всех поубивать. «Но они же китайцы, — втолковывала ему Фауни, — не вьетнамцы». — «Да какая вшивая разница! Желтый гад — он и есть желтый гад! Больше знать ничего не хочу!»

Мало, можно подумать, он намучился от бессонницы за двадцать шесть лет: всю неделю перед походом в китайский ресторан не спал вообще. Раз пятьдесят, наверно, он звонил Луи, говорил, что не может идти, и чуть не половина звонков — в три ночи и позже. Но Луи слушал, который бы ни был час, давал ему выложить все, что на уме, соглашался даже, терпеливо так приговаривал: «Угу... угу... угу», но в конце всегда выруливал на свое: «У тебя, друг, одна будет задача: сесть и сидеть сколько получится. Вот и все. Что бы в тебе ни крутилось — ну, печаль там, злость, ненависть даже, ярость, — мы с тобой будем, а тебе только постараться подольше высидеть, и никуда не бежать, и ничего не делать». «Но официант, официант, — гнул свое Лес, — как мне с ним-то, на хер, быть? Нет не могу я, Лу, — рехнусь там к чертовой матери». — «Официанта я на себя беру. Твое дело будет — сидеть». На всякое возражение Леса, вплоть до того, что он может убить официанта, Луи отвечал, что его задача будет — сидеть. Как будто есть разница, сидишь ты или не сидишь, если перед тобой твой злейший враг!

Их было пятеро у Луи в фургончике, когда они под вечер, всего через какие-то две недели после выписки Леса из больницы, отправились в Блэкуэлл. Луи Борреро, мама-папа-брат-вожак, лысый, чисто выбритый, опрятно одетый, наутюженный, в черной ветеранской кепке и с палкой, немножко похожий на пингвина из-за малого роста, покатых плеч и высоко начинающегося брюшка, а главное — из-за ходьбы вразвалку на плохо гнущихся ногах. Еще там были двое больших и неразговорчивых: Чет, маляр, разведенный по третьему разу, во Вьетнаме служил во флоте, бессловесный верзила с конским хвостиком, три жены одна за другой испугались его так, что чуть не повредились умом; и Росомаха, бывший стрелок, одна ступня оторвана миной, работает в фирме «Майдас маффлер». Четвертый — Лес, пятый — Свифт, чудной, дистрофического вида, почти беззубый дерганый астматик, фамилия Свифт у него новая, законно поменял, как уволился на гражданку, — можно подумать, если ты уже не Джо Браун, не Билл Грин или кем там тебя призывали, то дома будешь каждое утро выскакивать из постели сам не свой от счастья. После Вьетнама Свифт страдал всеми кожными, дыхательными и нервными болезнями, какие есть, а теперь вот ему не дает покоя злоба на ветеранов войны в Заливе, да такая, что даже Лес ему по этой части в подметки не годится. Всю дорогу до Блэкуэлла, когда Леса начали уже мучить дрожь и тошнота, Свифт с лихвой возмещал молчание больших. Визгливый его голос не умолкал ни на минуту. «Проблема у них, оказывается, есть. На берег сойти. Песок их, видите ли, смущает. Обосраться. Вояки по выходным. Ни с того ни с сего вдруг им реальная задача. Вот в штаны и наложили — вечно в запасе, думать не думали, что призовут, и надо же — призвали. А делов-то там было раз плюнуть. Разве они знают, что такое война? Это — война? Четырехдневная наземная? Сколько они там наубивали на всех? Горе у них теперь: Саддам Хусейн живой остался. Один-единственный враг на всю ораву. Я не могу, держите меня. С этими ребятами все в полном порядке. Просто они хотят без маеты взять денежки. Сыпь у них, видите ли, — бедненькие! Знаете, сколько раз у меня была сыпь от оранжевого вещества? Я не доживу до шестидесяти, а эти беспокоятся из-за сыпи!»

Китайский ресторан стоит спиной к реке на северной окраине Блэкуэлла, на шоссе у бывшей бумажной фабрики. Приземистое длинное розовое здание из бетонных блоков с большим окном спереди, наполовину раскрашенное под кирпич — розовый кирпич. Раньше здесь играли в боулинг. В большом окне мигающие как попало неоновые буквы в китайском стиле складываются в надпись «Дворец гармонии».

Одной этой надписи Лесу хватило, чтобы заглох малейший проблеск надежды. Нет, не справиться. Ни сегодня, ни потом. Крыша съедет окончательно.

Монотонность, с какой он бубнил это про себя, — и великое усилие, какое он сделал, чтобы одолеть ужас. Кровавую реку перейти вброд — вот что значило для него миновать дыбящегося желтого гада у дверей, добраться до стола и сесть. И новый ужас — сводящий с ума ужас, от которого нет защиты, — из-за дыбящегося желтого гада с меню в руке. И прямая насмешка: желтый гад льет ему в стакан воду. Льет — ему! Ядовитым раствором всех его несчастий была для него эта вода. Бред, чистый бред — вот каково ему здесь было.

— Отлично, Лес, ты у нас молодец. Просто молодец, — сказал Луи. — Так держать. Пока очень хорошо. Теперь давай займемся меню. Больше ничего. Только меню. Открой меню, открой и, пожалуйста, посмотри на супы. От тебя сейчас требуется одно: заказать суп. Только и всего. Если трудно решить, мы сами за тебя выберем. У них тут замечательно готовят суп с пельменями.

— Сволочь официант, — сказал Лес.

— Он не официант, Лес. Его Генри зовут. Он хозяин. Лес, нам надо супом заняться. Генри тут за всем приглядывает. Следит, чтобы все шло гладко. Только этим и занят. Про остальные дела он знать ничего не знает. Не знает и не хочет. Ну, выбрал суп?

— А вы сами что будете?

Надо же — он это произнес. Лес. В самой гуще этой дикой драмы он, Лес, сумел отвлечься от бреда и спросить, что они собираются есть.

— С пельменями, — ответили все.

— Ладно. С пельменями.

— Отлично, — сказал Луи. — Теперь второе блюдо. Делимся или не делимся? Ты, Лес, целую порцию закажешь, или это будет многовато? Ну как, Лес, что выбираешь? Курицу, овощи, свинину? Может быть, ло мэйн? Ло мэйн с лапшой?

Он решил проверить — получится еще раз или нет.

— Что вы будете?

— Одни свинину, другие говядину...

— Все равно!

Все равно потому, что это происходит на другой планете — этот якобы заказ китайской еды. Этого нет на самом деле.

— Двойное соте из свинины? Лесу двойное соте из свинины. Отлично. Теперь, Лес, сосредоточься: Чет нальет тебе чаю. Не против? Хорошо.

— Только чтоб сволочь официант не сунулся.

Потому что боковым зрением он уловил какое-то движение.

— Стойте, стойте! — крикнул Луи официанту. — Сэр, не подходите к нам, мы сами к вам подойдем и сделаем заказ, если вы не возражаете. Мы принесем вам заказ, а вы держитесь на расстоянии.

Но официант, похоже, не понял, и, когда он снова к ним двинулся, Луи неуклюже, но проворно вскочил на свои больные ноги.

— *Сэр!* Мы — вам — принесем — заказ. Мы — вам. Понятно? Отлично. — Луи сел на место. — Да, — кивнул он официанту. — Правильно. — Официант стоял как вкопанный в трех-четырех шагах. — Именно так, сэр. Полный порядок.

Во «Дворце гармонии» было сумрачно, стены длинного зала с рядами столов оживлялись искусственными растениями. Из столов лишь за несколькими сидели люди, причем все достаточно далеко, чтобы краткие инциденты в том конце, где обедало пятеро мужчин, не привлекали их внимания. Предосторожности ради Луи всегда просил Генри сажать его компанию отдельно. Им с Генри такое было не впервой.

— Видишь, Лес, мы это уладили. Меню тебе уже не нужно. Лес, отпусти меню. Правую руку разожми. Теперь левую. Хорошо. Чет, закрой меню.

Чет и Росомаха, двое больших, сидели за круглым столом по бокам от Леса. Луи поручил им быть сегодня военной полицией, и они знали, что делать, если Лес поведет себя как не надо. Луи расположился напротив Леса, Свифт — рядом с Луи. Ободряющим тоном отца, который учит сына кататься на велосипеде, Свифт говорил теперь Лесу:

— Помню, как я в первый раз сюда пришел. Был уверен, что в жизни не справлюсь. А у тебя здорово получается. В первый раз я даже меню не мог прочесть. Буквы плавали. Я в окно хотел сигануть. Ребятам пришлось меня вывести, потому что я не мог спокойно сидеть. А ты, Лес, просто молодцом.

Если бы Лес мог обращать внимание на что-нибудь кроме дрожи у себя в руках, он бы заметил то, чего никогда раньше не видел: Свифт не дергался. Не дергался, не скулил и не ворчал. Потому-то Луи и взял его с собой: помогать человеку справляться с китайским обедом удавалось Свифту лучше всего на свете. Здесь, во «Дворце гармонии», Свифт яснее, чем где бы то ни было, вспоминал, что к чему. Здесь в нем с трудом угадывался человек, ползущий по жизни на четвереньках. Здесь в этом озлобленном, больном существе оживал крохотный, ощипанный кусочек того, что некогда звалось отвагой.

— Молодчина, Лес. Ты справляешься. Тебе в самый раз теперь немножко чайку, — говорил Свифт. — Чет, налей ему чайку.

— Ты, главное, дыши, — сказал Луи. — Вот так, вот так. Дыши, Лес. Если после супа трудно станет, мы уйдем. Но первое, как хочешь, надо одолеть. Если свинину уже не осилишь, ничего страшного. Но суп ты должен. Давай назначим пароль на случай, если срочно надо будет идти отсюда. На случай, если совсем станет невмоготу. Пусть пароль будет «чайный лист». Скажешь — и мы выметаемся. «Чайный лист». Но только если *совсем* нельзя будет терпеть.

На некотором отдалении возник официант с подносом, на котором стояло пять тарелок супа. Чет и Росомаха вскочили с мест, взяли у него суп и принесли на стол.

Лесу уже очень хочется сказать «чайный лист» и делать отсюда ноги. Почему, спрашивается, он до сих пор сидит? Уматывать. Уматывать.

Повторяя про себя: «Уматывать», он ухитряется прийти в какой-то транс и даже начинает есть суп, хоть и без всякого аппетита. Понемножку глотает бульон. «Уматывать» — это нейтрализует официанта и хозяина, но не может нейтрализовать двух женщин за столом у стены, которые лущат горох

301

и кидают горошины в кастрюлю. До них с десяток шагов, но Лес чует запах дешевой туалетной воды, какой они напрыскали за каждым из четырех своих желтых ушей, — запах для его ноздрей такой же острый, как от сырой земли. Тот же потрясающий жизнеспасательный дар, что помогал ему улавливать немытый телесный дух снайпера, бесшумно крадущегося в темени вьетнамских джунглей, позволил ему засечь запах женщин — и он начинает сатанеть. Никто ему не говорил, что будут женщины за этим делом. Надолго они тут расселись? Две молодые. Две желтые гадины. Чего они тут сидят за этим делом? Уматывать. Но он не может шевельнуться, потому что внимание приковано к двум желтым женщинам.

— Почему тут женщины сидят за этим делом? — спрашивает Лес у Луи. — Перестанут они когда-нибудь или нет? Что, будут сидеть за этим делом до опупения? Весь вечер будут сидеть? Сидеть и сидеть — так, что ли? Почему, я спрашиваю? Может кто-нибудь объяснить — почему? Разберитесь с ними. Пусть перестанут.

— Успокойся, — говорит Луи.

— Дальше некуда успокаиваться. Я просто хочу знать — они что, без конца будут сидеть за этим делом? Почему с ними никто не разберется? Пусть перестанут! Что, способа разве нет?!

Его голос поднимался до крика, и остановить этот подъем было не легче, чем заставить женщин перестать.

— Лес, мы в ресторане. Они готовят фасоль.

— Горох, — говорит Лес. — *Это у них — горох!*

— Лес, у тебя супа полная тарелка, скоро принесут второе. Суп, потом второе, больше на свете ни-

302

чего нет. Соте из свинины, и ты свободен. Поешь немного соте из свинины — и вольная птица.

— Я супом уже сыт по горло.

— Сыт? — встрепенулся Росомаха. — Что, больше не будешь? Точку на этом хочешь поставить?

Со всех сторон обложенный надвигающейся бедой — нельзя же без конца превращать пытку в *обед*, — Лес вполголоса выдавливает из себя:

— Заберите.

И тут официант делает движение — якобы забрать пустые тарелки.

— А ну!.. — рявкает Лес, и Луи опять на ногах, похожий теперь на циркового укротителя львов: Лес весь напружинился, готовый отразить атаку, а Луи палкой показывает официанту, что надо оставаться на месте.

— Не подходите, — говорит Луи официанту. — Где стоите, там и стойте. Мы сами вам принесем тарелки.

Женщины перестали лущить горох — Лесу не пришлось даже вставать, идти туда и втолковывать им доходчиво.

А Генри теперь уж точно включился. Этот ногастый, тощий, улыбчивый Генри, молодой такой, в джинсах, яркой рубашке и спортивных туфлях, который тут за хозяина и воду им наливал, пялится на Леса из дверей. Улыбается, но пялится. Источник угрозы. Загораживает выход. Его надо убрать.

— Все замечательно! — кричит Луи, обращаясь к Генри. — Еда вкуснейшая. Лучше не бывает. Почему мы сюда и ходим. — Потом официанту: — Как я говорю, так и делайте.

Опускает палку и садится обратно. Чет и Росомаха собирают пустые тарелки, несут и складывают официанту на поднос.

— Кто на очереди? — спрашивает Луи. — Кто еще расскажет про свой первый здешний обед?

Чет отрицательно качает головой, а Росомаха уже занялся приятным делом — уплетает суп Леса.

На этот раз, едва официант показался из кухни с новым подносом, Чет с Росомахой, не дожидаясь, пока косоглазый дубина забудет все на свете и опять попрет к столу, вскочили и двинулись ему навстречу.

И вот она перед ним. Еда. Пытка едой. Ло мэйн — говядина с креветками. Му гу гай пан. Говядина с перцем. Соте из свинины. На ребрах. С рисом. Пытка рисом. Пытка паром. Пытка запахами. И все это для того, чтобы спасти его от гибели. Соединить Леса теперешнего с Лесом-юношей. Это его повторяющийся сон: неотравленный паренек на ферме.

— Выглядит отлично!

— На вкус еще лучше!

— Сам возьмешь, Лес, или пусть Чет тебе положит?

— Я не голодный.

— Не в этом дело, — говорит Луи. Чет уже начал наваливать Лесу на тарелку. — Пусть даже ты не голодный. Уговор-то какой был?

— Хорошенького понемножку, — говорит Лес. — Уматывать отсюда. Я серьезно, ребята. Правда надо уматывать. Все, хватит, больше не могу. А то за себя не ручаюсь. Хватит с меня. Ты сказал, можно будет уйти. Пора отсюда уматывать.

— Я пароля не слышу, Лес, — отвечает Луи. — Так что мы продолжаем.

Руки уже трясутся черт знает как. Он не может справиться с рисом. Все с вилки летит — такая дрожь.

И, боже милосердный, откуда ни возьмись — официант с водой. Как из-под земли вырос, гад, заходит Лестеру со спины, новый уже, не тот. Полсекунды еще — и Лес с воплем «Йе-э-э!» вцепился бы ему в горло, кувшин с водой бомбой взорвался бы под ногами.

— Назад! — кричит Луи. — Не подходите!

Две желтые женщины начинают визжать.

— Не надо ему воды!

Орет прямо, вскочил на ноги и орет, палка над головой, женщины, наверно, думают, что Луи псих. Но они не знают, что такое псих, если думают, что Луи псих. Понятия не имеют.

За другими столами некоторые повставали с мест, Генри бегом к ним и тихо с ними говорит, пока все не садятся. Объясняет, что это вьетнамские ветераны и, когда бы они ни явились, он патриотическим долгом своим считает оказать им гостеприимство и час-другой мириться с их проблемами.

Теперь в ресторане полная тишина. Лес несколько раз заставляет себя взять что-то в рот, а другие тем временем съедают все подчистую — еда остается только у Леса.

— Ну что, кончил? — спрашивает Росомаха. — Больше не будешь?

На сей раз он даже не может выговорить «заберите». Одно это слово — и все, кто погребен под полом ресторана, встали бы и поперли искать отмщения. Одно слово — и если вы только пришли и не видели, на что это похоже, сейчас уж точно увидите.

На очереди печеньица с предсказаниями. Обычно им это нравится. Извлекают бумажки с предсказаниями судьбы, читают, смеются, пьют чай — кому это может не понравиться? Но Лес орет: «Чайный лист!» — и срывается с места. Луи тут же Свифту:

— Давай, Свифти, жми, догони его. Следи, глаз не спускай. Мы расплатимся и выйдем.

На обратном пути в машине тихо. Росомаха молчит, потому что наелся до отвала; Чет молчит, потому что знает по болезненному опыту многих драк, что для такого измочаленного, как он, человека молчание — единственный способ не выказывать враждебности; Свифт тоже молчит — молчит горько и сокрушенно, потому что вместе с мигающими неоновыми огнями «Дворца гармонии» отдаляется от него победная память о себе, каким он там становился. Теперь Свифт раскочегаривает боль.

Лес молчит, потому что спит. После десяти суток полновесной бессонницы наконец вырубился.

Только высадив всех, кроме Леса, и оставшись в машине с ним одним, Луи слышит, как Лес шевелится, и говорит ему:

— Лес! Слышишь меня? Ты хорошо справился, Лестер. Когда я увидел, как ты потеешь, я подумал: нет, ни шиша у него сегодня не получится. Ты бы видел, какого цвета у тебя было лицо. Ужас какого! Я уж думал — все, официанту хана.

Луи, который первые ночи после возвращения с войны провел в гараже у сестры прикованный к отопительной батарее (а то бы он убил сестрина мужа, по доброте взявшего его в дом всего через двое суток после джунглей), Луи, который так организовал все часы своего бодрствования, посвятив их нуждам других людей, что никакое дьявольское побуждение и щелки не найдет просочиться, Луи, которому двенадцать лет трезвости и чистоты, многоступенчатая восстановительная программа и неукоснительный, как религиозный ритуал, прием лекарств — от тревоги одно, от депрессии другое, от боли в щиколотках, коленях и бедрах противовоспалительное, главным образом вызывающее жжение в желудке, газы и понос, — позволили разгрести свой внутренний мусор настолько, чтобы вновь обрести способность разговаривать с людьми по-человечески, чтобы, по крайней мере, не чувствовать сумасшедшей злобы из-за больных ног, на которых ему теперь ковылять до конца дней, из-за необходимости стоять во весь рост на зыбучем песке, — счастливчик Луи смеется.

— Я подумал: ну нет, у этого шансы нулевые. И зря подумал. Ты не только суп высидел, ты до самого печенья дошел, черт его дери. А знаешь, на который раз я добрался до печенья? На четвертый. Только на четвертый. В первый раз я сломя голову полетел в уборную и меня только через пятнадцать минут оттуда вытащили. Приеду — знаешь что я скажу жене? Я скажу: «Лес молодцом. Лес справился во как».

Но когда пришло время ехать опять, Лес отказался. «Я сидел уже там, чего еще от меня надо?» — «Надо, чтоб ты ел, — объяснил Луи. — Надо, чтоб ты ел и суп, и второе. Ходи по земле, говори, что на уме, ешь, что на столе. Новая цель у нас теперь,

Лес». — «Хватит с меня твоих целей. Я высидел. Никого не убил. Мало тебе?» Но неделю спустя они поехали-таки опять во «Дворец гармонии» — те же действующие лица, тот же стакан воды, те же меню и даже запах тот же — запах дешевой туалетной воды от азиатской кожи ресторанных женщин, сладкий, мгновенный, электризующий, по которому Лес безошибочно может засечь добычу. На второй раз он ест, на третий ест *и заказывает*, хотя они все еще не подпускают официанта к столу, а на четвертый они уже позволяют официанту их обслуживать, и Лес ест как сумасшедший, ест так, что брюхо трещит, ест, как будто год не видел жратвы.

Вышли из «Дворца гармонии» — все его обступают, все наперебой ему: «Дай пять!» Чет до того развеселился, что даже говорит, даже *кричит*: «Семпер фи!»*

— Чего доброго, Луи, — говорит Лес по дороге домой, точно пьяный оттого, что восстал из могилы, — чего доброго, Луи, ты теперь потребуешь, чтобы мне *нравилось*!

Но теперь на очереди Стена. Он должен будет прочесть там имя Кенни. Не может он этого. Однажды он прочел имя Кенни в книге, которая лежит в ветеранском управлении. После этого ему неделю было худо. На большее он не способен. Но и думать ни о чем другом тоже не способен. Кенни, лежащий рядом с оторванной головой. День и ночь одно и то же — почему Кенни, почему Чип, почему Бадди, почему они, а не *я*? Иногда он думает — им

---

* От *лат.* semper fidelis — всегда верен. Это девиз военно-морских сил США.

повезло. Для них все уже кончено. Нет, дудки, фиг он поедет к этой Стене. Сдалась она ему. Ни в жизнь. Ни сил, ни охоты. Нет — и точка.

Станцуй для меня.

Уже около полугода они вместе, и вот однажды вечером он говорит: «А теперь станцуй для меня» — и ставит у себя в спальне компакт-диск — «Тот, кого я люблю», аранжировка Арти Шоу, партия трубы — Рой Элдридж. Станцуй для меня, говорит он, разжимая туго обхватившие ее руки и показывая на пол у изножья кровати. Без малейшего замешательства она встает оттуда, где вдыхала этот запах, запах раздетого Коулмена, запах загорелой кожи, — оттуда, где она лежала, глубоко угнездившись, зарыв лицо в его голый бок, ощущая на языке вкус его спермы, положив ладонь на курчавую маслянистую заросль пониже его живота, — и, ощущая прикованный к себе острый взгляд его зеленых глаз, окаймленных длинными темными ресницами, не взгляд истощенного старика на грани обморока, а взгляд человека, прильнувшего к оконному стеклу, танцует — не кокетливо, не как Стина в 1948 году, не потому, что она юная прелесть, танцующая, чтобы доставить удовольствие ему и получить от этого удовольствие самой, юная прелесть, не шибко понимающая, что творит, говорящая себе: «Я могу для него это сделать, он этого хочет, а я могу — пожалуйста». Нет, не такая наивно-невинная картина, не распускающийся бутон, не кобылка, становящаяся кобылицей. Фауни может, и еще как, но без весеннего цветения, без туманной девической идеализации себя, его, всех живых и умерших. Он говорит: «А теперь станцуй для меня», и, засмеявшись своим свободным смехом, она отзывается: «Ладно, отчего ж не станцевать. Я на такое щедрая» — и начинает двигаться, оглаживает свою кожу, как смявшееся платье, словно убеждается, что всё на месте, что всё упругое, костистое и округлое в точности там, где должно быть, мимолетно чувствует свой запах, родной многозначащий телесный дух, идущий от пальцев, когда она проводит ими от шеи к теплым ушам, а оттуда, медленно минуя щеки, к губам, затем принимается играть волосами, своими золотыми седеющими волосами, влажными и спутанными от любовных усилий, играть как водорослями, представляя себе, что это водоросли и всегда ими были, — широкий капающий взмах пучком водорослей, насыщенных морской солью, — и что, разве ей это трудно? О чем говорить. Вперед. Жарь. Раз уж он так хочет — захомутай его, опутай. Не впервой.

Она чувствует, когда это возникает — эта новая связь между ними. У изножья кровати на полу, который стал ее сценой, она движется, соблазнительно непричесанная и чуть липкая из-за предшествующего, умащенная во время того, первого представления, светловолосая, белокожая там, где не загорела на ферме, с полудюжиной шрамов на теле, с ободранной, как у ребенка, коленкой из-за того, что поскользнулась в коровнике, с полузажившими тонкими, как нити, порезами на руках и ногах от изгородей на пастбище, с загрубевшими и покрасневшими ладонями, с ранками от стекловолокна, получаемыми при повороте секций забора, с царапинами от еженедельного выдергивания и всаживания кольев, с ярко-красным кровоподтеком в форме лепестка у самого основания шеи, возникшим то ли по милости Коулмена, то ли из-за какой-то неосторожности в доильном отсеке, с еще одним кровоподтеком, черно-синим, на внутренней стороне бедра, с красными точками укусов, с прилипшим к щеке его седым изогнутым волосом, с приоткрытым ртом — приоткрытым как раз настолько, чтобы видна была линия зубов, — движется без всякой спешки, потому что весело ехать, а не приехать. Она движется, и теперь он видит ее как следует, видит ритмически колеблющееся, длинное, стройное тело, в котором куда больше силы, чем кажется, видит ее на диво массивные груди, видит, как она раз, другой, третий наклоняется к нему на длинных прямых ногах, будто черпая из него ковшом. Не противясь, он лежит на сморщенной простыне, под затылком волнистый сугроб смятых подушек, голова на уровне ее бедер, ее живота, ее подвижного живота, и он видит ее вплоть до мельчайших подробностей, видит, и она это знает. Соединены. Она знает: он хочет, чтобы она предъявила на что-то права. Он хочет, думает она, чтобы, стоя здесь и танцуя, я предъявила права на свое достояние. На что? На него. Да, на него. Он предлагает мне себя. Ладно-ладно, это штука высоковольтная, но пусть. И вот, глядя на него сверху вниз проницательным взглядом, она движется, движется, и начинается передача власти по всей форме. Ей это приятно — вот так двигаться под эту музыку и чувствовать, как перетекает власть, чувствовать, что по ее малейшему знаку, по щелчку пальцами, каким подзывают официанта, он выползет из кровати на четвереньках и примется лизать ей ступни. Танец, считай, только начался — а я уже могу очистить его и съесть, как фрукт. И не важно уже, что меня мордовали, что я уборщица, что я вычищаю в колледже за людьми всякое дерьмо, что я и на почте вычищаю за людьми всякое дерьмо — а это ведь здорово ожесточает, уборка чужого мусора, противно, если хотите знать, и не говорите мне, что лучше нет профессии на свете, — но это у меня есть, я это делаю, три работы у меня, потому что развалюхе, на которой я езжу, осталось жить хорошо если неделю и надо будет покупать дешевую тачку на ходу, вот вам и три работы, и не в первый раз уже, а на ферме, между прочим, вкалывать и вкалывать, звучит-то оно для вас неплохо, Фауни и коровы, и смотрится со стороны неплохо, но когда сверх всего остального, это уже называется рвать пупок... Но теперь я с ним голая в его спальне, он разлегся передо мной со своим мужским хозяйством и флотской наколкой, и все вокруг спокойно, и он спокоен, и удовольствие от моего танца не мешает ему быть совсем спокойным, а ведь ему тоже хорошо досталось. Жену потерял, работу потерял, профессор-расист — так его ославили, а что такое профессор-расист? Это ведь не то, чем вдруг становятся. Вроде как тебя разоблачили, значит, всю жизнь был расистом. Это ведь не однажды сделать что-то не то. Расист — значит, всегда был расистом. Вдруг на́ тебе — ты плохой с самого начала. Вроде как знак на тебе выжгли, и в этом даже и правды-то нет ни на грош, но теперь он спокоен. Я могу ему это устроить. Я его могу спокойным сделать, он — меня. А всего-то навсего мне надо двигаться и не останавливаться. Он мне — станцуй для меня, а я думаю — почему нет? Ну разве что он решит, будто я намерена ему подыгрывать и делать вид, что это другое. Он станет делать вид, будто весь мир наш, и я ему позволю, а потом сама примусь делать вид. И все равно — почему нет? Я могу танцевать... но пусть он помнит. Это — только это, и всё, хоть на мне и ничего нет, кроме кольца с опалом, которое он мне подарил. Это только и означает, что я при включенном свете стою голышом перед моим любовником и двигаюсь под музыку. Да, тебе немало лет, позади у тебя жизнь, я к ней не имею отношения, но я знаю, что здесь происходит. Ты берешь меня как мужчина. И я тебе отдаюсь. Это много. Но сверх этого ничего нет. Я танцую перед тобой голышом при включенном свете, и ты тоже голый, а все остальное не в счет. Это самое простое, что может быть, — *оно самое*. Будешь думать, будто здесь что-то сверх этого, — испоганишь то, что есть. Ты не будешь — тогда и я не буду. *Не должно* больше ничего быть. А знаешь, Коулмен, — я вижу тебя насквозь. Потом она произносит это вслух:

— А знаешь, я вижу тебя насквозь.

— Правда? — спрашивает он. — Ну, сейчас начнется.

— Ты думаешь, к твоему сведению, вот что: есть Бог или нет? Ты думаешь — зачем я в этом мире? Чего ради? А вот ради этого. Ради того, что ты здесь и я делаю это для тебя. И никаких мыслей о том, что ты кто-то еще где-то еще. Скажем, ты женщина, лежишь в постели с мужем и даешь ему, но не чтобы дать, не чтобы получить удовольствие, а потому что ты в постели с мужем и так положено. Или ты мужчина, лежишь с женой и трахаешь ее, но думаешь, что лучше бы не ее, а уборщицу с почты. Ну так держи свою уборщицу.

Он смеется мягким смехом:

— И это доказывает существование Бога?

— Если не это, то ничто не доказывает.

— Танцуй дальше, — говорит он.

— Когда ты умер, — спрашивает она, — не все ли равно, что ты женился не на той?

— Все равно. И когда ты жив, тоже. Танцуй дальше.

— А что не все равно? А?

— Это.

— Молодец, — говорит она. — Учишься.

— Что же получается — ты меня учишь?

— Самое время кому-нибудь тебя поучить. Да, я учу тебя. Но не смотри на меня так, будто я гожусь для чего-нибудь другого, чем *вот это*. Для большего. Не надо. Будь здесь, будь со мной. Не уходи. Не отвлекайся. Не думай ни о чем другом. Будь со мной. Я сделаю все, что ты захочешь. Сколько раз тебе женщины искренне такое говорили? Что захочешь, то я и сделаю. Не теряй этого, Коулмен. Не перетаскивай никуда. Только для этого мы и здесь. К завтрашнему дню это не имеет отношения. Все двери захлопни, в бывшее и в будущее. Перестань думать по-общественному. Чего оно от нас хочет, это расчудесное общество? Какими оно нас делает? «Ты должен, должен, должен». К чертям. Кем положено быть, что положено делать — это все убивает. Я и дальше могу танцевать, если это, и только. Наш тайный момент — если это, и только. Твой кусочек. Твой кусочек времени. Больше ничего — надеюсь, ты понимаешь.

— Танцуй дальше.

— Это и есть самое важное, — говорит она. — Если бы я перестала думать про...

314

— Про что?

— Я с детства была сучка-давалка.

— С детства?

— Он всегда говорил себе, что это не он, а я.

— Отчим?

— Да. Так он себе говорил. Может, даже и прав. Но в восемь, девять и десять лет у меня уже не оставалось выбора. Жестокость — вот что было плохо.

— На что это было похоже в десять лет?

— Все равно что он заставил бы меня взвалить на спину дом и нести.

— На что это было похоже, когда он ночью входил к тебе в спальню?

— Как дети на войне. Видел в газетах фотографии детей после бомбежек? Вот, вроде того. Большое, как бомба. Но я все стояла, сколько меня ни бомбили. Она-то меня и сгубила, эта устойчивость. Потом мне исполнилось двенадцать, тринадцать, стали расти груди. Пошли месячные. Вдруг я оказалась щелкой, обросшей телом... Зря это я — танцевать, и только. Дверей не открывать, Коулмен, — ни в бывшее, ни в будущее. Я вижу тебя насквозь, дружок. Ты не закрываешь дверей. Все фантазируешь про любовь. Знаешь что? Мне нужен мужчина постарше. В ком совсем уже не осталось любовной белиберды. Ты, Коулмен, слишком для меня молодой. Вид у тебя сейчас — ну прямо мальчонка, который влюбляется в училку музыки. Ты млеешь от меня, Коулмен, но тебе еще повзрослеть надо для такой, как я. Мне нужен кто-то старше тебя. Я думаю, ему лет сто должно быть, не меньше. Нет у тебя случайно знакомого в инвалидном кресле? Каталка — это как раз то, что надо: можно танцевать и толкать. Может, у тебя есть старший брат? Вид у тебя сейчас, однако. Смотришь на меня глазами школьника. Пожалуйста, прошу тебя, позвони своему старшему другу. Я буду танцевать и танцевать, просто соедини меня с ним. Я хочу с ним побеседовать.

И, говоря это, она знает, что словами и танцем влюбляет его в себя. С легкостью. Я кучу мужчин приманила, кучу залуп, залупы меня ищут и ко мне приходят — но не все, у кого есть залупа, не те девяносто процентов, которые ничего не смыслят, а только те мужчины и парни, у кого настоящая мужская штука, понимающие, как, например, Смоки. Можно известись из-за всего, чего у меня нет, но *это* у меня есть, пусть я даже буду закутана сверху донизу, и бывают мужчины, которые понимают. Они знают, чего им хочется, и поэтому ищут меня, приходят ко мне и берут, хотя это-то... это-то у меня взять проще простого. Как конфетку забрать у ребенка. Да — он-то помнит. Как не помнить. Раз попробуешь — не забудешь. Боже ты мой. После двухсот шестидесяти отсосов, четырехсот обычных пистонов и ста шести задних — начинается флирт. Так оно всегда и бывает. Было ли с кем-нибудь на свете такое, чтобы любить до спанья? Было ли со мной такое, чтобы я любила *после*? Или это — первая ласточка?

— Хочешь знать, каково мне сейчас? — спрашивает она его.

— Да.

— Очень хорошо.

— Подумай теперь — разве можно выйти из этого живым?

— Понятно. Да, ты прав, Коулмен. Дело попахивает бедой. В семьдесят один в такое впутываться?

В семьдесят один да с ног на голову? Лучше не надо. Лучше воротиться обратно.

— Танцуй дальше, — говорит он и нажимает кнопку прикроватного «сони». Снова «Тот, кого я люблю».

— Нет. Нет. Прошу тебя. Моя карьера уборщицы под угрозой.

— Еще и еще.

— Еще и еще, — повторяет она. — Где-то я уже это слышала.

Одним «еще» почти никогда дело не ограничивалось. По крайней мере, в устах мужчин. Да и в ее собственных.

— Я всегда думала, что «еще и еще» — одно слово.

— Так оно и есть. Танцуй дальше.

— Тогда не теряй этого. Мужчина и женщина в комнате. Голые. Вот и все, что нам нужно. Не любовь. Не унижай себя, не будь сентиментальным дураком. Ты смерть как этого хочешь, но не надо. Давай не будем этого терять. Постарайся, Коулмен, постарайся это сохранить.

Он никогда еще не видел, чтобы я так танцевала, он никогда еще не слышал, чтобы я так разговаривала. Столько времени прошло — странно, что я не разучилась так разговаривать. Столько лет пряталась. *Никто* еще не слышал, чтобы я так разговаривала. Только ястребы и вороны иногда в лесу — больше никто. Мужчин я обычно развлекала по-другому. Так опрометчиво я еще себя не вела. Надо же.

— Сравни, — говорит она. — Торчать здесь каждый божий день — и вот это. Женщина, которая не хочет завладеть всем. Женщина, которая не хочет завладеть *ничем*.

Но никогда она сильней не хотела чем-то завладеть.

— По большей части женщины всем хотят завладеть, — говорит она. — И твоей почтой. И твоим будущим. И твоими фантазиями. «Как ты смеешь хотеть не меня, а кого-то еще? Я должна быть твоей фантазией. Почему ты смотришь порнуху, когда у тебя есть я?» Они хотят владеть тобой со всеми потрохами. Но удовольствие не в том, чтобы владеть. Удовольствие — вот в этом. В комнате он и она, два соперника. Коулмен, я вижу тебя насквозь. Я могла бы всю жизнь тебя предавать, и все равно ты был бы мой. Из-за одного танца. Разве не так? Что, я ошибаюсь? Нравится тебе, Коулмен?

— Какая удача, — говорит он, глядя во все глаза. — Какая невероятная удача. Жизнь мне это была должна.

— Даже сейчас?

— Ты чудо. Елена Троянская.

— Елена Перекатная. Елена Никакая.

— Танцуй дальше.

— Я вижу тебя, Коулмен. Насквозь. Хочешь знать, что я вижу?

— Хочу.

— Ты хочешь знать, вижу ли я старика. Ты боишься, что я увижу старика и убегу. Ты боишься, что я увижу всю разницу между тобой и молодыми, увижу, где у тебя дрябло, где неказисто, и ты меня потеряешь. Потому что старый. Но знаешь, что я вижу?

— Скажи.

— Вижу мальчонку. Ты влюбляешься как мальчонка. А не должен. Не должен. Знаешь, что еще я вижу?

— Знаю.

318

— Да, теперь я это вижу — вижу старика. Умирающего старика.

— Объясни мне.

— Ты все потерял.

— Ты это понимаешь?

— Да. Все потерял, кроме моего танца. Рассказать тебе, что я вижу?

— Что?

— Ты не заслужил этого, Коулмен. Вот что я вижу. Что ты в ярости. И так оно шло к концу. Разъяренный старик. А не должно такого быть. Вот что я вижу — твою ярость. Вижу злобу и стыд. Вижу, что в старости ты понял, как время идет. Этого не понимаешь почти до конца. Но теперь ты понял. И тебе страшно. Потому что нельзя переиграть. Двадцать тебе уже не будет. Назад ничего не вернется. И так оно шло. Но хуже, чем умирать, хуже даже, чем мертвым гнить, — то, что сделали с тобой эти сволочи. Забрали у тебя все. Я вижу это в тебе, Коулмен. Вижу, потому что знаю, что это такое. Сволочи, которые в одну секунду все переиграли. Взяли твою жизнь и выбросили на помойку. *Они* решили про *твою* жизнь, что ее надо выбросить. Видишь, ты ту самую танцующую бабенку нашел, какая тебе нужна. Они решают, что мусор, а что нет, вот и решили, что ты — мусор. Унизили, в порошок стерли из-за ерунды, про которую все знали, что это ерунда. Пустячное вшивенькое словечко, которое ничего для них не значило, ровно ничего. Разъяришься тут.

— Я не думал, что ты обращала на это внимание.

Она смеется своим свободным смехом. И танцует. Без идеализма, без идеализации, без малейших

утопических помышлений милого юного существа, зная о действительности то, что она о ней
знает, помня о тщете и бессмыслице, из которых
ее жизнь состояла и будет состоять, не забывая
о хаосе и жестокости — танцует! И говорит то, чего раньше никогда не говорила, мужчине. Женщины, которые отдаются как она, не способны на такие разговоры — по крайней мере, так хотят думать мужчины, которые не спят с ей подобными.
И женщины, которые не отдаются как она, тоже
хотят так думать. Тупица Фауни — вот как все хотят обо мне думать. Что ж, пусть думают. На здоровье.

— Да, тупица Фауни обращала на это внимание, — говорит она. — Как иначе, по-твоему, тупица Фауни может хоть что-то в жизни получить? Тупица Фауни — это мое достижение, Коулмен, это
самая зоркая я, самая чуткая я. Сдается мне, это
я сейчас смотрю на *твой* танец. Откуда я все это
про тебя знаю? Да оттуда, что ты со *мной*. Отчего
бы ты со мной связался, если не от ярости? Отчего бы я с тобой связалась, если не от ярости? Самое оно для роскошного траха. Ярость уравнива-
ет. Так что не теряй этого, Коулмен.

— Танцуй дальше.

— Пока не рухну?

— Пока не рухнешь. До последнего вздоха.

— Как тебе угодно.

— Где я тебя нашел, Волюптас? — спрашивает
он. — *Как* я тебя нашел? Кто ты?

Он опять нажимает кнопку, запуская «Тот, кого я люблю» с начала.

— Я могу быть кем тебе угодно.

———

Всего-то навсего Коулмен читал ей что-то из воскресной газеты про президента и Монику Левински — и вдруг Фауни вскочила и закричала:

— Можно обойтись без семинара, черт тебя дери? Завязывай с семинаром! Учить меня вздумал! Не собираюсь! Не могу, не хочу и не буду. Хватит меня учить — ни хрена все равно не выйдет!

И выбежала вон посреди завтрака.

Ошибкой было у него остаться. Домой не поехала — и теперь его ненавидит. Что она ненавидит больше всего? То, что он и вправду считает свои страдания невесть какими важными. И вправду считает то, что они там про него говорят в Афина-колледже, таким сокрушительным для себя. Ну не любят его тамошние уроды — подумаешь. Это что, самый большой ужас в его жизни? Чепуха это, а не ужас. Двое детей задыхаются и умирают — вот это ужас. Отчим приходит и лезет в тебя пальцами — вот это ужас. А лишиться работы, когда тебе так и так скоро на пенсию, — уж извини. Вот что она в нем ненавидит — привилегированность страдания. Он считает, что ему не повезло? Столько вокруг настоящей боли, он жалуется на невезение? Знаете, когда не повезло? Когда после утренней дойки муж берет железную трубу и бьет тебя по башке. Я даже не видела, как этот псих замахнулся, — а ему, оказывается, не повезло! Ему, оказывается, жизнь была должна!

И все это означает, что ей не надо никакой учебы за завтраком. Бедной Монике трудно будет найти в Нью-Йорке хорошую работу? Скажу тебе по секрету: мне плевать. Думаешь, Монике есть дело до того, что у меня болит спина от треклятой дойки после рабочего дня в колледже? От уборки на почте всякого дерьма, которое людям лень донести до урны? Думаешь, Монике есть до этого дело? Она продолжает названивать в Белый дом, а с ней не хотят разговаривать — какой ужас! У тебя все кончено — и это тоже ужас? У меня, дружок, ничего не начиналось. Все кончилось не начавшись. Попробовал бы на себе разок железную трубу. Вчерашний вечер? Не спорю. Хороший был вечер. Чудесный. Мне он тоже был нужен. Но у меня все равно три работы. Что изменилось? Потому все и принимаешь, что это ни черта не меняет. Ну скажу я маме, что ее муж приходит по ночам и запускает в меня пальцы, — и ни черта не изменится. Пусть даже мама теперь знает и собирается мне помочь — все равно не изменится. Эта ночь с танцами у нас была — и ни черта она не изменила. Он читает мне про вашингтонские дела — что, что, что это меняет? Читает мне про столичные похождения, про то, как у Билла Клинтона сосали член. Как это мне поможет, когда моя машина скапутится? Ты и вправду думаешь, что это важные мировые новости? Не очень-то они важные. Вовсе даже не важные. У меня было двое детей. Они погибли. Так что, если у меня нет сил сочувствовать Монике и Биллу, отнеси это на счет моих детей, хорошо? Пусть это будет мой изъян — ради бога. Не осталось у меня пороху на все эти тревоги мирового значения.

Ошибкой было у него остаться. Ошибкой было так очароваться, так размякнуть. Раньше она в какую угодно бурю возвращалась домой. Даже если с ужасом думала, что Фарли пристроится в хвост и заставит ее свалиться в реку, — все равно возвращалась. Но теперь осталась. Танец во всем виноват — и утром она злится. Злится на него. Утречко приходит в дом — ну-с, газету развернем. После такой ночи ему интересно, что пишут в газетах? Может, если бы они не разговаривали, просто позавтракали бы и она уехала, в том, что она осталась на ночь, не было бы ничего страшного. Но начать этот семинар — хуже он ничего не мог придумать. Как он должен был поступить? Дать ей чего-нибудь поесть и отпустить домой. Но танец сделал свое дело. Я осталась, дура набитая. Остаться на ночь — для такой, как я, нет ничего важней. Я кучу всякого разного не знаю, но это я знаю: остаться до утра — кое-что значит. Начало всяких фантазий про Коулмена и Фауни. Начало фантазий про «навсегда» — самых пошлых на свете. Что, мне некуда было податься? Что, у меня угла своего нет? Так и езжай туда! Трахайся до какой угодно поздноты, но потом садись и езжай! В конце мая какая была гроза — все по швам лопалось, все катилось по холмам колесом, как будто война. Внезапная атака на Беркширы! Но в три ночи я встаю, одеваюсь и иду. Гром, молния, деревья трещат, ветки падают, град бьет по голове — иду. Ветер хлещет — иду. Холм взлетает на воздух — иду. Между домом и машиной меня запросто могла убить молния, превратить в головешку, но я не остаюсь — *иду*. А теперь лежать с ним в постели до утра? Луна с тарелку, по всей земле тишина, только луна и лунный свет — и я осталась. Слепой и тот в такую ночь найдет дорогу домой, а я не поехала. И спать не спала. Не могла. Глаз не сомкнула. Боялась, что во сне к нему привалюсь. Не хотела до него дотрагиваться. Даже подумать не могла о том, чтобы дотронуться до человека, чью задницу лизала месяцами. До рассвета, как прокаженная, лежала на краю кровати и смотрела, как ползут через его лужайку тени его деревьев. Он сказал мне: «Оставайся», но на самом деле этого не хотел, а я ему отвечаю: «Самое время поймать тебя на слове» — и поймала. Можно было надеяться, что хоть один из двоих не даст слабины, — но нет, куда там. Оба поддались худшему, что только бывает. А ведь помнила, что шлюхи говорили, — вот она, их великая мудрость: «Мужчина не за то платит, что ты с ним спишь, а за то, что потом уходишь».

Но, хоть она и знала, чтó ей ненавистно, она помнила и о том, чтó ей по сердцу. Его великодушие. Прямо скажем, нечасто она оказывалась рядом с чьим-то великодушием. И сила, которую чувствуешь, когда ты с человеком, который не машет над тобой железяками. Если бы он нажал на меня, я бы, пожалуй, даже призналась, что я не дура. Не говорила я ему этого ночью? Он слушает меня — вот я и не дура. Не отмахивается от меня, не предает меня, ни в чем меня не винит. Ни на какие хитрости со мной не пускается. И с этого всего я так на него взъелась? Он со мной искренен. Он серьезно ко мне относится. Об этом говорит хотя бы кольцо, которое он мне подарил. Его догола раздели, и он пришел ко мне в чем мать родила. В самый свой смертный момент. На моих дорогах такие мужчины кучами не валялись. Он и машину бы мне купил, если бы я позволила. С ним никакой боли нет. Просто слушать его голос, как он поднимается и опускается, — уже успокаивает.

И от этого бежать? С этим — затевать детскую драку? Чистейшая случайность, что ты вообще его встретила, первая в твоей жизни счастливая случайность — первая и последняя, — а ты вспыхиваешь и убегаешь, как малый ребенок? Что, действительно хочешь скорого конца? Хочешь вернуться к тому, что было до него?

Но она выбежала из дома, вывела машину из сарая и рванула на ту сторону холма в Одюбоновское общество навестить знакомую ворону. Через пять миль — крутой поворот на узкое грунтовое ответвление, которое вилось и петляло еще с четверть мили, пока не вывело к серому крытому гонтом двухэтажному дому, уютно угнездившемуся под деревьями, — когда-то в нем жили люди, а теперь здесь, поблизости от лесов и туристских троп, расположено местное отделение общества. Усыпанная гравием подъездная дорожка кончалась бревенчатым шлагбаумом; доска, прибитая к березе, показывала дорогу к ботаническому садику. Других машин видно не было. Остановилась, едва не врезавшись в шлагбаум. Казалось, с такой же легкостью могла бы скатиться прямо по склону холма.

У входа в дом на ветру стеклянно и таинственно позвякивали колокольчики, точно какой-то религиозный орден, обожествляющий нечто малое и трогательное, без слов призывал гостя постоять, оглядеться и предаться медитации; но на флагштоке еще не был поднят флаг, и табличка на двери сообщала, что по воскресеньям допуск посетителей начинается только в час дня. Тем не менее дверь, когда она ее толкнула, открылась, и она перешла из жиденькой утренней тени безлиственного кустарника в прихожую, где ждали зимних покупателей увесистые мешки с разными видами птичьего корма, а у стены напротив до самого окна громоздились ящики со всевозможными кормушками для птиц. В сувенирном магазинчике, где, помимо этих кормушек, продавались книжки о природе, карты местности, аудиокассеты с голосами птиц и всяческие безделушки на птичье-звериные темы, свет еще не горел, но, когда она повернула в другую сторону и вошла в более просторный демонстрационный зал, где размещалась небогатая коллекция чучел и обитало несколько живых экспонатов — черепах, змей, птиц в клетках, — она увидела там сотрудницу, пухленькую девушку лет восемнадцати-девятнадцати. Девушка поздоровалась и не стала высказываться на тот предмет, что у них еще закрыто. Так далеко на холмах первого ноября, когда осенняя листва уже осы́палась, посетители были редкостью, и она не захотела отправлять восвояси особу, приехавшую в девять пятнадцать утра, пусть даже одетую и не совсем подходящим образом для глубокой осени в Беркширах: поверх серых тренировочных брючек — мужская полосатая пижамная куртка, на ногах ничего, кроме домашних шлепанцев. Длинных светлых волос со вчерашнего дня явно не касалась ни расческа, ни щетка. В целом, однако, посетительница выглядела не столько беспутной, сколько просто растрепанной, поэтому девушка, которая кормила мышами лежавшую в ящике змею: брала их щипцами, протягивала змее, та делала выпад, хватала, и начинался бесконечно долгий процесс пищеварения, — поздоровалась и вернулась к своим воскресным утренним делам.

Самец вороны сидел в средней клетке размером со шкаф для одежды. По одну сторону — две новошотландские совы, по другую — ястреб-дербник. Вот он, Принц. Ей уже было лучше.

— Привет, Принц. Здорово, старина.

Она пощелкала ему языком — цок, цок, цок.

Потом повернулась к девушке, кормившей змею. В прошлые приезды ее тут не было — скорее всего новенькая. Относительно, по крайней мере. Фауни уже несколько месяцев не навещала Принца — ни разу после того, как начала встречаться с Коулменом. С некоторых пор она уже не искала способа выйти за пределы человеческого рода. Когда погибли ее дети, она стала ездить сюда нерегулярно — а раньше в иные недели бывала по четыре-пять раз.

— Можно я его на минутку выпущу? Всего на минутку?

— Можно, — сказала девушка.

— Хочу, чтобы он посидел у меня на плече, — объяснила Фауни и, наклонившись, откинула крючок, на который была заперта стеклянная дверь клетки. — Ну здравствуй, Принц. Ох какой. Принц.

Когда она открыла клетку, Принц перепрыгнул с насеста на верхнюю кромку дверцы и, водрузившись там, стал наклонять голову то вправо, то влево. Она мягко рассмеялась.

— Понятное дело! Обследует меня, — сказала она девушке. — Гляди, что у меня есть, — обратилась она к Принцу и показала ему кольцо с опалом. Кольцо, которое Коулмен подарил ей в машине субботним августовским утром по дороге в Танглвуд. — Видишь? Иди сюда. Иди, иди, — шептала она птице, подставляя плечо.

Но Принц отверг приглашение — прыгнул обратно в клетку и опять сел на насест.

— Принц сегодня не в настроении, — сказала девушка.

— Радость моя! — ворковала Фауни. — Ну иди. Иди ко мне. Я же Фауни. Мы друзья с тобой. Будь хорошим мальчиком. Иди сюда.

Но самец вороны не двигался.

— Если видит, что его приманивают, ни за что не слетит, — объяснила девушка и, взяв щипцами с подноса одну из нескольких дохлых мышей, предложила змее — та наконец-то покончила с предыдущей, которую втягивала в себя миллиметр за миллиметром. — Видит, что хочешь его достать, и не дается, а если ты вроде как внимания не обращаешь, слетает.

Они вместе засмеялись над этим сходством с людскими повадками.

— Ладно, — сказала Фауни. — Оставлю его на минутку в покое. — Она подошла к сотруднице, занятой кормлением змеи. — Я очень люблю ворон. Это мои любимые птицы. И воронов. Я раньше жила в Сили-Фолс, поэтому я все про Принца знаю. Я еще тогда с ним познакомилась, когда он крутился около магазина Хиггинсона. Любил вытаскивать заколки из волос у девочек. Кидался на все блестящее, на все цветное. Прямо-таки прославился этим. Раньше тут были вырезки из газет про него, про людей, которые его вырастили, когда он остался без гнезда, про то, как он торчал у магазина, точно важная шишка. Здесь были приколоты. — Она показала на доску объявлений у входа в комнату. — Куда они делись?

— Он их сорвал.

Фауни разразилась смехом, на этот раз куда более громким.

— Он — сорвал?

— Клювом. Разодрал на клочки.

— Не хотел, чтобы знали о его прошлом? Стыдно было за свое прошлое? Принц! — Она опять повернулась к его клетке, которая все еще была настежь открыта. — Тебе стыдно за свое бесславное прошлое? Молодец. Настоящая ворона.

Теперь она обратила внимание на стоявшие там и сям чучела.

— Это у вас рыжая рысь?

— Да, — сказала девушка, терпеливо ожидая, пока змея перестанет ощупывать языком очередную дохлую мышь и возьмет ее в рот.

— Из здешних мест?

— Не знаю.

— Я видала их на холмах. Одна была похожа на эту. Может, она самая и есть.

И Фауни опять рассмеялась. Нет, пьяна не была — даже и кофе-то не допила, когда метнулась от Коулмена, — но смех звучал так, будто приняла маленько с утра. Просто ей хорошо было здесь со змеей, вороной и чучелом рыси, которые не порывались ничему ее учить. Не читали ей ничего из «Нью-Йорк таймс». Не просвещали ее по части истории человечества за последние три тысячи лет. Про эту историю она и так знала все, что надо было знать: безжалостные и беззащитные. Даты и имена не имели значения. Безжалостные и беззащитные. Всё. Остальное лабуда. Здесь никто не собирался побуждать ее к чтению, потому что никто, кроме девушки, и сам читать не умел. Змея уж точно не умела. Она умела только поедать мышей. Неторопливо и спокойно. Спешить некуда.

— Какая это змея?

— Черный большеглазый полоз.

— Целиком ее.

— Ага.

— Там переваривает.

— Да.

— Сколько всего съест?

— Эта мышь седьмая. Он ее очень медленно взял. Наверно, будет последняя.

— И так каждый день?

— Нет. Раз в одну-две недели.

— Куда-нибудь выпускаете, или так и живет? — спросила Фауни, показывая на стеклянный ящик, из которого змею для кормления переложили в пластиковую коробку.

— Так и живет. Больше никуда.

— Неплохо устроился. — Фауни повернулась к самцу вороны, который так и сидел в клетке на насесте. — Видишь, Принц, я тут стою. А ты там. И дела мне до тебя ровно никакого. Не хочешь ко мне на плечо — не надо, какая мне разница. А это кто?

Она показала на другое чучело.

— Это скопа. Семейство ястребиных.

Смерив когтистую птицу взглядом, Фауни опять разразилась смехом:

— С семейством ястребиных шутки плохи!

Змея раздумывала, браться за восьмую мышь или нет.

— Если бы мои дети с таким аппетитом кушали по семь мышей, — заметила Фауни, — я была бы самой счастливой мамой на свете.

Девушка улыбнулась:

— В прошлое воскресенье Принц наружу махнул. Другие наши птицы нелетающие. Только Принц. Он довольно резвый.

— Я знаю, — сказала Фауни.

— Я воду выплеснуть вышла — а он раз и по прямой за дверь! И дальше к деревьям. Я оглянуться не успела, как туда слетелись еще три или четыре. Окружили его на дереве. Точно с ума посходили — наскакивают, по спине лупят, орут во все горло. Несколько минут прошло всего-навсего. У него голос неправильный. Он не знает их вороньего языка. Им это ох как не понравилось. Потом он вернулся ко мне — я снаружи стояла, не уходила. А то прикончили бы его.

— Вот что получается, когда растешь у людей, — сказала Фауни. — Вот чем оно заканчивается, когда всю жизнь крутишься в нашей компании. Людское клеймо.

Она произнесла это без отвращения, презрения или осуждения. Без грусти даже. *Вот как обстоят дела*. Это и только это сказала она в своей сухой манере девушке, кормившей змею: мы оставляем клеймо, след, отпечаток. Грязь, жестокость, надругательство, небрежение, экскременты, сперма — по-другому нам и не прожить. И не в том дело, что мы отказываемся чему-то повиноваться. И милость Божья, спасение, искупление тут ни при чем. Это в каждом из нас. Неотъемлемое. Врожденное. Определяющее. Клеймо, которое тут как тут до любых внешних отметин. Которое существует даже и без зримого знака. Клеймо, до того единосущное нам, что может и не проявляться в виде отметин. Клеймо, которое *предшествует* неповиновению, которое *включает в себя* неповиновение и не поддается никаким объяснениям, никакому пониманию. Вот почему любая попытка его отскоблить смехотворна. Отдает варварской шуткой. Помышления о чистоте отвратительны. Безумны. Что такое наше стремление вычистить скверну, как не новая нечистота поверх старой? То, что Фауни сказала о клейме, можно свести к одному: от него не спастись. Вот он каков — взгляд Фауни на наше племя: неизбежно заклейменные существа. Вынужденные мириться с ужасным фундаментальным несовершенством. Она могла бы сравнить себя с греками — с греками Коулмена. С их богами. Мелочность. Ссоры. Драки. Ненависть. Убийства. Похоть. У их Зевса было одно желание — совокупляться. С кем, не важно: с богинями, женщинами, коровами, медведицами, совокупляться не только в своем собственном обличье, но и в зверином — это еще сильней возбуждает. Взгромоздиться на женщину бычьей тушей. Причудливо войти в нее белым, бьющим крыльями лебедем. Ему все мало, царю богов, — мало плоти, мало извращенности. Сколько безумия несет с собой страсть! Сколько разврата, сколько порока! Грубейшие удовольствия. И ярость всевидящей жены. Не иудейский Бог, бесконечно одинокий, бесконечно туманный, бог-мономан и бог мономанов, единственный бог, какой был, есть и будет, бог, у которого на уме лишь одна забота — евреи. И не идеально бесполый христианский человекобог с его непорочной матерью и со всем его неземным совершенством, которое для людей оборачивается стыдом и чувством вины. Нет — греческий Зевс, жадный до приключений, ярко экспрессивный, капризный, чувственный, самозабвенно погруженный в свое собственное бьющее через край существование, уж никак не одинокий и яснее ясного видимый. *Божье клеймо.* Вот великая, идущая от реальности религия для Фауни Фарли, если благодаря Коулмену она что-нибудь обо всем этом знала. Да, по образу и подобию, как нам рисует нас высокомерная фантазия, но не этого бога, а *того*. Разгульного, порочного — бога жизни, если такой может быть. Бога, созданного по *нашему* образу и подобию.

— Да. Такая вот выходит трагедия, когда люди берут домой птенца вороны, — согласилась девушка, которая лишь отчасти поняла то, что сказала Фауни. — Птица теряет связь со своим видом. Вот и Принц потерял. Это называется импринтинг. Ворона разучилась быть вороной.

Вдруг Принц начал каркать, но не так, как обычно каркают вороны, а на свой лад, тем самым карканьем, что приводило других ворон в бешенство. Визгливо надсаживая глотку, птица опять сидела теперь на верхней кромке дверцы.

Фауни повернулась к Принцу и завлекающе улыбнулась:

— Я воспринимаю это как комплимент, Принц.

— Он подражает школьникам, которые приезжают сюда на экскурсии и подражают ему, — объяснила девушка. — Это его впечатление от их голосов. Они так кричат. Он изобрел свой собственный язык. Взял его от них.

— Мне нравится этот странный голос, который он изобрел, — сказала Фауни, и тоже странным голосом. Между тем она опять приблизилась к клетке и стала почти вплотную к дверце. Подняв руку с кольцом, обратилась к птице: — Смотри. Смотри, что я тебе принесла поиграть. — Она сняла кольцо и протянула Принцу, чтобы тот увидел с близкого расстояния: — Ему нравится мое кольцо с опалом.

— Мы обычно ему ключи даем поиграть.

— А теперь он маленько продвинулся. Как и мы все. Бери. Триста долларов стоит, — сказала Фауни. — На, поиграй. Что, тебе каждый день дают дорогие кольца?

— Он возьмет, — предупредила девушка. — Возьмет и в клетку утащит. Он как лесной хомяк. В клетке заталкивает еду в щели и бьет по ней клювом.

Принц крепко ухватил кольцо клювом и резко замотал головой. В конце концов кольцо упало на пол.

Фауни подняла его и опять протянула вороне:

— Еще раз уронишь — больше не дам. Понятно? Триста долларов. Тебе дают кольцо за триста долларов, а ты привередничаешь. Хочешь — бери, нет — нет. Понял меня?

Он снова выхватил кольцо у нее из пальцев и крепко зажал в клюве.

— Молодец, — сказала Фауни. — Тащи его к себе, — прошептала она так, чтобы девушка не услышала. — Забирай в клетку. Не дрейфь. Это тебе.

Но Принц опять уронил кольцо.

— Он очень умный, — сказала девушка. — Мы с ним в игры играем: кладем мышь в коробку и закрываем. Ухитряется достать. Просто удивительно.

Фауни вновь подняла с пола кольцо и предложила птице, и Принц вновь взял его и уронил.

— Слушай, Принц, это ты нарочно. Это игра такая, да?

Ка-а. Ка-а. Ка-а. Ка-а. Прямо ей в лицо птица разразилась своим особым криком.

Фауни протянула руку и принялась гладить Принца сначала по голове, а потом, очень медленно, сверху вниз по спине, и Принц ей это позволил.

— Ох, Принц. Какой ты красивый, какой блестящий. Послушайте, он *мурлычет!* — сказала она восторженно, как будто ей наконец открылся смысл всего на свете. — *Мурлычет.* — И она замурлыкала в ответ: — Мммм... Мммм... Мммм, — подражая нисходящим звукам, которые птица действительно издавала, отзываясь на движение руки, гладившей черные перья. Потом вдруг — цок, цок, цок клювом.

— Как хорошо, — прошептала Фауни и, повернув голову к девушке, засмеялась самым сердечным своим смехом: — Он не продается? Это цоканье меня добило. Я его беру. — Все приближая и приближая губы к цокающему клюву Принца, она шептала ему: — Да, я тебя возьму, я тебя куплю...

— Он может клюнуть, берегите глаза, — предупредила девушка.

— Ну, это-то я знаю. Пару раз клюнул меня уже. Когда мы с ним только познакомились. Зато он цокать умеет. Послушайте, дети, как он цокает.

И ей вспомнилось, какое сильное у нее было желание умереть. Два раза пыталась. Там, в Сили-Фолс, где снимала комнату. После гибели детей и месяца не прошло. В первый раз практически получилось. Я от медсестры знаю — она мне потом говорила. На мониторе, который показывает сердцебиение, все было ровно. Обычно это летальный исход, так она сказала. Но есть особы, которым особо везет. А я так старалась! Помню, душ приняла, ноги побрила, юбку надела самую лучшую — длинную джинсовую. Запахивающуюся. И вышитую блузку из Братлборо. Джин и валиум помню, а вот порошок уже смутно. Название забыла. Какой-то крысиный, горький, я его смешала со сладким желе.

Не знаю — включила я газ или забыла? Посинела или нет? Долго лежала или нет? Когда они решили взломать дверь? Так и не знаю, кто это сделал. Я готовилась в каком-то экстазе. Бывают в жизни моменты, которые стоит отпраздновать. Триумфальные. Ради которых стоит нарядиться. Я просто из кожи лезла. Волосы заплела. Глаза накрасила. Мать бы мной гордилась — а это что-нибудь да значит. Неделей раньше позвонила ей сказать, что дети погибли. Первый звонок за двадцать лет. «Это Фауни, мама». — «Извините, но я не знаю никого с таким именем». И вешает трубку. Сука. После того как я сбежала, она всем говорила: «Муж у меня человек строгий, а жить по правилам — этого Фауни не смогла. Она никогда не могла жить по правилам». Обычное враньё. Чтобы девчонка-подросток из привилегированной семьи сбежала от строгости отчима? Не от строгости она бежит, ты сука такая, а от того, что блудливый отчим проходу ей не даёт. В общем, нарядилась в самое-самое. На меньшее не могла согласиться. А во второй раз вообще наряжаться не стала. И этим всё сказано. После первой неудачной попытки сердцем я уже остыла. Во второй раз всё было внезапно, импульсивно и безрадостно. В первый раз долго готовилась, дни и ночи, предвкушала событие. Обдумывала, что взять. Покупала порошок. К врачу ходила, чтобы прописал таблетки. А во второй раз всё было второпях. Без вдохновения. Я думаю, я потому не довела до конца, что удушья не могла вынести. Как горло сдавило, как я начала по-настоящему задыхаться, как воздуха не стало совсем — так пальцы за провод и скорей распутывать. В первый раз не было никакой этой спешки. Всё спокойно, мирно, детей больше нет, волноваться не о ком, времени хоть отбавляй. Если бы только я сделала все как надо. Удовольствие было, и еще какое. В конце, когда все вот-вот оборвется, последний радостный момент: смерть, казалось бы, должна прийти на твоих собственных условиях, на злых, но никакой злобы нет — только полет. Забыть не могу. Всю эту неделю думаю, думаю. Он мне читает из «Нью-Йорк таймс» про Клинтона, а у меня на уме доктор Кеворкян и его газовая машина*. Просто дыши глубоко. Тяни в себя, покуда все не втянешь.

«Он сказал: „Это были очень красивые дети. Никогда не подумаешь, что такое может случиться с тобой или с твоими знакомыми. Но, по крайней мере, Фауни теперь уверена, что ее дети у Господа“».

Это какой-то идиот местным газетчикам. ДВОЕ ДЕТЕЙ ЗАДОХНУЛИСЬ ДОМА ВО ВРЕМЯ ПОЖАРА. «Сержант Доналдсон сказал, что, по предварительным данным, пожар возник из-за того, что обогреватель... Местные жители говорят, что им стало известно о пожаре, когда мать мальчика и девочки...»

Когда мать мальчика и девочки выпустила изо рта член плотника.

«По словам соседей, Лестер Фарли, их отец, опоздал на считанные секунды».

Был готов убить меня на месте. И ничего мне не сделал. А потом и я не смогла себя убить. Чудо какое-то. Чудо, что никто до сих пор не разделался с матерью мертвых детей.

— Не вышло это у меня. Принц. Как и все остальное. А раз так, — шептала она птице, чья бле-

---

* *Джек Кеворкян* (р. 1928) — американский медик, совершавший акты эвтаназии.

стящая чернота была под ее рукой теплее и глаже всего, что она в жизни ласкала, — нам вместе надо быть. Ты ворона, которая не умеет быть вороной, я женщина, которая не умеет быть женщиной. Мы созданы друг для друга. Возьми меня в жены. Ты судьба моя, смешная ты птица. — Она отступила на шаг и поклонилась. — До свидания, мой Принц.

И Принц ответил. Ответил криками на высокой ноте: «Ку-у. Ку-у. Ку-у», и она опять рассмеялась. Потом, повернувшись к девушке, сказала ей:

— Намного лучше, чем все парни нашего племени.

А кольцо оставила ему. Подарок Коулмена. Улучила секунду, когда девушка не смотрела, и спрятала в клетке. Теперь помолвлена с самцом вороны. Самое оно.

— Спасибо вам! — сказала Фауни.

— Не за что. Всего хорошего! — отозвалась девушка, и с этим Фауни отправилась обратно к Коулмену доедать завтрак и смотреть, что приключится дальше. Кольцо осталось лежать в клетке. Принц получил его. Трехсотдолларовое.

Поездка в Питсфилд к Передвижной стене произошла в День ветеранов, когда приспускают флаги, когда во многих городах устраивают парады — а в универсальных магазинах распродажи, — и на ветеранов, которые чувствуют себя так же, как Лес, накатывает еще большее отвращение к согражданам, стране и правительству, чем в прочие дни. *Сейчас* ему участвовать в каком-нибудь занюханном параде, маршировать под оркестр, а все будут смотреть и флагами размахивать? *Сейчас —*

пособлять им, чтобы на минутку почувствовали себя хорошими? Вот мы какие — ветеранам Вьетнама дань отдаем! Это сегодня без тебя обойтись не могут, а когда оттуда вернулся, всем на тебя было плевать. Столько ветеранов ночует на улице, а этот уклонист от призыва ночует себе в Белом доме. Проныра Билли, верховное наше начальство. Сучонок. Тискает себе мяконькие сиськи этой евреечки, а бюджет ветеранский катится хрен знает куда. Чего все так расстроились, что он соврал про секс? Как будто дерьмовая эта власть хоть про что-нибудь не врет. Нет уж, довольно они поизмывались над Лестером Фарли, чтобы он еще позволял измываться над собой по случаю Дня ветеранов.

И все-таки он туда ехал в этот особенный день, ехал в Питсфилд в фургончике Луи, чтобы увидеть уменьшенную вдвое копию настоящей Стены, копию, которая перемещается по стране вот уже лет пятнадцать; на неделю, с десятого ноября по шестнадцатое, ее при финансовой поддержке местного общества ветеранов развернули на площадке для парковки около питсфилдской гостиницы «Рамада-инн». С ним была все та же команда, что провела его через пытку китайской едой. Одного его никуда посылать не собирались, в этом они его уверяли всю дорогу: мы будем с тобой, ни на шаг не отойдем, круглые сутки, если надо, будем дежурить. Луи сказал даже, что потом Лес может пожить у него, что они с женой готовы сколько нужно о нем заботиться.

— Если тебе не захочется в одиночку возвращаться домой, так и не надо. Я бы не пытался на твоем месте. Лучше побудь со мной и Тесс. Тесси, она все это видела. Она понимает. Насчет Тесси не беспокойся. Когда я вернулся, Тесси была моим спасательным кругом. У меня одно было на уме: нечего меня учить, нечего мне указывать, что я должен делать. Заводился с пол-оборота. Да чего я, ты и так все знаешь. Но, слава богу, Тесси крепко меня поддержала. Надо будет — и тебя поддержит.

Луи братом ему стал настоящим, таким братом, каких поискать, но из-за того, что он клещом в него вцепился насчет поездки к Стене, из-за треклятого его фанатизма насчет этой поездки Лес крепился изо всех сил, чтобы не схватить поганца за горло и не придушить к чертям. Отвяжись, ты, хромой мексикашка! Хватит мне рассказывать, как десять лет не мог заставить себя поехать к этой Стене! Хватит мне рассказывать, как она твою жизнь, на хер, перевернула! Как ты помирился с Майки. Хватит мне про то, что Майки тебе у Стены говорил! Не желаю слушать!

И все-таки они отправились, все-таки едут, и опять Луи ему втолковывает:

— Мне что Майки сказал? Все в порядке, Луи, — и Кенни тебе то же самое скажет. Что все нормально, что ты можешь спокойно жить своей жизнью.

— Не могу я, Лу, — поворачивай назад.

— Не дергайся, Лес. Уже полдороги.

— Поворачивай свою долбаную тачку!

— Лес, ты не можешь знать, пока там не оказался. Вот окажешься там, — сказал Луи мягко, — и разберешься что к чему.

— Да не хочу я разбираться!

— Слушай, прими-ка еще пару таблеток. Ативан, валиум. Вреда не будет. Дай ему водички, Чет.

Когда приехали в Питсфилд и Луи поставил фургончик через дорогу от «Рамада-инн», вытащить Леса из машины было не так-то просто.

— Не дождетесь, — сказал он, и поэтому другие стояли снаружи и курили, давая Лесу еще немножко времени, чтобы ативан и валиум подействовали как следует. Луи все время на него поглядывал. Вокруг была тьма автобусов и полицейских машин. У Стены шла церемония, до них доносился голос какого-то местного политика, говорившего в микрофон, — может быть, пятнадцатого за утро. «Люди, чьи имена начертаны на стене позади меня, — это ваши родные, друзья, соседи. Тут и христиане, и евреи, и мусульмане, и черные, и белые, и представители коренных народов — словом, американцы. Дав клятву защищать и охранять, они исполнили эту клятву ценою жизни. Никакими почестями, никакими церемониями не выразить сполна нашу благодарность и восхищение. Я хочу прочесть вам стихотворение, которое несколько недель тому назад было оставлено у этой стены в штате Огайо: „Мы помним вас — улыбающихся, гордых, сильных, / вы сказали нам — не беспокойтесь, / мы помним прощальные объятия и поцелуи...“»

За этой речью — следующая: «...за моей спиной стена с именами, и я гляжу сейчас в толпу и вижу мужчин средних лет, таких же, как я, иные с медалями на груди и одеты отчасти по-военному, и в их глазах заметна легкая печаль — может быть, остаток того взгляда в дальнюю даль, что у всех у нас появился, когда мы были простой пехотой за десять тысяч миль от дома. Когда я вижу все это, я переношусь на тридцать лет назад. Постоянная Стена, которая стала образцом для этой передвижной, открылась в Вашингтоне 13 ноября 1982 года. Два с половиной года — вот сколько мне понадобилось времени, чтобы решиться приехать туда. Оглядываясь назад, я вижу, что не только я, но и многие другие ветераны Вьетнама намеренно воздерживались от поездки, зная, какие болезненные воспоминания она может пробудить. Но однажды вечером в Вашингтоне, когда солнце уже садилось, я все-таки отправился к Стене — отправился один. Жену и детей, с которыми мы возвращались из Диснейуорлда, я оставил в отеле и пошел постоять в одиночестве у самой высокой точки Стены — примерно там, где я стою сейчас. И подступили воспоминания. Вихрь переживаний захлестнул меня. Я вспомнил тех, с кем я рос, с кем играл в бейсбол, ребят из Питсфилда, чьи имена — на этой Стене. Я вспомнил нашего радиста Сола. Мы познакомились во Вьетнаме. Все стали говорить, кто откуда. Он из Массачусетса — я тоже. Из какой части Массачусетса? Он из Уэст-Спрингфилда, я отсюда, из Питсфилда. Сол погиб через месяц после того, как я уехал. Я вернулся домой в апреле, потом открываю местную газету — и вижу, что не суждено нам с Солом вместе выпить по стаканчику ни в Питсфилде, ни в Спрингфилде. Помню и других, с кем мы служили…»

Затем оркестр — по всей видимости, военный — заиграл «Боевой гимн зеленых беретов», и Луи решил, что лучше дождаться, пока церемония совсем кончится, и только потом выцарапывать Леса из машины. Луи рассчитывал, что они приедут уже после всех речей и всей рвущей душу музыки, но церемония, судя по всему, началась позже намеченного. Он посмотрел на часы — почти двенадцать, значит, все-таки конец уже скоро. И точно — вдруг они стали закругляться. Одинокий горн заиграл погребальный сигнал. Тоже ничего хорошего. Слушать этот горн здесь, среди пустых автобусов и полицейских машин, уже приятного мало, ну а горн плюс Стена, плюс все вокруг плачут — и говорить нечего. Горн, мучительный горн, последний ужасный возглас горна, и теперь уже оркестр играет «Боже, благослови Америку», и Луи слышит, как люди у Стены поют, — и минуту спустя все стихло.

В фургончике Лес все еще дрожал, но не озирался каждую секунду и лишь изредка поглядывал вверх, не летит ли что, поэтому Луи неуклюже залез обратно в машину и сел рядом, понимая, что вся жизнь Леса состоит теперь из страха перед предстоящим и что нужно сейчас одно — привести его туда и покончить со всем этим.

— Свифта пошлю вперед, чтобы он нашел для тебя Кенни. Стена ведь длинная. Чем тебе смотреть на все эти имена, Свифт с ребятами пойдут и отыщут его тебе заранее. Там на панелях фамилии идут по датам, от самой ранней к самой поздней. Дата Кенни у нас есть, ты нам сказал, так что они быстро разберутся.

— Я не пойду.

Свифт вернулся, чуть приоткрыл дверцу и сказал Луи:

— Мы нашли Кенни.

— Ну что, Лестер, пора. Соберись. Сейчас мы туда пойдем. Это там, за отелем. Мы не одни там будем, будут и другие такие же. Сейчас прошла маленькая официальная церемония — она уже кончилась, об этом беспокоиться нечего. Никаких речей. Никакой показухи. Просто дети с родителями, дедушками и бабушками, и все будут делать одно и то же. Возлагать венки. Молиться. По большей части будут искать имена. Будут между собой разговаривать, как обычно люди разговаривают. Некоторые будут плакать. Больше ничего там нет. Просто чтоб ты знал, что там будет. Спешить не спеши, но пойти придется.

Было необычно тепло для ноября, и, подходя к Стене, они увидели, что многие мужчины в одних рубашках, а некоторые женщины в шортах. В середине ноября на многих солнечные очки, но в остальном все точно так же, как говорил Луи, — цветы, люди, дети, старики. Сама Передвижная стена не стала для Леса сюрпризом: он видел ее в журналах и на майках, а по телевизору однажды начали показывать настоящую большую вашингтонскую Стену — он, правда, тут же выключил. Через всю площадку для парковки протянулась знакомая череда панелей — вертикальное кладбище из темных стоячих плит, постепенно понижающихся к обоим краям и плотно заполненных белыми буковками имен. Каждому погибшему досталась примерно четверть длины мужского мизинца. Так удалось разместить их всех — все 58 209 человек, которые давно уже не ходят ни на прогулки, ни в кино, но обрели некое существование в виде надписей на Стене из темного алюминия, поддерживаемой сзади дощатым каркасом и стоящей в штате Массачусетс на площадке для парковки за отелем «Рамада-инн».

Когда Свифт в первый раз приехал к Стене, он даже из автобуса не мог сам выйти — его вытащили и продолжали тащить, пока он не оказался с ней лицом к лицу, а потом он говорил: «Прямо слышно, как Стена плачет». Когда Чет в первый раз приехал к Стене, он принялся бить по ней кулаками и орать: «Нет, не Билли здесь должен значиться! Не Билли! Здесь я должен быть!» Когда Росомаха в первый раз приехал к Стене, он всего-навсего протянул руку дотронуться — и оторвать не мог. Как примерзла. Врач из ветеранки сказал, какой-то там припадок. Когда Луи в первый раз приехал к Стене, он быстро понял, что к чему и как тут быть. «Ну вот, Майки, — сказал он вслух, — я и приехал. Я здесь». На что Майки обычным своим голосом ответил: «Все в порядке, Лу. Все нормально».

Лес знал все эти истории о том, что бывает по первому разу, и вот настал его первый раз, а он не чувствует ни хрена. Ничего не происходит. Все ему говорили, что станет лучше, что он помирится с этим наконец, что с каждым новым приездом будет все лучше и лучше, а потом мы тебя свозим в Вашингтон, там ты найдешь Кенни на большой Стене, и это будет... Это, брат, будет настоящее духовное исцеление, грандиозная подпитка — и вот ничего не происходит. Пусто. Свифт слышал, как Стена плачет, — Лес ни хрена. Ни хрена не чувствует, ни хрена не слышит, ни хрена даже не помнит. Похоже на то, как он увидел двух детей своих мертвыми. После всей этой могучей подготовки — пусто. Так боялся перед сегодняшним, что слишком много всего почувствует, а не чувствует ничего, и это хуже. Значит, несмотря на всю эту возню, на Луи, на поездки в китайский ресторан, на лекарства и на трезвость, он правильно все время считал себя мертвым. В китайском ресторане он что-то чувствовал, и это ненадолго сбило его с толку. Но теперь-то он точно знает, что он мертвец: даже Кенни вспомнить не получается. Столько мучился этими воспоминаниями, а теперь не может к ним подключиться ни в какую.

Из-за того, что он в первый раз, другие толкутся рядом. Быстро по одному отходят отдать дань погибшим товарищам, но остальные постоянно дежурят около него и следят, а когда тот возвращается, он обязательно подходит к Лесу и обнимает его. Всем им кажется, что сейчас они ближе друг к другу, чем когда-либо, и, поскольку у Леса как раз такой оглушенный вид, как надо, всем им кажется, будто он переживает именно то, ради чего его привезли. Им и невдомек, что, когда он поднимает взгляд на какой-нибудь из трех приспущенных американских флагов или на черный флаг военнопленных и пропавших без вести, он думает не про Кенни и даже не про День ветеранов — он думает: в Питсфилде потому все флаги приспущены, что смерть Леса Фарли — наконец-то установленный факт. Официально подтверждено: мертв в общем и целом, не только душой. Другим он об этом не говорит. Чего ради? Правда есть правда, и он ее знает. А Луи ему шепчет: «Я тобой горжусь. Знал, что выдержишь. Знал, что так оно и будет». А Свифт ему: «Если тебе захочется об этом поговорить...»

Покой, который на него снизошел, они все ошибочно принимают за некое терапевтическое достижение. «Стена-целительница» — вот что написано на плакате перед отелем, и они дружно думают, что так оно и есть. Постояв у имени Кенни, они ходят с Лесом взад-вперед вдоль всей Стены. Повсюду люди ищут имена, и приятели дают Лестеру время воспринять все это как следует, понять хорошенько, где он находится и что делает. «На эту стену не лазают, радость моя», — спокойно говорит женщина, отводя назад мальчика, который хотел заглянуть за Стену у края, где она пониже. «Как фамилия? Какая у Стива фамилия?» — спрашивает жену пожилой мужчина у одной из панелей, внимательно отсчитывая надписи с помощью пальца. «Вот, — слышат они женский голос, обращенный к малышу, едва умеющему ходить; мать показывает пальцем на одно из имен. — Вот, родной мой. Это дядя Джонни». Она крестится. «Ты уверен, что двадцать восьмая строка?» — спрашивает женщина мужа. «Уверен». — «Должен быть здесь. Панель четвертая, строка двадцать восьмая. Я нашла его в Вашингтоне». — «Что-то не вижу. Опять придется считать». «Это мой двоюродный брат, — объясняет другая. — Стал там открывать бутылку кока-колы, а она взорвалась. Мина-ловушка. Ему девятнадцать было. В своем расположении. Упокой, Господи, его душу». Ветеран в кепке Американского легиона, стоя перед одной из панелей на коленях, помогает двум негритянкам, одетым в лучшие свои воскресные платья. «Как фамилия?» — спрашивает он у младшей. «Бейтс. Имя — Джеймс». — «Вот он», — показывает ветеран. «Вот он, мама», — говорит младшая.

Из-за того, что Стена вдвое меньше вашингтонской, многим приходится искать имена, стоя на коленях, и пожилым это нелегко. Повсюду цветы, завернутые в целлофан. На клочке бумаги, прикрепленном к Стене клейкой лентой, от руки написаны стихи. Луи наклоняется, читает: «Яркая звезда светит нам всегда…» У некоторых от слез покраснели глаза. Встречаются люди в черных ветеранских кепках, как у Луи, у некоторых к этим кепкам приколоты ленты кампаний. Упитанный мальчик лет десяти капризно повернулся к Стене спиной. «Не буду читать», — говорит он женщине. Сильно растатуированный мужчина в майке с эмблемой Первой пехотной дивизии обхватил себя руками и ходит как во сне, думая тяжелые думы. Луи останавливается и обнимает его. Все по очереди его обнимают. Даже Лесу пришлось. «Здесь двое моих школьных друзей, погибли в течение двух суток, — говорит кто-то поблизости. — Дома по ним справляли одни поминки. В Кингстонской средней школе это был траурный день». «Он первым из нас приехал во Вьетнам, — произносит другой голос, — и один не вернулся. Знаешь, что бы он, наверно, захотел здесь увидеть, под своим именем на этой Стене? То самое, о чем мечтал во Вьетнаме. Бутылку „Джека Дэниелса“, пару приличных ботинок и волосы с женского лобка, запеченные в шоколадном пирожном».

Дальше — группа из четырех мужчин, стоят разговаривают. Лес, когда слышит о чем, останавливается, и остальные тоже. Все четверо заметно седые, у одного из-под ветеранской кепки свисает седоватый конский хвостик.

— В механизированных там?

— Ага. Топаешь, топаешь, но все-таки знаешь, что рано или поздно вернешься к своей машине.

— Мы протопали жуть сколько. Все Центральное нагорье вдоль и поперек. Все эти проклятые горы.

— В механизированных еще такая штука, что в тыл тебя фиг отправят. Из одиннадцати месяцев я только в самом начале был в базовом лагере, и еще один раз послали на отдых. И все.

— Они по звуку гусениц знали, что мы едем, и знали, когда мы будем на месте, так что ракета нас уже ждала. У них была масса времени ее надраить и написать на ней твое имя.

Вдруг Луи встревает в этот разговор четверки незнакомцев.

— Мы здесь, — говорит он. — Мы *здесь*, правильно? Мы все здесь. Дайте я запишу ваши фамилии. Фамилии и адреса.

Он вынимает из заднего кармана блокнот и, опираясь на палку, записывает все данные, чтобы потом отправить им информационный бюллетень, который они с Тесси дважды в год печатают и рассылают за свой счет.

Потом они идут мимо пустых стульев. По пути к Стене они их не заметили — настолько были заняты тем, чтобы благополучно довести до нее Леса. На краю площадки для парковки стоят старые металлические серо-коричневые стулья, извлеченные, вероятно, из подвала какой-нибудь церкви и поставленные слегка изогнутыми рядами, как на выпускном акте или на церемонии награждения: в трех рядах по десяти, в одном одиннадцать. Видно было, что их устанавливали очень тщательно. К спинке каждого стула прикреплена белая карточка с именем и фамилией. Этакое каре из пустых стульев, и, чтобы никто на них не садился, вдоль каждой из четырех сторон — провисающее ограждение из переплетенных лент, черной и пурпурной.

Здесь же висит большой венок из гвоздик, и, когда Луи, не пропускающий ничего, останавливается и считает цветы, их оказывается, как он и предполагал, сорок одна штука.

— Что это? — спрашивает Свифт.

— Это для тех из Питсфилда, кто погиб. Их пустые стулья, — объясняет Луи.

— Гадство, — говорит Свифт. — Сволочная бойня. Полез драться, так уж дерись до победы. Гадство и погань.

Но день для них еще не кончен. На тротуаре перед отелем «Рамада-инн» — какой-то долговязый в очках и в слишком теплом для такого дня пальто. С ним непорядок: орет на проходящих, тычет в них пальцем, брызжет слюной, и к нему из машины уже бегут полицейские, чтобы попытаться его урезонить, пока он кого-нибудь не ударил или не вытащил из-под пальто пистолет. В руке бутылка виски — кажется, больше ничего нет. *Кажется*.

— Все глядите на меня! — кричит он. — Я дерьмо, и кто на меня смотрит, тот знает, что я дерьмо! Никсон! Никсон! Вот кто меня таким сделал! Вот что меня таким сделало! Никсон и Вьетнам — он меня туда послал!

Серьезные-серьезные они садятся в фургончик, каждый со своим грузом воспоминаний, но что облегчает их ношу — это вид и поведение Леса, который, в отличие от того уличного крикуна, необычайно спокоен. Таким они никогда его не видели. Хотя они не очень-то склонны делиться трансцендентными переживаниями, присутствие Леса рождает в них чувства именно из этой сферы. Всю обратную дорогу каждый из них, кроме Леса, в наибольшей доступной ему мере испытывает таинственное ощущение причастности к жизни, к ее потоку.

Он выглядел спокойным, но это был камуфляж. Он решился. Орудием станет его пикап. Кончить всех, включая себя. У реки, где она поворачивает и дорога вместе с ней, лоб в лоб, по их полосе.

Он решился. Терять-то нечего, а приобретается все. Это не вопрос «если» — если то-то случится, или то-то увижу, или то-то подумаю, тогда сделаю, а если нет, то нет. Он решился уже так, что больше не думает. Он смертник, и все внутри этому под стать. Никаких слов. Никаких мыслей. Только видеть, слышать, ощущать на вкус, обонять — только злоба, взвинченность и отрешенность. Это уже не Вьетнам, а дальше.

(Год спустя, когда его опять насильно засунули в нортгемптонскую ветеранку, он пытается перевести для психолога на английский это чистое ощущение: ты нечто и в то же время ничто. Конфиденциально, впрочем. Она врач. Медицинская этика. Строго между ними. «О чем вы думали?» — «Не думал». — «О чем-нибудь должны были думать». — «Ни о чем». — «Когда сели в пикап?» — «Когда стемнело». — «После ужина?» — «Не ужинал». — «Когда поехали, как вы считали — зачем вы едете?» — «Я знал зачем». — «Вы знали, куда едете?» — «Прикончить его». — «Кого?» — «Еврея. Еврея-профессора». — «Почему вы собирались это сделать?» — «Хотел прикончить его». — «Потому что так было надо?» — «Потому что так было надо». — «А почему так было надо?» — «Из-за Кенни». — «Вы собирались его убить». — «Точно. И его, и ее, и себя». — «Планировали, значит». — «Не планировал». — «Вы знали, что делаете». — «Да». — «Но не планировали». — «Нет». — «Вы думали, что опять во Вьетнаме?» — «Не во Вьетнаме». — «Это у вас был возврат в прошлое?» — «Нет, не возврат». — «Вы думали, что вы в джунглях?» — «Не в джунглях». — «Вы рассчитывали, что почувствуете себя лучше?» — «Не рассчитывал». — «Вы думали о детях?

Это была расплата?» — «Не расплата». — «Вы уверены?» — «Не расплата». — «Вы сказали, что эта женщина убила ваших детей. Может быть, вы ей мстили?» — «Не мстил». — «Подавлены были?» — «Не был». — «Поехали убивать двоих людей и себя и при этом не чувствовали злости?» — «Нет, злости уже не было». — «Вы сели в пикап, знали, где они будут, и поехали им навстречу по той же полосе. И теперь хотите мне сказать, что не пытались их убить?» — «Я их не убивал». — «А кто?» — «Они сами себя».)

Просто ехал. Вот и все, что он делал. Планировал и не планировал. Знал и не знал. Встречные фары приблизились, потом исчезли. Не было столкновения? Ну и ладно. После того как они свернули с дороги, он переходит на правую полосу и едет дальше. Просто едет, и все. Наутро в гараже, готовясь с дорожной бригадой к выезду на место работы, он слышит новость. Другие уже знают.

Столкновения не было, поэтому, хоть ощущение некое и имеется, он, возвращаясь вечером домой и выходя из пикапа, не знает точно, что произошло. Большой был день. Одиннадцатое ноября. День ветеранов. Утром ездил с Луи к Стене, днем вернулся, вечером отправился всех убивать. Так убил или нет? Неизвестно, потому что столкновения не было, но все равно с терапевтической точки зрения ого-го какой день. Главным образом его вторая половина. Теперь-то он по-настоящему спокоен. Теперь Кенни может с ним разговаривать. Бок о бок с Кенни ведут огонь, оба длинными очередями, и тут Гектор, их командир, кричит: «Всё забираем и уматываем!» — и вдруг Кенни убило. Раз — и убило. На какой-то там высотке. Их атакуют, они

352

отходят — и Кенни убило. Быть такого не может. Его дружок, тоже с фермы, только из Миссури, они хотели потом затеять одно на двоих молочное дело, в шесть лет лишился отца, в девять матери, жил потом у дяди, которого любил и про которого все время рассказывал, у зажиточного молочного фермера с большим хозяйством — сто восемьдесят коров, установка на двенадцать аппаратов, чтобы шесть коров доить одновременно, — и у Кенни снесло голову, и нет его больше.

Теперь Лес беседует с Кенни. Доказал, что не забыл друга. Кенни хотел, чтобы он это сделал, и он сделал. Теперь он знает: что он ни совершил — хоть ему и неизвестно точно что, — он совершил ради Кенни. Даже если кого-то убил и посадят, это не важно и не может быть важно, потому что он мертв. Вот он и отдал Кенни последний должок. Расчелся с ним. Теперь все у него с Кенни в порядке.

(«Я еду к Стене, имя его там написано, но он молчит. Я жду, жду, жду, смотрю на него, он на меня. Ничего не слышу, ничего не чувствую, и мне стало понятно, что Кенни мной недоволен. Чего-то еще от меня хочет. Чего — я не знал. Но знал, что так он меня не оставит. Вот почему мне голоса не было слышно. Потому что у меня перед Кенни оставался должок. Теперь-то? Теперь все у меня с Кенни в порядке. Он может спокойно спать». — «Ну а вы? Вы и сейчас мертвы?» — «Слушайте, вы, вошь лобковая! Вам говорят, а вы не слышите! Я это сделал, потому что *уже* умер!»)

Утром первое, что он слышит в гараже, — что она и еврей погибли в автомобильной аварии. Все решили, что она по дороге сосала его член и поэтому он потерял управление. Машина съехала с полотна, протаранила ограждение и носом вперед упала с берега на речную отмель. Еврей не справился с управлением.

Нет, он не связывает их смерть с тем, что делал вчера вечером. Вчера вечером он просто ехал по дороге в каком-то особом настроении.

Спрашивает:

— Что случилось? Кто ее убил?

— Еврей. Вез ее на машине и слетел с дороги.

— Наверно, она у него сосала.

— Да, говорят.

И больше ничего. Это тоже никак его не волнует. По-прежнему он ничего не ощущает. Только страдание его при нем. Почему он должен столько страдать из-за того, что с ним произошло, когда она сосет себе у старых евреев? Ему одному страдание, а она теперь вообще взяла и ушла от этого всего.

По крайней мере, так ему представляется, когда он пьет утренний кофе в городском гараже.

Когда все встают, чтобы идти по машинам, Лес говорит:

— Похоже, субботними вечерами в том доме уже не будет музыка играть.

Хотя никто не понимает, что именно он имеет в виду, все, как порой бывает, разражаются смехом, и рабочий день начинается.

Если в объявлении будет сказано, что она живет в западном Массачусетсе, кто-нибудь из сослуживцев, получающих «Нью-Йорк ревью оф букс», может ее вычислить — особенно если она опишет свою внешность и сообщит о себе еще что-нибудь. Но если умолчать о своем местожительстве, она, вполне возможно, не получит ни единого отклика от живущих в радиусе ста, двухсот, даже трехсот миль. Просматривая объявления в «Нью-Йорк ревью», она видела, что все женщины, указавшие возраст, намного ее старше — кто на пятнадцать лет, а кто и на тридцать, — и поэтому как она может написать, сколько ей лет на самом деле, как она может верно себя изобразить, не возбудив подозрений? Что-то наверняка с ней не так, что-то важное она скрыла: с какой стати такая молодая и привлекательная, столь многого уже достигшая особа будет искать себе мужчину с помощью объявления в разделе знакомств? Если охарактеризовать себя как «страстную», похотливые субъекты поймут это как рассчитанную провокацию, сочтут ее по меньшей мере сластолюбивой, и в ее абонентский ящик в «Нью-Йорк ревью оф букс» посыплются письма от таких мужчин, с какими она не может иметь ничего общего. Но если изобразить себя синим чулком, изобразить такой, для которой секс значит намного меньше, чем преподавательская или научная деятельность, можно привлечь лишь нечто слишком застенчивое и пресное для женщины, способной, как она, быть очень даже темпераментной с заслуживающим того партнером. Если написать «миловидная», она приобщит себя к некой расплывчато-широкой категории женщин, но если напрямик назваться «красивой», если не убояться правды и употребить слово, которое не казалось преувеличением никому из ее возлюбленных, называвших ее éblouissante (например: «Eblouissante! Tu as un visage de chat» *), или же если ради точности описа-

* Ослепительной... Ты ослепительна! У тебя лицо кошки (*фр.*).

ния, состоящего из каких-нибудь трех десятков слов, указать на подмеченное старшими сходство с Лесли Карон*, о котором ее отец любил порассуждать, то никто, кроме явного мегаломана, не отважится к ней приблизиться или не примет ее всерьез как интеллектуальную личность. Если написать: «Прошу сопроводить письмо фотоснимком» или попросту: «Приложите фото», может создаться неверное впечатление, что она ценит привлекательную внешность превыше ума, эрудиции и культуры, и к тому же снимки, которые она тогда получит, могут быть подретушированными, старыми или вообще поддельными. Упоминание о фотографии может даже отпугнуть именно тех мужчин, на чье внимание она надеялась. Но если не потребовать фото, может получиться так, что она отправится в Бостон, в Нью-Йорк, а то и дальше, чтобы оказаться за ресторанным столиком с кем-то совершенно неподходящим, даже отталкивающим. Причем отталкивающим не обязательно из-за одной внешности. А вдруг он лжец? Или шарлатан? Или психопат? А вдруг у него СПИД? А вдруг он жестокий человек, или порочный, или женатый, или нездоровый? Назовешь ему свое имя, место работы — и он станет приезжать, шпионить, навязываться. Но ведь нельзя же при первой встрече укрыться за вымышленным именем. Имея в виду подлинные, пылкие любовные отношения, а в будущем — брак и семью, разве может честный, откровенный человек начать со лжи о своем имени или о чем-то столь же существенном? А как быть с расой? Великодушно написать: «Раса значения не имеет»? Но она име-

---

* *Лесли Карон* (р. 1931) — французская танцовщица и комическая актриса.

ет значение. Хорошо бы не имела, не должна бы иметь и вполне могла бы не иметь, если бы не парижское фиаско в семнадцатилетнем возрасте, убедившее ее, что мужчина небелой расы — партнер непостижимый и потому неприемлемый.

Она была юна и предприимчива, она *не хотела* быть осмотрительной, а он был из Браззавиля, из хорошей семьи, сын члена Верховного суда — так, по крайней мере, он ей сказал. Студент, во Францию приехал на год по обмену. Звали его Доминик, и она подумала было, что у них духовное сродство, что их объединяет любовь к литературе. Познакомились на одной из лекций Милана Кундеры. Он с ней заговорил, и они вышли вместе, все еще под впечатлением от рассуждений Кундеры о «Госпоже Бовари», оба, как восторженно подумала Дельфина, больные «кундеризмом». Кундера был узаконен в их глазах своим статусом опального чешского писателя, пострадавшего за великое историческое дело освобождения Чехословакии. Игривость Кундеры вовсе не казалась им легковесной. Они были без ума от его «Книги смеха и забвения». Чем-то он завоевал их доверие. Восточноевропейскостью. Не знающим покоя интеллектуализмом. Тем, что все было для него как бы трудным. Обоих пленила скромность Кундеры — ничего общего с повадками суперзвезды, — и обоим пришелся по душе его этический кодекс мысли и страдания. Все эти интеллектуальные невзгоды. И потом внешность. На Дельфину произвел сильное впечатление его вид поэта-боксера, наружный знак жестких внутренних противостояний и коллизий.

Все, что было у них с Домиником после знакомства на лекции Кундеры, было чисто плотским переживанием — чем-то для нее совершенно новым. Имеющим отношение только к телу. Просто она очень много всего связала с лекцией Кундеры и ошибочно перенесла эту связь на Доминика, да и вообще все произошло у них слишком быстро. Тело, ничего кроме тела. Доминик не понимал, что ей нужен не только секс. Она хотела большего, чем быть куском мяса на вертеле, который поворачивают и чем-то поливают. А он делал именно это и говорил про это именно такими словами. Прочее, включая литературу, на самом деле не интересовало его вовсе. Расслабься и замолчи — вот и все, что ему было от нее нужно, и она почему-то не могла из этого высвободиться, а потом наступил тот ужасный вечер, когда она пришла к нему и увидела, что он ждет ее не один, а с приятелем. Нет, это не предубеждение с ее стороны, просто она понимает, что в человеке своей расы так бы не ошиблась. Это была грубейшая из ее оплошностей, и она долго не могла оправиться. Излечил ее только роман с профессором, подарившим ей кольцо. Секс — да, конечно, восхитительный секс, но и метафизика тоже. Секс плюс метафизика с человеком серьезным и несуетным. Похожим на Кундеру. Это ей нужно и теперь.

Проблема, над которой она ломала голову, сидя за компьютером допоздна, единственная живая душа в этот час в Бартон-холле, не в силах уйти из своего служебного кабинета, не в силах выдержать очередную одинокую ночь дома, где нет даже кошки, состояла в необходимости дать — пусть завуалированно — читающему объявление понять, что небелым можно не беспокоиться. Но вдруг в Афине станет известно, что это она? Нет, это не пристало лицу, так стремительно поднимающемуся по ступеням здешней иерархии. Так что придется попросить фотографию, другого выхода нет, хоть она и понимает — понимает, потому что думает изо всех сил, старается ни в чем не проявить наивности, мобилизует, стремясь предугадать возможное поведение мужчины, весь свой недолгий женский опыт, — что извращенцу и садисту ничто не помешает прислать фотографию, вводящую в заблуждение *как раз* в отношении расы.

Нет, это вообще слишком рискованно и вдобавок ниже ее достоинства — с помощью газетного объявления искать такого мужчину, какого ей никогда не найти в Афине, среди преподавателей здешнего безнадежно провинциального колледжа. Ничего не получится, и не надо этого делать — и тем не менее, перебирая превратности и прямые опасности, с которыми может быть сопряжена подача такого объявления, перебирая причины, по которым ей, заведующей кафедрой языков и литературы, не следует показывать себя коллегам иначе, чем в качестве серьезного ученого и педагога, не следует выставлять на их обозрение иные, пусть даже и вполне невинные, вполне человеческие побуждения, не следует давать повода для принижающих ее намеренно ложных интерпретаций, — она делала именно это: послав по электронной почте всем преподавателям кафедры свои последние соображения о темах дипломных работ, пыталась сочинить объявление, которое, не выходя за рамки стандартных формулировок, употребляемых в разделе знакомств «Нью-Йорк ревью», отражало бы вместе с тем подлинный масштаб ее личности. Билась вот уже час с лишним и все никак не могла прийти к чему-то неунизительному, к такому, что можно послать в газету хотя бы под псевдонимом.

Зап. Масс. 29 лет миниатюрная пылкая парижанка, профессор, одинаково хорошо умеющая читать лекции о Мольере и

Беркширская филологиня, умная и красивая, одинаково хорошо умеющая готовить медальоны из телятины и заведовать кафедрой в колледже, хочет познакомиться

Серьезная ученая особа, незамужняя, белая, хочет познакомиться

Преподавательница, уроженка Парижа, незамужняя, белая, докторская степень в Йеле. Миниатюрная, эрудированная, любящая литературу, стильная брюнетка хочет познакомиться

Привлекательная, серьезная преподавательница колледжа хочет познакомиться

Француженка, незамужняя, доктор наук, гуманитарий, жительница Массачусетса, хочет познакомиться

И с кем же она хочет познакомиться? Да с кем угодно, лишь бы отличался от афинских мужчин — от молодых с их глупыми шуточками, от пожилых, похожих на тетушек, от смирных, благонравных семейных зануд, от профессиональных папаш, таких серьезных, таких бесполых. Надо же — гордятся тем, что берут на себя половину домашних дел. Отвратительно. Невыносимо. «Ну, мне пора, надо, знаете ли, жену освободить. Я столько же раз в день меняю подгузники, сколько она». Когда они начинают хвастаться своей готовностью помочь, ее передергивает. Помогай на здоровье, но не опускайся до такой пошлости, чтобы об этом говорить. Не выставляй свое домашнее равенство напоказ. Делай что делаешь и молчи. Это отвращение сильно отличает ее от коллег-преподавательниц, которые ценят таких мужчин за «чуткость». Захваливать собственную жену — это чуткость? «Ох, Сара Ли у меня такая-растакая. Она уже опубликовала четыре с половиной статьи...» Мистер Чуткинс поминает ее достижения к месту и не к месту. Мистер Чуткинс рассказ о выставке в Метрополитен-музее обязательно начнет так: «Сара Ли говорит...» Либо он захваливает жену, либо лишается дара речи. Молчит, точно язык проглотил, и выглядит все более угнетенным — подобного она ни в какой другой стране не видела! Если Сара Ли преподавательница и не может найти работу, а муж, предположим, едва держится на своей должности, он скорее добровольно ее лишится, чем позволит жене считать себя обиженной. Он даже и гордость некую будет чувствовать, если все повернется другой стороной и уже ему, а не ей придется сидеть дома. Любая француженка, даже феминистка, презирала бы такого мужчину. Француженки насколько умны, настолько же сексуальны, они подлинно независимы, а если он говорит больше, чем она, — подумаешь, важность. Из-за чего все эти яростные баталии? «Вы знаете, она в полном подчинении у мужа с его грубой силой». Француженке, чем больше она женщина, тем нужнее, чтобы муж умел проявить свою силу. Пять лет назад, собираясь в Афину, как она мечтала встретить замечательного мужчину, умеющего проявить свою силу! Увы и ах — преподаватели помоложе большей частью оказались людьми домашними и немужественными, интеллектуально усыпляющими, скучными. Оказались мужьями, захваливающими свою Сару Ли, — теми, кого в письмах в Париж она хлестко окрестила «подгузниками».

А еще здесь обретаются «головные уборы». Это страшно много о себе понимающие американские «писатели при колледже». В маленькой Афине перед ней, вероятно, предстали еще не худшие экземпляры, но даже и эти двое — далеко не подарок. Являют студентам свои светлые лики раз в неделю, женаты, заигрывают с ней, невыносимы. Когда мы вместе пообедаем, а, Дельфина? Очень жаль, думает она, но я не в восторге. Что ее пленило в Кундере, когда она слушала его лекции, — то, что он всегда держался немного в тени, даже чуть потрепанный вид иногда имел, великий писатель malgré lui*. По крайней мере, так она его воспринимала, и этим он ей нравился. А эта американская писательская спесь ей мало сказать не нравится — она *нестерпима*. Смотрит на тебя и думает: ты с твоей французской самоуверенностью, французским шиком и элитарным французским образованием, конечно, европейская штучка, но ты-то училка, а я писатель — разница.

Эти писатели при колледже, насколько она может судить, тратят массу времени на обдумывание того, что им носить на голове. Да, оба они на этом сдвинуты, и поэт, и прозаик, отсюда и прозвище, которое она им дала в письмах. Один хо-

---

* Поневоле (*фр.*).

чет выглядеть этаким Чарльзом Линдбергом* и всякий раз напяливает допотопный летный костюм со шлемом, и она не может понять, какая связь между летным костюмом и писательством, особенно когда ты при колледже. Она юмористически рассуждает об этом в письмах к парижским знакомым. Второй, деланно-неряшливый, проводящий перед зеркалом, наверно, часов по восемь, чтобы выглядеть небрежно одетым, предпочитает шляпы с обвислыми полями. Тщеславен, ведет заумные речи, женат примерно в сто восемьдесят шестой раз и важничает невероятно. К нему она питает не столько ненависть, сколько презрение. И все же, сидя в беркширской глуши и мечтая о романе, она иногда испытывает по поводу «головных уборов» некие двойственные чувства и думает — не отнестись ли к ним серьезней хотя бы в эротическом плане? Но нет, после всего, что она написала о них в Париж, невозможно. Она уже потому не должна им уступать, что они пытаются говорить с ней на ее языке. Один из них, помоложе, чуть менее заносчивый, читал Батая, и, поскольку он в какой-то мере знает Батая и кое-что прочел из Гегеля, она несколько раз куда-то с ним ходила, и никогда мужчина так быстро не терял в ее глазах всякое эротическое обаяние: с каждым словом, какое он произносил, из того лексикона, что она употребляла сама, не будучи теперь в этом лексиконе вполне уверенной, он все безнадежней вымарывал себя из ее жизни.

А что касается пожилых, что касается отставших от времени «гуманистов» в твидовых костю-

---

* *Чарльз Линдберг* (1902–1974) — американский летчик.

мах... На конференциях и в статьях она должна говорить и писать то, что принято в ее профессиональном кругу, и при этом она чувствует, что «гуманисты» являют собой ту самую часть ее собственного «я», которую, как ей порой кажется, она предает. И поэтому ее к ним тянет: они то, что они есть и чем всегда были, и она понимает, что они осуждают ее как предательницу. Ее лекции пользуются успехом, но они презирают этот успех как модное поветрие. На фоне этих пожилых гуманистов, этих традиционалистов, которые читали все на свете, этих педагогов-энтузиастов (так она сама о них думает) она иногда чувствует себя пустышкой. Над ее популярностью они смеются, ее ученость в грош не ставят. На преподавательских собраниях они без боязни говорят то, что говорят, и ты невольно думаешь — правильно делают; в классе они без стеснения говорят то, что у них на уме, и ты опять-таки думаешь — правильно делают. В результате она перед ними сникает. Не вполне уверенная в так называемой теории дискурса, которую она усвоила в Париже и Ньюхейвене, в душе она сникает. Но этот язык ей необходим, чтобы продвинуться. Одна в чужой стране — ей так много всего нужно, чтобы продвинуться! И поскольку все, что для этого требуется, так или иначе отдает компромиссом, она чувствует себя все менее и менее подлинной, и перевод ситуации в литературную плоскость, попытка представить происходящее некой «сделкой Фауста» если и помогает, то лишь чуть-чуть.

Временами ей даже кажется, что она предает Милана Кундеру, и тогда она молча, когда остается одна, вызывает мысленно его образ, говорит с ним и просит у него прощения. Кундера в своих лекциях стремился освободить мыслящих слушателей от власти французской переутонченности, повести разговор о романе как о чем-то имеющем отношение к людям и к «человеческой комедии»; он стремился увести студентов от соблазнительных ловушек структурализма и формализма, излечить их от одержимости современностью, очистить их головы от французской теории, которую им вдалбливали, и слушать его было для нее громадным облегчением, потому что, вопреки содержанию ее публикаций и характеру ее зарождающейся научной репутации, ей всегда трудно было воспринимать литературу сквозь призму теории. Так велик подчас был разрыв между тем, что ей нравилось, и тем, чем ей положено было восхищаться, так велик был разрыв между тем, как ей положено было говорить о том, чем положено было восхищаться, и тем, как она говорила сама с собой о писателях, которых ценила, что ощущение предательства по отношению к Кундере, не будучи, конечно, самой серьезной проблемой в ее жизни, все же иногда становилось похоже на стыд из-за измены отсутствующему возлюбленному, доброму и доверчивому.

Что странно, единственный мужчина, с которым она довольно часто проводит время, — это самый консервативный из здешних персонажей, шестидесятипятилетний разведенный Артур Зюсман, экономист из Бостонского университета, который в случае победы Форда на президентских выборах 1976 года должен был стать министром финансов. Склонный к полноте, немного скованный в движениях, он всегда ходит в костюме; терпеть не может «утвердительное действие»* и Клинтона, приезжает из Бостона раз в неделю, получает за это бешеные деньги и, как считается, определяет лицо Афины в университетском мире, наносит этот небольшой колледж на всеамериканскую карту. Здешние женщины уверены, что она спала с ним, спала по той простой причине, что он был некогда влиятелен. Они иногда видят, что он подсаживается к ней в столовой во время ланча. Входит — на лице написана тягостная скука, — потом замечает Дельфину, и на его вопрос, можно ли к ней присоединиться, она отвечает: «Какая щедрость с вашей стороны — осчастливить нас сегодня своим присутствием» или что-нибудь еще в этом же роде. Она над ним подтрунивает — в меру, конечно, — и ему это нравится. За ланчем у них происходит то, что она называет «настоящим разговором». При бюджетном избытке в тридцать девять миллиардов, говорит он ей, правительство ничего не возвращает налогоплательщику. Люди сами заработали деньги и сами должны их тратить, не бюрократам решать, что людям делать со своими деньгами. За ланчем он подробно ей объясняет, почему фонд социального страхования должен быть передан частным специалистам по инвестициям. Каждый, говорит он ей, должен инвестировать в свое будущее. С какой стати доверять правительству заботу о людях, если фонд социального страхования приносит вам такой-то доход, тогда как всякий, кто вкладывает деньги в ценные бумаги, получает за это же время доход как минимум

---

* Комплекс мер, дающих при приеме на работу или учебу определенные преимущества группам или меньшинствам, традиционно испытывавшим дискриминацию.

вдвое больший? Суть его доводов — всегда личный суверенитет, личная свобода, но он не понимает, осмеливается возражать Дельфина несостоявшемуся министру финансов, что у большинства людей нет таких денег, чтобы выбирать, и нет таких знаний, чтобы принимать осознанные решения. Рынок для них — закрытая зона. Его модель, объясняет она ему, основана на идее радикальной личной свободы, которая сводится в его представлении к радикальной свободе рыночного игрока. Бюджетный избыток и социальное страхование — вот две темы, которые не дают ему покоя, и они говорят об этом каждый раз. Похоже, он ненавидит Клинтона больше всего за то, что он предложил демократические версии всего, что хочет Зюсман. «Слава богу, — говорит он ей, — что там уже нет этого мальчишки Боба Райха. Он бы заставил Клинтона тратить миллиарды на обучение людей новым профессиям в таких областях, где для них нет рабочих мест. Хорошо, что его поперли из кабинета. По крайней мере, там есть Боб Рубин, по крайней мере один нормальный человек, который понимает, что к чему. По крайней мере, они с Аланом сохранили процентные ставки. По крайней мере, они с Аланом не стали мешать экономическому оживлению...»

Единственное, что ей в нем нравится, — это хорошее, по-настоящему хорошее знание Маркса и Энгельса. Да, он любит поговорить на экономические темы ворчливым тоном посвященного, но наряду с этим он прекрасно знаком с их «Немецкой идеологией» — произведением, которое она любит, которое всегда ее восхищало. Когда он приглашает ее ужинать в «Грейт Баррингтон», все принимает более романтический и вместе с тем более интеллектуальный оборот, чем в столовой колледжа. За ужином ему хочется говорить с ней по-французски. Одна его пассия в давние времена была парижанка, и он пускается в бесконечные воспоминания об этой женщине. Дельфина, однако, слушая об этом его парижском романе и о других его многочисленных эротических привязанностях до и после, не раскрывает завороженно рот. Он беспрерывно хвалится перед ней своими победами, хвалится в очень учтивой манере, которую, впрочем, она немного погодя уже отнюдь не находит учтивой. Невыносимо, что он считает свои рассказы о любовных победах неотразимым средством воздействия на нее, но она с этим мирится — немного скучает, конечно, но в целом рада возможности поужинать с умным, уверенным в себе, начитанным и светским человеком. Когда за ужином он берет ее за руку, она тактично дает ему понять, что если он рассчитывает с ней переспать, то он сошел с ума. На площадке для парковки он легонько обнимает ее пониже спины и притягивает к себе. Говорит: «Я же не могу вот так раз за разом с вами встречаться и хоть немного не воспылать. Приглашать такую красивую женщину и разговаривать с ней, разговаривать, разговаривать — и ничего больше. Не могу». «У нас во Франции есть пословица, — говорит она ему, — и гласит она...» «Что же?» — спрашивает он, надеясь на худой конец разжиться остроумным высказыванием. Она улыбается: «Не знаю. Может, потом придет в голову» — и мягко высвобождается из его неожиданно крепких объятий. Она ведет себя с ним мягко, потому что это действует и потому что она знает: он думает, что виной всему возраст, тогда как в действительности, объясняет она ему в машине на обратном пути, возраст тут ни при чем. Все дело в складе ума, что куда менее банально. «Все дело в том, кто я такая», — говорит она ему, и если не что другое, то хоть это отваживает его месяца на два-три — потом он опять начинает высматривать ее в столовой. Иногда звонит ей поздно вечером или рано утром. Из своей постели в Бэк-Бэе хочет говорить с ней про секс. Она отвечает, что предпочитает про Маркса, и консервативному экономисту этого достаточно, чтобы закрыть тему. И тем не менее ее недоброжелательницы уверены, что она спала с ним, потому что он такой влиятельный. То, что она, сколь бы тусклой и одинокой ни была ее жизнь, нисколько не заинтересована в статусе одного из мелких любовных трофеев Артура Зюсмана, в их представления не укладывается. Помимо прочего, до нее дошло, что одна из них назвала ее «устаревшим явлением» и пародией на Симону де Бовуар. Подразумевается, видимо, что Бовуар продалась Сартру — очень умная особа, но под конец его рабыня. Для этих женщин, видящих ее время от времени за ланчем с Артуром Зюсманом и делающих совершенно неверные выводы, все на свете принципиальный вопрос, все на свете идеологическая установка, все на свете предательство и продажность. Бовуар продалась. Дельфина продалась, и так далее, и так далее. Что-то в Дельфине заставляет их физиономии зеленеть.

И это для нее еще одна проблема. Она не хочет ссориться с этими женщинами. Но философски она от них не менее далека, чем от мужчин. Эти женщины — гораздо более феминистки, в американском смысле, чем она, хотя говорить им этого не стоит. Не стоит, потому что они и без того не слишком дружелюбно настроены, смотрят на нее так, будто видят ее насквозь, видят ее тайные мотивы и цели. Она привлекательна, молода, стройна, непринужденно-стильна, она быстро пошла в гору, она уже приобретает репутацию за пределами колледжа и при этом, как и ее парижские знакомые, не пользуется здешними феминистскими клише — теми самыми, с помощью которых «подгузники» добровольно лишили себя всякой мужественности. Она взяла на вооружение их риторику лишь в анонимном письме Коулмену Силку, и это не просто случайность, не только следствие ее взвинченности, но, если хотите знать, еще и расчет, маскировка. Вообще-то она не менее эмансипирована, чем эти афинские феминистки, а может быть, и более: она уехала из своей страны, отважно оставила Францию, преподает, печатается, хочет чего-то добиться; она здесь одна, и по-другому ей просто нельзя. Ни поддержки, ни дома, ни родины. Dépaysée. Чужая. Совершенно свободна, но часто ощущает себя dépaysée до полной потерянности. Амбиции? Она более амбициозна, чем все эти непримиримые феминистки, вместе взятые, но, поскольку на нее заглядываются мужчины, в том числе такая знаменитость, как Артур Зюсман, поскольку развлечения ради она может надеть с тугими джинсами старомодный жакет фирмы «Шанель», а летом платье на бретельках, поскольку ей, что бы ни говорили защитники животных, нравятся кашемир и кожа, женщины колледжа ее не одобряют. Она ни единым намеком не выдает своего отношения к их кошмарной одежде — так по какому праву они судачат о «рециди-

370

вах прошлого» в том, что она носит? Она прекрасно знает, что они о ней говорят. То же самое, что говорят о ней мужчины, которых она поневоле уважает, — что она шарлатанка и выскочка, — и от этого еще больнее. Говорят: «Она морочит студентам головы». Говорят: «Как они ее не раскусят?» Говорят: «Неужели они не видят, что это старый добрый французский мужской шовинизм в женском варианте?» Говорят, что ее назначили заведующей кафедрой faute de mieux*. Издеваются над ее словечками. «Это ее интертекстуальный шарм работает, что же еще. Ее близкие отношения с феноменологией. Она у нас, ха-ха, феноменологиня!» Она знает, как они прохаживаются на ее счет, и вместе с тем помнит, что во Франции и Йеле *жила* этими словечками; чтобы быть хорошим литературным критиком, она *должна* владеть этим лексиконом. Ей *необходимо* знать про интертекстуальность. И поэтому она шарлатанка? Ничего подобного! Это значит, что она не поддается классификации. В иных кругах здесь увидели бы ее мистическое обаяние! Но попробуй хоть на вот столько не поддаваться классификации в этой захолустной дыре — и тебя со света сживут. Даже Артура Зюсмана она этим раздражает. Какого черта она не соглашается хотя бы на секс по телефону? Здесь, если ты не укладываешься в схему, пеняй на себя. Что не поддаваться классификации — часть ее «романа воспитания», что она всегда на этом-то и *росла*, никто в Афине понять не в состоянии.

Особенно досаждает ей женская троица — профессор философии, профессор социологии и про-

---

* За неимением лучшего (*фр.*).

фессор истории. Просто на дух ее не переносят потому единственно, что она не такая, как они, тупая зубрила. Из того, что она позволяет себе быть шикарной, они делают вывод, что она мало читает научные журналы. Поскольку их американские понятия о женской независимости отличаются от ее французских, они презирают ее за мнимый флирт с влиятельными мужчинами. Что она, спрашивается, такого сделала? Почему такое недоверие? Почему нельзя относиться к мужчинам так хорошо, как относится она? Да, она приняла приглашение Артура Зюсмана в «Грейт Баррингтон». Значит ли это, что она не считает себя равной ему интеллектуально? Для нее вопроса даже такого нет. Конечно, они равны. Его общество ей нисколько не льстит — просто ей хотелось услышать, что он думает о «Немецкой идеологии». И разве она до этого не подсела во время ланча к ним, к этой самой троице, и разве они не свысока с ней разговаривали? Само собой, они не снизошли до того, чтобы взглянуть на ее работы. Ни одна из них, конечно, ни слова ее не прочла. Тут личный фактор, и только. Якобы она со своей «легковесной французской аурой» пытается обаять всех ведущих профессоров мужского пола. Тем не менее ее очень даже тянет наладить с ними отношения, сказать им напрямик, что ей *не нравится* французская аура — иначе не уехала бы из Франции! А что касается ведущих профессоров мужского пола, она ими не владеет — она никем не владеет. А то почему стала бы засиживаться до десяти вечера одна-одинешенька в своем кабинете в Бартон-холле? Чуть ли не каждую неделю она безуспешно пытается хоть как-то сблизиться с этой троицей, которая приводит ее в отчаяние, на которую не действуют никакие чары, никакие подходы, никакие уловки. Les Trois Grâces — «три грации» — так она их называет в письмах в Париж, порой зловредно переделывая grâces в grasses. Три жирные тетки. На некоторые ужины (правду сказать, малопривлекательные для Дельфины) их зовут неизменно. Когда приезжает какая-нибудь крупная феминистская интеллектуальная шишка, Дельфине все-таки хочется получить приглашение, но она ни разу его не получила. Послушать лекцию — милости просим, но на ужин и думать не моги. А инфернальная троица, конечно, всегда на первом плане — они-то и зазывают сюда шишек.

Половинчато взбунтовавшаяся против французского начала в себе (но и одержимая этим самым французским началом), добровольно покинувшая родину (если не себя самое), так жестоко раненная неодобрением «трех жирных теток», что без конца вычисляет, как подняться в их глазах, не затуманивая вконец своего самовосприятия и не создавая совершенно ложного впечатления о своих природных наклонностях, временами полностью теряющая устойчивость из-за постыдного несоответствия между тем, как она должна смотреть на литературу, чтобы преуспевать профессионально, и тем, почему она стала заниматься литературой, Дельфина, к своему изумлению, оказалась в Америке чуть не в полной изоляции. Отчуждена, изолирована, одинока, в смятении насчет всего жизненно важного, в отчаянном состоянии сбитой с толку устремленности, в окружении укоризненных сил, указывающих на нее как на врага. И все потому, что отважно отправилась на поиски независимого существования. Все потому, что дерзнула отвергнуть диктуемый извне взгляд на себя самое. Ей теперь казалось, что восхитительная в целом попытка *сотворить* себя привела к тому, что она себя разрушила. Жизнь должна быть очень подлой в основе своей, раз сделала с ней такое. Очень подлой и очень мстительной, назначающей людям судьбы не по законам логики, а по враждебной, извращенной прихоти. Только посмей дать волю своей жизненной энергии — и окажешься все равно что в лапах у безжалостного преступника. Говоришь себе: поеду в Америку и стану автором собственного бытия, буду строить себя за пределами семейного правоверия, семейных данностей, буду бороться с этими данностями, доведу вдохновенную субъективность до предела, индивидуализм — до совершенства… и ввязываешься в драму, над которой не властна. В драму, автор которой — не ты. Стремясь стать хозяйкой положения, становишься вместо этого его рабой.

Почему это так немыслимо трудно — просто знать, как нам быть?

Изоляция Дельфины была бы полной, если бы не секретарша кафедры Марго Луцци — тихая как мышь, разведенная женщина тридцати с чем-то лет, тоже одинокая, великолепная работница, страшно застенчивая, которая готова сделать для Дельфины все, которая иногда в перерыв приходит к Дельфине в кабинет съесть сандвич и единственная из женщин Афины с ней дружит. Ну и еще эти писатели при колледже. Им, похоже, нравится в ней именно то, чего другие терпеть не могут. Но, увы, *она* их не переносит. Как она умудрилась попасть в эту *ничейную зону*? И как теперь выбираться? Изображая свои компромиссы сделкой Фауста, она мало что приобрела — и не больше пользы приносят попытки представлять себе пребывание в ничейной зоне кундеровской «внутренней эмиграцией».

«Хочет познакомиться». Ладно, пусть будет «хочет познакомиться». Как студенты говорят — зажмурься и вперед. Молодая, незамужняя, миниатюрная, женственная, привлекательная парижанка, преподавательница и ученый-гуманитарий французского происхождения с отличными профессиональными перспективами, защитившая диссертацию в Йеле и живущая в Массачусетсе, хочет... Выкладывай, выкладывай. Не прячься от правды о том, кто ты есть и чего ты хочешь. Ошеломляющая, блестящая, сверхсексуальная женщина хочет познакомиться... хочет познакомиться... с кем же именно, если отбросить все недомолвки?

Пальцы лихорадочно забегали по клавишам. Со зрелым мужчиной, которому не занимать характера. Разведенным или вдовцом. Остроумным. Живым. Дерзким. Прямым. Хорошо образованным. Насмешливым. Обаятельным. Знающим и любящим классическую литературу. Умеющим говорить и предпочитающим говорить открыто. Подтянутым. Рост — пять футов восемь или пять футов девять. Тип лица — средиземноморский. Глаза — лучше всего зеленые. Возраст не важен. Но интеллект — обязателен. Седеющие волосы приемлемы, даже желательны.

Тогда-то и только тогда мифический мужчина, которого она изо всех сил приманивала на экран, обрел черты знакомого ей человека. Она резко бросила печатать. Это был только эксперимент для того, чтобы преодолеть затор, убрать некоторые внутренние ограничители перед новой попыткой. Перед попыткой сочинить объявление, не выхолощенное излишней осмотрительностью. И тем не менее она была ошеломлена результатом, тем, *кто* получился в результате, ошеломлена и удручена, и хотелось ей теперь одного — сию же секунду стереть эти полсотни с чем-то бесполезных слов. И, думая о том, сколь многое, включая стыд, побуждает принять поражение как благо и оставить надежду на выход из ничейной зоны с помощью такой сомнительной авантюры... Думая о том, что, останься она во Франции, ей не нужно было бы давать это объявление, ей вообще ни для чего не нужны были бы объявления, и меньше всего они нужны были бы для поиска мужчины... Думая о том, что переезд в Америку был самым храбрым из ее поступков, но насколько храбрым — этого она тогда совершенно себе не представляла. Это был очередной ее амбициозный шаг, не грубо-амбициозный, а благородно-амбициозный, целью его была независимость, и вот она расхлебывает последствия. Что было? Честолюбие, предприимчивость, романтика. Романтика отъезда. Превосходство над теми, кого покидаешь. Покидаешь, чтобы в один прекрасный день вернуться домой, добившись успеха, — вернуться с победой. Покидаешь, чтобы когда-нибудь вернуться домой и услышать — что я хотела от них услышать? «Да, она пробилась. Сдюжила-таки. Раз такое смогла — значит, ей все по плечу. Уехала двадцатилетней девчушкой, вес — сорок семь кило, рост — сто пятьдесят семь сантиметров, совершенно одна, имя ее там ничего ни для кого не значило — и смогла. Пробилась. Никто ее там не знал. Сделала себе имя в Америке». И от кого же я хотела это услышать? И зачем мне нужно от них это услышать? «Наша американская дочь...» Я хотела, чтобы они сказали, чтобы им *пришлось* сказать: «Она сама сумела пробиться в Америке». Потому что во Франции я не смогла бы преуспеть, по-настоящему преуспеть, не смогла бы выйти из тени матери — из тени не только ее достижений, но, что более важно, еще и ее семьи, из тени Валенкуров, получивших имя от поместья, дарованного им в тринадцатом веке королем Людовиком Святым, и до сих пор верных тем семейным идеалам, что были в ходу в тринадцатом веке. Как Дельфина их ненавидит — все эти семьи, всю эту чистокровную и древнюю провинциальную знать! Все одинаково выглядят, одинаково думают, разделяют одни и те же затхлые ценности, придерживаются одной и той же затхлой религии. Сколь бы ни были они амбициозны, сколько бы надежд ни возлагали на своих детей, они неизменно толкают детей к одному и тому же — к христианскому добросердечию, самоотдаче, дисциплине, вере, почтению — почтению не к индивидуальности (к ногтю ее, эту индивидуальность!), а к семейным традициям. Превыше ума, творчества, внутреннего развития самостоятельной личности, превыше *всего* — дурацкие традиции Валенкуров! Мать Дельфины — вот кто воплощал в себе эти ценности, вот кто навязывал их всем домашним, вот кто с удовольствием на всю жизнь, от пеленок до могилы, приковал бы к этим ценностям единственную дочь, не будь эта дочь достаточно сильной, чтобы с юных лет устремляться от матери на волю — чем дальше, тем лучше. У ее сверстников-Валенкуров наблюдалось два варианта поведения: либо абсолютное послушание, либо грубый и невразумительный бунт; успех Дельфины не должен был иметь ничего общего ни с тем, ни с другим. Из среды, от которой мало кому удавалось хоть в какой-то мере освободиться, Дельфина совершила единственный в своем роде побег. Самим переездом в Америку, сначала в Йель, потом в Афину, она фактически *превзошла* мать, которая в молодости и думать не могла о том, чтобы покинуть Францию. Без Дельфининого отца и его денег Катрин де Валенкур так и сидела бы в своей Пикардии, даже в Париж не мечтала бы перебраться. Потому что кем бы она была вне Пикардии, вне тамошней семейной твердыни? Что бы значило в Париже ее *имя*? Я уехала, потому что хотела успеха, которого никто не смог бы принизить, успеха, не имеющего с ними ничего общего, моего собственного успеха... Думая, что не может в Америке сойтись с мужчиной не потому, что действительно не может, а потому, что не понимает этих мужчин и никогда не поймет, а все оттого, что ей здесь языка не хватает. При всей ее гордости своим английским, при всем ее *владении* им — не хватает! Мне только кажется, что я их понимаю, я действительно понимаю то, что они говорят, но я не понимаю того, чего они *не* говорят, что подразумевают, на что намекают. В отличие от Парижа, где она улавливала каждый нюанс, здесь у нее идет в дело лишь пятьдесят процентов интеллекта. Какая польза здесь от моего ума, если я приезжая и поэтому все равно что глухонемая?.. Думая, что из всего английского языка — нет, из всего американского — владеет только университетским американским, который и американским-то трудно назвать, и поэтому не может *внедриться* и никогда не сможет, поэтому у нее никогда не будет мужчины, эта страна никогда не станет ее домом, ее интуитивные догадки всегда будут ложны, уютная жизнь интеллектуала, которую она студенткой вела в Париже, никогда не вернется и до конца дней она обречена понимать Америку на одиннадцать процентов, а ее мужчин на ноль процентов... Думая, что все ее интеллектуальные преимущества уничтожаются тем, что она *dépaysée*... Думая, что утратила боковое зрение, что видит лишь находящееся прямо перед ней, что это не зрение женщины ее уровня, ее ума, а упрощенное, чисто фронтальное зрение иммигранта, перемещенного лица, *не туда* помещенного лица... Думая: почему я уехала? Из-за материнской тени? И поэтому отказаться от всего, что было моим, от всего родного, от всего, что помогало мне быть тонко чувствующим существом, а не тем комком смущения и невнятицы, каким я стала? Отказаться от всего, что любила? Так поступают, когда в стране невозможно жить, когда у власти фашисты, но не из-за какой-то там материнской тени... Думая: почему я уехала, что я наделала, это просто немыслимо! Мои друзья, наши разговоры, мой город, мужчины, все парижские интеллектуальные мужчины. Уверенные в себе мужчины, с которыми было о чем поговорить. Зрелые мужчины, которые могли меня понять. Надежные, страстные, мужественные мужчины. Сильные мужчины не робкого десятка. Мужчины в своем праве, мужчины без всяких оговорок и скидок... Думая: почему никто меня не остановил, почему никто мне ничего не сказал? И десяти лет не прошло, как уехала, а уже кажется, что две жизни минимум... Думая, что она по-прежнему маленькая дочка Катрин де Вален-кур-Ру, что в этом она не изменилась ни на йоту... Думая, что здешним француженка в Афине, возможно, и кажется экзотическим существом, но в глазах матери она ничего необычайного этим не приобрела и никогда не приобретет... Думая: да, именно поэтому я уехала, именно для того, чтобы выбраться из навеки неподвижной, всеомрачающей материнской тени, и она же, эта тень, мешает теперь вернуться, принуждает оставаться нигде, в ничейной зоне, ни здесь, ни там... Думая, что под экзотическим французским флером для себя она ровно то же, чем была всегда, что экзотический французский флер мало того что не принес ей в Америке никаких выгод, он сделал ее несчастнейшей из несчастных, никем не понимаемой иностранкой... Думая, что это хуже, чем ничейная зона, — что это *самоизгнание*, мучительное оглупляющее самоизгнание из семейного лона... Думая обо всем этом, Дельфина упускает из виду, что раньше, в самом начале, машинально снабдила свое объявление не электронным адресом «Нью-Йорк ревью оф букс», а адресами тех, кому послала предыдущее письмо, кому она посылает большинство писем, — адресами десяти преподавателей кафедры языков и литературы Афина-колледжа. Это ее первая ошибка, после которой в своем рассеянном, взвинченном, эмоционально измотанном состоянии Дельфина совершает вторую: вместо команды «удалить» дает команду «послать». И письмо, которым она призывает к себе некую копию Коулмена Силка, бесповоротно уходит — уходит не в отдел объявлений «Нью-Йорк ревью оф букс», а всем преподавателям ее кафедры.

Во втором часу ночи — телефон. Она давно уже убежала из колледжа к себе в квартиру — убежала, думая только о паспорте, о том, что надо немедленно лететь прочь из этой страны, — и ее обычное время отхода ко сну давно миновало, когда вдруг позвонил телефон и она услышала новость. Из-за того, что объявление было послано не по адресу, она пришла в такое отчаяние, что все еще металась по квартире, рвала на себе волосы, строила себе перед зеркалом издевательские рожи, плакала, облокотясь на кухонный стол и закрыв лицо руками, а потом, точно вдруг разбуженная — ведь ее вполне защищенная до сей поры взрослая жизнь и правда была неким сном, — вскакивала с криком: «Нет, этого не может быть! Я этого не сделала!» Но кто, если не она? В прошлом ей не раз встречались люди, которым, казалось, только и надо было, что растоптать ее, избавиться от нее как от досадной помехи, бессердечные люди, от которых она рано научилась жестко обороняться. Но в эту ночь винить было некого: сокрушительный удар нанесла ее собственная рука.

Она исступленно пыталась найти какой-то выход, какой-то способ предотвратить худшее, но в ее отчаянии ей рисовалось только самое катастрофическое развитие событий: вот проходит еще несколько часов, вот наступает утро, вот распахиваются двери Бартон-холла, вот ее коллеги по кафедре входят в свои кабинеты, вот они включают компьютеры — и что же появляется на экране? Вкусное дополнение к их утреннему кофе: поступивший по электронной почте запрос на двойника Коулмена Силка, запрос, который она не собиралась никому посылать. Все преподаватели кафедры прочтут его раз, другой, третий, а потом примутся рассылать по всему колледжу, доводя до сведения каждого ассистента, профессора, администратора, секретаря и студента.

Прочтут все, кто посещает ее лекции. Прочтет ее секретарша. Сегодня же прочтет ректор колледжа, как и члены попечительского совета. И даже если она скажет, что это была шутка, с какой стати попечительский совет позволит такой шутнице оставаться в Афине? Особенно после того как шутка появится в студенческой газете. А она появится. И в местной газете тоже. А чуть погодя — и во *французских* газетах.

Для матери какое унижение! И для отца! Какой удар по нему! И как рада будет ее крушению вся валенкуровская родня, все эти конформисты! Все нелепо-консервативные дядюшки, все нелепо-благочестивые тетушки, дружно хранящие в неприкосновенности узкий мирок прошлого, — как они будут радоваться, важно сидя бок о бок на церковной скамье! Но, предположим, она скажет, что просто экспериментировала с объявлением в газету как с литературной формой, просто сидела в своем кабинете одна и отвлеченно играла с этим текстом, как с неким... утилитаристским хокку. Нет, без толку. Нелепо, надуманно. *Ничто* не поможет. Мать, отец, братья, друзья, учителя — все узнают. *Йель!* Скандальная новость доберется до всех, с кем она когда-либо была знакома, и позор будет сопутствовать ей всю жизнь. Куда, собственно, она может убежать со своим паспортом? В Монреаль? На Мартинику? И как там зарабатывать на жизнь? Нет, даже в самой дальней франкоязычной дали ей не позволят преподавать, если будут знать про это объявление. Чистая, достойная профессиональная жизнь, ради которой она строила все эти планы, ради которой трудилась как каторжница, незапятнанная, безупречная жизнь духа... Может быть, позвонить Артуру Зюсману? Артур найдет какой-нибудь выход. Он может взять трубку и поговорить с кем угодно. Он человек жесткий и умелый, он пользуется влиянием, в делах мира сего он разбирается лучше, чем все прочие американцы, которых она знает. Таких людей, как Артур, сколь бы честны они ни были, не сковывает необходимость всякий раз говорить правду. Он придумает, как все объяснить. Он подскажет, что делать. Но почему, узнав от нее о случившемся, он захочет ей помогать? Коулмен Силк нравится ей больше, чем он, Артур Зюсман, — вот что он подумает. Самолюбие все за него решит и приведет его к глупейшему заключению. Он подумает то же, что подумают остальные: что она сохнет по Коулмену Силку, что о нем, о нем она мечтает, а не об Артуре Зюсмане, не говоря уже о «подгузниках» и о «головных уборах». Вообразив, что она влюбилась в Коулмена Силка, он в сердцах бросит трубку и больше знать ее не захочет.

Еще раз все обдумать. Вновь посмотреть на случившееся. Постараться спокойно оценить положение и найти разумный выход. Она не хотела посылать этот текст. Написать написала, но отправлять такое — этого она не хотела, да и не отправляла она, *само* ушло. Точно так же, как анонимное письмо: не хотела его отправлять, повезла в Нью-Йорк, не имея намерения отправлять вообще, и тем не менее письмо *ушло*. Но теперешнее во много раз хуже. Теперь она в таком отчаянии, что в двадцать минут второго ночи единственный разумный выход, какой приходит ей в голову, — это позвонить Артуру Зюсману, и пусть думает что хочет. Артур должен ей помочь. Он должен ей подсказать, как выпутаться. И вот ровно в двадцать минут второго, когда она уже взялась за трубку, чтобы набрать номер Артура Зюсмана, телефон вдруг начинает звонить. Артур *сам* хочет с ней поговорить!

Но это ее секретарша. «Он погиб», — говорит Марго и при этом так горько плачет, что Дельфина не уверена, правильно ли расслышала. «Марго, что с вами?» — «Он погиб!» — «Кто?» — «Я только что узнала. Дельфина. Это ужас. Я вам позвонила, я должна была, я должна была вам сказать. Это ужасная, ужасная новость. Сейчас ночь, я знаю, что сейчас ночь…» «Боже мой! Артур!» — кричит Дельфина. «Декан Силк!» — говорит Марго. «Декан Силк погиб?» — «Ужасное несчастье. Дикая катастрофа». — «Какая катастрофа? Марго, что случилось? Где? Медленней. Начните с начала. Что вы узнали?» — «Упал в реку. С ним была женщина. В его машине. Вот какая катастрофа». Больше Марго не в состоянии сказать ничего связного, а Дельфина так потрясена, что впоследствии не помнила, как бросила трубку, как, обливаясь слезами, кинулась на кровать, как лежала на ней, завывая и повторяя его имя.

Это были худшие часы в ее жизни.

Из-за объявления они могут подумать, что он ей нравился? Что она *любила* его? Но что бы они подумали, если бы увидели ее сейчас, причитающую, как самая настоящая вдова? Ей нельзя закрывать глаза, потому что, стоит это сделать, как она видит *его* глаза, зеленые, внимательные, — и они лопаются. Она видит, как машина слетает с дороги, как его голова выстреливает вперед, и через секунду глаза лопаются. «Нет! Нет!» Но едва она поднимает веки, чтобы не видеть его глаз, как перед ней возникает то, что она сделала, и жуткий фарс, которого не миновать. Открытыми глазами видит свой позор, закрытыми — его погибель, и так всю ночь маятник страдания бросает ее от одного к другому.

Она пробуждается в таком же безумном состоянии, в каком забылась. Вся дрожит, а почему — не помнит. Думает, что дрожит из-за кошмарного сна. Из-за кошмарного сна с лопающимися глазами. Но нет, это правда случилось, он погиб. И объявление — это тоже случилось. Все случилось, и сделать ничего нельзя. Я хотела, чтобы они сказали... а теперь они скажут: «Наша американская дочь? Мы не хотим о ней говорить. Она для нас больше не существует». Она пытается успокоиться, выработать какой-то план действий, но думать не получается. Только сумасшествие, только раскручивающаяся спираль ужаса и отупения. Время — начало шестого утра. Она закрывает глаза, чтобы уснуть и прогнать все это прочь, но едва она смыкает веки, как перед ней *его* глаза. Внимательно смотрят на нее и лопаются.

Она одевается. Причитает. Выходит на улицу. Едва рассвело. Никакой косметики. Никаких украшений. Только искаженное ужасом лицо. Коулмен Силк погиб.

В кампусе никого. Одни вороны. Так рано, что даже флаг еще не поднят. Каждое утро по пути на работу она вскидывала на него глаза и, видя, как он реет над Норт-холлом, испытывала мимолетное удовлетворение. Надо же, оставила дом, отважилась на такое — она в Америке! Сознание собственной храбрости и понимание трудности шага. Но сегодня флаг еще не поднят, и она этого даже не замечает. Она видит только то, что́ ей необходимо сделать.

У нее есть ключ от Бартон-холла, и она входит. Вот она в своем кабинете. Уже кое-что. Она не сдалась. Она теперь в состоянии думать. Хорошо. Но чтобы добраться до их компьютеров, надо войти в их кабинеты. Надо было еще тогда, вечером, этим заняться, а не бросаться в паническое бегство. Чтобы вернуть себе самообладание, чтобы спасти репутацию, чтобы предотвратить крах карьеры, необходимо продолжать думать. Вся ее жизнь в этом и состояла — думать. С первого класса школы ее только этому и учили. Она выходит из кабинета и идет по коридору. Цель ясна, мысли обрели определенность. Она просто войдет и сотрет. Имеет право стереть то, что сама послала. К тому же она и не посылала — само ушло. Непреднамеренно. Она не в ответе. Так получилось. Но все двери заперты. Она пытается открыть их своими ключами, пробует сначала ключ от здания, потом от своего кабинета, но без толку. Конечно, они не подходят. Не подходили бы вечером и не подходят сейчас. А насчет того, чтобы подумать, — будь она хоть Эйнштейном, думаньем все равно никаких дверей не открыть.

Вернувшись в свой кабинет, она отпирает ящики. Что ищет? Автобиографию. Зачем ей? Так или иначе автобиографии конец. Конец «нашей американской дочери». И раз это конец, она выдергивает все ящики до конца и швыряет на пол. Опустошает весь стол. «У нас нет никакой американской дочери. У нас вообще нет дочери. У нас только сыновья». Она уже не думает о том, что ей необходимо думать. Она принимается разбрасывать вещи. Что лежит на столе, что висит на стенах — пусть разобьется, какая разница? Она старалась и потерпела фиаско. Покончено с безупречной автобиографией, которой она так дорожила. «Наша американская дочь потерпела фиаско».

Рыдая, берется за телефон, чтобы позвонить Артуру. Он выскочит из постели и поедет из Бостона прямо сюда. Трех часов не пройдет, как будет в Афине. К девяти Артур будет здесь! Но она набирает не его номер, а номер охраны на прилепленной к телефону бумажке. Преднамеренности не больше, чем в отправке писем. Есть одно: вполне человеческое желание спастись.

Она не в силах ничего сказать.

— Алло, — берет трубку мужчина на другом конце. — Алло! Кто это?

Она едва выговаривает. Два слова — самые несократимые в любом языке. Имя и фамилия. Несократимые и незаменимые. Означающие ее. То, что *было ею.* А теперь это два самых смехотворных слова на свете.

— Что? Профессор... как дальше? Я вас не понимаю, профессор.

— Это охрана?

— Говорите громче, профессор. Да, это охрана колледжа.

— Идите, пожалуйста, сюда, — говорит она умоляюще, и опять у нее текут слезы. — Прямо сейчас. Тут просто ужас какой-то.

— Профессор, где вы? Что у вас случилось?

— В Бартон-холле. — Она повторяет, чтобы он расслышал: — Бартон-холл. Комната 121. Профессор Ру.

— Что случилось, профессор?

— Ужасная вещь.

— Вам плохо? Что с вами? Что случилось? С вами кто-то посторонний?

— Нет, я одна.

— Что произошло?

— Кто-то сюда проник.

— Куда проник?

— В мой кабинет.

— Когда? Когда, профессор?

— Не знаю. Видимо, ночью. Не знаю.

— Вам нехорошо? Профессор! Профессор Ру! Вы в колледже? В Бартон-холле? Вы уверены?

Она колеблется. Пытается думать. Уверена я? Да или нет?

— Конечно, — говорит она и рыдает уже так, что сил нет остановиться. — Побыстрей, умоляю вас! Идите сюда немедленно! Кто-то проник в мой кабинет! Здесь все вверх дном! Это немыслимо! Просто ужас! Все мои вещи! Кто-то включал мой компьютер! Скорей сюда, слышите?

— Проник? Вы знаете, кто это был? Кто проник? Студент?

— Декан Силк, — сказала она. — Идите же сюда!

— Профессор... Профессор, вы слышите меня? Профессор Ру, декан Силк погиб.

— Я знаю, — сказала она. — Да, это ужасно.

А потом она кричала — кричала от мысли о случившемся ужасе, от мысли о том, что он сделал напоследок, и не кому-нибудь, а ей, *ей*, — и весь остальной день был для Дельфины сплошным цирком.

Едва ошеломляющая новость о гибели в автомобильной катастрофе декана Силка и уборщицы колледжа успела распространиться по всем кабинетам и учебным аудиториям, как ей вдогонку пришла еще одна весть — о вторжении Силка в кабинет Дельфины Ру и о фальшивом электронном послании, которое он отправил оттуда незадолго до смерти. Людям и этому-то трудно было поверить, а тут, ко всеобщему замешательству, из города подоспела новая молва, касающаяся обстоятельств катастрофы. Омерзительные эти сведения, как утверждали, происходили из вполне надежного источника: их сообщил брат сотрудника полиции штата, обследовавшего тела после того, как их вместе с обломками машины извлекли из реки. Декан якобы потому потерял управление, что сидевшая рядом уборщица ублажала его во время езды. К этому выводу полицейский пришел, основываясь на состоянии его одежды и на положении ее тела в машине.

В большинстве своем преподаватели, особенно пожилые, много лет знавшие Коулмена Силка лично, поначалу отказывались верить и были возмущены легкостью, с какой этот слух подхватывался и принимался за неопровержимую истину. Им претила жестокость нападок на мертвого. Но постепенно становились известны все новые подробности вторжения, и все новые люди, мельком видевшие Силка с уборщицей, делились своими наблюдениями, и чем дальше, тем труднее было старейшинам колледжа упорствовать в своем, как писала на другой день местная газета в весьма интересной для широкой публики заметке, «душераздирающем отрицании».

И когда люди начали вспоминать, как два года назад никто не хотел верить тому, что он оскорбил двух своих чернокожих студенток; когда они вспомнили, что после истории с «духами» он обособился от бывших коллег, что при редких встречах с ними в городе был немногословен до грубости; когда они вспомнили, что в своем громозвучном отвращении ко всем и всему, имеющему отношение к Афине, он, как говорили, ухитрился отгородить себя даже от собственных детей... тогда, увы, даже те, кто вначале отвергал всякую мысль о возможности такого скверного конца этой жизни, даже ветераны, которым невыносимо было подумать, что человек столь мощного ума, завораживающий лектор, динамичный и влиятельный декан, сгусток обаяния и энергии, мужчина здоровый и бодрый в свои семьдесят с лишним лет, отец четверых прекрасных взрослых детей, взял и перечеркнул все, что прежде ценил, стремительно покатился вниз и умер скандальной смертью чуждого всем, свихнувшегося отверженного, — даже эти люди вынуждены были признать, что после бесславного ухода на пенсию с Коулменом Силком произошла полнейшая перемена, приведшая не только к его трагической гибели, но и, что совсем уж непростительно, к ужасной смерти Фауни Фарли, несчастной неграмотной женщины тридцати четырех лет, которую, как всем теперь стало известно, он взял на старости лет себе в любовницы.

5

РИТУАЛ ОЧИЩЕНИЯ

Похороны — одни и другие.

Фауни хоронили первой, выбрав для этого кладбище на холме Батл-Маунтин. Мне всегда тяжело было проезжать мимо этого места, где даже в полдень тоскливо, где старые могильные камни молча хранят тайну застывшего времени, где раньше погребали своих мертвецов индейцы и где добавляет сумрака близость лесного заповедника — дикой, широко раскинувшейся чащобы, усеянной валунами, прорезанной ручьями, которые стеклянными каскадами стекают с уступа на уступ, чащобы, где водятся койот, рыжая рысь, даже черный медведь и по которой, говорят, большими стадами кочуют олени, расплодившиеся в огромных, доколониальных количествах. Хозяйки молочной фермы купили для Фауни участок у самой границы темного леса и организовали невинную, незатейливую погребальную церемонию. Более разговорчивая из двух, назвавшаяся Салли, произнесла первую надгробную речь, представив вначале партнершу, ее детей и своих детей; затем она сказала:

— Мы все жили с Фауни на ферме и сегодня пришли сюда для того же, для чего пришли вы: отдать последнюю дань человеческой жизни.

Она говорила чистым и звонким голосом — невысокая, пышущая здоровьем круглолицая женщина в длинном платье-балахоне, решившая держаться оптимистического взгляда на вещи с тем, чтобы по возможности меньше расстраивать шестерых растущих на ферме детей, опрятно одетых в лучшее, что у них есть, и сжимающих в кулачках цветы, которые они положат на гроб перед тем, как его опустят в землю.

— Никто из нас, — заверила всех Салли, — до конца дней не забудет ее щедрого и теплого смеха. Фауни так заразительно хохотала и порой так весело шутила, что мы смеялись до колик. Но помимо этого, она была, как вы знаете, человеком глубоко духовным. Духовной личностью, — подчеркнула она, — искательницей духовного начала. Пантеизм — вот слово, которое лучше всего передает характер ее веры. Ее богом была природа, и одним из проявлений ее благоговения перед природой была любовь к нашему маленькому молочному стаду, да, пожалуй, и ко всем коровам на свете, к этому самому добродушному из существ, поистине ставшему кормилицей рода людского. Фауни испытывала глубочайшее почтение к институту семейной молочной фермы. Бок о бок с Пег, со мной и с нашими детьми она прилагала все усилия к тому, чтобы не дать новоанглийской семейной молочной ферме умереть, чтобы сохранить ее как жизнеспособную часть нашего культурного наследия. Ее богом было все, что вы видите вокруг, когда приходите на нашу ферму, и все, что вы видите здесь, на Батл-Маунтин. Мы не случайно решили предать Фауни земле именно на этом месте, которое стало священным еще в давние времена, когда коренные жители нашего края навеки прощались здесь со своими любимыми. Чудесные истории, которые Фауни рассказывала нашим детям, — о ласточках в амбаре, о воронах в поле, о ямайских канюках, скользящих по небу высоко над нашим пастбищем, — были примерно такими же, как те, что звучали здесь, на этом самом месте, пока экологическое равновесие Беркширских холмов не было впервые нарушено появлением...

Известно кого. Энвиронменталистски-руссоистские рассуждения, из которых состояло дальнейшее, интереса не представляли.

Вторым слово взял Смоки Холленбек, бывшая спортивная звезда Афины, заведующий хозяйством колледжа, начальник Фауни и, как я знал от нанявшего его Коулмена, какое-то время не только начальник. В его гарем Фауни попала практически в первый же день работы на должности уборщицы; позднее, когда Лес Фарли что-то пронюхал, она была решительно оттуда изгнана.

В отличие от Салли, Смоки говорил не о пантеистической чистоте Фауни как природного существа; будучи представителем колледжа, он сосредоточился на ее служебной деятельности и начал с ее влияния на студентов, чьи спальни она убирала.

— С приходом Фауни, — сказал Смоки, — студенты получили такую уборщицу, которая при всякой встрече улыбалась им, здоровалась, спрашивала: «Как поживаете?», «Прошла ли ваша простуда?» или «Как идут дела на занятиях?» Она всегда перед работой находила минутку поговорить со студентами, получше с ними познакомиться. Со временем она переставала быть для студента невидимкой, простой безымянной обслугой, он признавал в ней личность, достойную уважения. После знакомства с Фауни они все становились более аккуратными и уже не оставляли после себя столько мусора. Для сравнения представьте себе другую уборщицу, которая никогда не взглянет студенту в глаза, держится от него на расстоянии и знать не желает, как у него обстоят дела. Так вот, Фауни никогда такой не была. Состояние студенческих спален, как мне кажется, очень сильно зависит от отношений между студентами и уборщицей. Сколько приходится вставлять разбитых стекол, сколько приходится заделывать пробоин в стенах после того, как студенты бьют по ним ногами и кулаками, срывают на них злость… да мало ли что. Граффити на стенах и тому подобное. В здании, где работала Фауни, ничего такого не было. Состояние помещений благоприятствовало учебе и полноценной жизни, помогало студентам чувствовать себя частью нашего сообщества…

Великолепно справился со своей задачей этот высокий, красивый, курчавый молодой семьянин, который до Коулмена был любовником Фауни. Представить себе чувственный контакт с образцовой работницей, которую он изобразил, было не легче, чем с пантеисткой и любительницей рассказывать истории, чей портрет нарисовала Салли.

— По утрам, — продолжал Смоки, — она убирала Норт-холл, где находятся административные помещения. Хотя ее задачи иногда варьировались, были основные вещи, которые надо было делать каждое утро, и она справлялась со всем этим превосходно. Опорожнить корзины для бумаг, навести чистоту в туалетах, которых в этом здании три. Влажная уборка где необходимо. Ежедневная чистка пылесосом самых затоптанных участков пола, а где ходят меньше — там раз в неделю. Пыль вытирать, как правило, еженедельно. Стеклянные двери, передние и задние, Фауни мыла почти каждый день, в зависимости от людского потока. Фауни всегда работала очень эффективно и уделяла большое внимание мелочам. Пылесосить можно было не во всякое время дня, и тут на Фауни Фарли не было ни одного нарекания. Ни единого. Она мгновенно определила наилучшее время для каждой работы с тем расчетом, чтобы доставлять сотрудникам минимум неудобств...

Из четырнадцати взрослых, находившихся у могилы, от колледжа были только Смоки и группа из четверых мужчин в костюмах и галстуках — сослуживцев Фауни по хозяйственному подразделению. Остальные, судя по всему, были либо знакомые Пег и Салли, либо местные жители, покупавшие на ферме молоко и познакомившиеся там с Фауни. Единственным, кого я узнал, был Сирил Фостер, директор нашей почты и глава добровольной пожарной дружины. Фауни два раза в неделю убирала маленькое сельское почтовое отделение, и там-то ее впервые увидел Коулмен.

А еще на кладбище был отец Фауни — крупный пожилой мужчина, о чьем присутствии упомянула Салли в своем надгробном слове. Он сидел в инвалидном кресле в каком-нибудь шаге от гроба; сопровождавшая его довольно молодая филиппинка, то ли сиделка, то ли подруга, стояла за ним вплотную, и на протяжении всей церемонии ее лицо было совершенно непроницаемо, тогда как он то и дело наклонял голову и закрывал лицо руками — одолевали слезы.

Но никого из присутствующих я не мог заподозрить в авторстве электронного некролога, который я обнаружил накануне вечером в дискуссионной группе новостей колледжа fac.discuss. Послание было предварено следующим:

От: clytemnestra@houseofatreus.com
Кому: fac.discuss
Тема: смерть фауни
Дата: 12 ноября 1998

Я наткнулся на это послание «из дома Атрея от Клитемнестры» совершенно случайно, когда из любопытства стал просматривать календарь будущих мероприятий в группе новостей колледжа. Мне хотелось знать, включены ли в него похороны декана Силка. И вдруг — этот лживый, оскорбительный текст. Шутка? Хохма? Садистская причуда какого-то извращенца? Или рассчитанный, предательский удар? Неужели опять Дельфина Ру? Что, еще одна ее анонимка? Вряд ли. После истории с «вторжением» нужно ли ей было снова проявлять изобретательность? Если бы каким-нибудь образом открылось, что clytemnestra@houseofatreus.com — ее детище, она опять оказалась бы в уязвимом положении. Кроме того, судя по всему, Дельфина не способна вести хитрую, продуманную интригу; ее «интрига» отдает торопливой импровизацией, истерической мелочностью, сверхвозбужденной дилетантской бездумностью, из которой проистекают эксцентрические поступки, ей же самой кажущиеся потом невероятными. Сколь бы погаными ни были последствия ее выпадов, им недостает как весомости повода, так и утонченного расчета мастера-отравителя.

Нет, это зловредство, хоть оно и было скорее всего *спровоцировано* Дельфининым зловредством, отличалось куда большей искусностью и уверенностью, отличалось неким профессиональным демонизмом. Совершенно иной уровень злобы. Ну а дальше-то что? Где предел этому публичному побиванию камнями? И где предел легковерию? Как они могут передавать друг другу байку, которую Дельфина Ру рассказала охранникам, как они могут принимать эту очевидную выдумку, эту махровую ложь за чистую монету? Чем доказано, что Коулмен имеет ко всему этому отношение? Не могло такого быть — а они верят. Полная нелепость — вломился в кабинет, взломал запертые ящики, проник в компьютер, разослал текст... Но они верят, жаждут верить, им не терпится пересказать это еще кому-нибудь. Невероятная бессмыслица — но никто, по крайней мере публично, не задает простейших вопросов. С какой стати человек, который пускается на розыгрыш, будет устраивать в кабинете погром и тем самым привлекать внимание к факту своего проникновения? И с какой стати он будет сочинять именно такое «объявление»? Ведь девяносто процентов тех, кто прочел бы его, и не подумали бы, что здесь есть какой-то намек на Силка. Кто, кроме Дельфины Ру, мог связать этот текст с бывшим деканом? Если бы он и вправду все это сделал, он был бы сумасшедшим. Но где доказательства его сумасшествия? Где история его безумного поведения? Коулмен Силк, в одиночку перевернувший весь Афина-колледж, — псих? Горечь, злость, изоляция — да, но психоз? Сотрудники колледжа прекрасно знали, что этого нет и в помине, но, как и в случае с «духами», по собственной воле вели себя так, словно не знали. Выдвинуть обвинение — уже значит его доказать. Услышать его — уже значит поверить. Проще простого. Не нужно никакого мотива, никакой логики, никакого обоснования. Нужен только ярлык. Есть ярлык — значит, есть и мотив, и улики, и логика. Почему Коулмен Силк так поступил? Потому что он то, потому что он это, потому что он всё вместе. Сперва расист, теперь женоненавистник. Назвать его коммунистом нельзя, времена не те, но раньше делалось именно так. Ныне же — акт женоненавистничества, совершенный человеком, который в свое время гнусным расистским высказыванием оскорбил беззащитных студенток. Это все объясняет. Это плюс сумасшествие.

Вот он, «дьявол захолустья», во всей красе: сплетни, зависть, желчность, скука, ложь. Провинциальные яды не спасают. Люди скучают, завидуют, их жизни какие есть, такие и будут, вот они и хватаются за такую историю, пересказывают ее почти бездумно — по телефону, на улице, в столовой колледжа, в учебной аудитории. Пересказывают дома мужьям, женам. И не в том дело, что из-за автомобильной катастрофы нет возможности доказать, что это нелепая ложь. Не будь катастрофы, ложь не появилась бы на свет вообще. Смерть Коулмена стала для этой женщины подарком судьбы. Спасением. Смерть, вторгнувшись, все упрощает. Все сомнения, подозрения, неясности уходят под натиском смерти — великой принижающей силы.

Возвращаясь в одиночестве к своей машине после похорон Фауни, я по-прежнему понятия не имел, кто в колледже мог сочинить это «послание Клитемнестры» — образчик самого дьявольского из искусств, искусства «онлайн», самого дьявольского из-за своей анонимности. Я не имел представления и о том, до чего может дойти следующий анонимщик. Одно я знал, в одном был уверен: на волю выпущен вредоносный микроб, и в том, что касается Коулмена, нет такой нелепости, из которой кому-нибудь не захочется извлечь злую выгоду. В Афине вспыхнула эпидемия — вот на какую мысль навели меня последние события, — и чем можно сдержать ее распространение? Возбудитель здесь, от него никуда не денешься. Патогенный вирус присутствует в эфире, в космосе. Во вселенском жестком диске, вечный и не излечиваемый никакими программами, — знак неустранимой человеческой скверны.

Все взялись теперь писать «Духов» — все, кроме (пока что) меня.

Мне хотелось бы пригласить вас к размышлению (так начиналось письмо в fac.discuss) кое о чем неприятном: не только о жестокой гибели ни в чем не повинной женщины тридцати четырех лет, что ужасно само по себе, но и о событиях вокруг этой трагедии и о человеке, который едва ли не артистически направлял ход этих событий с тем, чтобы сполна отомстить Афина-колледжу и бывшим коллегам.

Некоторые из вас, вероятно, знают, что незадолго до убийства-самоубийства — ведь именно это совершил поздно вечером Коулмен Силк, направив машину

400

на дорожное ограждение, пробив его и упав вместе с пассажиркой в реку, — бывший декан взломал дверь одного из кабинетов в Бартон-холле, устроил там погром и отправил по электронной почте послание от имени одной из наших преподавательниц, имея целью скомпрометировать ее и поставить под удар. Вред, нанесенный ей и колледжу, невелик. Но в этом детском акте вандализма, в этой злобной фальсификации видна та же решимость, та же оголтелость, которая чуть погодя, увеличившись до чудовищных размеров, побудила его убить себя и одновременно с этим хладнокровно разделаться с уборщицей колледжа, которую он несколькими месяцами раньше цинично вовлек в связь и чьими сексуальными услугами пользовался.

Вообразите, если можете, бедственное положение этой женщины: четырнадцатилетней девочкой она убежала из дому, образование ее ограничилось двумя классами средней школы, и до конца своей краткой жизни она оставалась функционально неграмотной. Вообразите ее неравную борьбу с домогательствами этого бывшего профессора, который за шестнадцать лет работы на руководящем посту проявил себя как самый большой диктатор из всех деканов Афина-колледжа, который пользовался в эти годы большей властью, чем даже ректор. Что, спрашивается, она могла противопоставить его напору? И, поддавшись ему, оказавшись в рабстве у этого извращенного самца, намного превосходившего ее силой, могла ли она понять далеко идущие мстительные намерения, которым должно было послужить ее натруженное тело — послужить сначала в жизни, а потом и в смерти?

Среди всех безжалостных мужчин, которые тиранили ее один за другим, среди всех жестоких, безответственных, безжалостных, ненасытных мужчин, которые измучили, иссушили и сломили ее, не было ни одного, чьи цели были бы настолько же извращены злобной мстительностью, как у этого человека, жаждавшего свести счеты с Афина-колледжем и выбравшего для расправы его сотрудницу. Для расправы, учиненной им с наибольшей возможной наглядностью. Для расправы с ее плотью. С ее конечностями. С ее гениталиями. С ее маткой. Жестокий аборт, к которому он ранее ее принудил и вследствие которого она пыталась покончить с собой, был только одним из бог весть какого числа опустошительных набегов на несчастную территорию ее тела. Сегодня мы знаем, какую страшную порнографическую «мертвую картину» соорудил убийца, в какой позе он заставил Фауни принять смерть, желая в одном неизгладимом образе запечатлеть ее несвободу, ее рабское подчинение (а в расширительном смысле — и рабское подчинение всего колледжа) его бешеной, презрительной гордыне. Мы знаем — вернее, начинаем узнавать по мере того, как ужасающие сведения постепенно просачиваются к нам из полицейских органов, — что не все следы ударов на изувеченном теле Фауни объясняются роковым падением машины в реку. На ее ягодицах и бедрах коронер обнаружил пятна, не являющиеся результатом аварии, — кровоподтеки от ушибов, полученных ранее и совсем иначе. Ушибов, нанесенных либо тупым орудием, либо кулаком.

Зачем? Маленькое слово — и вместе с тем достаточно большое, чтобы свести нас с ума. Но тот патологический мрак, что царил в душе убийцы Фауни, с трудом поддается исследованию. Безумные побуждения этого человека коренятся в непроницаемой тьме, которой тем, кто не жесток и не мстителен по природе, — тем, кто спокойно подчиняется ограничениям, налагаемым цивилизацией на все грубое и мятежное, живущее в каждом из нас, — не познать никогда. Сердце тьмы человеческой непостижимо. Но что «несчастный случай» на дороге отнюдь не был случайностью — это я могу утверждать с уверенностью, скорбя вместе со всеми, кому не безразлична гибель Фауни Фарли из Афина-колледжа, испытывавшей гнет с невинных детских лет до самой смерти. Нет, это не случайность — Коулмен Силк стремился к этому изо всех сил. Зачем? На этот вопрос я могу ответить и отвечу. Чтобы уничтожить не только себя и ее, но и все свидетельства о муках, которые она от него претерпела. Чтобы не позволить Фауни его разоблачить — вот для чего Коулмен Силк забрал ее с собой на дно реки.

Остается только догадываться, сколь отвратительны были преступления, которые ему непременно нужно было скрыть.

На следующий день Коулмена похоронили подле жены на аккуратном кладбище, больше похожем на сад и расположенном чуть в стороне от ровного зеленого моря спортивных площадок колледжа, у дубовой рощи, которая начинается за Норт-холлом с его заметной отовсюду шестиугольной часовой башней. Встав в то утро после бессонной ночи, я все еще был крайне возмущен и взволнован тем, как последовательно, как настойчиво извращались характер и смысл произошедшего, и даже чашку кофе не мог спокойно выпить. Как, скажите на милость, бороться с этим нагромождением лжи? В таком месте, как Афина, если ложь возникла, она остается, сколь убедительно ее ни опровергай. Чтобы не мерить нервными шагами пол, пока не придет пора ехать на кладбище, я надел костюм с галстуком и отправился на главную улицу просто поболтаться и убить время — там, я надеялся, легче будет поддерживать иллюзию, что с отвращением можно как-то бороться.

С отвращением и шоком. Я не был готов думать о нем как о мертвом, тем более — видеть, как его хоронят. Не говоря уже об остальном, гибель в нелепой катастрофе сильного, здорового мужчины семидесяти с небольшим лет несет в себе свою, особую горечь — логичней было бы по крайней мере, если бы его убил инфаркт, инсульт или рак. Вдобавок я с того самого момента, когда услышал новость, был убежден, что к случившемуся тем или иным образом причастен пикап Леса Фарли. Разумеется, во всем, что бы ни произошло с кем бы то ни было, можно при желании отыскать смысл, и все же, если иметь Леса Фарли в виду, если рассматривать его как *первопричину*, то не вырисовывается ли объяснение? Чрезвычайно удобно — одним махом разделаться с презираемой бывшей женой и ненавистным любовником, за которым Фарли маниакально следил.

Этот мой вывод отнюдь не был продиктован простой неохотой принять необъяснимое как оно есть — хотя на следующее утро после похорон Коулмена, когда я пришел в полицию штата поговорить с двумя полицейскими, первыми прибывшими на место катастрофы и обнаружившими трупы, у них явно сложилось обо мне именно такое впечатление. Они не увидели тогда ничего, что подтверждало бы мои подозрения. Сведения, которые я им сообщил, — о том, что Фарли шпионил за Фауни и за Коулменом, о едва не кончившемся плохо столкновении у кухонной двери, когда Фарли с воплем выскочил на них из темноты, — были терпеливо записаны, как и мое имя, адрес и номер телефона. Меня поблагодарили за помощь и заверили: все сказанное мной будет сохранено в строжайшей тайне, и в случае необходимости со мной свяжутся.

Такой необходимости у них не возникло.

Я пошел было к выходу, но остановился.

— Я хочу вас кое о чем спросить. О положении тел в машине.

— Что вы хотите знать, сэр? — поднял на меня глаза Балич, старший из двух молодых полицейских, хорват с непроницаемым лицом и хозяйски-спокойной манерой поведения, чья родня, вспомнилось мне, владеет рестораном «Мадамаска-инн».

— Что вы увидели, когда их нашли? В какой позе они лежали? Ходят слухи...

— Нет, сэр, — покачал головой Балич. — Ничего такого не было. Все это неправда, сэр.

— Вы поняли, о чем я?

— Да, сэр. Нет, это в чистом виде слишком быстрая езда. Нельзя на такой скорости вписаться в этот поворот. Ас автогонок и тот бы не смог. Человеку в возрасте садиться за руль после двух рюмок вина, да еще пускаться на такое лихачество...

— Я не думаю, что Коулмен Силк хоть раз в жизни пускался на автомобильное лихачество.

— Что тут сказать... — Балич развел руками: мол, при всем моем к вам уважении, кому это может быть известно? — Машину вел профессор, сэр.

Явно наступил момент, когда, по мнению Бали-
ча, мне следовало перестать строить из себя детектива и вежливо удалиться. Он назвал меня «сэром»
столько раз, что никаких сомнений в том, кто из
нас ведет расследование, возникнуть не могло.
Я ушел, и, как я уже сказал, на этом мои контакты
с полицией кончились.

День, когда хоронили Коулмена, оказался, как
и все последние дни, необычно теплым. Ноябрьский свет был резким, контрастным. За предыду-
щую неделю деревья скинули остатки листвы,
и под ярким солнцем жесткие нагие очертания
холмистого ландшафта с его каменными выступа-
ми, впадинами и сочленениями напоминали чет-
кую, подробную штриховую гравюру старинного
мастера. Когда я утром ехал в Афину на похороны,
эта грубая, неприкрашенная, щедро высвеченная
даль, которую с весны мешала видеть лиственная
одежда, некстати рождала во мне ощущение но-
визны и открывающихся возможностей. Нешуточность строения земной поверхности, несколько месяцев от нас скрытой, а теперь снова явленной,
чтобы мы не забывали ею восхищаться и с нею
считаться, напоминала о страшной, всестира-
ющей силе ледника, который прокатился некогда
по этим холмам, прежде чем остановиться в своем
могучем движении на юг. Всего в нескольких милях от дома Коулмена он раскидал валуны размером с ресторанные холодильники таким же манером, как автоматическая подающая машина бросает софтбольные мячи, и когда, проезжая мимо
крутого поросшего лесом склона, который здесь
окрестили «садом камней», я отчетливо увидел, уже

406

без узора скользящих теней от летней листвы, эти гигантские поваленные набок глыбы, напоминающие некий разрушенный Стонхендж*, небрежно брошенные кучей и вместе с тем исполински неповрежденные, я вновь с ужасом представил себе момент удара, разлучившего Коулмена и Фауни с их жизнями и швырнувшего их в былые эры земли. Теперь они так же далеки от нас, как ледник. Как сотворение планеты. Как само Творение.

Тогда-то я и решил обратиться в полицию. Я не сделал этого сразу, тем же утром, еще до похорон, отчасти потому, что, остановившись у лужайки в центре городка, увидел в окне ресторана «У Полины» отца Фауни, который сидел за столом и завтракал в компании женщины, стоявшей накануне на кладбище за его инвалидным креслом. Я немедленно вошел, сел подле них за свободный столик, сделал заказ и, притворяясь, что читаю оставленную кем-то «Мадамаска уикли газетт», стал изо всех сил прислушиваться к разговору.

Речь шла о дневнике. О дневнике Фауни, который Салли и Пег в числе других вещей передали ее отцу.

— Тебе незачем его читать, Гарри. Незачем.

— Я должен его прочесть.

— Вовсе не должен, — возразила женщина. — Поверь мне: это для тебя совершенно лишнее.

— Ничего более ужасного, чем все остальное, там быть не может.

— Незачем тебе его читать.

---

* *Стонхендж* — кромлех (доисторическое ритуальное сооружение из огромных каменных глыб) в графстве Уилтшир (Великобритания).

Как правило, люди склонны хвастаться и приписывать себе успехи, которых только еще хотят добиться; Фауни же, наоборот, лгала, отказывая себе в фундаментальном навыке, которым за год-другой овладевает почти всякий школьник на свете.

И это я узнал, еще даже не допив стакан сока. Неграмотность была притворством, которого, считала она, требовало ее положение. Но зачем? Источник силы? Но силы, купленной какой ценой? Только вдуматься. Мало ей всего остального — еще и неграмотность. Фауни берет ее добровольно. Но не чтобы придать себе инфантильности, не чтобы выглядеть нуждающимся в опеке ребенком, а наоборот — чтобы высветить сродное мирозданию варварское «я». Не отвергает учебу как удушающую форму благопристойности, а бьет учебу козырем первичного и более сильного знания. Она не имеет ничего против чтения как такового; притворяться неграмотной — вот что она считает правильным поведением. Это добавляет всему остроты. Ей подавай ядов, ядов и ядов — быть тем, чем не следует, показывать, говорить, думать то, чего не следует, нравится это кому-то или нет.

— Я не могу его сжечь, — сказал отец Фауни. — Это же ее дневник. Я не могу просто выбросить его на помойку.

— Зато я могу, — сказала женщина.

— Это неправильно.

— Ты всю жизнь шел по этому минному полю. Хватит уже.

— Это все, что от нее осталось.

— Не все. Еще револьвер. И пули, Гарри. Вот что от нее осталось.

— Как она жила...

Вдруг его голос зазвучал так, словно он вот-вот расплачется.

— Как жила, так и умерла. Потому и умерла.

— Ты должна отдать мне дневник.

— Нет. Нам не следовало вообще сюда приезжать.

— Только попробуй, только попробуй его уничтожить — я не знаю, что сделаю.

— Так для тебя же будет лучше.

— Что она пишет?

— Не хочется пересказывать.

— О господи.

— Ешь. Тебе нельзя не есть. Блинчики на вид очень аппетитные.

— Моя дочь.

— Ты сделал для нее все, что мог.

— Надо было ее забрать, когда ей было шесть лет.

— Ты не знал. Как ты мог предполагать?

— Я не должен был ее оставлять у этой...

— И мы не должны были сюда приезжать, — сказала его подруга. — Не хватает еще, чтобы для полноты картины тебе здесь стало плохо.

— Мне нужен их пепел.

— Этот пепел надо было захоронить. Там, вместе с ней. Не знаю, почему они этого не сделали.

— Мне нужен их пепел, Сил. Это мои внуки. Это все, что у меня осталось вообще.

— С пеплом я уже сделала все, что следовало.

— Да ты что!

— Не нужен тебе этот пепел. Довольно с тебя. Я не допущу, чтобы с тобой что-нибудь случилось. Никакого пепла мы в самолет не возьмем.

— Что ты с ним сделала?!

— Что надо, то и сделала, — сказала она. — Не волнуйся, я проявила должное уважение. Но пепла уже нет.

— Боже мой...

— Все позади, — сказала она. — Все уже позади. Ты выполнил свой долг. Ты с лихвой его выполнил. И с тебя довольно. Теперь давай поешь. Вещи я собрала, за номер расплатилась. Теперь только обратная дорога.

— Ты умница, Сильвия, ты настоящее золото.

— Довольно ты мучился. Я никому больше не дам тебя мучить.

— Ты золото.

— Поешь. Они правда аппетитные на вид.

— Дать тебе?

— Не надо. Я хочу, чтобы *ты* поел.

— Мне слишком много.

— А ты с сиропом. Давай я тебе полью.

Потом я ждал их снаружи, стоя на лужайке; когда она выкатила его из ресторана и повезла по тротуару, я двинулся к ним через улицу, поравнялся, представился и заговорил, идя с ними рядом:

— Я местный житель. Я был знаком с вашей дочерью, хотя и не близко. Мы встречались несколько раз. Я был вчера на похоронах и видел вас там. Позвольте выразить вам соболезнование.

Он был крупный, плечистый мужчина, гораздо крупней, чем казался на похоронах, когда сидел в кресле горестно обмякший. Росту в нем наверняка было сильно за шесть футов, но его суровое, жестко вырубленное лицо (ни дать ни взять лицо Фауни, в точности ее бесстрастное лицо: тонкие губы, волевой подбородок, острый орлиный нос, голубые, глубоко посаженные глаза, а над ними, поверх бледных ресниц, точно такая же припухлость, как та, что на молочной ферме показалась мне единственной ее экзотической черточкой, единственным внешним признаком прельстительности) было лицом человека, мало того что приговоренного к инвалидному креслу, но еще и обреченного до конца дней терпеть некую добавочную муку. В этом большом теле ничего уже не обитало, кроме страха. Я мгновенно прочел этот страх в его взгляде, когда он поднял на меня глаза.

— Вы очень добры, — сказал он.

Он был примерно моего возраста, но в том, как он произносил слова, угадывалось привилегированное новоанглийское детство. Я почувствовал это еще в ресторане: особый квазибританский выговор, обеспеченный хорошими деньгами и уходящий корнями в далекое прошлое, когда ни его, ни меня еще не было на свете. Сам по себе этот выговор накрепко привязывал его к благопристойным условностям совершенно иной Америки.

— А вы, вероятно, мачеха Фауни?

Этот способ обратиться к ней и, возможно, побудить ее замедлить движение показался мне столь же подходящим, как и любой другой. Судя по всему, они направлялись в гостиницу «Герб колледжа», находившуюся за углом.

— Это Сильвия, — сказал он.

— Нельзя ли было бы приостановиться, — предложил я Сильвии, — чтобы я мог с ним поговорить?

— Мы спешим на самолет.

Поскольку она явно была полна решимости избавить его от меня немедленно, я заговорил, продолжая идти с ними вровень:

— Коулмен Силк был моим другом. Он не сам сорвался в реку. Это исключено. Все было иначе. Его заставила свернуть другая машина. Я знаю, кто виноват в смерти вашей дочери. Не Коулмен Силк.

— Сильвия, остановись. Остановись на минуту.

— Нет, — отрезала она. — Это бред сумасшедшего. Довольно с тебя.

— Это ее бывший муж, — продолжал я. — Лестер Фарли.

— Нет, — произнес он еле слышно, как будто я ранил его выстрелом. — Нет... нет.

— Сэр!

Она остановилась-таки, но, освободив одну руку — другая по-прежнему крепко держала кресло, — взялась за мой лацкан. Молодая филиппинка, малорослая и худая, с неумолимым светло-коричневым личиком. По ее неустрашимым глазам, полным темной решимости, видно было: хаос дел человеческих и близко не подступит к тому, что она взяла под охрану.

— Вам не трудно было бы на минутку задержаться? — повторил я. — Вон лужайка, там можно сесть и поговорить.

— Этот человек серьезно болен. Вы злоупотребляете его выносливостью.

— Вам передали дневник Фауни.

— У нас нет никакого дневника.

— И ее револьвер.

— Сэр, уходите. Оставьте его в покое. Я предупреждаю вас!

И рукой, которая держала меня за лацкан, она толкнула меня.

— Она обзавелась оружием, — сказал я, — для защиты от Фарли.

— Бедняжка, — саркастически бросила она.

Я только и мог, что идти за ними дальше; вместе мы свернули за угол и дошли до дверей гостиницы. Отец Фауни уже не сдерживал слез. Повернувшись и увидев, что я еще не убрался, она сказала:

— Вам мало вреда, который вы уже причинили? Уходите, или я позову полицию.

Ух как много неистовства было в этом крохотном тельце! Я мог это понять: чтобы поддерживать в ее подопечном жизнь, ровно столько, вероятно, его и требовалось.

— Не уничтожайте дневник, — сказал я ей. — Там могут быть сведения...

— Мерзость и грязь! Вот какие там сведения!

— Сил, Сильвия!..

— Она, ее брат, ее мать, ее отчим, шайка эта, они измывались над ним всю его жизнь. Ограбили его. Обманули. Унизили. Его дочь была преступница. В шестнадцать родила ребенка и оставила в приюте для сирот. Ребенка, которого ее отец вырастил бы. Она была отпетая шлюха. Пистолеты, мужчины, наркотики, грязь и секс. Деньги, которые он ей давал, — что она с ними делала?

— Не знаю. Я в первый раз слышу про приют для сирот. Я в первый раз слышу про деньги.

— Наркотики! Тратила их на наркотики!

— Я в первый раз об этом слышу.

— Вся эта семья — мерзость и грязь! Имейте жалость, слышите?

Я повернулся к отцу Фауни.

— Я хочу, чтобы человек, виновный в двух смертях, ответил перед законом. Коулмен Силк не причинил ей никакого вреда. Он не убивал ее. Мне надо поговорить с вами всего одну минуту.

— Позволь ему, Сильвия…

— Нет! Никаких больше никому позволений! Слишком долго ты им все позволял!

Из дверей гостиницы уже начали выглядывать любопытные, в верхних окнах показались лица. Возможно, это были задержавшиеся ценители осенней листвы, которые рады были и остаткам красочного великолепия. А может быть — выпускники Афина-колледжа. Сколько-то их всегда здесь гостило, престарелых или среднего возраста, желающих увидеть, что исчезло и что осталось, светло и умиленно вспоминающих всё до последней мелочи, что происходило с ними на этих улицах в одна тысяча девятьсот каком-то там году. Может быть, они приехали полюбоваться отреставрированными зданиями колониальной эпохи, которые стоят по обеим сторонам Уорд-стрит на протяжении чуть ли не мили и расцениваются Афинским историческим обществом как безусловные памятники старины, пусть и менее эффектные, чем в Сейлеме, но по важности не уступающие никаким другим в штате Массачусетс западнее «Дома о семи фронтонах»*. Эти люди не для того легли спать в тщательно отделанных под старину номерах гостиницы «Герб колледжа», чтобы проснуться от истошных криков под окнами. На такой живописной улице, как Саут-Уорд-стрит, да еще таким

---

* «Дом о семи фронтонах» — дом в Сейлеме (штат Массачусетс), описанный Натаниелом Готорном (1804–1864) в одноименном романе.

чудесным утром эта сцена с плачущим инвалидом, кричащей миниатюрной азиаткой и явно терроризирующим их своими речами пожилым мужчиной, похожим на профессора колледжа, должна была производить еще более тягостное впечатление, чем производила бы на людном перекрестке какого-нибудь большого города.

— Если бы я мог увидеть дневник…

— *Нет никакого дневника*, — отчеканила она, и мне оставалось только смотреть, как она толкает кресло вверх вдоль лестницы по пандусу и вкатывает в вестибюль гостиницы.

Вернувшись в ресторан «У Полины», я заказал чашку кофе и на листе писчей бумаги, который официантка добыла мне в ящике под кассой, стал писать письмо:

Я — тот, кто подошел к Вам у ресторана на главной улице Афины наутро после похорон Фауни. Я живу на сельской дороге за пределами Афины, в нескольких милях от дома покойного Коулмена Силка, который, как я Вам объяснил, был моим другом. Встречаясь с Коулменом, я несколько раз видел Вашу дочь. Случалось, он говорил со мной о ней. Их роман был страстным, но в нем не было никакой жестокости. Прежде всего Коулмен был для нее любовником, но он умел, кроме того, быть и другом, и учителем. Всякая просьба, с которой она к нему обращалась, была, я уверен, исполнена. Из того, что она восприняла от Коулмена, от его духа, ничто не могло отравить ей жизнь.

Я не знаю, что из зловредных слухов, которыми они и произошедшая с ними трагедия окружены в Афине, Вы успели здесь услышать. Надеюсь, что ничего. Есть, однако, вопрос из сферы правосудия, рядом с которым весь этот идиотизм теряет значение. Эти два человека были убиты. Я знаю, кто их убил. Я не был свидетелем преступления, но знаю, что оно было совершено. Я абсолютно в этом уверен. Но для серьезного разговора в полиции или прокуратуре нужны улики. Если у Вас есть что-либо, бросающее свет на состояние духа Фауни в последние месяцы или раньше — может быть, даже в период ее замужества, — прошу Вас это сохранить. Я имею в виду письма, которые Вы, возможно, от нее получали, и то, что Салли и Пег нашли у нее в комнате после ее смерти и передали Вам.

Вот мой адрес и номер телефона...

Этим дело и кончилось. Я намеревался дождаться их отъезда, позвонить в «Герб колледжа», выведать под тем или иным предлогом у дежурного администратора фамилию отца Фауни и послать письмо срочной почтой. Если в гостинице откажутся дать адрес, поехать к Салли и Пег. Но я не сделал ни того, ни другого. Сильвия наверняка выбросила или уничтожила то, что осталось в комнате Фауни, и с моим письмом она поступила бы точно так же. Эта крохотная женщина, чьей главной задачей было оберегать подопечного от новых мук, которые могло причинить ему прошлое, ни за что не позволила бы тому, от чего она только что отбилась, проникнуть к нему в дом. Более того — я не мог оспаривать такую линию поведения. Если страдание передается в этой семье подобно инфекции, ничего

416

не остается, как отгородиться знаком, похожим на тот, что вешали на дверях заразных больных во времена моего детства: КАРАНТИН или просто большое черное «К». Маленькая Сильвия и была этим зловещим «К», обойти которое не было никакой возможности.

Я порвал написанное и отправился пешком через город на похороны.

Прощание с Коулменом организовали его дети. Вчетвером они стояли теперь у дверей капеллы Рисхангера и встречали приходящих. Мысль провести церемонию в капелле колледжа принадлежала им и, как я понял, составляла часть хорошо спланированного заговора с целью положить конец самоизгнанию отца и вернуть его — не в жизни, так в смерти — в лоно сообщества, где развивалась его впечатляющая карьера.

Когда я представился, дочь Коулмена Лиза немедленно отвела меня в сторону и, обняв, проговорила прерывающимся шепотом:

— Вы были ему другом. Единственным, кто у него остался. Может быть, видели его последним.

— Мы дружили некоторое время, — сказал я, умолчав о том, что в последний раз видел его несколько месяцев назад — субботним августовским утром в Танглвуде — и что к тому времени он уже намеренно прервал наши недолгие дружеские отношения.

— Мы потеряли его, — сказала она.

— Я знаю.

— Мы потеряли его, — повторила она и после этого просто плакала, уже не пытаясь говорить.

Минуту спустя я сказал:

— Я восхищался им и радовался его обществу. Жаль, что я не познакомился с ним раньше.

— Почему это случилось?

— Не знаю.

— Он сошел с ума? Это было безумие?

— Нет. Никоим образом.

— Что же тогда?

Не услышав ответа (что я мог ей сказать? Мой ответ — эта книга), она медленно опустила обнимавшие меня руки, и за те мгновения, что мы еще стояли вместе, я успел увидеть, как похожа она на Коулмена — не меньше, чем Фауни на своего отца. То же красивое кукольно-точеное лицо, те же зеленые глаза, та же смуглая кожа; в ней чувствовался даже невысокорослый скоростной атлетизм Коулмена, пусть и в менее плечистом варианте. Генетическое наследие матери внешне проявлялось лишь в щедрой поросли густых черных волос. Коулмен показывал мне семейные фотоальбомы, и на всех снимках Айрис Силк черты лица играли второстепенную роль — настолько полно, казалось мне, это самовластно-театральное волосяное богатство выражало суть ее личности. У Лизы, в отличие от матери, волосы скорее противоречили характеру, чем служили его эмблемой.

За эти секунды у меня создалось четкое впечатление, что связь, ныне разорванная, между ней и отцом ни на один день не уйдет из ее сознания, пока она жива. Мысль о нем так или иначе будет примешана ко всему, о чем она ни подумает, в чем ни преуспеет, в чем ни потерпит неудачу. Последствия сильной детской любви к нежному отцу, сменившейся отчуждением, которое продлилось до его смерти, никогда не оставят эту женщину в покое.

Трое сыновей Силка — Марк, близнец Лизы, и двое старших, Джеффри и Майкл, — поздоровались со мной сдержаннее. В Марке я не увидел ни следа былой злости, былой обиды на отца, и час с небольшим спустя у могилы, когда он сломался, это было горе безнадежной утраты — и только. Джефф и Майкл явно были ребята покрепче, чем Лиза и Марк, и в них отчетливо ощущалось телесное и душевное сходство с далеко не субтильной матерью. Что до волос, оба они изрядно облысели, зато рост, нерушимая уверенность в себе и властная откровенность — это, бесспорно, от нее. Они не из тех, кто делает дела кое-как. Чтобы это понять, достаточно было поздороваться с ними и обменяться парой фраз. Можно было не сомневаться, что с Джеффом и Майком, особенно если они стоят бок о бок, шутки плохи. С Коулменом в его лучшие годы, когда я его еще не знал, когда он еще не завертелся бешеным волчком в сужающейся тюремной камере своего гнева, когда достижения, которые некогда определяли его лицо, которые *были им*, еще не исчезли из его жизни, шутки тоже, конечно, были плохи, и потому-то, вероятно, все так быстро ополчились на бывшего декана, когда представился повод обвинить его в расизме.

Несмотря на все ходившие по городу слухи, проститься с Коулменом пришло гораздо больше людей, чем я предполагал и чем мог бы вообразить при жизни сам Коулмен. Шесть или семь передних скамей были уже заполнены, а народу все прибывало. Сев на свободное место примерно на полпути к алтарю, я очутился рядом с человеком, которого видел накануне, — со Смоки Холленбеком. Понимал ли Смоки, как близок он был всего год назад к тому, чтобы в капелле Рисхангера прошла панихида по нему самому? Возможно, его привела сюда скорее благодарность за везение, чем скорбь по человеку, ставшему его эротическим преемником.

По другую сторону от Смоки сидела миловидная блондинка лет сорока — судя по всему, жена. Кажется, его однокурсница по Афина-колледжу, на которой он женился еще в семидесятые и которая родила ему пятерых детей. Холленбеки, как и дети Коулмена, были в числе самых молодых, кого я увидел в капелле, когда начал осматриваться. Главным образом пришли старейшины Афины — преподаватели и администраторы, которых Коулмен до смерти Айрис и своего ухода на пенсию знал почти сорок лет. Что бы он сам подумал об этих ветеранах, рассаживающихся перед его гробом? Скорее всего примерно следующее: «Чудесная возможность подрасти в собственных глазах. Решили простить мне мое презрение к ним и чувствуют себя поэтому страшно добродетельными».

Странно было сидеть среди его коллег и думать о том, что люди столь образованные и в силу самой своей профессии вежливые могли с такой готовностью попасться на удочку извечного человеческого желания найти ответчика за все зло. Что делать — потребность есть потребность. Она глубока и живуча.

Когда закрыли входную дверь и Силки заняли свои места в первом ряду, я увидел, что капелла полна почти на две трети: триста человек, если не больше, дожидалось этой древней, отвечающей нашему естеству церемонии, призванной вобрать в себя наш ужас перед концом жизни. Я увидел еще, что Марк Силк, в отличие от своих братьев, был в ермолке.

Как, вероятно, и многие, я ожидал, что первым поднимется на кафедру и произнесет надгробное слово кто-то из детей Коулмена. Но выступил в то утро один-единственный оратор — политолог Херб Кибл, взятый на работу в колледж деканом Силком и ставший первым чернокожим профессором Афины. Кибл, ясное дело, был нужен сыновьям умершего для того же, для чего им нужна была капелла Рисхангера, — чтобы восстановить доброе имя отца, отвести назад стрелки здешних часов и вернуть Коулмену былой статус и престиж. Я вспомнил строгость, с какой Джефф и Майкл по очереди пожали мне руку и поздоровались, назвав меня по имени. Я вспомнил их слова: «Спасибо, что вы здесь. Это очень важно для нас». Судя по всему, они говорили нечто подобное каждому из пришедших, со многими из которых были знакомы с детства, и я подумал: «Они ведь не успокоятся, пока административный корпус не переименуют в Коулмен-Силк-холл».

Вряд ли все присутствующие явились сюда по собственному побуждению. Джефф и Майкл, должно быть, не выпускали из рук телефонную трубку с того момента, как узнали о трагедии; явка, видимо, была обеспечена таким же примерно способом, как явка на выборы в Чикаго, когда мэром там был старина Дейли*. Можно вообразить, как они обрабатывали Кибла, которого Коулмен презирал особо. С какой стати он сам вызвался бы теперь в козлы отпущения и стал отдуваться за всю Афину? Чем больше я думал о том, как Джефф и Майкл выкручивали Киблу руки, давили на него,

* *Ричард Дейли* (1902–1976) — мэр Чикаго в 1950–1970 гг.

421

орали, поносили его за то, что он предал их отца два года назад, может быть, даже впрямую ему угрожали, — тем больше я их уважал и тем больше я уважал Коулмена, вырастившего этих двух больших, жестких, умелых сыновей, готовых сделать все необходимое для восстановления доброго имени отца. Они помогут мне упечь Леса Фарли куда следует на веки вечные.

Так, по крайней мере, я думал до тех пор, пока на другой день, перед самым своим отъездом из города, Джефф и Майкл столь же непререкаемо, как, если верить моему воображению, они разговаривали с Киблом, дали мне понять, что мне следует раз и навсегда выкинуть из головы Леса Фарли, обстоятельства катастрофы и возможность нового полицейского расследования. Они недвусмысленно объяснили, что будут крайне недовольны, если из-за моего назойливого вмешательства роман их отца с Фауни Фарли станет предметом обсуждения в зале суда. Имени этой женщины они не хотели больше слышать вообще, и уж точно им не нужен был скандальный процесс, о котором как о сенсации шумели бы здешние газеты, который неизгладимо отложился бы в местной памяти и после которого о Коулмен-Силк-холле нечего было бы и думать.

— Она, мягко говоря, не лучшим образом подходит для того, чтобы связать с ней наследие отца, — сказал мне Джеффри.

— Наша мать, больше никто, — сказал Майкл. — А эта дешевка тут ни при чем.

— Ни при чем, — подтвердил Джеффри.

Трудно было поверить, глядя на это рвение и эту решимость, что в Калифорнии они всего-навсего профессора, преподающие научные дисциплины. Ей-богу, им впору было руководить кинокомпанией «XX век — Фокс».

Херб Кибл был худощавый, очень темнокожий человек, уже довольно пожилой, с несколько скованной походкой, но отнюдь не согбенный и не хромой, и серьезным видом, суровой осанистостью и сумрачной судейской густотой голоса он напоминал негритянского проповедника. Стоило ему сказать: «Меня зовут Херберт Кибл», как его воздействие распространилось по всему помещению; стоило ему взойти на кафедру, молча посмотреть на гроб Коулмена, повернуться к собравшимся и назвать себя, как в игру вступила та область чувств, что связана с декламацией библейских псалмов. В нем была нешуточность бритвенного лезвия, карающего за любую небрежность. В целом он как внешним видом, так и поведением производил сильное впечатление, и понятно было, почему Коулмен выбрал именно его, чтобы разрушить в Афине межрасовый барьер. Видимо, за те же примерно качества, за какие Бранч Рикки сделал Джекки Робинсона первым чернокожим игроком высшей бейсбольной лиги. Представить себе, как Джефф и Майкл смогли подчинить Херба Кибла своему сценарию, было в первый момент нелегко, но потом на помощь пришло соображение о притягательности драматического моноспектакля для личности, столь отчетливо отмеченной тщеславием тех, кому вверено право раздавать святые дары. В нем очень ясно читалась авторитетность второго лица после монарха.

— Меня зовут Херберт Кибл, — начал он. — Я заведую в колледже кафедрой политологии. В 1996 году я был среди тех, кто не счел нужным встать на защиту Коулмена, когда он был обвинен в расизме. Я, пришедший в Афину шестнадцатью годами раньше, вскоре после назначения Коулмена Силка деканом колледжа; я, ставший первым из преподавателей, принятых новым деканом на работу. С великим опозданием я стою теперь здесь, чтобы заявить о своей вине перед другом и бывшим начальником. Чтобы сделать все возможное — повторяю, с великим опозданием — для исправления прискорбной и постыдной несправедливости, которую допустил по отношению к нему Афина-колледж.

Когда было выдвинуто обвинение против Коулмена, я сказал ему: «Я не могу вас поддержать». Я произнес эти слова осознанно, произнес, полагаю, не только из трусости, не только из оппортунистических и карьеристских соображений, которые он мгновенно мне приписал. Я думал тогда, что эффективнее помогу Коулмену, если буду разряжать обстановку тихими действиями за кулисами, нежели если открыто солидаризуюсь с ним и буду сразу же выведен из борьбы таким безотказным оружием невежд, каким является кличка Дядя Том. Я хотел стать голосом разума, звучащим внутри — в среде тех, чье возмущение по поводу якобы расистского замечания Коулмена заставило их безосновательно переложить на него и на колледж вину за неудачи двух чернокожих студенток. Надеясь на свою проницательность и терпение, я рассчитывал, что смогу охладить пыл если не самых ярых противников Коулмена Силка, то, по крайней мере, той части нашего местного афроамериканского сообщества и солидарных с ним белых, что отличается бо́льшим благоразумием и уравновешенностью, — словом, тех, чей антагонизм был по существу наносным и эфемерным. Я полагал, что со временем — и надеялся даже, что в скором времени — смогу положить начало диалогу между Коулменом и его обвинителями, результатом которого станет некая декларация, касающаяся сути поведшего к конфликту недоразумения, и тем самым этот печальный инцидент завершится более или менее справедливым образом.

Я ошибался. Я не должен был говорить моему другу: «Я не могу вас поддержать». Мне следовало сказать ему так: «Я могу вас поддержать и поддержу». Я не должен был скрытно интриговать изнутри. Мне следовало открыто и честно противодействовать его недоброжелателям извне и стараться придать ему сил дружеской поддержкой, а не отдавать его во власть невыносимому ощущению покинутости, породившему незаживающую рану, последствиями которой стали отчуждение от коллег, уход с работы, а позднее и та саморазрушительная изоляция, что прямо привела его, как ни тяжело мне об этом думать и говорить, к трагической, бессмысленной и нелепой гибели. Мне тогда еще следовало громко сказать то, что я хочу сказать сейчас в присутствии его бывших коллег и сослуживцев, сказать, что особенно важно, в присутствии его детей Джеффа и Майка, приехавших из Калифорнии, и Марка и Лизы, приехавших из Нью-Йорка; сказать, будучи старшим из преподавателей Афина-колледжа афроамериканского происхождения:

Коулмен Силк за все годы его работы в Афина-колледже никогда и никоим образом не нарушал принципов честного и справедливого отношения к студентам. Никогда и никоим образом.

Неправомерного поведения, которое ему поставили в вину, он не допускал. Никогда и никоим образом.

Расследование, предпринятое на основании этих обвинений, пятнало и пятнает репутацию нашего колледжа, и сегодня это очевидней, чем когда-либо. Здесь, в Новой Англии, которая исторически в большей мере, чем какая-либо другая часть страны, ассоциируется с сопротивлением американского индивидуализма строгостям узколобого сообщества (приходят на ум такие имена, как Готорн, Мелвилл, Торо), американский индивидуалист, не считавший главным принципом жизни слепое следование правилам, американский индивидуалист, отказывавшийся принимать на веру привычные истины и установления, американский индивидуалист, чья жизнь не всегда соответствовала понятиям большинства о должном и недолжном, — словом, американский индивидуалист par excellence — в очередной раз был грубо оболган ближними, чья нравственная слепота лишила его заслуженного нравственного авторитета и довела до самоизоляции, продлившейся до его смерти. Постыдно очернив доброе имя Коулмена Силка, мы только унизились сами и проявили себя как члены косного, нравственно слепого сообщества. В первую очередь я говорю о себе и о подобных мне — о людях, которые благодаря близкому знакомству знали, сколь много значит для него Афина и насколько чисты его помыслы как учителя.

426

Знали и тем не менее предали его, какими бы заблуждениями мы при этом ни руководствовались. Повторяю: мы предали его. Предали Коулмена и предали Айрис.

Смерть Айрис Силк пришлась на самый разгар...

Жена Смоки Холленбека была в слезах, как и еще несколько женщин поблизости. Сам же Смоки сидел в позе, несколько напоминавшей молитвенную: наклонясь вперед, он слегка касался лбом сплетенных кистей рук, которые лежали на спинке скамьи перед ним. Видимо, хотел в моих глазах, в глазах жены и чьих бы то ни было еще выглядеть человеком, для которого мысль о несправедливости по отношению к Коулмену Силку совершенно невыносима. Но, зная то, что я знал о тайной дионисийской жизни этого образцового семьянина, я с трудом мог поверить в искренность его сострадания.

Однако, если оставить Смоки в стороне, в целом внимание, напряженность и сосредоточенность, с какими люди ловили каждое слово Херба Кибла, казались мне вполне искренними, и можно было предположить, что многие из присутствующих волей-неволей будут скорбеть по безвинно пострадавшему Коулмену Силку. Возникал, конечно, вопрос — сам ли Кибл пришел к услышанному нами объяснению его отказа поддержать Коулмена, или же такое объяснение предложили ему сыновья Силка, чтобы он мог исполнить их требование и сохранить при этом лицо. Я отнюдь не был убежден, что это объяснение верно отражает мотивы, побудившие его произнести слова, которые Коулмен с горечью повторял мне не раз: «Я не могу вас поддержать».

Почему я не хотел ему верить? Потому, пожалуй, что к определенному возрасту скепсис очищается и обостряется до того, что не хочется уже верить никому. Два года назад, когда Кибл промолчал вместо того, чтобы встать на защиту Коулмена, он, разумеется, сделал это по той простой причине, по какой молчуны молчат во все времена: потому что это отвечало его интересам. Целесообразность не может быть окутана такой тьмой. Херб Кибл — еще один образчик самоподкрашивания задним числом, правда, он избрал для этого довольно смелый и даже интересный способ: взять вину на себя. Тем не менее факт остается фактом — он ничего не делал, когда это было необходимо, и поэтому я от имени Коулмена сказал ему мысленно: «А пошел ты...»

Спустившись с кафедры, Кибл не сразу сел на место, а сначала пожал руку каждому из детей Коулмена, и этот простой жест взволновал всех еще больше, хотя воздействие его речи и без того было очень сильным. Что же дальше? Несколько секунд ничего не происходило. Тишина, гроб и переполненное эмоциями скопление людей. Потом встала Лиза и, поднявшись по ступеням на кафедру, объявила: «Третья симфония Малера. Последняя часть». Вот что они сделали. Все затычки долой. Малер!

Этого композитора иной раз невозможно слушать. Когда ты ему нужен, он берет тебя и доводит до исступления. Под конец мы плакали все поголовно.

Что до меня, вряд ли какие-нибудь другие звуки могли бы заставить меня так расчувствоваться — разве что «Тот, кого я люблю», если бы я услышал, как Стина Палссон поет эту вещь в 1948 году, танцуя у изножья кровати Коулмена на Салливан-стрит.

До кладбища идти было три квартала, и этот путь запомнился мне главным образом тем, что его как бы и не было. Вот мы сидим и не можем шелохнуться — такова она, бесконечная хрупкость малеровского адажио, эта простота, лишенная всякой задней мысли, всякой стратегии, развертывающаяся словно бы сама по себе, за счет накопленного жизнью запаса движения и нежелания жизни кончаться... вот мы не можем шелохнуться из-за утонченного единства величия и задушевности, которое возникает в тихой, певучей, сдержанно-напряженной мелодии струнных, потом вздымается мощными волнами и, пройдя через массивный ложный финал, движется к подлинному финалу, протяженному, увековечивающему... вот мы не можем шелохнуться из-за взбухающей, плывущей, достигающей вершины и сходящей на нет элегической оргии, которая длится, и длится, и длится в едином неизменном темпе, затем замирает, затем возвращается уже как боль, как неизбывное томление... вот мы по властному настоянию Малера лежим вместе с Коулменом в гробу, проникаясь всем ужасом бесконечности и страстным желанием избежать смерти, — и вдруг каким-то образом шестьдесят или семьдесят из нас переносятся на кладбище и смотрят на похороны, на этот простой ритуал, предлагающий решение столь же здравое, как и любое другое, но никогда вполне не постижимое. Каждый раз, чтобы поверить, надо это увидеть.

Вряд ли многие собирались идти после капеллы на кладбище. Но дети Коулмена умели не только пробудить в людях возвышенные чувства, но и не дать им угаснуть — вот почему, думал я, мы в таком количестве столпились вокруг ямы, которой предстояло стать вечным жилищем Коулмена, вот почему мы теснились у самого ее края, словно хотели спуститься в нее и занять его место, словно готовы были предложить себя как замену, суррогат, ритуальную жертву, если это неким волшебным образом помогло бы возобновлению образцовой жизни, которая, по словам Херба Кибла, была у Коулмена два года назад все равно что украдена.

Коулмена хоронили подле могилы Айрис. На ее надгробном камне значилось: 1932–1996. На его камне напишут: 1926–1998. Как бесхитростны эти цифры. И как мало они передают.

Когда послышались звуки кадиша*, я не сразу сообразил, что поющий находится рядом. В первый момент я подумал, что молитва доносится из другой части кладбища; но это был Марк Силк, младший и вечно недовольный сын, который, как и его сестра-близнец, был больше похож на отца, чем старшие. Он стоял по другую сторону могилы, стоял один, стоял с книгой в руке и в ермолке, нараспев читая мягким, напитанным слезами голосом знакомую еврейскую молитву.

Исгадал, в'искадаш...

Большинство американцев, включая меня и, вероятно, остальных детей Коулмена, не знает, что в точности означают эти слова, но их общий сумрачный смысл понятен почти каждому: умер еврей.

---

* *Кадиш* — еврейская заупокойная молитва.

Еще один еврей умер. Как будто смерть — не следствие самой жизни, а следствие того, что ты родился евреем.

Кончив, Марк захлопнул книгу и, приведя всех в состояние скорбного покоя, сам, напротив, выдал истерику. Вот чем завершилось прощание с Коулменом: снова мы не можем шелохнуться, на сей раз при виде Марка, полностью утратившего власть над собой, беспомощно воздевшего руки, широко разинувшего рот и жалобно вопящего. Этот дикий плач, более древний, чем даже прочитанная им молитва, становился все громче, пока Марк не увидел, что к нему, протягивая руки, спешит сестра, и тогда он повернул к ней лицо, искаженное лицо Силка, и крикнул с детским изумлением в голосе:

— Мы никогда его больше не увидим!

Мысль, пришедшая мне в голову, была не самой великодушной. С великодушными мыслями в тот день вообще было туго. Я подумал: чего ты сейчас лезешь из кожи? Ты не рвался его увидеть, когда он был жив.

Марк Силк воображал, что отец всегда будет на месте, что его можно будет ненавидеть как угодно долго. Ненавидеть, ненавидеть, ненавидеть, ненавидеть, а потом, когда он сам решит, что хватит, когда он исхлещет Коулмена до полусмерти своим узлом сыновних обид, — так и быть, простить. Он думал, что Коулмен никуда не денется, пока пьеса не будет разыграна до конца, как будто они с Коулменом пребывают не в жизни, а на южном склоне афинского акрополя, в театре под открытым небом, посвященном Дионису, где во время óно перед глазами у десяти тысяч зрителей неукоснительно соблюдались драматические единства, где ежегодно получал воплощение великий трагически-очищающий цикл. Людская потребность в начале, середине и конце — причем конце, соразмерном по величию началу и середине, — нигде не выражена так полно, как в пьесах, которые Коулмен разбирал со студентами в Афина-колледже. Но за пределами классической трагедии пятого века до нашей эры ожидание какой бы то ни было законченности, не говоря уже о законченности справедливой и совершенной, — глупая иллюзия, непозволительная для взрослого.

Люди начали расходиться. Я увидел, как Холленбеки идут по дорожке между могил к ближайшей улице — муж положил руку жене на плечо, ведет ее, оберегает... Я увидел Нельсона Праймуса, молодого адвоката, который представлял интересы Коулмена во время конфликта из-за «духов», а с ним молодую заплаканную беременную женщину — должно быть, жену. Я увидел Марка, увидел Лизу, которая все еще его успокаивала, увидел Джеффа и Майкла, так умело проведших всю операцию и теперь тихо говоривших с Хербом Киблом в нескольких шагах от меня. Сам я не мог уйти из-за Леса Фарли. Где-то вне этого кладбища он и сейчас орудует без помех, не обвиненный ни в каком преступлении, вовсю вырабатывающий свою собственную грубую реальность, — зверь, а не человек, готовый на какое хочешь столкновение с кем угодно и способный оправдать бог знает какими внутренними причинами любой свой поступок.

Я, разумеется, понимал, что не может быть никакой справедливой и совершенной законченности. И тем не менее, стоя у свежевырытой ямы, где покоился гроб, я упрямо думал, что *этого финала* недостаточно — пусть даже он будет истолкован как событие, на веки вечные вернувшее Коулмену заслуженный почет и давшее ему место в истории колледжа. По-прежнему слишком много правды было скрыто.

Я имел в виду правду о его гибели. О той правде, что вышла на свет секунды спустя, я еще не подозревал. Всегда есть правда и есть более глубокая правда. Хотя кругом полным-полно людей, свято уверенных, что знают тебя или кого-нибудь еще как облупленного, на самом деле конца неведению нет. Правда о нас неисчерпаема. Как и ложь. Попался между, думалось мне. Осужден высоколобыми, охаян добродетельными — и убит свихнувшимся преступником. Отлучен благочестивцами, избранными, вездесущими евангелистами нравов нынешнего дня — и укокошен демоном безжалостности. На Коулмена обрушились обе людские ипостаси. Чистые и нечистые во всеоружии, на полном скаку, движимые общей потребностью найти врага. Размолот, думалось мне. Размолот двумя мировыми челюстями, верхней и нижней. Уничтожен антагонизмом, который составляет сущность нашего мира.

У разверстой могилы, одинокая, стояла женщина, стояла так же близко к ней, как я. Она молчала, и не видно было, чтобы плакала. Казалось даже, что она не вполне здесь — в смысле не вполне на кладбище, не вполне на похоронах. Можно было подумать, что она стоит на каком-нибудь углу и терпеливо ждет автобуса. На мысль о будущей пассажирке, уже внутренне готовой оплатить проезд и отправиться в путь, навело меня то, как она чинно двумя руками держала перед собой сумочку. О ее негритянском происхождении говорили только характерное строение нижней части лица — форма рта, выдающаяся вперед челюсть — и жесткая шевелюра. Кожа лица у нее была не темней, чем у гречанки или марокканки, и я, может быть, не соотнес бы один признак с другим и вообще не распознал бы в ней чернокожую, если бы среди немногих оставшихся у могилы не было Херба Кибла. Основываясь на ее возрасте — лет шестьдесят пять — семьдесят, — я решил, что это его жена. Если так, ее странно ошеломленному виду нечего удивляться. Легко ли ей было слушать, как муж — не важно, по какой причине — играет роль козла отпущения? Понятно, что ей о многом надо подумать и что это может потребовать больше времени, чем длятся похороны. Мысленно она, должно быть, по-прежнему с тем, что услышала в капелле Рисхангера. Вот отчего этот отрешенный вид.

Я рассудил неверно.

Случайно получилось так, что, когда я наконец повернулся, чтобы уйти, она тоже повернулась, и мы оказались лицом к лицу в каком-нибудь шаге друг от друга.

— Меня зовут Натан Цукерман, — сказал я. — Я был другом Коулмена под конец его жизни.

— Здравствуйте, — отозвалась она.

— Благодаря вашему мужу сегодня все стало по-другому.

Она не посмотрела на меня так, как смотрят на обознавшихся, хотя я обознался. Но и не проигнорировала меня, не отошла, не постаралась от меня избавиться. И она не выглядела так, словно не знала, как ей быть, хотя наверняка была в затруднительном положении. Друг Коулмена под конец его жизни? Будучи той, кем она была, как она могла сказать, что она не миссис Кибл, и уйти?

Она не ушла — просто стояла напротив меня без всякого выражения на лице, глубоко потрясенная событиями и открытиями дня, и не понять, кем она приходилась Коулмену, было в этот миг невозможно. Сходство, которое выявлялось, и выявлялось быстро, стремительными приращениями, как при взгляде на далекую звезду в наводимый на нужное увеличение телескоп, не было, впрочем, сходством с Коулменом. Что я увидел, когда наконец-таки у меня открылись глаза и секрет Коулмена стал мне ясен, было сходство с Лизой, которая еще больше, чем папиной дочкой, была тетиной племянницей.

Тогда-то, в день похорон, привезя Эрнестину к себе домой, я и узнал от нее большую часть того, что мне известно о жизни Коулмена в Ист-Ориндже: о попытке доктора Фенстермана добиться, чтобы Коулмен нарочно сплоховал на выпускных экзаменах и пропустил вперед Берта Фенстермана; о том, как мистер Силк купил в 1925 году в Ист-Ориндже небольшой каркасный дом, где Эрнестина живет по сей день, дом, который раньше занимала супружеская пара, поссорившаяся, по словам Эрнестины, с соседями и специально решившая продать жилье цветным, чтобы им насолить. («Сразу можно понять, из какого я поколения, — сказала она мне позже. — Я говорю: "цветной", "негр"».) Я узнал от нее о том, как их отец во время Депрессии лишился своего магазина оптики, от чего он далеко не сразу оправился («Я не уверена, — сказала она, — что оправился вообще»), и о том, как он всю оставшуюся жизнь проработал официантом в вагоне-ресторане. Она рассказала мне, как мистер Силк, называвший английский «языком Чосера, Шекспира и Диккенса», добивался от детей, чтобы они не только правильно говорили, но и логически мыслили, учились классифицировать, анализировать, описывать и перечислять, чтобы они знали, помимо английского, латынь и греческий; как он водил их в нью-йоркские музеи и на бродвейские спектакли; как, узнав о тайных выступлениях Коулмена на любительском ринге на правах члена Ньюаркского клуба мальчиков, он произнес голосом, которого никогда не повышал, чья авторитетность в этом не нуждалась: «Будь я твоим отцом, я сказал бы: „Выиграл вчера вечером? Молодец. Значит, можешь уйти непобежденным"». От Эрнестины я узнал и о том, как док Чизнер, у которого я школьником сам брал уроки бокса, несколькими годами раньше оценил талант юного Коулмена после его ухода из клуба мальчиков, как он хотел, чтобы Коулмен боксировал за Питтсбургский университет и мог устроить ему там стипендию, выдав его за белого спортсмена, но Коулмен все-таки поступил в Хауард, потому что этого хотел отец. Как их отец упал мертвый, подавая в поезде обед, и как Коулмен немедленно бросил Хауард и записался во флот, соврав, что он белый. Как, отслужив во флоте, он поселился в Гринич-Виллидже и поступил в Нью-Йоркский университет. Как однажды в воскресенье он приехал домой с хорошенькой белой девушкой из Миннесоты. Как в тот день на кухне пригорело печенье — настолько все были озабочены тем, чтобы не сказать ничего лишнего. Как, к счастью для всех, Уолт, начавший уже преподавать в Асбери-Парке, не смог в тот день приехать; как все прошло наилучшим образом — Коулмену не на что было пожаловаться. Эрнестина рассказала мне, как любезна была их мать с этой Стиной. Как они старались быть к ней добрыми и внимательными — и она к ним тоже. Как трудолюбива всегда была их мать, как после смерти мужа она без всякой протекции стала первой цветной старшей медсестрой хирургического отделения Ньюаркской больницы. Как она боготворила своего Коулмена, как никаким своим поступком Коулмен не мог разрушить эту материнскую любовь. Как даже его решение прожить всю оставшуюся жизнь, делая вид, что у него была некая другая мать, на самом деле никогда не существовавшая, — как даже это не могло избавить миссис Силк от одержимости им. Как Уолт, узнав от матери, что Коулмен собирается жениться на Айрис Гительман и что ей никогда не быть ни свекровью своей невестки, ни бабушкой своих внуков, запретил брату любые сношения с семьей и затем с отцовской стальной властностью дал матери понять, что и ей следует порвать с Коулменом всякую связь.

— Я не сомневаюсь, что Уолт хотел ей добра, — сказала Эрнестина. — По его мнению, это был единственный способ избавить мать от сильной боли. От боли, которую Коулмен причинял бы ей каждое Рождество, в каждый праздник, в каждый день рождения. Уолт думал, что, если не порвать эту связь, Коулмен разобьет матери сердце еще тысячу раз, как разбил в тот день. Уолт был в бешенстве из-за того, что Коулмен приехал в Ист-

Ориндж с этой новостью без всякой подготовки, не предупредив никого из нас, что он просто взял и поставил пожилую женщину, вдову, перед фактом. Флетчер, мой муж, объяснял такую реакцию Уолта психологически. Но я с Флетчером не соглашалась. Не думаю, что Уолт и вправду завидовал Коулмену из-за места, которое он занимал в мамином сердце. Не принимаю этого объяснения. По-моему, он просто бешено оскорбился, оскорбился не только за мать, но и за всех нас. Уолт был в семье самым идейным — как ему было не разозлиться? Я-то относилась к этому спокойней, и тогда, и позже, но я могу понять Уолтера. В каждый день рождения Коулмена я звонила ему в Афину. Последний раз три дня назад. Это был день его рождения. Семьдесят два года. Я думаю, он погиб, когда ехал домой после праздничного обеда. Я позвонила, никто не ответил, и я позвонила на следующий день. Так я узнала о его смерти. Кто-то взял трубку и сказал мне. Потом я поняла, что это был один из моих племянников. Я начала звонить Коулмену домой только после того, как его жена умерла и он ушел из колледжа. До этого только на работу. И никогда никому об этом не говорила. Незачем было. Поздравляла с днями рождения. Позвонила, когда мама умерла. Позвонила, когда вышла замуж. Позвонила, когда у меня родился сын. Позвонила, когда моего мужа не стало. Мы всегда хорошо говорили. Он хотел знать все новости, и про Уолтера тоже, про его успехи. А он сообщал мне о рождении каждого ребенка — и Джеффри, и Майкла, и близнецов. Он мне в школу звонил. Роды Айрис всякий раз были для него огромным испытанием. Он искушал судьбу. Ведь его дети генетически связаны с про-

438

шлым, которое он отверг, и всегда была вероятность, что проявятся черты предков. Это очень его беспокоило. Иногда такое случается. Но все-таки он хотел иметь детей. Это входило в его план — в план полноценной, продуктивной жизни. И тем не менее он страдал из-за своего решения, особенно в первые годы и уж точно перед рождением каждого из детей. Коулмен ни от чего не отмахивался, в том числе и от своих собственных чувств. От нас он мог себя отрезать, но от своих чувств — никогда. Особенно от своих чувств к детям. Я думаю, он понял, что это ужасно, когда от человека скрывают нечто важное о том, кто он есть. Всякий от рождения имеет право знать свою генеалогию. Не говоря уже об опасности, которая здесь есть. Представьте себе на минуту: у кого-то из его детей рождается ребенок с негритянскими признаками. Что тогда? Пока бог миловал — я имею в виду двух его внуков в Калифорнии. Но дочь ведь еще не замужем. Предположим, она выйдет за белого человека, что более чем вероятно, и родит ему негритенка. Как она это объяснит? И что подумает муж? Подумает, что не он отец, а какой-то чернокожий. Нет, мистер Цукерман, не сказать ничего детям было страшно жестоко со стороны Коулмена. Это не только Уолтера мнение, но и мое. Если Коулмен хотел хранить свое происхождение в секрете, ему нельзя было заводить детей. И он это знал. Должен был знать. Но он заложил эту мину, которая всегда ощущалась на заднем плане, когда он про них говорил. Особенно когда говорил о младшем сыне, о Марке, который был с ним не в ладах. Он сказал мне, что, каковы бы ни были претензии Марка, все дело, возможно, в том, что он смутно почуял правду. Коулмен мне сказал: «Я жну что посеял — правда, жну в извращенном виде. Марк не может даже ненавидеть отца за настоящее, за то самое. Я и этого природного права его лишил». Я говорю: «Но он, может быть, вовсе и не стал бы тебя за это ненавидеть». А он мне ответил: «Ты не поняла. Не в том дело, что он возненавидел бы меня за негритянское происхождение. „То самое" — в другом. Я скрыл от него такие вещи, какие он имел право знать». Тут мы эту скользкую тему оставили. Но мне ясно: он всегда помнил, что в основе его отношений с детьми лежит ложь, ужасная ложь, и знал, что Марк это почувствовал. Интуиция Марку подсказала, что он и другие дети, которые хранят в генах отцовское начало и передадут его своим детям — передадут, по крайней мере, генетически, а может быть, и на телесном, видимом уровне, — не знают до конца, кто они и откуда. Я, конечно, не могу быть уверена, но иногда мне кажется, что Коулмен считал Марка наказанием за зло, которое он причинил своей матери. Хотя от него самого, — оговорилась Эрнестина, — я ничего такого не слышала. А что касается Уолтера, я думаю, он хотел в каком-то смысле заменить матери нашего отца и сделать так, чтобы Коулмен не бередил ей рану каждым своим приездом.

— Как она все это перенесла? — спросил я.

— Тут, мистер Цукерман, ничем нельзя было помочь. Рана так и не зажила. Знаете, что она говорила в бреду, когда умирала в больнице? Она все подзывала сестру, как ее саму раньше больные подзывали, и просила: «Посадите меня на поезд. У меня дома больной ребенок». Опять и опять: «У меня дома больной ребенок». Я сидела у ее постели, держала ее за руку, смотрела, как она умирает, и зна-

440

ла, кто этот больной ребенок. И Уолтер знал. Коулмен — вот кто. Лучше ей было бы или хуже, если бы Уолт тогда не вмешался и не запретил Коулмену появляться… не знаю. Уолт — человек решительный, такой уж у него дар. Как и у Коулмена. Семья решительных мужчин. Папа тоже таким был, и его отец тоже — он был методистским священником в Джорджии. Решаются на что-то — и кончен разговор. Что ж, такая решительность имеет свою цену. И я еще кое-что поняла. Сегодня поняла. Родители были бы рады это узнать. Мы семья педагогов. Все началось с моей бабушки по отцу. Во времена рабства, когда она была еще девочкой, ее научила читать хозяйка, а потом, уже после Освобождения, она окончила так называемое Педагогическое и промышленное училище штата Джорджия для цветных. Вот с чего началось — и пришло к тому, что мы имеем. Я это поняла, когда увидела детей Коулмена. Все, кроме одного, — педагоги. И наше поколение — Уолт, Коулмен, я — тоже педагоги. Мой сын — другая история. Он не кончил колледжа. Не все у нас с ним было гладко, а теперь у него есть, как говорится, дражайшая половина, из-за которой между нами возникли новые трения. Надо вам сказать, что до того как Уолтер в сорок седьмом году начал преподавать в школе в Асбери-Парке, там на весь город не было ни одного цветного учителя. Он был первым. А потом стал первым цветным директором. А потом — первым цветным инспектором школ. Это может вам кое-что сказать об Уолте. Цветное население там было давнее и устоявшееся, но перемены начались только в сорок седьмом, с приходом Уолтера. Его решительность тут сыграла роль, и еще какую. Хоть вы и выросли в Ньюарке, вы можете не знать, что до 1947 года сегрегация в учебных заведениях была в штате Нью-Джерси одобрена конституционно. В большинстве районов существовали школы для цветных и школы для белых. На юге штата начальное образование было очень четко разграничено по расовому признаку. Южнее Трентона и Нью-Брансуика — сплошь раздельные школы. И в Принстоне. И в Асбери-Парке. В Асбери-Парке, когда Уолтер стал там работать, была школа под названием «Бэнгз-авеню», которая состояла из двух школ — «восточной» и «западной». Одна для цветных, другая для белых. Здание одно, но его поделили пополам. Двор был перегорожен забором, по одну сторону белые дети, по другую цветные. Белых детей учили белые учителя, черных — черные. Директор был белый. В Трентоне, в Принстоне — а Принстон, как считается, уже не на юге штата — до 1948 года школы были раздельные. В Ист-Ориндже и в Ньюарке такого не было, хотя одно время даже в Ньюарке работала начальная школа для цветных. В начале века. Но я вернусь в сорок седьмой — я просто хочу вам объяснить, какую роль во всем этом играл Уолтер. Вам легче будет понять, что он за человек, и легче будет понять его отношение к Коулмену, если вы увидите более широкую картину. Послевоенные годы — это ведь задолго до начала движения за равноправие. То, что сделал тогда Коулмен, решение, которое он принял, — стать, вопреки своему негритянскому происхождению, членом белого сообщества, — не было тогда чем-то совсем уж необычным. Про это фильмы снимались. Не помните? Один назывался «Пинки», другой, с Мелом Феррером, забыла как, хотя тоже был популярный фильм. Перейти из одной расовой группы в другую — об этом думали тогда многие, не только цветные, но и белые, потому что тогда еще не было настоящих гражданских прав, не было равенства. Конечно, люди поступали так большей частью мысленно, и все же сама возможность их манила, тревожила воображение — ну, как сказка. В сорок седьмом губернатор Нью-Джерси созвал конституционное собрание, чтобы изменить конституцию штата. И это стало началом перемен. Одна из поправок состояла в том, что в Нью-Джерси не должно больше быть сегрегации в частях Национальной гвардии. Другая гласила, что ребенка нельзя принуждать идти мимо одной школы, чтобы попасть на занятия в другую. Примерно такая формулировка. Уолт, конечно, привел бы ее слово в слово. Эти поправки уничтожили сегрегацию в государственных школах и в Национальной гвардии. Проводить их в жизнь должны были губернатор и советы по образованию. Совет штата велел местным советам по образованию разработать и привести в действие планы интеграции школ. Начинали с преподавательского состава, потом постепенно объединяли учащихся. Уолт еще до того, как стал работать в Асбери-Парке, еще когда он только вернулся с войны и заканчивал колледж в Монтклэре, был из тех политически активных молодых негров, бывших солдат, что уже начали бороться за интеграцию школ в нашем штате. Даже до изменения конституции, а после уж тем более, Уолт был из самых горячих активистов.

Она подразумевала, что Коулмен *не был* в числе бывших солдат, которые боролись за интеграцию, равенство и гражданские права; по мнению

443

Уолта, он всегда боролся только за себя лично. Силки Силк. Шелковый Силк. Вот под каким именем он боролся, вот за кого он боролся, вот почему Уолт всегда терпеть не мог брата, даже в детстве. За себя, любимого, говорил Уолт. За единственного и неповторимого Коулмена. Всю жизнь хотевшего одного — обособиться.

Мы сидели у меня дома, ланч уже несколько часов как был съеден, но энергия Эрнестины не убывала. Вихрь, поднявшийся у нее в голове, — вихрь, вызванный не только смертью Коулмена, но и всем таинственным, что было с ним связано и что она пятьдесят лет пыталась понять, — заставлял ее говорить, говорить и говорить, что вряд ли было обычно для этой серьезной женщины, всю жизнь проработавшей школьной учительницей в небольшом городке. Во всех отношениях она выглядела чрезвычайно прилично и, несмотря на некоторую худобу лица, казалась очень здоровой, казалась противницей излишеств любого рода; одежда, осанка, аккуратность, с которой она ела, даже то, как она сидела на стуле, — все говорило о том, что она без труда подчиняется общепринятым условностям и в любом конфликте автоматически берет на себя роль посредника. Поистине она мастер здравого отклика на любые события и в силу осознанного выбора больше слушательница, чем оратор, — однако сейчас, в возбуждающей атмосфере, создавшейся после гибели ее «белого» брата, реакция на исполненный символического значения конец этой жизни, которую ее семья считала одним большим, извращенным, своевольно-высокомерным отступничеством, не могла быть обычной.

— Мать до самой смерти не понимала, почему Коулмен это сделал. «Отпал от своих» — так она говорила. Надо сказать, это в ее семье не первый случай. Были и другие. Но то *другие*. Не ее Коулмен. Коулмен никогда не досадовал на то, что родился негром. Никогда, насколько мы его знали. Точно вам говорю. Негритянство ни капельки его не мучило. Мать вечерами подолгу сидела в кресле, неподвижная как мумия, и ясно было, о чем она думает: могло ли то быть причиной, могло ли это? Давил авторитет отца? Но, когда он это сделал, папа уже умер. Мама предполагала одно, другое, но все без толку. Или он считал, что белые лучше нас? Денег у них, конечно, больше, но лучше? Мог ли он так думать? Мы никогда этого в нем не замечали. Да, случается, конечно, что дети вырастают и уезжают и не хотят больше иметь ничего общего со своими семьями, и для этого им вовсе не обязательно быть цветными. Такое каждый день происходит по всему свету. Они так всё ненавидят, что хотят уехать как можно дальше. Но Коулмен-то в детстве был совсем другой! Такого веселого, жизнерадостного мальчика редко встретишь. Мы с Уолтом и то были несчастнее, чем Коулмен. Так легко ему все давалось, так его все хвалили... Нет, у мамы это просто в голове не укладывалось. Ее тоске конца-края не было. Его фотографии. Его школьные табели. Его спортивные медали. Его ежегодник. Диплом первого ученика. Даже игрушки Коулмена она сохранила, которые он любил в раннем детстве. Вынимала и смотрела на них, как ясновидящий в хрустальный шар, точно надеялась, что вдруг все объяснится. Интересно, признался ли он когда-нибудь кому-нибудь? Вы не знаете, мистер Цукерман? Жене? Детям?

— Не думаю, — сказал я. — Даже уверен, что не признался.

— Вот вам Коулмен. Решился — и точка. Это с детства в нем удивляло: держался принятого плана железно. Необыкновенное упорство во всем, что делал. Из одной большой лжи сколько мелкой проистекало — семье, сослуживцам, — и не отказался ведь до самого конца. Даже похоронили как еврея. Ох, Коулмен, — промолвила она печально, — непреклонный ты наш. Сама непреклонность.

И в этот момент она была ближе к смеху, чем к слезам.

Похоронили как еврея, подумал я, и, если моя догадка верна, убили как еврея. К вопросу об издержках перевоплощения.

— Если он кому-нибудь признался, — сказал я, — то разве что женщине, которая с ним погибла. Фауни Фарли.

Ясно было, что Эрнестина не хочет о ней разговаривать. Но из вежливости она спросила:

— Почему вы так думаете?

— Наверняка не знаю. Просто мысль такая мелькнула. Это вписывается в соглашение, которое, я почувствовал, было между ними.

Под соглашением я имел в виду обоюдное понимание, что гладкого выхода из ситуации нет, но толком я и себе-то не мог этого объяснить, а Эрнестине не стал даже и пытаться.

— Вы знаете, — сказал я, — услышав от вас сегодня такое, я должен буду все, что касается Коулмена, переосмыслить. Сейчас я как в тумане.

— Что ж, тогда вас можно считать почетным членом семейства Силков. Никто из нас, кроме Уолтера, никогда не знал, что думать про Коулмена. Почему он так поступил, почему в этом упорствовал, почему мама должна была умереть именно так? Если бы Уолт был менее категоричен, кто знает, к чему бы все пришло? Может быть, Коулмен с годами изменил бы свое решение и рассказал бы жене? И вообще всем знакомым? Но Уолт остановил время, а это никогда к добру не приводит. Коулмен сделал то, что сделал, когда ему не было еще и тридцати. Двадцатисемилетняя бомба. Но не вечно же человеку двадцать семь. Не вечно на дворе пятьдесят третий год. Люди старятся. Нации старятся. *Проблемы* старятся. Иной раз так состарятся, что их уже и нет. Но Уолт все заморозил. Ведь если узко на это посмотреть, с точки зрения простой социальной выгоды, в то время образованному негру из среднего класса выгодно было поступить так, как Коулмен, — а сейчас это стало совершенно невыгодно. Сейчас, если ты образованный негр из среднего класса и хочешь отправить детей учиться в лучшие университеты, да еще, может быть, и на полную стипендию, тебе в голову не придет скрыть свое происхождение. Пусть даже у тебя кожа белая как снег, тебе сейчас выгодно этого не делать. Ну и в чем тогда проблема? В чем разница? Но разве я могу переубедить Уолтера? Допустим, я спрошу его: в чем, собственно, разница? Он ответит: как в чем? Во-первых, в том, как Коулмен поступил с мамой, во-вторых, в том, что тогда, по мнению Уолтера, шла битва, а Коулмен не захотел сражаться. Хотя бы по этим двум причинам я не могу переубедить Уолтера. Но не думайте, что за все годы я ни разу не пыталась. Ведь Уолтер на самом деле не такой уж твердокаменный. Хотите, расскажу про него? В сорок четвертом Уолтеру шел двадцать второй год, он служил в негритянской пехотной роте, был стрелком. Дело было в Бельгии. Он и еще один солдат из его части однажды оказались над железнодорожными путями, проложенными по дну углубления. Вдруг они увидели немецкого солдата, который шел по шпалам на восток. За спиной вещмешок, идет и насвистывает. Напарник Уолтера прицелился. Уолтер ему: «Что ты делаешь, идиот?» — «Как что? Хочу его шлепнуть». — «Зачем? Оставь! Что он делает? Идет. Скорее всего идет домой». Уолтеру пришлось вырвать у напарника винтовку. Тот был из Южной Каролины. Они спустились и взяли немца в плен. Оказалось, он действительно шел домой. Получил увольнительную и потопал по шпалам на восток — другого способа добраться до Германии не смог придумать. Уолтер спас ему жизнь. Многие ли солдаты так поступают? Мой брат — непреклонный мужчина, он умеет, когда надо, быть твердым, но твердым по-человечески. И, по его человеческому разумению, то, что ты делаешь, должно помогать твоему народу, твоей расе. Повторяю: я пыталась с ним говорить, иногда даже такое говорила, чему сама верю только наполовину. Коулмен — человек своего времени, так я ему сказала. Ему нужны были его человеческие права, и он перепрыгнул через ступеньку — не стал ждать общего гражданского равноправия. «Посмотри на него исторически, — так я Уолтеру сказала. — Ты же учитель истории. Пойми его как часть чего-то большего. Вы оба не хотели довольствоваться тем, что имели. Вы оба борцы. Вы оба боролись — ты по-своему, Коулмен по-своему». Но на Уолтера эти доводы не действовали. Да и никакие другие. Я ему говорила: для Коулмена это был способ стать мужчиной. Но Уолтер не согласен. Он-то как раз считает, что это был способ не стать мужчиной. Он мне отвечает: «Конечно. Разумеется. Твой брат сделался примерно тем же, чем сделался бы, не соверши он этого. Тем же, кроме одного: перестал быть негром. В этом-то „кроме" вся суть». Уолт не в состоянии посмотреть на Коулмена иначе, чем смотрел всегда. И как мне с этим быть, мистер Цукерман? Ненавидеть Уолта за то, что он сделал с Коулменом, за то, что он вот так остановил время? Ненавидеть Коулмена за то, как он поступил с мамой, за то, что он ее, бедную, заставил страдать до самой смерти? Но если я возненавижу обоих братьев, до чего это может дойти? Почему не возненавидеть отца за его ошибки? Или покойного мужа? А он не был ангелом, уверяю вас. Я любила мужа, но что видела — то видела. А как быть с моим сыном? Вот кого не так уж трудно возненавидеть. Он делает для этого все возможное. Но ненависть — опасная вещь. С ней ведь как: начнешь — и не остановишься. Зайдешь в сто раз дальше, чем хочешь. Ее трудней держать под контролем, чем что-либо другое на свете. Легче пить бросить, чем ненависть обуздать. Точно вам говорю.

— Знали вы до сегодняшнего дня, — спросил я ее, — почему Коулмен ушел из колледжа?

— Нет, не знала. Я думала, просто достиг пенсионного возраста.

— Он ничего вам не сказал.

— Ничего.

— Значит, вы не поняли, о чем говорил Кибл?

— Не вполне поняла.

Я рассказал ей всю историю про «духов». Когда я кончил, она покачала головой:

— В жизни не слыхала о большей глупости со стороны высшего учебного заведения. Не колледж, а рассадник невежества. Из-за такой ерунды обрушиться на профессора, какой бы он ни был расы, оскорблять его, бесчестить, такой ущерб нанести его авторитету, достоинству, престижу! Я дочь моего отца, мистер Цукерман, дочь человека, для которого слово значило очень много, а с каждым днем слова, которые я слышу, все меньше и меньше отражают жизнь как она есть. Судя по вашему рассказу, в колледжах сегодня возможно все что угодно. Кажется, там просто забыли, что значит — учить. Не преподавание, а фиглярство. В любую эпоху, конечно, хватает реакционеров, но тут, в Афине, им, похоже, раздолье. Дрожать за каждое слово, которое произносишь? А как же свобода слова? Как же первая поправка к Конституции Соединенных Штатов? В годы нашего с вами детства было рекомендовано, чтобы всем выпускникам средних школ штата Нью-Джерси вручали по окончании две вещи — аттестат и экземпляр Конституции. Помните? Надо было год изучать американскую историю и полгода — экономику; теперь, разумеется, можно и не изучать, слово «надо» вообще уже изгнано из школьного лексикона. В наше время во многих школах на выпускном вечере директор давал тебе аттестат, а еще кто-то — Конституцию. Сегодня так мало людей имеет представление о нашей конституции! И впечатление такое, что глупости вокруг с каждым часом все больше. Взять хотя бы программы для отстающих в колледжах! Студентов учат тому, что они должны были освоить в девятом классе. В нашей ист-оринджской средней школе дети давно уже перестали читать классику. О «Моби Дике» слыхом не слыхали. В последний мой год перед уходом на пенсию школьники мне говорили, что для февральского месячного курса афроамериканской истории им только и нужно что прочесть биографию какого-нибудь знаменитого чернокожего, написанную чернокожим. Я их спрашиваю: какая разница, кто написал — черный или белый? Мне вообще не нравится этот месячный курс. Точно молоко, которое вот-вот скиснет: пить еще можно, но вкус уже неважный. Если ученики должны знать, кто такой был Мэтью Хенсон, рассказывайте про него тогда же, когда и про других путешественников.

— Кстати, кто такой был Мэтью Хенсон? — спросил я и подумал при этом — а знал ли Коулмен? Хотел ли знать? И не было ли нежелание знать одной из причин его решения?

— Мистер Цукерман... — сказала она с мягким укором.

— Мистер Цукерман не прошел в школе курса афроамериканской истории.

— Кто открыл Северный полюс? — спросила она.

Вдруг я проникся к ней громадной симпатией, причем она тем больше мне нравилась, чем больше проявляла себя как педантичная наставница. Хоть и по другим причинам, она уже нравилась мне почти так же сильно, как ее брат. И теперь я видел, что, если бы можно было поставить их бок о бок, понять, что такое Коулмен, не составило бы большого труда. *Всем известно...* Глупая, глупая, глупая Дельфина Ру! Правда о человеке не известна никому, и часто — как в случае самой Дельфины — ему-то она как раз известна хуже, чем кому-либо.

— Я забыл, Пири или Кук, — сказал я. — Не помню, кто из них добрался до полюса первым.

— Хенсон, к вашему сведению, был на полюсе раньше всех. Когда об этом написали в «Нью-Йорк таймс», ему были оказаны подобающие почести. Но теперь, когда пишут историю, только и речи что о Пири. Все равно что стали бы писать о восхождении на Эверест сэра Эдмунда Хиллари и ни словом не обмолвились про Норэя Тенцинга.

Эрнестина поистине пребывала уже в своей родной учительской стихии, и видно было, что, в отличие от Коулмена, она сполна оправдала надежды отца.

— Я хочу сказать, — продолжала она, — что, например, о докторе Чарльзе Дрю надо говорить, когда речь идет о здоровье и медицине. Вы о нем слышали?

— Нет.

— Стыдно, мистер Цукерман. Я вам сейчас, через минутку о нем расскажу. И проходить его надо не в феврале, а тогда же, когда и других медиков. Вы меня понимаете?

— Да.

— Их надо в один ряд со всеми остальными — с путешественниками, медиками и так далее. А не так, как сейчас, — всех черных в одну кучу. Трудно было с этим уживаться, хоть я и старалась. Раньше у нас блестящая школа была. У выпускника ист-оринджской средней школы, особенно если он кончил с отличием, был хороший выбор колледжей. О господи, на эту тему я как начну... Происшествие с Коулменом, с этим словечком «духи» — часть все той же грандиозной несостоятельности. Во времена моих родителей, да и на нашей с вами памяти,

452

если ты не справлялся с учебой, тебе и отвечать приходилось. А теперь ответственность переложили на предмет. Читать классику трудно — долой классику, она сама виновата. Нынешний школьник из неспособности своей извлекает выгоду. Я не могу это освоить — значит, что-то с этим не так. И в первую очередь что-то не так с гадом учителем, который велит это осваивать. Никаких больше нет критериев, мистер Цукерман, — одни мнения. Мне часто не дает покоя мысль о том, каким все было и каким стало. Каким было образование. Какой была наша школа в Ист-Ориндже. Каким был сам Ист-Ориндж. Модернизация уничтожила Ист-Ориндж — в этом у меня нет никаких сомнений. Отцы города много говорили о модернизации и о великих переменах, которые она принесет. Торговцев это напугало до смерти, и они стали уезжать, и бизнеса оставалось все меньше. Потом проложили двести восьмидесятое шоссе и парковую дорогу — маленький городок оказался разрезан на четыре части. Ради парковой дороги уничтожили Джонс-стрит — центр нашего цветного сообщества. Потом двести восьмидесятое. Какие разрушения, подумать страшно! Точно ураган. Чтобы проложить шоссе, штат скупил все красивые дома на Оратон-паркуэй, на Элмвуд-авеню, на Мейпл-авеню, и они исчезли в одночасье. Раньше все рождественские покупки я делала на Мейн-стрит, и Сентрал-авеню называли тогда Пятой авеню трех Оринджей. А что у нас теперь? «Шопрайт» и «Данкин донатс». Была еще «Доминос пицца», но закрылась. Ну, еще один есть продуктовый магазин, есть химчистка. Но качество тогда и теперь — не сравнить. Честно вам скажу: я езжу за покупками в Уэст-

Ориндж. Раньше этого не надо было делать. Каждый вечер мы с мужем, если погода была ничего, ходили выгуливать собаку — два квартала до Сентрал-авеню, потом четыре по ней, потом переходим ее, и назад, разглядывая витрины. Там был «Б. Альтман». Был «Рассек». Был «Блэк, Старр и Горем». Был фотосалон Бахраха. На Мейн-стрит был «Минкс», очень приличный магазин мужской одежды, его еврей содержал. Два кинотеатра — «Голливуд» и «Палас». В маленьком Ист-Ориндже вся жизнь была представлена...

Вся жизнь, весь ее спектр. Когда? Раньше. До модернизации. До того, как отменили изучение классики. До того, как перестали вручать выпускникам Конституцию. До того, как в колледжах ввели программы для отстающих. До того, как придумали месячный курс афроамериканской истории. До того, как проложили Парковую дорогу и Двести восьмидесятое шоссе. До того, как стали травить профессоров за слово «духи» и тому подобное. До того, как она начала ездить за продуктами в Уэст-Ориндж. До того, как все изменилось — в том числе Коулмен Силк. Раньше было лучше. И никогда, сетовала она, старое не вернется — ни в Ист-Ориндже, ни в остальной Америке.

К четырем часам, когда я повез ее в «Герб колледжа», где она остановилась, послеполуденный свет стремительно пошел на убыль, небо заволокли тяжелые тучи, подул резкий ноябрьский ветер. Утром, когда хоронили Коулмена, — и предыдущим утром, когда хоронили Фауни, — была чуть ли не весна, но теперь все предвещало близкую зиму. Зиму на высоте тысяча двести футов. Принимайте гостью.

Возникшее у меня в этот момент побуждение рассказать Эрнестине про жаркий, клонящийся к вечеру летний день всего четыре месяца назад, когда Коулмен повез меня на молочную ферму посмотреть на Фауни, занятую дойкой, — или, точнее, посмотреть на него, смотрящего на Фауни, занятую дойкой, — я тут же и подавил, для чего особой мудрости не понадобилось. Пробелы в своем видении жизни Коулмена Эрнестина отнюдь не жаждала восполнить. При всем своем уме она не задала мне ни единого вопроса о том, как он жил последние месяцы, не говоря уже о возможных причинах его гибели при таких необычных обстоятельствах; хорошая, порядочная женщина, она тем не менее предпочитала не знать подробностей ситуации, приведшей к его смерти. Не задумывалась она и о том, есть ли связь между мятежным поступком, которым он в молодости отделил себя от семьи, и яростной решимостью, с которой он сорок с лишним лет спустя порвал все отношения с Афиной, став парией и отступником. Не то чтобы я был уверен в существовании такой связи, соединившей накоротко одно решение с другим, но почему не поговорить об этом и вместе не подумать? Как вообще мог возникнуть человек, подобный Коулмену? Что он такое был? В чем было больше истины — в его представлении о самом себе или в представлении других о том, чем ему следовало быть? Можно ли в принципе задавать такие вопросы? Но понятия о жизни как о чем-то таком, чья цель нам неведома, о мысли и обычае как о силах, порой друг другу враждебных, о человеческом обществе, склонном видеть себя в совершенно ложном свете, о личности, которая не укладывается в определяющие ее социальные рамки и даже видит в них нечто поистине *нереальное*, — словом, какие бы то ни было трудности из тех, что изнуряют наше воображение, лежали, судя по всему, за пределами ее непоколебимой верности своду проверенных временем правил.

— Книг ваших, должна признаться, я не читала, — сказала она мне в машине. — Я сейчас больше налегаю на детективы, в основном английские. Но теперь, как вернусь домой, обязательно что-нибудь прочту.

— Вы мне так и не рассказали, кто такой был доктор Чарльз Дрю.

— Доктор Чарльз Дрю, — объяснила мне она, — изобрел способ предотвращать свертывание донорской крови. Потом он попал в автомобильную катастрофу, но в ближайшую больницу не принимали цветных, и он умер от потери крови.

Вот и весь наш разговор за те двадцать минут, что заняла поездка в город с моего холма. Поток открытий иссяк. Что Эрнестина могла сказать, она сказала. Злая шутка, которую судьба сыграла с доктором Дрю, приобрела благодаря сходству со злой шуткой, которую она сыграла с Коулменом, символическую значимость, тревожившую ум при всей своей непостижимости.

Я и нарочно не смог бы выдумать ничего, что сделало бы Коулмена более загадочной для меня фигурой, чем это разоблачение. Зная теперь «все», я ничего не знал: рассказ Эрнестины вместо цельного его портрета создал представление о личности не только непонятной, но и несвязуемой. В какой мере секрет влиял на его будничную жизнь, какое место он занимал в его повседневных мыслях?

Превратился ли с годами из «горячего» секрета в «остывший», а затем и позабытый, в нечто маловажное, в отдаленное последствие давнего пари с самим собой, вызова, брошенного самому себе? Подарил ли ему этот поступок приключение, которого он искал, или сам поступок и был приключением? Что было важнее — удовольствие от обмана, от фокуса, от путешествия по жизни инкогнито или возможность отгородиться от прошлого, от связанных с ним людей, от расы, с которой он ни душевно, ни формально не хотел иметь ничего общего? Можно ли все свести к желанию обойти социальные преграды? Был ли он просто-напросто одним из тех американцев, что, следуя великой традиции пионеров, принимают демократический вызов страны и выбрасывают свое происхождение за борт, если оно мешает поиску счастья? А может быть, здесь нечто большее? Или меньшее? Насколько мелочны были его мотивы? И насколько патологичны? А если и то и другое — что из этого? А если нет — что тогда? На склоне его лет, когда мы познакомились, был ли секрет примесью, лишь слегка подкрашивающей бытие человека во всей его полноте, или, наоборот, «полнота» его бытия была всего-навсего примесью в безбрежном море пожизненного секрета? Ослаблял ли он когда-либо бдительность — или вечно был настороже? Справился ли он когда-либо с тем неоспоримым фактом, что он справился — что, сделав то, что сделал, он может жить на свете в полную силу, выглядеть в глазах каждого совершенно естественно, несмотря на перемену кожи? Допустим, в какой-то момент новая жизнь перевесила и прежняя отступила — но преодолел ли он полностью страх перед разоблачением? Когда он пришел ко мне в первый раз, обезумев из-за внезапной смерти Айрис, воспринятой им как убийство, и вновь ощутив в самый миг ее кончины глубокую преданность этой устрашающей женщине, с которой он сражался всю жизнь; когда он вломился ко мне, одержимый сумасшедшей идеей, что, раз она умерла, я должен написать книгу в его поддержку, — не было ли само это помешательство чем-то вроде зашифрованного признания? «Духи»! Пасть жертвой слова, которого теперь даже не употребляют! Угодить в эту ловушку означало для Коулмена все опошлить — всю его изящно выверенную, изощренно выстроенную ложь, *всю его жизнь*. «Духи»! Смехотворная профанация шедевра, каким было его на вид обычное, а по сути уникальное в своей утонченности существование, наружно почти лишенное чего-либо превышающего меру, поскольку вся чрезмерность лежала внутри секрета. Неудивительно, что, обвиненный в расизме, он взвился до потолка. Выходило, что всем его достижениям грош цена. Неудивительно, что *любые* обвинения заставляли его взвиваться до потолка. Главный его проступок намного превосходил все, что ему вменяли в вину. Он сказал слово «духи», он завел любовницу вдвое его моложе — детский сад! Школьное ябедничество! Жалкие, мелкие, смехотворные прегрешения по сравнению с тем, что совершил на своем пути вовне этот человек хотя бы по отношению к собственной матери, которой он, выстроив в уме некую героическую концепцию своей жизни, сказал: «Все. Кончена любовь. Ты мне уже не мать и никогда ею не была». Кто способен на такое, тот не просто хочет быть белым. Он хочет доказать себе, что способен на такое. Тут больше чем желание насладиться свободой. Тут что-то из «Илиады» с ее жестокостью, из любимой книги Коулмена о хищном начале в человеке. Каждому убийству в ней присуще свое неповторимое качество, каждое превосходит свирепостью предыдущее.

А потом он взял верх над системой. Потом он исполнил замысел и больше ни разу не покидал обнесенного стенами города общепринятых норм. Или, точнее, одновременно жил целиком и полностью внутри и, втайне, целиком и полностью снаружи — в этом состояла неповторимая полнота его жизни, его новосозданного «я». Да, он надолго взял над системой верх, вплоть до того, что все его дети родились белыми, — а потом она вышла из-под контроля. Ударила, откуда он не ждал. Человек решается сотворить себе особую историческую судьбу, взломать замок истории и добивается в этом успеха, с блеском меняет свою личную участь... но попадается в ловушку той истории, которую он вовсе не принимал в расчет. Истории, еще не ставшей историей. Истории, чьи часы тикают прямо сейчас, истории, разрастающейся, пока я пишу, накапливающейся от минуты к минуте. Истории, которую будущее поймет лучше, чем кто-либо из нас. «Мы», от которого нет спасения, — вот что всему виной; настоящий момент, общая участь, настроение дня, состояние духа твоей страны, мертвая хватка текущей истории. Ужасающе переменчивая природа всего на свете ударила его, откуда он не ждал.

Приехав на Саут-Уорд-стрит и остановив машину у «Герба колледжа», я сказал:

— Хотелось бы когда-нибудь познакомиться с Уолтером и поговорить с ним о Коулмене.

459

— Уолтер с пятьдесят шестого года не произнес имени Коулмена ни разу. Он не будет о нем говорить. Самый белый колледж в Новой Англии — и там-то Коулмен делает карьеру. Самый белый предмет в расписании — и его-то Коулмен выбирает, чтобы преподавать. Для Уолтера Коулмен белее белых, и этим все сказано.

— Вы ему сообщите о смерти Коулмена? Скажете, куда ездили?

— Нет, если он сам не спросит.

— А с детьми Коулмена не думаете связаться?

— Какой мне резон? — спросила она. — Коулмен сам должен был им рассказать. Не мне это делать.

— Но от меня-то вы не скрыли.

— Вы — другое дело. Вы сами заговорили со мной на кладбище. Сказали мне: «Вы — сестра Коулмена». Я ответила — да. Я просто сказала правду. *Мне* нечего скрывать.

Это было самое жесткое, что я услышал от нее за весь день. Самое жесткое в адрес Коулмена. До сих пор она аккуратно распределяла сочувствие между смертельно раненной матерью и обиженным младшим братом.

Она вынула из сумочки бумажник, раскрыла его и показала мне одну из фотографий, засунутых под прозрачный пластик.

— Мои родители, — объяснила она. — После Первой мировой. Он только вернулся из Франции.

Молодая пара перед кирпичным крыльцом: миниатюрная женщина в широкополой шляпе и длинном летнем платье, высокий молодой человек в полной военной форме — фуражка, кожаный нагрудный патронташ, кожаные перчатки, высокие блестящие кожаные сапоги. Лица хоть и светлые, но негритянские. Что об этом говорило? Очень немногое помимо того, что им нечего было скрывать.

— Он прямо красавец. Особенно в этом обмундировании, — заметил я. — Кавалерия?

— Нет, обычная пехота.

— Вашу мать не так хорошо видно. Шляпа затеняет лицо.

— В этих пределах мы можем управлять своей жизнью, — сказала Эрнестина. Произнеся эту итоговую фразу, исполненную всей философичности, на какую она была способна, она положила бумажник обратно в сумочку, поблагодарила меня за ланч и, почти зримо втягиваясь обратно в организованное, обычное существование, строго отграничивающее себя от любых причуд белой, черной или неизвестно какой мысли, вышла из машины. Я не стал сразу возвращаться домой, а поехал через весь город на кладбище; оставив машину на улице, вошел в ворота. Не понимая толком, что происходит, стоя в густеющей темноте над неровным холмиком рыхлой земли, я весь был охвачен историей Коулмена, ее развязкой и ее завязкой, и там-то, тогда-то я и начал эту книгу.

Я начал с того, что задался вопросом: как он сказал Фауни правду об этой завязке — если предположить, что он это сделал; если предположить, что ему *вообще надо было* это делать. Если предположить, что о том, чего он, ворвавшись ко мне чуть ли не с криком: «А ну пишите мою историю, черт вас возьми!», не мог мне откровенно сказать, о том, чего он не мог мне сказать, когда ему пришлось (из-за секрета, как я теперь понял) оставить мысль написать свою историю самому, он в конце концов

461

должен был поведать ей, уборщице колледжа, ставшей его товарищем по оружию, первому и последнему человеку после Элли Маги, в чьем присутствии он мог раздеться, повернуться и продемонстрировать торчащий из голой спины механический ключик, которым он завел себя для своей великой эскапады. Элли, до нее Стина, под конец — Фауни. Единственной из близких ему женщин, которая так и не узнала его секрета, была та, с кем он прожил всю жизнь, — его жена. Почему Фауни? Насколько естественно для человека иметь секрет, настолько же естественно рано или поздно им поделиться. Пусть даже, как в этом случае, с женщиной, которая не задает вопросов, которая, казалось бы, сущий клад для владельца секрета. Но даже и с ней. С ней даже скорей, чем с кем бы то ни было. Потому что ее незадавание вопросов — не от тупости и не от нежелания видеть вещи как они есть; оно, в понимании Коулмена, напрямую связано с ее достоинством. С достоинством растоптанной.

— Допускаю, что это может быть и не так, — сказал я своему полностью преображенному другу. — Допускаю. И тем не менее: когда вы пытались узнать, не была ли она раньше проституткой... Когда вы пытались выведать *ее* секрет...

Стоя над его могилой, где все, чем он когда-либо был, казалось сведенным на нет самим объемом и весом кладбищенской земли, даже если забыть обо всем прочем, я ждал, и ждал, и ждал, пока он заговорит, и наконец услышал, как он спрашивает Фауни, какая из ее работ была хуже всех. Потом я опять ждал, и вот мало-помалу стал улавливать дерзкие, откровенные эманации ее речи. Так-то все и началось — с моего одинокого стояния на темнеющем кладбище, с моего вступления в профессиональное противоборство со смертью.

— После детей, после пожара, — услышал я ее рассказ, обращенный к нему, — я бралась за любую работу. Не знала вообще, где нахожусь. Полный туман. Ну и случилось это самоубийство. Там, в одном доме в лесу, около Блэкуэлла. Из дробовика. Мелкой дробью. Труп уже увезли. Женщина одна знакомая, Сисси, сильно пьющая, попросила меня помочь. Ей надо было все там вычистить. «Знаю, знаю, — Сисси говорит, — просьба странноватая, но ты же крепкая, ты стерпишь. Не пособишь мне?» Там жили мужчина, женщина и дети, ссора какая-то вышла, он в другую комнату, взял ружье и раз — все мозги вон. «Убирать теперь — сама понимаешь», — Сисси мне говорит. Ну, я с ней и поехала. С деньгами было туго, да я и вообще не понимала, кто я, что делаю и зачем, так что поехала. Запах смерти. Очень хорошо помню. Металлический. Кровь. Вонючая. Завоняло только когда мы начали мыть. Пока кровь в горячей воде не размокла, казалось, что ничего. Дом был бревенчатый. Кровь на стенах повсюду. Бабах — и размазал себя по всему, что там было. Как горячей водой с дезинфектантом начали... бр-р. Я принесла резиновые перчатки, маску тоже пришлось надеть, потому что даже *мне* стало невмоготу. На стенах в кровь влипли осколки костей. Он в рот себе. Бабах! Осколки, зубы — все как есть. Смотри, любуйся. Помню, поглядела на Сисси — она качает головой. «Какого хрена мы это делаем? Да сколько бы ни платили». Мы старались как могли. Сто долларов в час. Мало — я и сейчас так думаю.

— Сколько было бы не мало? — услышал я голос Коулмена.

— Тысяча. Сжечь все это к чертям. Тут сколько ни плати, все будет мало. Сисси стало нехорошо, она вышла. А я… Дети сгинули, чокнутый Лестер за мной по пятам день и ночь, что мне терять? Я принялась совать всюду нос. Бывает со мной такое. Захотелось понять, какого черта он это сделал. Это всегда мне было интересно. Из-за чего люди кончают с собой. Откуда берутся серийные убийцы. Смерть вообще. Просто интересно. Стала смотреть фотографии — есть в них какая-нибудь радость или нет? Всюду стала смотреть. Наконец дошла до шкафчика с лекарствами. Таблетки. Пузырьки. Вот уж где точно никакой радости. Его личная аптека. Психиатрические, так я поняла. Ему прописали, но он не принимал. Ясно было, что он обращался к врачу, но не мог исполнять. Не мог пить лекарства.

— Откуда ты знаешь? — спросил Коулмен.

— Я так думаю. Знать — не знаю. Это моя история, моя собственная.

— Может быть, он принимал и все равно покончил с собой.

— Может быть, — сказала она. — Кровь. Цепкая штука. Никак с пола не ототрешь. Тряпка, другая, третья — а цвет все держится. Только и сумела, что довести до светло-розового. Как будто что-то еще живое. Терла сильным дезинфектантом — без толку. Сладкая вонь. Металлическая. Блевотная. Я правду говорю. Старалась отвлечься. Но не могла.

— Долго пришлось там быть?

— Пять часов примерно. Я строила из себя сыщицу-любительницу. Ему было лет тридцать пять. Не знаю, чем он зарабатывал. Может, торгов-

лей. Лесовик такой с виду. Житель холмов. Боро-
дища. Ворох волос. Она маленькая. Милое личико.
Кожа светлая. Волосы темные. Глаза тоже. Настоящая мышка. Запуганная. Больше ничего я не смогла выудить из фотографий. Здоровенный сильный
лесной дядя и маленькая мышка при нем. Не знаю.
Но хочу знать. Кто я была? Вольная малолетка. Послала школу подальше. Терпения не стало ходить.
Кроме всего прочего, скукотища. У людей, в их домах, чего только не происходит на самом деле. В моем блядском доме уж точно. И после этого я должна сидеть в школе и учить столицу Небраски? Я хотела *знать*. Хотела выбраться и осмотреться. Вот
и дернула во Флориду, вот и стала туда-сюда мо-
таться, вот и начала совать там нос по всему дому.
Просто хотела осмотреться. Хотела знать самое
скверное. Что хуже всего? Ты вот знаешь? Она ведь
была в доме, когда он это сделал. Когда мы пришли, ее уже забрали в психушку.

— И это была худшая из твоих работ? Худшее из
всего, чем тебе приходилось заниматься?

— Да. Кошмар. Я много всякого видела, но это…
Кошмар, но не только. Притягивало… Я хотела
знать, почему он это сделал.

Она хотела знать, что сквернее всего. Не лучше всего — хуже. Что хуже, то и есть правда. Какова она? Вот Коулмен и сказал ей правду. Первой
после Элли. Потому что он любил ее в ту минуту,
представляя себе, как она оттирает кровь. Он был
ближе к ней, чем когда-либо. И даже — возможно
ли? — ближе, чем к кому-либо за всю свою жизнь!
Он любил ее. Потому что когда мы начинаем любить человека? Когда видим его спокойствие перед лицом наихудшего. Не храбрость. Не героизм.

Просто спокойствие. У него не было никаких сомнений на ее счет. Ровно никаких. Он не размышлял, не рассчитывал. Инстинкт, и только. Несколько часов спустя этот шаг, может быть, покажется ему грубой ошибкой — но не теперь. Он ей доверяет — вот в чем дело. Доверяет: она оттирала кровь с пола. Она не религиозна, она не ханжа, она не искривлена сказками о чистоте, какие бы другие извращения ни наложили на нее отпечаток. У нее нет потребности никого судить — она слишком много всего навидалась для таких глупостей. Она не убежит, как Стина, что бы я ни сказал.

— Что бы ты подумала, — спросил он, — если бы узнала, что я не белый человек?

Если ее взгляд выразил изумление, то лишь на какую-нибудь долю секунды. Потом она разразилась своим фирменным хохотом.

— Что бы я подумала? Что ты мне сообщаешь то, о чем я и сама давно уже догадалась.

— Не может быть.

— Здрасте, не может быть. Да знаю я, кто ты такой. Слава богу, жила на Юге. Всяких видела. Знаю, конечно. Чем, по-твоему, ты меня взял? Тем, что профессор? Да я бы скорее сдохла.

— Что-то я не верю тебе, Фауни.

— Как тебе угодно, — сказала она. — Ну, ты кончил свои расспросы?

— Какие расспросы?

— Насчет самой поганой из моих работ.

— Конечно, — ответил он. И стал ждать ее расспросов. Но не дождался. Похоже, ей действительно было безразлично. И она не убежала. Историю свою он все-таки ей рассказал, и она слушала, слушала внимательно, но не находила в ней ничего невероятного и даже странного. И уж конечно не видела в его поведении ничего предосудительного. Нет. Просто жизнь как она есть.

В феврале Эрнестина мне позвонила — может быть, потому, что настал месяц афроамериканской истории и она вспомнила, как объясняла мне, кто такие Мэтью Хенсон и доктор Чарльз Дрю. Может быть, она решила, что пора снова взяться за мое просвещение с упором на то, от чего отрезал себя Коулмен, — на полный до краев, дарованный ему в готовом виде мир Ист-Оринджа, на эти четыре квадратные мили, битком набитые самыми что ни на есть стойкими земными подробностями, на этот лирически-незыблемый фундамент правильного детства и отрочества. Поддержка общины, твоя лояльность, справедливая борьба, сыновство, отцовство — все это принимается как данность, принимается на веру, и в этом не видят ничего теоретического, внешнего, иллюзорного... Все то драгоценное, что окружает счастливое начало полнокровной, горячей, исполненной здравого смысла жизни, которую ее брат Коулмен перечеркнул.

К моему удивлению, Эрнестина, сообщив мне, что в воскресенье к ней приедут из Асбери-Парка Уолтер Силк и его жена, сказала затем, что, если я не прочь совершить путешествие в Нью-Джерси, она будет рада увидеть меня на воскресном обеде.

— Вы хотели познакомиться с Уолтом. И я подумала, что вам, может быть, будет интересно посмотреть дом. У нас есть фотографии, я вам покажу комнату Коулмена, где они спали с Уолтером. Потом это была спальня моего сына, но старые кленовые кровати так там и стоят.

Итак, я получил приглашение в семейное гнездо Силков, которое Коулмен отверг как место своей неволи, чтобы жить в среде, соразмерной его ощущению своего масштаба, чтобы обрести новое, более подходящее ему лицо — и чтобы под конец над ним взяла верх иная сила. Отверг все скопом, весь этот разветвленный негритянский мир, думая, что иначе ему не вырваться. Столько пламенного стремления, столько тайных планов, страсти, хитрости, маскировки — и все для того, чтобы оставить родной дом и перемениться.

Стать другим существом. Заново родиться. Вот она, драма, лежащая в основе американской повести, высокая драма ухода и оставления позади. Вот она, жестокая энергия, питающая этот восторженный порыв.

— Приеду с удовольствием, — сказал я.

— Я не могу ничего гарантировать, — предупредила она. — Но вы взрослый человек и сумеете о себе позаботиться.

Я рассмеялся.

— Что вы хотите этим сказать?

— Уолтеру восьмой десяток, но он по-прежнему большая, раскаленная, ревущая топка. Он будет говорить такое, что вам не понравится.

— Про белых?

— Про Коулмена. Про расчетливого лжеца. Про бессердечного сына. Про предателя своего народа.

— Так вы сказали ему, что брат умер?

— Да. Решила все-таки. Мы одна семья. Я все сказала Уолтеру.

Несколько дней спустя я получил по почте фотографию, которую сопровождала записка от Эрнестины: «Я наткнулась на эту карточку и вспомнила о нашей встрече. Примите как память о Вашем друге Коулмене Силке». Это был выцветший увеличенный черно-белый снимок размером примерно четыре на пять дюймов, сделанный скорее всего на чьем-то заднем дворе простеньким аппаратом «брауни» и представляющий Коулмена той самой боксерской машиной, с какой сталкивался после стартового гонга любой его противник. Ему здесь никак не могло быть больше пятнадцати, но те самые некрупные черты точеного лица, что в пожилом возрасте придавали ему неотразимое мальчишеское обаяние, подростку помогали выглядеть не по годам мужественным и зрелым. Он уставил в объектив недобрый неотпускающий взгляд боксера-профессионала — взгляд хищника, наметившего жертву, взгляд, из которого изгнано все, кроме желания победы и вредоносного расчета. Взгляд-приказ, ничуть не менее властный из-за маленького подбородка, остро уткнувшегося в худое плечо. Перчатки приведены в классическое положение готовности и словно бы заряжены не только его кулаками, но и всем совокупным импульсом полутора мальчишеских десятилетий — причем каждая больше в окружности, чем лицо. Невольно создается впечатление парня о трех головах. *Я боксер,* — дерзко заявляет сама эта грозная поза. — *Я их не нокаутирую — я устраиваю им избиение. Делаю с ними что хочу, пока они не прекращают бой.* Да, верную характеристику дала ему сестра. «Сама непреклонность» — так и было написано на обороте снимка выцветшими синими чернилами. Судя по всему, ее невзрослой рукой.

А она тоже будь здоров какая, подумал я и, отыскав для юного боксера пустую рамку, поставил его на мой письменный стол. Храбрость в этой семье не с Коулмена начинается и не на нем кончается. Это смелый подарок, подумал я, от смелой женщины — каково бы ни было первое впечатление о ней. Что, интересно, кроется за ее приглашением? Что, интересно, кроется за моим согласием к ней приехать? Странно, что нас с сестрой Коулмена так потянуло друг к другу, хотя не так уж и странно, если помнить, что все касающееся Коулмена было в десять, в двадцать, в сто тысяч раз страннее.

Приглашение Эрнестины, фотография Коулмена — вот из-за чего в первое воскресенье февраля, после решения сената не смещать Билла Клинтона с должности, я поехал в Ист-Ориндж, и вот почему я оказался на проложенной среди холмов глухой местной дороге, по которой я практически никогда не езжу, но которая быстрей всего должна была вывести меня на 7-е шоссе. Вот как вышло, что я вдруг заметил стоящий у дороги на краю широкого поля, мимо которого я иначе промахнул бы не глядя, видавший виды пустой серый пикап с наклейкой на бампере: «Военнопленные и пропавшие без вести». Несомненно, пикап Леса Фарли — я сразу это понял и, не в силах ехать дальше, как ни в чем не бывало затормозил. Пикап был уже позади меня, и, подав машину обратно, я встал прямо перед ним.

Видимо, я не вполне сознавал, что делаю, — иначе разве я сделал бы это? — но к тому времени прошло почти уже три месяца, в течение которых жизнь Коулмена Силка была мне ближе, чем моя собственная, и поэтому нечего было и думать, чтобы я поступил по-другому, чтобы я не вышел на зимний холод Беркширских холмов и не положил руку в перчатке на капот той самой машины, что вечером накануне семьдесят второго дня рождения Коулмена понеслась как бешеная по встречной полосе дороги и вынудила Коулмена, рядом с которым сидела Фауни, резко повернуть и, пробив ограждение, упасть в реку. Вот оно, орудие убийства, — а раз так, и сам убийца должен быть недалеко.

Когда я вспомнил, куда направляюсь, когда я снова подумал о том, как все это, в сущности, удивительно — звонок Эрнестины, приглашение на встречу с Уолтером, неотступные мысли весь день, а нередко и добрую часть ночи о человеке, которого я не знал и года, с которым хоть и дружил, но не так уж безумно близко, — ход событий показался мне закономерным. Когда пишешь книги, так оно и бывает. Мало того что какая-то сила заставляет тебя до всего докапываться — эта же сила принимается выкладывать все на твоем пути. Вдруг оказывается, что нет такой богом забытой дороги, которая не вела бы тебя прямиком в твою навязчивую идею.

И ты делаешь то, что сделал я. Коулмен, Коулмен, Коулмен — ты, которого больше нет, стоишь теперь в центре моего бытия. Еще бы ты мог сам написать книгу. Твоей книгой стала твоя жизнь. Писать о себе — значит, выставляться и таиться в одно и то же время, но ты только и мог, что таиться, и затея была обречена. Сама твоя жизнь стала твоей книгой — и твоим искусством? Искусством быть белым человеком, быть, по словам твоего брата, «белее белых». Твой неповторимый акт вымысла: каждое утро просыпаться тем, кем ты себя сделал.

Снега на земле уже почти не было, только заплатами там и сям на пустом, утыканном стерней

471

поле, так что следов он не оставил, и я наудачу двинулся туда, где виднелась реденькая цепочка деревьев, сквозь которую проглядывало следующее поле. Я пересек и его, прошел через другую, более широкую и плотную полосу деревьев, на сей раз хвойных, и по ту сторону мне сияющим оком открылось замерзшее озеро, продолговатое и заостренное с обоих концов, окруженное коричневатыми, пятнистыми от снега холмами. На отдалении плавными ласковыми линиями вырисовывались более высокие холмы. Отойдя от дороги на каких-нибудь пятьсот шагов, я вторгся — да, именно вторгся, чувство было такое, словно я посягнул на чьи-то владения, — в ту безмятежную первозданность, что порой окружает внутренние водоемы Новой Англии. Такие места — за что их и ценят — наводят на мысль о мире, каким он был до появления человека. Природа подчас оказывает дивно успокаивающее действие, и здесь было именно так: уже не думалось о пустом и обыденном, и в то же время тебя не подавляло ощущение крохотности нашего жизненного промежутка и безмерности уничтожения. Ничем величественным здесь и не пахло. Этой красотой можно проникаться, не чувствуя себя маленьким и не испытывая страха.

Почти на середине замерзшего озера я увидел одинокую фигуру в коричневом пухлом комбинезоне и черной шапочке. Сидя на невысоком желтом ведре и держа в руках короткую удочку, человек склонился над лункой. Я ступил на лед, только когда увидел, что он поднял глаза и заметил меня. Я не хотел ни заставать его врасплох, ни создавать у него впечатление, что намеревался это сделать. Если рыбак действительно Лес Фарли, всякую внезапность лучше исключить.

Разумеется, я думал о том, чтобы повернуть обратно. Дойти до дороги, сесть в машину, доехать до 7-го шоссе, по нему на юг через Коннектикут, там на 684-е и, наконец, на Гарден-Стейт-паркуэй. Посмотреть на спальню Коулмена. Посмотреть на его брата, не переставшего ненавидеть Коулмена за то, что он сделал, даже после его смерти. Только об этом я и думал, пока шел по озерному льду к убийце Коулмена. До того самого момента, как пришло время сказать: «Здравствуйте. Как ловля?», я думал: врасплох, не врасплох — какая разница? Так или иначе, враг. На этой пустой белой ледяной сцене — *единственный* враг.

— Клюет? — спросил я.

— Так себе, средненько.

Коротко взглянув на меня, он опять сосредоточил внимание на лунке, одной из двенадцати-пятнадцати, хаотически разбросанных примерно по сорока квадратным футам твердого как камень льда. Судя по всему, они были просверлены орудием, лежавшим в нескольких шагах от его желтого ведра, которое оказалось семигаллоновой емкостью из-под моющего средства. Орудие представляло собой металлический стержень примерно четыре фута длиной, кончавшийся широким цилиндрическим «штопором». Серьезный, мощный инструмент, чья винтовая рабочая часть, приводимая в движение коленчатой рукояткой, блестела на солнце как новенькая. Бур.

— Да нормально, — пробормотал он. — Время провести, чего еще надо.

Можно было подумать, я не первый, кто посреди этого замерзшего озера в пяти сотнях шагов от глухой дороги в сельской холмистой местности спрашивает его, как рыбалка, а по крайней мере пятидесятый. Черную шерстяную матросскую шапочку он низко натянул на лоб и уши, и, поскольку он носил вдобавок темную седоватую бороду и густые усы, незащищенная часть лица представляла собой подобие узкой горизонтальной ленты, чем прежде всего и привлекала внимание — не физиономия, а пустая вытянутая равнина. Темные, густые, длинные брови, голубые широко расставленные глаза, а по центру лица над усами — недоразвитый детский носик без переносицы. Полоса, которую Фарли оставил между волосяной порослью и шерстяной шапочкой, являла взору разнообразные начала, как геометрические, так и психологические, — причем ничто ни с чем не вязалось.

— Красивое место, — сказал я.

— Почему я и здесь.

— Спокойное.

— Близко к Богу, — заметил он.

— Да? Вы чувствуете?

В какой-то момент его настроение изменилось — он скинул внешнюю броню, в которой сначала меня встретил, и, казалось, решил сделать общение со мной более содержательным и тесным. Поза его осталась той же — скорее позой рыбака, чем собеседника, — но ауру антисоциальности в какой-то мере рассеивал теперь тон его голоса, более богатый и раздумчивый, чем я мог ожидать. Я бы даже назвал этот тон глубокомысленным, пусть и в некоем чрезвычайно отвлеченном роде.

— Тут ведь холмы, высокое место, — сказал он. — Домов никаких нет. Никто не живет. Никаких коттеджей на берегу. — За фразой неизменно следовала многодумная пауза: веское заявление сменялось сверхнасыщенной тишиной, и оставалось только гадать, кончил он беседу или нет. — Тут вообще мало чего делается. И шума почти никакого. Озеро — тридцать акров. И нет этой публики с бензиновыми бурами. Треск, вонь — ничего этого нет. Семьсот акров пустой хорошей земли и леса. Просто красивое место. Тишина, покой. И чисто здесь. Никакой грязи. Ни тебе суеты, ни суматохи, ни сумасшествия этого вечного.

Наконец — взгляд наверх. Увидеть меня, оценить. Быстрый взгляд, на девяносто процентов непроницаемый, на остальные десять пугающе прозрачный. Я не мог разглядеть в этом человеке ни крупицы юмора.

— Главное — в секрете это держать, — сказал он. — Тогда и дальше можно пользоваться.

— Разумно, — заметил я.

— Понастроили себе городов. Живут в суете и суматохе. Работа, работа. Утром на службу — сумасшествие. Днем на службе — сумасшествие. Вечером домой — то же самое. Транспорт. Пробки. Они во всем этом по уши. А я не хочу.

Можно было не спрашивать, кто такие «они». Пусть я не городской житель, пусть я не пользуюсь бензиновым буром, все равно я — «они», все мы — «они», все, кроме одного человека, сидящего на ведре посреди озера, покачивающего короткое удилище и говорящего в лунку, пробитую в толще льда. Сознательно обращающегося не столько ко мне (то есть к «они»), сколько к стылой воде под нами.

— Бывает, турист какой-нибудь пройдет, или лыжник, или кто-то вроде вас. Увидит мою машину и найдет меня, как-то они меня здесь находят, спустится ко мне, и, когда ты сидишь на льду, люди вроде вас, которые не рыбачат... — Тут он опять посмотрел на меня, мистически прозревая мою непростительную принадлежность к «они». — Вы, думается, не рыбачите.

— Нет. Увидел просто ваш пикап. Хороший день, решил покататься и погулять.

— Вот и они то же самое, — сказал он таким тоном, словно, когда я только показался на берегу, ему все уже со мной было ясно. — Увидят рыбака и обязательно подойдут, любопытство разбирает, и начинают спрашивать, сколько наловил. А я как делаю... — Тут ход его мысли, казалось, внезапно прервался, словно он подумал: «Что я говорю? О чем это я, к чертям собачьим?» Когда он снова начал, сердце у меня застучало от страха. Я подумал: теперь, раз рыбалка так и так испорчена, он решил со мной поразвлечься. Устроить маленький спектакль. Уже не рыбак, а Лес Фарли и все то многое, чем он является и чем не является.

— А я как делаю, — повторил он. — Положим, рыба у меня вся на льду. Я тогда, как сегодня, когда вас увидел, всю рыбу в пластиковый мешок и под ведро, на котором сижу. Вот рыбки-то и не видно. Человек подходит, спрашивает: «Ну как?» А я ему: «Никак. Похоже, здесь вообще нет рыбы». А я уже штук тридцать вытащил. День отличный. Но я говорю: «Без толку, домой уже собираюсь. Два часа сижу, и ни одной поклевки». Ну, они поворачиваются и уходят. И другим потом скажут, что на этом пруду делать нечего. Вот как я секрет берегу. Может, и нечестно маленько. Но место того стоит.

— А я-то знаю теперь, — заметил я. Но мне было ясно, что никакими силами не заставить его заговорщически рассмеяться или улыбнуться хотя бы, вспоминая свои игры с такими же, как я, нарушителями его владений. Нечего было и пытаться смягчить его таким образом — и я не стал пытаться. Я вдруг понял, что, хотя ничего подлинно личного между нами сказано не было, мы если не моим, то его решением уже поставлены по отношению друг к другу в такое положение, где не помогут никакие улыбки. Наш разговор в этом удаленном, морозном, безлюдном месте внезапно приобрел колоссальную важность.

— И еще я знаю, что в этом ведре уйма рыбы, — сказал я. — Сколько сегодня?

— Вроде на вид вы из тех, что умеют хранить секрет. Штук тридцать — тридцать пять. Да, похоже, вы честный человек. Кажется, я вас узнал. Писатель?

— Он самый.

— Знаю, знаю. А живете у болота, где цапля. В доме Дюмушеля.

— Точно. Так была фамилия человека, который мне его продал. Но скажите мне, раз уж я умею хранить секреты, почему вы сидите здесь, а не вон там, к примеру? Как вы на этом большом озере выбираете место, где ловить?

Даже если он не прилагал всех усилий, чтобы я побыл здесь подольше, я, казалось, сам прилагал к этому все усилия.

— Наверняка никогда нельзя знать, — сказал он. — Для начала пробую, где в последний раз рыба брала. Если в ту ловлю был порядок, там же и начинаю.

— Ясно теперь. А то меня давно уже это интересует.

Все, уноси ноги, подумал я. Поговорили — и хватит. Более чем. Но представление о том, кто он такой, удерживало меня. Фарли как *факт* — вот что удерживало. Не умозаключения. Не медитация. Не писательское размышление. Нет — сама реальная штука. Закон самосохранения, который за пределами моей работы так строго управлял моей жизнью последние пять лет, вдруг перестал действовать. Как я не мог повернуть назад, когда шел к нему по льду, так и теперь я не мог прервать разговор и дать дёру. Храбрости тут не было никакой. Рассудка, логики — тоже. Он передо мной! Вот и все, что тут было. Плюс страх. В плотном коричневом комбинезоне, в черной шапочке, в резиновых сапогах на толстой подошве, в надетых на большие руки охотничьих или солдатских камуфляжных перчатках без кончиков пальцев, передо мной сидел человек, убивший Коулмена и Фауни. В этом у меня не было сомнений. Просто так они не вылетели бы с дороги и не упали бы в реку. Вот он, убийца. Он самый. Как же я уйду?

— А всегда потом клюет? — спросил я. — Всякий раз, как возвращаетесь на старое место?

— Да нет. Рыба, она стаей ходит. Там, подо льдом. Сегодня она на северном краю пруда, а завтра уже на южном. Бывает, два дня подряд стоит на одном месте. Стоит и стоит. Рыба, она как: держится стаей и не очень много сейчас движется, потому что вода холодная. Они подстраиваются под температуру воды и, когда вода холодная, замирают и мало едят. Но если ты наткнулся на стаю, можно до черта рыбы поймать. А бывает, приходишь на тот же самый пруд, весь его ведь не истыкаешь лунками, и пробуешь в пяти, в шести местах — без толку. Ни одной. Значит, бьешь мимо стаи. Ну и сидишь себе просто.

— Близко к Богу, — сказал я.

— Во-во.

Я ожидал от него чего угодно, но только не разговорчивости — она поразила меня, как и его рьяное желание объяснить мне, что делается в пруду в холодное время года. Откуда, интересно, он знает, что я писатель? Знает ли он также, что я был другом Коулмена? Знает ли, что я был на похоронах Фауни? Можно было предположить, что в его сознании сейчас роится столько же вопросов обо мне и о цели моего появления здесь, сколько в моей голове — о нем. Громадное светлое обведенное дугами пространство, холодные округлые берега, обступившие большой овал чистой воды под слоем твердого, точно камень, льда, извечная жизнь озера — образование льда, обмен веществ у рыб, множество беззвучных, древних, неуклонно действующих сил — все это создавало картину встречи двух людей на вершине мира: неслышно тикают два скрытных недоверчивых мозга, и вся интроспекция, какая тут есть, — это наша взаимная ненависть и паранойя.

— И о чем же вы думаете, — спросил я, — когда рыба не клюет?

— Да вот хотя бы сейчас, перед тем как вы пришли. Я много о чем думал. Например, о президенте нашем, о Проныре Билли. О том, как ему везет, гаду. О том, как ему всё, а кому-то шиш с маслом. О тех, кто не уклонялся от призыва и получил шиш с маслом. Не больно-то справедливо.

— Вьетнам, — сказал я.

— Да. Мы там на вертолетах, пропади они пропадом, — во второй срок я был стрелком. Думал сейчас про тот случай, когда мы рванули в Северный Вьетнам забирать двух наших пилотов. Сидел вот только что и думал про это. Проныра Билли. Тварюга. Думал сперва, как этот говнюк на наши с вами денежки дает ей сосать в Овальном кабинете, а потом перешел на этих двух пилотов — они летали на Хайфонский порт, ну их и подбили, мы по рации приняли сигнал бедствия. Мы-то были не спасатели, но оказались близко, они сообщили по рации, что дело плохо и они будут прыгать — высота уже такая, что либо прыгать, либо разбиться вместе с машиной. А мы даже не спасатели, мы на боевом вертолете, просто захотелось выручить ребят. Разрешения даже никакого не спрашивали — просто полетели туда. Инстинкт, больше ничего. Просто посовещались между собой и согласились — два стрелка, пилот и второй пилот, хотя шансы были не очень, потому что без прикрытия. Но мы решили, что попытаемся их забрать.

Неспроста, подумал я, он рассказывает мне военную быль. Он знает, что делает и зачем. Хочет кое-что мне внушить. Хочет, чтобы я кое-что унес с собой на берег, в свою машину, в свой дом, который он знает где находится — он намеренно дал мне это понять. Унес в качестве «писателя»? Или в качестве человека, которому известен другой его секрет, более важный, чем секрет этого озера? Он хочет мне внушить: не все видели то, что он видел, были там, где он был, делали то, что он делал и, если понадобится, может сделать опять. Он убивал людей во Вьетнаме, и вьетнамский убийца теперь здесь, в Беркширах, — прибыл вместе с ним из страны, где царили война и ужас, в эти ничего не подозревающие мирные края.

Бур на льду. Что может быть откровенней? В чем может явственней воплотиться наша взаимная ненавись, чем в этом безжалостном винтовом лезвии, лежащем посреди ледяной пустоты?

— Мы думаем — ладно, погибнем значит погибнем. Летим туда, пеленгуем их сигнал, видим один парашют, садимся на ровное место и спокойно берем парня на борт. Подбегает, мы его втаскиваем и сразу взлетаем, никакой пока что стрельбы по нам. Спрашиваем: «Где второй?», он отвечает: «Вон туда отнесло». Как поднялись в воздух, так они сразу нас и заметили. Мы сунулись было в ту сторону поискать другой парашют, но они открыли такой дикий огонь, что волосы дыбом. Ад кромешный. Второго, в общем, забрать не смогли. По корпусу жарило так, что страшное дело. Бах-бабабах-бах. Из пулеметов. Нам только развернуться и драпать оттуда, пока живы. И тут парень, которого мы спасли, начинает плакать. К чему я все это и стал говорить. Он был из морской авиации, с «Форрестола». Понял, что второго либо убьют, либо возьмут в плен, и поднял вой. Ужас для него был. Его дружок. Но мы не могли вернуться — слишком рискованно для всех пятерых. Одного забрали, уже хорошо. Прилетели на базу, вышли, стали осматривать машину — сто пятьдесят одна пробоина. Топливопроводы и гидравлика, слава богу, целы, но лопасти винтов все были избиты, пуль в них попало черт-те сколько. Слегка покорежены в этих местах. Если в хвостовой винт, машина падает, но нам повезло. Знаете, сколько они сбили вертолетов за всю войну? Пять тысяч. Реактивных истребителей мы потеряли две тысячи восемьсот. Бомбардировщиков «B-52» — двести пятьдесят штук во время налетов на Северный Вьетнам. Но правительство шиш вам в этом признается. Какое там. Они говорят нам то, что им выгодно говорить. Проныра Билли из всего выходит сухим. Достается тому, кто честно свое отслужил. Всегда и везде. Справедливо это? Знаете, про что я думал? Я думал, будь у меня сын, он бы здесь был со мной сейчас. Ловил бы рыбку. Вот про что я думал, когда вы подошли. Поднял глаза, вижу — человек, а я вроде как замечтался и думаю: а мог бы мой сын. Не вы, не такой, как вы, а мой сын.

— У вас нет сына?

— Нет.

— И женаты не были?

На этот вопрос он не ответил сразу. Сначала посмотрел на меня — запеленговал, как будто от меня исходил сигнал, подобный радиосигналу от двух попавших в беду вертолетчиков. Посмотрел, но не ответил. Знает, подумал я. Знает, что я был на похоронах Фауни. Кто-то сказал ему, что видел там «писателя». Каким, интересно, писателем он меня считает? Автором книг о преступлениях вроде того, что он совершил? Автором книг об убийствах и убийцах?

— Обречен, — проговорил он наконец, опять уставившись в лунку и мелко подергивая удилищем. — Брак был обречен. После Вьетнама слишком много у меня было злости и обиды. У меня ПТС нашли — посттравматический стресс. Так врачи сказали. Вернулся — никого знать не хотел. В цивилизованную жизнь никак войти не получалось. Так долго был на войне, что гляжу и ни в чем не вижу смысла. Носить чистую одежду, здороваться, улыбаться, в гости друг к другу ходить, на машинах культурно ездить — не мог я в это войти. Не знал, как с людьми разговаривать, не знал, как «здрасте» сказать. Надолго отключился. Садился в машину, гонял вокруг без толку, в лес заходил, бродил по лесу — чудные дела. Я и от себя-то самого отключился. Ни черта не понимал, что со мной творится. Приятели мне звонят — я не отзваниваю. Они боялись, что я убьюсь на машине, боялись, что...

Я перебил его:

— Почему они боялись, что вы убьетесь на машине?

— Пил потому что. Пьяный садился за руль.

— Дорожные происшествия были?

Он улыбнулся. Не стал брать паузу и пришпиливать меня к месту взглядом. Не стал принимать угрожающий вид. Не вскочил, не схватил меня за горло. Легкая добродушная улыбка — я и не думал, что она есть в его арсенале. Пожал плечами с нарочитой беззаботностью:

— Экий вы мне вопросик. Да не знал я, что со мной творится, *понимаете вы?* Происшествия? Да случись что, я и не почувствовал бы. Может, и не было. У меня нашли посттравматический стресс, так врачи это называют. Значит, к тебе в подсознание то и дело лезет всякая дрянь вроде того, что ты опять во Вьетнаме, опять воюешь. А я ведь без образования, я и не понимал даже этого. Люди на меня злились за всякое, а сами понятия не имели, что со мной творится, и я тоже понятия не имел — вот оно как было. У меня нет образованных друзей, таких, которые в этом разбираются. У меня не друзья, а дерьмо. Точно вам говорю, не друзья, а самое настоящее стопроцентное дерьмо, слово даю. — Опять пожал плечами. Что, хочет произвести комический эффект? Да нет, скорее уж выглядеть этаким зловеще-бесшабашным. — Ну и как мне быть прикажете? — спросил он с ноткой беспомощности.

Развлекается. Играет со мной. Потому что знает, что я знаю. Вот мы встретились, вот мы одни на этих холмах, и я знаю, и он знает, что я знаю. И бур знает. В его стальном винтовом лезвии заключено «знанье все и все, что надо знать»*.

— Как вы узнали, что у вас ПТС?

— От одной врачихи цветной в ветеранской больнице. Извиняюсь, от афроамериканки. От очень умной молодой афроамериканки. У нее диплом магистра. У вас есть диплом магистра?

— Нет, — сказал я.

— Ну вот, а у нее есть, и от нее-то я и узнал, что у меня такое. А то и посейчас бы не знал. Вот когда я начал понимать, что со мной творится. Она мне объяснила. И я не один такой. Не воображайте, что я один. Тысячи и тысячи переживали то же самое. Тысячи и тысячи просыпались посреди ночи и думали, что они опять во Вьетнаме. Тысячи и тысячи не отвечали на звонки друзей. Тысячи и тысячи мучились из-за поганых снов. Я про все про это рассказал афроамериканочке, и она поняла, что со мной такое. Диплом магистра ведь не зря дают, вот она и объяснила, как все это лезет ко мне в подсознание, и то же самое у тысяч и тысяч таких, как я. Подсознание — над ним ведь никакого контроля нет. Это как правительство. Это *и есть* правительство. Снова и снова правительство, оно самое. Заставляет тебя делать то, чего ты не хочешь делать.

---

* Из «Оды греческой вазе» Дж. Китса: «„Краса — где правда, правда — где краса!" — / Вот знанье все и все, что надо знать». Пер. И. Лихачева.

Тысячи и тысячи женятся, и брак у них обречен, потому что в подсознании сидит злость и обида из-за Вьетнама. Она все мне разобъяснила. Из Вьетнама меня хоп — на Филиппины на «С-41», на военном самолете, потом оттуда на «Уорлд эйруэйз» на базу Тревис, там тебе двести долларов в зубы, и вали домой. Так что от Вьетнама до дома получилось дня три, около того. Вот ты и опять внутри цивилизации. И ты обречен. И жена твоя обречена, пусть даже и десять лет прошло. Обречена, а в чем, спрашивается, она виновата? Да ни в чем.

— И что, до сих пор у вас ПТС?

— Я же вот все один да один, примечаете? Зачем, по-вашему, я сюда пришел?

— Но пьяный за руль больше не садитесь, — услышал я свой голос. — Дорожных происшествий больше не случается.

— Не было никаких происшествий. Я же вам сказал. Вы слушаете, нет? Если что было, я про то не знаю.

— И брак был обречен.

— Это да. Моя вина. На сто процентов. Она была очень славная. Ничего мне плохого не сделала. Всё я. Только я. Разве она такого мужа заслуживала?

— Что с ней произошло? — спросил я.

Он покачал головой. Вздохнул, печально пожал плечами — спектакль, нарочито *явный* спектакль.

— Понятия не имею. Сбежала, так я ее напугал. До чертиков напугал. Я ее никогда не забуду, где бы она сейчас ни была. Совсем безвинная.

— Детей, значит, нет?

— Нет. А у вас?

— Нет.

— Женаты?

— Был, теперь нет, — ответил я.

— Ну, мы с вами два сапога пара. Свободны как ветер. Книги-то какие пишете? Детективы?

— Нет, я бы не сказал.

— Истории из жизни?

— Вроде того.

— Про что? Про любовь? — спросил он, улыбаясь. — Надеюсь, что не порнография. — Он сделал вид, что ему даже вообразить такое неприятно. — Я очень надеюсь, что наш местный писатель в доме Майка Дюмушеля не тем занят, чтобы распространять порнографию.

— Я пишу о людях вроде вас, — сказал я.

— Да неужто?

— Да. О таких же людях. Об их проблемах.

— А название какой-нибудь книги можно узнать?

— «Людское клеймо».

— Занятно. Она есть в продаже?

— Пока нет. Еще не закончена.

— Я бы ее купил.

— Я вам пришлю. Как ваша фамилия?

— Фарли. Лес Фарли. Да, пришлите, пожалуйста. Как закончите, пришлите через городской гараж: «Городской гараж, дорога номер 6, Лесу Фарли».

Опять меня подстрекает, подначивает, как и всех вообще — себя, своих друзей.

— Наш местный писатель, — сказал он со смешком. — Сам прочту и парням дам почитать.

Он не столько смеялся в голос, сколько покусывал наживку хохота, подкрадывался к нему и ходил вокруг да около, не запуская в него зубы по-насто-

ящему. Поблизости от крючка, на который насаже-
но опасное веселье. Но глотать не глотает.

— Надеюсь, вам понравится, — сказал я.

Я не мог в этот момент просто повернуться и
уйти. Только не сейчас, не на этой ноте: ведь он начал по чуточке раскрываться, отказываться от
эмоционального инкогнито, и это сулило возможность заглянуть в его внутренний мир еще немного дальше.

— А каким вы были до армии? — спросил я.

— Это вам для книжки нужно?

— Да. Угадали. — Тут не кто иной, как я, раз-
разился громким смехом. И неожиданно для себя
с глупым грубоватым вызовом добавил: — Это *всё*
мне для книжки нужно.

Теперь и он засмеялся более развязно. Не озеро, а психушка какая-то.

— Вы раньше были общительный парень?

— Да, — ответил он. — Был когда-то.

— От людей не бегали?

— Нет.

— Любили поразвлечься в компании?

— Да. Куча друзей. Быстрая езда. Ну и всякое
такое, вы понимаете. Вкалывал, конечно. Но в свободное время — само собой.

— А теперь что, все вьетнамские ветераны занимаются подледным ловом?

— Не знаю.

Опять эта смеховая поклевка. Ему легче, подумал я, кого-нибудь убить, чем отпустить вожжи
и развеселиться по-настоящему.

— Я не так уж давно, — сказал он, — начал зимой удить. Когда жена от меня ушла. Я снял до-
мишко в лесу, на Стрекозином пруду. В лесу, у самой

воды, на Стрекозином — так этот пруд называется. Летом я ловлю всю жизнь, но зимой раньше никогда. Мне всегда казалось — холодно, ну вы понимаете. Когда я первую зиму жил на пруду, я был сам не свой — все ПТС этот чертов, — и я смотрел на одного рыбака, который выходил на лед ловить. Пару раз на него посмотрел, а потом оделся потеплее и пошел к нему. Он кучу рыбы в тот день наловил — желтый окунь, форель, все что хочешь. Ну я и увидел, что зимняя рыбалка не хуже летней, а то и лучше. Только надо одеваться как следует и снасть иметь подходящую. Я поехал в магазин и купил бур, отличный бур, — сказал он с ударением, — удилище, приманки всякие. Сотни разных приманок есть в продаже. Сотни сортов и видов. Все размеры, какие хочешь. Сверлишь во льду лунку, опускаешь туда свою любимую приманку и шевелишь вот так рукой — вверх-вниз, вверх-вниз. Потому что там у них темно подо льдом. Очень темно, — повторил он и в первый раз за весь разговор посмотрел на меня почти открыто, почти без маски, почти без двуличия. В голосе появилась недобрая ледяная звучность. — Тьма-тьмущая. — Ледяная, повергающая в дрожь звучность, не оставляющая никаких сомнений насчет причин гибели Коулмена. — Так что если какой проблеск, — добавил он, — рыба реагирует. Она приспосабливается к темноте.

Нет, он далеко не глуп. Он зверюга и убийца, но ума ему не занимать. Если чего недостает, то явно не соображения. Какой бы личиной он ни прикрывался.

— Потому что им надо как-то питаться, — пустился он в научные объяснения. — Они там пищу себе находят. Тело привыкает к этой холоднющей воде, глаза к темноте. Они реагируют на движение. Видят проблеск или, может, чувствуют колыхание воды от твоей приманки и плывут к ней. Раз движется, значит, живое и съедобное. Но если не шевелить удилищем, в жизни не клюнет. Был бы у меня сын — вот, вы спрашивали, о чем я думаю, — я бы учил его правильно шевелить удилищем. Учил бы наживлять. Наживок разных очень много — по большей части личинки мух и пчел, их специально разводят для подледного лова. И мы бы с ним, с Лесом-младшим, ездили в рыболовный магазин и покупали наживку. Ее продают в таких маленьких стаканчиках. Будь у меня сейчас маленький Лес, сынишка, а не этот ПТС проклятый на всю жизнь, я бы всему его тут учил и все ему показывал. Научил бы буром работать. — Он показал на орудие, лежащее на льду в нескольких шагах позади него. — Я пользуюсь пятидюймовым. Вообще бывают диаметром от четырех дюймов до восьми. Я лично люблю пятидюймовые лунки. Самое лучшее. Никогда еще не было проблемы вытащить рыбу через пятидюймовую. Шесть — чуть широковато. Я объясню, в чем дело. Кажется, что дюйм — разница небольшая, но если посмотреть на пятидюймовый бур — вот, дайте я вам покажу. — Он встал, подошел к буру и взял его. Несмотря на сапоги и пухлый комбинезон, из-за которых он, коренастый от природы, выглядел чуть ли не грузным, он перемещался по льду проворно, и бур в его руке размашисто двигался, как бита в руке бейсболиста, трусящего к скамейке после хорошего высокого удара и перебежки. Он подошел ко мне и поднес длинное блестящее лезвие прямо к моему лицу. — Вот.

Вот оно, самое-самое. Первооснова. Вот она.

— Пятидюймовый бур и шестидюймовый, — продолжал он, — это большая разница на самом деле. Когда сверлишь слой льда от фута до восемнадцати дюймов толщиной, шестидюймовый требует гораздо больше усилий. Этим я могу просверлить полтора фута за двадцать секунд. Если, конечно, лезвие острое. Тут все зависит от заточки. Оно всегда у тебя острым должно быть.

Я кивнул.

— А холодно тут на льду, — сказал я.

— Еще бы.

— Только сейчас почувствовал. Мерзнуть начал. Лицо. И вообще пробирает. Я пойду, пожалуй.

Я сделал первый шажок назад — прочь от него и от его лунки, окруженной валиком ледяной крошки.

— Ладно, бывайте. Ну, вы все теперь знаете про подледный лов. Может, книжку про это написать заместо детектива?

Мелко пятясь, я уже отошел на четыре-пять футов в сторону берега, но Фарли по-прежнему высоко держал бур одной рукой — винтовое лезвие поблескивало на уровне моих глаз. Полностью побежденный, я отодвигался все дальше.

— И место мое секретное знаете. Вы все теперь знаете, — сказал он. — Но вы ведь никому не скажете, да? Это очень большая выгода, когда у тебя есть секретное место. Кто удит, никому про свои места не говорит. Учишься этому.

— Я буду молчать, не волнуйтесь, — сказал я.

— С горы тут ручей течет, с уступа на уступ. Я вам не говорил? — спросил он. — Не знаю, где он начинается. Получается, что озеро проточное.

На южной стороне другой ручей из него вытекает. — Он показал где. Показал все тем же буром, который крепко держал одной здоровенной лапой в перчатке без кончиков пальцев. — Плюс масса ключей там, на дне. Вода снизу поднимается и крутится все время. Озеро само себя чистит. Рыба в такой воде растет крупная, здоровая. Все, что ей нужно, здесь имеется. И все Богом сделано. Люди тут ни при чем. Потому здесь и чисто, потому я здесь и ужу. Где люди замешались — оттуда держись подальше. Вот мое правило. Правило человека, у которого все подсознание забито этим ПТС. От людей подальше, к Богу поближе. Так что не проговоритесь насчет моего секретного места. Секрет, мистер Цукерман, остается секретом, пока рот остается на замке.

— Я понял вас.

— Да, мистер Цукерман! Про книгу не забудьте.

— Про какую книгу?

— Про вашу. Прислать мне обещали.

— Не волнуйтесь, — сказал я. — Получите обязательно.

И я двинулся по льду обратно. Он стоял позади меня, все еще держа в руке бур. Я шел медленно. Идти было неблизко. Я знал, что, даже если я дойду без происшествий, моей жизни в доме, где я провел в одиночестве пять лет, можно считать, пришел конец. Когда я допишу эту книгу — если допишу, — мне придется куда-нибудь уехать.

Благополучно поднявшись на берег, я оглянулся посмотреть, не идет ли он следом, чтобы разделаться со мной в лесу; если так, то не судьба мне войти в дом, где Коулмен Силк провел детство, не судьба сидеть, как некогда Стина Палссон, белокожим гостем на воскресном обеде у его ист-оринджской родни. Сам вид Фарли заставил меня вновь почувствовать ужас бура — хоть он и сидел уже снова на своем ведре. Крохотное человеческое пятнышко посреди ледяной белизны озера — единственное во всей округе, что говорило о людском присутствии, — было похоже на косой крестик, поставленный неграмотным вместо подписи на чистой странице. Это была если не вся история, то вся картина. Крайне редко в конце нашего века жизнь являет взору настолько чистый и мирный образ: одинокий человек на импровизированном сиденье, удящий рыбу сквозь восемнадцатидюймовую толщу льда на озере, чьи воды неторопливо и вечно крутятся среди идиллических холмов сельской Америки.

ОБ АВТОРЕ

Филип Рот (р. 1933) — признанный классик американской литературы, лауреат самых престижных литературных премий. Это единственный из ныне живущих американских писателей, чье Полное собрание сочинений выходит в серии «Библиотека Америки», которая охватывает произведения крупнейших прозаиков, поэтов, эссеистов, философов, исторических и государственных деятелей США (последний, восьмой, том Собрания увидит свет в 2013 г.).

В 1997 г. за роман «Американская пастораль» Ф. Рот был награжден Пулицеровской премией. В 1998 г. в Белом доме писателю вручили Национальную медаль искусств. В 2002-м Американская академия искусств и литературы присудила Ф. Роту свою высшую награду — Золотую медаль в номинации «Художественная литература». Ранее этой чести были удостоены Джон Дос Пассос, Уильям Фолкнер и Сол Беллоу. Филип Рот — дважды лауреат Национальной книжной премии и премии Национальной ассоциации литературных критиков. Три раза писателю присуждали премию Фолкнера.

В 2005 г. Общество американских историков признало роман Ф. Рота «Заговор против Америки» лучшим историческим произведением о стране (за 2003–2004 гг.).

В 2006 г. Филип Рот получил премию Набокова за «оригинальность и непревзойденное мастерство», а в 2007-м — премию Сола Беллоу — за неоценимый вклад в американскую литературу.

СОДЕРЖАНИЕ

Литературно-художественное издание

Филип Рот

ЛЮДСКОЕ КЛЕЙМО

Ответственный редактор *Светлана Жаворонок*
Художественный редактор *Юлия Двоеглазова*
Технический редактор *Любовь Никитина*
Корректор *Ольга Антонова*
Верстка *Ольги Пугачевой*

Подписано в печать 16.11.2007.
Формат издания 84 × 108 $^1/_{32}$. Печать офсетная.
Усл. печ. л. 26,04. Тираж 5000 экз.
Изд. № 70390. Заказ № 5487

Издательство «Амфора».
Торгово-издательский дом «Амфора».
197110, Санкт-Петербург,
наб. Адмирала Лазарева, д. 20, литера А.
E-mail: info@amphora.ru

Отпечатано по технологии CtP
в ОАО «Печатный двор» им. А. М. Горького.
197110, Санкт-Петербург, Чкаловский пр., 15.

По вопросам поставок
обращайтесь:

ЗАО Торговый дом «Амфора»

123060, Москва,
ул. Берзарина, д. 36, строение 2
(рядом со ст. метро «Октябрьское поле»)
Тел./факс: (499) 192-83-81, 192-86-84;
(495) 944-96-76, 946-95-00
E-mail: secret@amphtd.ru

ЗАО Торговый дом «Амфора»

198096, Санкт-Петербург, Кронштадтская ул., д. 11
Тел./факс: (812) 335-34-72, 783-50-13
E-mail: amphora_torg@ptmail.ru